恋恋古厝

Lianlian Gucuo

灵犀无翼 著

春风文艺出版社
·沈　阳·

图书在版编目（CIP）数据

恋恋古厝 / 灵犀无翼著. -- 沈阳：春风文艺出版社，2025. 8. -- ISBN 978 - 7 - 5313 - 7081 - 9

Ⅰ. I247.5

中国国家版本馆CIP数据核字第2025Y5M918号

春风文艺出版社出版发行

沈阳市和平区十一纬路25号　邮编：110003

辽宁新华印务有限公司印刷

责任编辑：韩　喆　孟芳芳　　责任校对：赵丹彤

封面设计：高鹏博　　幅面尺寸：145mm × 210mm

字　　数：306千字　　印　　张：12.5

版　　次：2025年8月第1版　　印　　次：2025年8月第1次

书　　号：ISBN 978-7-5313-7081-9

定　　价：49.90元

目录

第一章 你好，画替老师

1

“出画堂，且看只丹青，百鸟图中尽是息宿飞禽。孔雀屏开，鸾凤和鸣，大鹏鸟出天庭。天鹅共凫花传信情，飞鸿飞入云端影……阿嚏……”

小院榕树下，顾长顺吸吸鼻子，把手机放在一边，任它继续播放《出画堂》的片段，自己则在这极富美学意蕴的唱咏里，哆嗦着抽出茶几上的面巾纸。

“喜鹊在许檐前兆佳音，吉凶祸福瑞气相应……”顾长顺耸耸鼻子，闭上眼跟唱，继续沉醉于此间。却不料，有人已悄然走到他身后。

“老顾，干啥呢？”

“听南音呢。”顾长顺不用看身后，也知来人是谁，哈哈一笑，道，“家后[①]啊，快坐，坐，同听同听……”

① 家后：闽南语中意为“妻子”。

“今日不是该你去值守吗？”

李聪依着他坐在一旁的空椅上，因着榕树的絮太长，挠在耳边有些痒，又微微挪了挪椅背。

“闺女替我去了，我这不是感冒了吗？”顾长顺把秃成地中海一般的脑袋往李聪肩膀上一靠，只觉温暖中透着幽香，心里美得不行。

虽然年逾五旬，早从学校退了下来，但李聪依然对个人形象甚是在意。人都说，老顾家的退休女教师，穿得是朴素大方，看着是勤俭节约，但这该护的肤、该描的眉、该抹的嘴唇可一点没落下，确是个讲究人。

也不能不讲究，这两年，顾长顺、李聪都是这三公巷的门面担当，该讲究的地方可太多了。

于是，讲究的李聪，立马取了茶几上的帽子，扣在那秃秃的脑袋上。

暖意罩过来，顾长顺不由得感动道：“还是家后好，知道我这头冷不得。”

此语换来李聪的一句讥诮加一个白眼：“想多了，我管你冷是不冷。”

见顾长顺瞪着她，不明所以，她才哧哧地笑：“人家李白是‘高堂明镜悲白发，朝如青丝暮成雪’，你倒好，是‘朝如青丝暮秃头’，羞也不羞？”

听了这话，顾长顺不禁拉长了脸：“哟，这是嫌我老顾丑，坏了李老师的门面？”

“不不不，是坏了三公巷的门面。”

“再丑你不也凑合半辈子了，还跟我说这个。”

顾长顺正扶额无语，又听李聪叨叨他不讲卫生，把擦了鼻子的面巾纸随便扔地上，租客看见了都要嫌他邋遢云云。

他被叨得烦了，吸了口气，拿上手机起身便要走。

“哪去啊?”

“买菜，七八口人呢。蒋师傅又不在。”

“今天不还有?”

“多囤点。”

顾长顺头也不回，风也似的出了红砖古厝，墙上盛开的喇叭花，紫紫红红的一片，被这一阵疾风拨动得微微发颤。

“小心眼。”李聪撇撇嘴，收拾了茶几便去了厨房，张罗起中午的饭菜来。

2

那一厢，顾长顺心里那口气一点也不顺，摘了帽子泄愤半日，终于在喷嚏的提醒下，万般无奈地戴上了帽子，心说，所谓“一场秋雨一场凉”，古人诚不我欺。

一个钟头后，顾长顺提着大包小包穿回三公巷，远远窥见三个捯饬得光鲜亮丽的男人，在那巷尾来回张望，似摸不准方向，年龄居中的那人还拉着一个行李箱。

其中最年轻的那人说：“照导航，这不是到了吗?怎么找不着?”

另外两人都摆手说着“我是路痴”之类的话。

顾长顺一看，展现个人魅力的时候到了，便紧了紧帽子往前走。

哪知，他还没来得及说“游客您好”，便被人给截了和。

“我带你们进去吧，走。”

脆生生的一句，又带着点软糯，谁不喜欢这样的声音?

顾长顺又是骄傲，又是失落，便站在原地不动，看他家闺女顾小喜领着三位游客，从巷尾钻了过来。

“顾小姐，你先前说的那块牌匾，是在这个巷子里？”

“是啊，王宗翰、王宗荣、王宗鲜三兄弟，位列司马、司徒、司空，他们就是在我们三公巷出生的。”

顾小喜说起三公巷的大人物，语气里颇有与有荣焉的感觉。要知道，三公是旧时最尊显的三个官职的合称，虽说秦朝以降多为虚职，但也能让那门楣大大地光耀一把。

“好好，回头我们就去看。”年纪最长的一位笑答。

“好嘞。”

顾小喜应了一声，再往前定睛一看，微微一愣：“爸，你怎么出来了？不是感冒了吗？”

“我买点菜。这是——”

“这是我今天接待的三位游客。”顾小喜往身后微微侧身，介绍道，“这三位男士，要住咱们二吾民宿。”

话音刚落，顾小喜身旁最年轻的男生眼里大放光彩，轻轻“啊”了一声。暮秋时节，寒气日渐深重，他却只穿着深灰色的风衣，内里搭着一件格子衬衫，也不知有绒没绒。

顾长顺心里正寻思这男生在“啊”什么，他却已越过顾小喜，一路小跑过来握住顾长顺的手，热情问候：“您就是顾长顺顾叔叔吧？您好，您好，久仰大名。”

幸福来得太突然！

一早被家后吐槽、被女儿截和的老顾同志，顿时感觉到了来自游客的敬意，笑得跟院里盛放的喇叭花似的，连忙腾出右手，回握男生的手：“你好你好，欢迎来三公巷做客！”

“早就想来了，只是最近才找到机会。走，叔叔，边走边说。哎呀，买这么多菜啊，我帮您拿。”

男生不由分说接过顾长顺手里的三包菜，只留下最轻的那包。

对于男生的这种自来熟，顾长顺有些不好意思，说了声谢谢，便问他如何知道自己的名字。

男生笑答：“以前读书的时候，和小喜学姐是一个学校同乡会的，听她说起过您。”

这话和顾长顺预想的大不一样，闹得他心里又别扭起来，只说了句“好巧”，便不知说什么好。

倒是男生又眯起笑眼，对他伸出大拇指，用背课文似的调调说：“前阵子，我又在电视采访里看到了顾叔叔，这才能对号入座。本以为，电视里的顾叔叔精神矍铄、老当益壮。没想到，今日一见，才发现……”

他故意卖关子，引得心花怒放的顾长顺定睛看他，才抛出后面的话：“顾叔叔您比电视里还要帅气。”

和他预计的一样，此语一出，顾长顺脸上的笑褶又深了一层。

“哈哈，真的吗？那是上个月的事了。”

上个月，刺桐市电视台的一档民生访谈节目，专门采访了包括顾长顺、李聪在内的几位退休老人，为他们颁发了“街巷文化大使”的锦旗。顾长顺一直引以为豪，尽管他的镜头被剪得只剩一分钟，全程沦为李聪的背景板。

那也没办法，谁让李聪形象气质俱佳，口才又是一级棒，三十年的语文老师可不是白当的！

顾长顺正扬扬得意，不想一阵疾风袭来，好死不死地吹歪了他的帽子，露出了一点“大光明”，不免有些尴尬。

男生却边走边给他正了正帽子，道：“天儿冷，顾叔叔可别冻着了。讲解街巷文化，还得靠着您那副嗓子。”

情商之高，令人叫绝。

情商之高，令人发指。

顾长顺、顾小喜同时在心里说。

“千穿万穿，马屁不穿。”顾小喜实在看不下去，不禁咕哝了一句。

男生似听到了这话，扭头便对顾小喜来了个wink（眨眼）。

老实说，顾小喜只要一看到剧里的霸道总裁眨眼，就忍不住要换台。实在是太油腻了！

此时她对这个学弟却厌不起来。

原因无他，皮肤白净，眉眼带笑，一身的青春气息，比那春风还要清新。这谁能厌得起来？即便是在四年前，她也没讨厌过他……

等等，打住，什么四年前，忘了，都忘了才好！

顾小喜收回神思，对身边的两位男士道：“二吾民宿，就在前方拐弯处。”

3

红瓦顶、燕尾脊，地道的闽南建筑，门楣上悬着艺术字体的“二吾民宿”四字。

租客进了二吾民宿，按规定交了房租，李聪便一一为他们安置了住处，又热情地招呼道：“康老师、赵老师、沐老师的三间房都在二楼。一会儿仔细着点，楼梯有些窄，怕你们不习惯。”

“李姨，我也是刺桐人，习惯着呢。”

毫无疑问，李聪口里的沐老师，便是顾小喜的学弟沐川了。

“哟，这么巧呢。”

“可不巧吗？小沐还是小喜的学弟，都一个传媒学院的。”

“咋不早说呢？老顾办事也不靠谱。”李聪嗔怪道，转又对准备上楼的沐川说，“过来阿姨这儿，我给你们打个九折。”

“不了，李姨，下次吧。下次我还来。”

“那行，阿姨记着。小喜——”

李聪向顾小喜努努嘴。

接到母亲大人的指令，顾小喜没有理由反驳，便一边提醒自己要有服务精神，一边大跨步向前走，笑吟吟地拎起赵兴的拉杆箱：“我来，我来，赵老师。”

“这个很重，顾小姐。”赵兴忙要拦。

“我力气很大的。叫我小顾好了。”顾小喜径自往前带路。

比赵兴年龄还大的那位，名唤康捷，他见顾小喜动作麻利，手劲奇大，不免有些讶然：“这箱子有四十斤呢。”

“没问题，康老师请放心。”

沐川也轻声笑道：“顾学姐是真的行，康导您放心。”

顾小喜用目光杀了沐川一次，心里品咂着“康导”二字，暗想这莫不是一位导演。这点心思勾动了一些尘封往事，搅得顾小喜心里隐隐不安。

民宿里原先的几位租客见着新人来了，不免探头看了几眼。租住多日，顾小喜女汉子大力士的人设，他们早就领教过了。只不过，走在顾小喜身边的沐川，却以要风度不要温度的行头，吸引了他们的眼球。

“好俊的男生。”

“嗯啊，好靓仔！”

听得这些赞语，沐川不仅不羞涩，反而大大方方地抬首，像是要让别人看个够。

宛若一只孔雀，嗯，一只骄傲的孔雀。

对，四年过去了，顾小喜对沐川的印象，还停留在当年。

4

“几个月后，陈三从广州回到潮州府衙，就择了吉日，准备迎亲。这时他在潮州城制造传闻：‘陈三就要迎娶五娘啦。’林大鼻他……喂，你在听吗？”

沐川敲敲石桌，瞪住对面坐着玩手机的顾小喜。

顾小喜怔了怔，才回道：“对不起，对不起，我刚在回微信。”

“拜托，学姐，我们在对戏好吧？明天就要彩排了，你这么敷衍真的好吗？”沐川皱起眉，川字形的那种。

顾小喜自觉理亏，正要道歉，忽而听得微信响了一声。

对方来的是语音。

鬼使神差地，或者说是条件反射式地碰了语音键，“对什么戏啊，电影票我都买好了”的一道男声，响亮地炸开在顾小喜耳边。

沐川神色一变，顿然从不耐烦变得紧张起来，直勾勾盯住顾小喜。

“你……”沐川欲言又止。

“我还有事，半个小时可不可以？”

“可以，”沐川沉着脸，“这是你朋友？”

“嗯，男朋友。他过生日。”

“男性朋友？”

“男朋友。”

彼时，对于沐川咬文嚼字般的追问，顾小喜是有些不舒服的，而沐川的情绪，则肉眼可见地起了变化，从皱眉黑脸，到扬起脖颈，伸手撩了撩额前的碎发，唇边逸出迷之微笑，宛若一只孤芳自赏的孔雀。

然后，这只孔雀说："今天就到这儿吧，我也很忙。"

彩排前的一场对戏，就此草草结束。不过，在那一次校园文艺会演中，沐川和顾小喜主演的梨园戏《陈三五娘》，却得到了评委、观众的一致认可，还收获了一批CP粉。

这也不奇怪。在一众同质化严重的唱跳节目中，突然出现了入选国家级非遗名录的戏曲，这本身就让人耳目一新。"古南戏活化石"的艺术魅力，自然非同一般。

5

海蛎煎，石狮甜果，黄金五香卷，面线糊，姜母鸭，土笋冻……

刺桐的特色菜，碗挨碗、碟碰碟地摆了一桌。

"刺桐菜的烹调手法有很多，蒸、炒、炸、烩、烤、煎、淋、烧、卤、煨、炖这些技法，全都有。来来来，别客气啊。"顾长顺笑眯眯地说。

"好。"

"这都是顾叔叔做的菜？"沐川一边舀面线糊，一边问。

"面线糊、姜母鸭是我做的，其他的都是老板娘做的，嘿嘿。哦，土笋冻是买现成的。"

李聪笑着接过话："平时都是蒋师傅在做菜，这阵他回老家去，还没销假。我夫妻俩手艺就差了点，大家多担待些啊。"

"阿姨太谦虚了，阿姨、叔叔的厨艺一点都不比大厨逊色。"

二吾民宿比起其他民宿而言，自有一番特色。一是处于历史底蕴深厚的小巷之中，颇得"靠山吃山靠水吃水"的便利；二是经营方式十分灵活，租客可以选择包餐和不包餐两种方式。

至于这包餐的质量嘛……

大家都一个字点评：值。

比如，坐在沐川旁边那位上班族陈爽曾算过一笔账。

此处距离上班地点虽有三公里之远，但她上下班可以搭小白，两块钱便能到巷子口。再想想并不高昂的房租，每晚都能吃到的各色刺桐菜。这么一来，每个月能节省六七百且不说，生活品质远比在外与人合租要高得多。

陈爽人如其名，为人爽朗得很，很自然地从沐川手中接过勺子，也舀起了面线糊："三位老师今天有口福啦。平时我们都是各吃各的，只有周日才一起吃饭。看，多热闹啊。"

"小陈平时上班远不远哪?"康捷也乐呵呵地搭话。

"有点远。不过，有小白呢!"

"小白?"康捷有些困惑。这名儿，听起来像是一种交通工具，但康捷刚到刺桐不久，出门不是步行就是打的，倒没注意这个。

"哎！就是我们刺桐古城里的一种交通工具啦！一种小巴士车，随招随停，能坐六七个人。可方便了!"

说着，陈爽又把手机掏出来，给康捷看她下载的APP："喏，现在还有预约功能。只是咯，用的人不多，不太好使。"

有道是，入乡随俗，康捷也听得来了兴趣："回头我也坐坐小白。嘿嘿!"

他正转头看沐川，但见他连嗦了两口面线糊，啧啧赞道："这面线糊！这海鲜汤！地道！比馆子里做得还好。那些流水线造出来的饭菜，乍吃滋味浓烈，却耐不住细品。"

在刺桐人的日常生活中，油条搭着面线糊，往往就是一餐饭——尤其是早饭——的标配，既寻常易得又最考验功力。最地道的面线糊，要诀全在面线、底汤本身。

面线拉得像发丝儿一般细而不断，莹然透亮，劲道十足；

汤底则以大骨头或是海鲜汤来熬制，草鱼、梭子蟹、虾米要先分开熬制，再倒在一起熬成浓汤，方才合格。

顾长顺听得这话，直夸沐川有见识，又咧嘴笑道："这话说得不全对。以前吃饭没多少油水，油腻的大骨汤才受欢迎。现在生活好了，大家的口味也清淡起来，大骨汤就换成海鲜汤了。你要是喜欢大骨汤的，下次顾叔叔给你做。"

"好，谢谢顾叔叔。"沐川说，"我十岁的时候才跟着家人搬到刺桐，这些老规矩都不知道呢。"

闻言，顾长顺更是来了精神，打开了话匣子："嘿！那我再跟小伙子讲几句。开锅之后，最好是用一尺长的甘蔗来搅拌。哦，大铁锅的，都是用大铁锅。火要调小点，不断打磨碾碎，隔一会儿就要把甘蔗伸到锅底搅拌一次。前前后后，差不多要半小时。"

"啊，这……甘蔗的作用是……"沐川大感意外，不觉瞪圆了眼。

"要把甘蔗里的糖分溶解到汤汁里啊！咸咸甜甜，那才够味。出锅之后，最好是再点几滴高粱酒。嘿！你没吃出来吧？"

沐川忙用调羹舀了一勺，放进口中慢慢品咂，这一咂，甘蔗的清香、高粱酒的浓醇，一丝不漏地渗入舌尖，回味无穷。

"甘蔗嘛，我老顾这里是从来不缺。"顾长顺嘴巴往巷尾努了努，"我家的糖厂就在那边。"

作为"寻常小味"糖厂的老厂长，顾长顺说起糖来就精神头十足。若不是李聪对他频频皱眉，接下来他大概又要说一堆车轱辘话了。

于是，在李聪的引导下，一桌人说说笑笑地吃菜，每个人的情绪都有被照顾到。看着一桌地道的刺桐菜，沐川食指大动，一口气把菜品尝了个遍，抬眼时碰到顾小喜忍笑的神色，便说：

“学姐，一会儿带我们再逛逛呗。去坐坐小白。”

顾小喜忙摆手：“这我可带不了。小白进不了巷子呢！”

“你这格局小了不是？”沐川调侃道，“叔叔阿姨都是‘街巷文化大使’，你就不考虑考虑发扬一下，将来做个‘街道文化大使’？”

“不考虑，我只管这几条巷子。”顾小喜嘻嘻一笑，不接他的话茬儿。

先前，她在帮老顾值守的时候，突然间遇到沐川，见他嬉皮笑脸毫不意外的神色，顾小喜便猜测这不是什么偶遇。只是，她并不知道，他来寻她所为何事。

正胡思乱想，顾小喜被老妈李聪唤了一声，问她开饭前是否记得，把保温壶里的面线糊给吴老送上楼去。顾小喜忙点头称是。

6

一餐吃饱，众人各自散去，睡午觉的，看电视的，散步的，不一而足。

顾小喜却没闲着，洗完了碗筷，绕过天井，就拿着花锄到后院去了。

脱了羊绒大衣，顾小喜正哼着小曲儿给花花草草浇水施肥，沐川却蹑手蹑脚地走来，企图玩个“猜猜我是谁”的游戏。

谁知道，顾小喜警觉得很，猛一回头，撞破了沐川的恶作剧。

一霎时，饱满的额头堪堪撞在沐川手心，滑腻腻的还带着些温热。

沐川蓦然失了神，忙收了手，笑道：“要不要我帮你啊，学姐?”

“你又不会。弄坏了你可赔不起。”她摇摇头，蹲下身侍弄花草。

“那好吧，你先忙，我回头再问你。”他也随着她蹲在一旁，目光却凝视着花圃前的一处墙绘。以墙为纸，以漆为墨，画风充溢着古韵，摹画着海上明月，一叶扁舟。

在刺桐电视台的采访节目中，镜头从这一处墙绘前一掠而过，沐川却似被它攫住了心神，眼明手快地截了图，放在手机里时时赏看。

“没事，该问问。”顾小喜随口回答。

“那，我就问啦。我想问，‘二吾’是什么意思?”

“唔，你知道张謇张季直吗?”

“必须的啊！半生科举半生实业，那可不是一般人物，近代实业第一人!”

“嗯。我听说，张季直曾支持地方开了个照相馆，就叫‘二吾照相馆’，意思是‘两个我’。我喜欢这个名儿，就把它拿过来用了。”

“这个名儿取得好，一个是现实世界的我，一个是影像空间里的我。那你用这个名……”

“对于游客来说，出来旅行放松身心，也能找到另一个自己啊。”

“有道理。一个是在庸常的生活里，忙到飞起的牛马；一个是在广阔的天地里，自由放飞的自己。哎呀，弗洛伊德所说的‘本我、自我、超我’，差不多也就是这样了吧。”

顾小喜被这番话逗乐了，点点头：“阅读理解不错。”

“那必须的。”

“所以，现在处在‘超我’阶段的学弟，这次打算出来玩几天?”

“我以为你要问我，‘本我’的我，在做什么工作呢。”

“不想问。”顾小喜摇摇头。

自然是不想问的，你要问了别人，别人还不得问你?

顾小喜完全不想提她那糟心的工作经历。

现在，帮父母打理二吾民宿，做好街巷文化的宣传人，简简单单的就很不错。

“好吧。那就不说了。”沐川换了话题，目光投向那一面墙绘，轻声吟哦，“海上生明月，天涯共此时。”

“你怎么知道我画的是这个意境?”顾小喜猛一抬头，一动不动地看他。

“很明显啊。”沐川道，“你刚不是说我阅读理解不错吗?”

自己的作品被解读得一丝不差，那些关于高山流水、郢人斫垩的故事，就似到了眼前一般，顾小喜哪能不高兴?毕竟，很多人看了这面墙绘，第一句话说的是:“月亮还画得挺圆的，有这么大的圆规吗?”

顾小喜无语凝噎。

眼前这位知音，顿时让顾小喜有了表达的欲望，她便指了指二楼中间的屋子，道:“我是画给吴老看的。他很喜欢。”

“吴老，就是你送保温壶上去的那个老人吗?”

“嗯，是他。他叫吴昌平，每年都要在这住几个月，从中秋节住到清明节。”

“然后呢?”

“其他时候，在国外。”

“是……华侨?”

顾小喜点点头，娓娓道来。吴昌平祖籍刺桐，小时候在这里长到了十余岁，后来随父辈出了国。某次，因为资金周转不灵，吴昌平的父母不得已卖了老巷子里的祖厝。如今将至耄耋之年，老人家的思乡之情比那面线糊还要浓稠，总想在老家长住。

“家里人大多迁了出去，吴老只有一个堂姐在本地，所以就长期住在我们这儿，看看刺桐古城，解一解乡愁。今天他去堂姐家了，老爸煮了面线糊，也要给他留一份的。”

“叶落归根，人无论走到哪里，都会挂念家乡的风物。”唏嘘一声，沐川的目光也深沉起来，不复平日的嬉笑之色。

这是顾小喜从未见过的神情。

正不知该怎么接话，沐川却目光灼灼地盯住她，问：“学姐，我这次是特意来找你的。”

7

晚睡前，顾小喜取下面膜，再洗了把脸，才裹了被子躺下。

本来说，她已经拒绝了沐川的请求，不带一丝犹豫，但不知为何，此时此刻却又觉得有些遗憾，多想了两遍竟然睡意全无。

“我们都是传媒学院毕业的，还有舞台经验，这个角色太适合你了。”沐川半是鼓励半是蛊惑的声音，犹在耳畔。

原来，沐川在毕业之后，并未从事编导工作，转投了风投行业，供职于瑞华资本。因为眼光毒辣业绩突出，沐川没两年就升任了投资经理。赵兴也是他的同事，出道好几年才坐上这个职位。

这几年，在影视行业之中出现了一个新门类——短剧。短剧发展迅猛，赵兴、沐川一合计，就联合做了一个项目，跟导演康捷搭上了线。正好，康捷想要拍一部《亲爱的墙绘师》，沐川便推荐他到刺桐市来取景。

要取景，就得勘景。沐川一边走街串巷，一边狂刷旅游景点小视频，没几日就刷到了三公巷的新闻采访，被二吾民宿的墙绘吸引住了。

好巧不巧地，一打听才知道这是顾小喜的作品。顾小喜比沐川大两届，是他的学姐。虽说他对她的喜好特长无不在意，却不知道她还擅长绘画，所以沐川猜想，顾小喜多半是在毕业之后，才学到了这个技能。

这么一想，沐川的心思就更活络了，便在投资、勘景的任务之上，还加了“推荐学姐来主演”这一条。

康捷本有中意的女主人选，但听沐川把顾小喜吹得神乎其神，照片上的倩影也和贴合角色，便想借着勘景的机会，来看看顾小喜本人。

接触了顾小喜之后，康捷对沐川点了点头，让他去当说客。

凭着以前编导专业的技能，沐川对这个剧本进行了评估，认为它具有爆火的潜质。和靠狗血刺激博眼球的短剧不同，这个剧本讲述的是一个抑郁症女孩凭借墙绘治愈自己的故事。

因为职场不公、爱人不忠，女孩阿怡患上了重度抑郁症，药物起效很慢。在偶然的机缘下，阿怡爱上了墙绘，便在院中的墙壁上涂涂画画。一年过去，阿怡在艺术的疗愈下竟然摆脱了抑郁症，焕发了新生。

多好的故事！肥水不流外人田！

在沐川的心里，已经敲定顾小喜出演的细节。

可万万想不到，顾小喜竟然一口回绝了。问她原因，她只说了个没兴趣。这显然不是实话。在充斥着一夜爆火新闻的当下，几人能拒绝这种诱惑？

“沐川，你们是在我家里装了监控吗？”咬着被子，顾小喜暗暗吐槽，眼睛不觉看向衣柜那个方向。

衣柜里放着一个锁起来的小木匣，里面装着已经过期的帕罗西汀、艾司西酞普兰。

权当一个纪念吧。

纪念她顾小喜因为职场不公、爱人不忠，患上了抑郁症，又凭借墙绘的疗愈，焕发新生的过往。

纪念，就可以了，但要让自己再来演自己，也太匪夷所思了！

8

“胡大爷，胡大爷——”

吃过早饭，顾小喜领着沐川三人来到巷口，去拍三公祠的门。

本来说好昨天就要领他们去看，但看守祠堂的胡大爷有事外出，大晚上才回来，顾小喜只能在今天兑现诺言了。

胡大爷端着一碗元宵，正吃得一嘴汁水淋漓来不及擦，便忙着给他们开门。

几句寒暄之后，四人已进了祠堂。

墙门、门楼、照壁、正殿、庑房、享堂……规格虽不算大，也算是“五脏俱全”，无所不包。庭院里所植的花草树木，也都十分耐寒，看起来仍然葱茏。

沐川三人看得津津有味，好一阵子才跟随导游顾小喜走到庭院里。

她看了看左侧的厢房，说：“那边是一个小型的展览，有关于三公文化的。”

“那……不局限于王氏兄弟咯？”

“看看就知道。”

三人被领进三公文化展，只见里面竟摆了数十件文物，不免有几分讶异。毕竟，这只是一个小巷里的小祠堂。

“这么多东西。”沐川脱口而出。

顾小喜忙解释道：“你也知道，刺桐古城在打造文化名片这方面，是不遗余力的。”

“嗯。我看哪，申遗的结果今年就会下来。这次肯定没问题。”

2018年时，刺桐市曾以“古刺桐史迹”的项目来申遗，但没有成功。后来，刺桐市政府又将申遗的主题定为海丝文化，打算提交“宋元中国的世界海洋商贸中心”的申遗名录，并在市民中广泛宣传。

九日山祈风石刻、市舶司遗址、德济门遗址、天后宫、真武庙、南外宗正司遗址、府文庙、开元寺、老君岩造像、清净寺、伊斯兰教圣墓、草庵摩尼光佛造像、磁灶窑址、德化窑址、安溪青阳下草埔冶铁遗址、洛阳桥、安平桥、顺济桥遗址、江口码头、石湖码头、六胜塔、万寿塔。

二十二处代表性古迹遗址及其关联环境，突出了刺桐市的海丝文化，印记十分鲜明。全市人民都对这二度冲刺充满信心，有识之士更生出了要建设推广街巷文化、助力古城旅游名片的想法。

这不，顾长顺、李聪，就做起了三公巷一带的义务讲解员呢！

走进展览室，最引人注目的，自然是三公牌匾。在那牌匾下的玻璃橱柜里，端端正正地放着一枚铜镜。

顾小喜指着铜镜介绍道：“这是一枚汉代的铜镜，叫作‘位至三公夔凤连弧纹铜镜’。社会捐赠的。可不容易找。”

沐川三人都近前去看那上面的铭文，为那斑驳的岁月痕迹感慨丛生。

从展览室里出来，四人都默契地不置一词，生怕惊扰了祠堂里肃穆的氛围，没想到临到大门口，却远远地听到咿呀之声。

驻足一听，沐川、顾小喜不禁互望一眼，又匆匆避开对方的凝视。

“……花如解语，开宜及时，不尽欲言，珍重珍重。附诗一首：一日相思一日深，几番惆怅几沉吟，荔枝若有坠楼恨，拼向瑶阶碎玉琴。喂哎！看此书，教人肠肝裂，不由碧琚泪珠滴。明知他乔装磨镜为着我，明知他拥帚阶前卜佳期……”

从大门口的保安室里传来的，正是梨园戏《陈三五娘》的片段。透过窗户，还能看见胡大爷眯着眼，趿着拖鞋晃荡着二郎腿，听得那叫一个投入！

顾小喜不再凝视沐川，反倒是深陷曲中，轻声跟唱起来：“……都只为，都只为家规严谨，子计可施，才致相对无言，咫尺天涯苦相思，陈三呀陈三，你可知碧据芳心，早已碎了！”

她还记得，文艺会演当日，她和老乡学弟沐川，穿着合规的戏服，唱了最经典的几个曲牌。全程两个小时，中间竟无一人离场。彼时，沐川温柔的目光似能滴出水来。她本以为他靠的是技巧，后来才知他凭的是情感。

正因如此，事后在沐川仗着酒胆表白之时，她便毫不犹豫地拒绝了。再之后，沐川便似忘了这件事，见着她依然有说有笑，却很少出现在她身边。

康捷、赵兴哪里听过顾小喜唱曲儿，呆呆地立在原地，一时听得痴了，等她曲音落下，才拍掌称好。

沐川也怔怔地立在原地，纹丝不动，定定地看着顾小喜，眼底泛着泪意。

康捷长期在片场指导演员，那些深深浅浅、真真假假的感情戏，一眼就能辨出，看到这番情境，他也忍不住脑补了一大堆情节。

像什么牵手喝奶茶、雪夜看烟花、雨天分手的戏码，一个都不能少。

正浮想联翩，却没想到顾小喜转身看着他，认真地问：“康导，您这里缺一个画替吗？”

9

厨房里还残留着没有褪尽的油烟气息，顾小喜一边洗碗，一边默默地想心事。正想得出神，沐川就撩开帷幔钻了进来。

“你好，画替老师。”

一如既往的嬉皮笑脸，却又活泼可亲，丝毫不招人厌。

顾小喜对他翻了个白眼：“我可是你学姐。”

“现在你是我们团队的一员，当然要换个称谓了。”

口里说着调侃的话，手里做的却是正经的事。沐川接过顾小喜洗干净的碗筷晾在一旁的不锈钢架上，手脚很麻利。

这天上午，谁都没想到，顾小喜竟然在跟唱梨园戏后转变了心意。尽管她只是想当个画替。

康捷哪有拒绝的道理，高兴还来不及。先前找好的主演也不用换下，可算是两全其美。回民宿的路上，康捷的八卦之心熊熊燃烧，等回了屋才揪着沐川问，牵手喝奶茶有没有，雪夜看烟花有没有，雨天分手有没有。

得到的答复是“真没有”。

没有开始，哪有后来的种种？沐川苦笑。

但不管怎么说，眼前人是心上人，海底月是天上月。

就这样静静地陪着她，名正言顺地陪着她，已经是一个好的开始了。

第二章 嗯，这里是“寻常小味”

1

院里的大公鸡一早鸣个不停。

当顾小喜打着哈欠来到院中时，看到的第一幕场景着实令她一惊。

白T恤、运动裤，穿着随意的沐川，正跟在吴昌平老人的身后，一招一式地学他打拳，打的是闽地传统拳术——五祖拳，学得有模有样。

吴昌平打拳转头时，发现身后来了个认真打拳的小伙子，微微一讶，便会心一笑，对他点头示意，一招一式也更是用力用心。

一个教，一个学，没有语言交流，却无声胜似有声。

顾小喜也被这气氛感染了，立在榕树下默默赏看。

五祖拳属于七大拳种之一，享誉中外，早已传播到东南亚、美洲、欧洲，到了近代，再由武术大师们进行整合，内涵更为丰富。数年前，五祖拳已入选第二批国家级非物质文化遗产名录推荐项目。

虽说如此，五祖拳在年轻一代中的拥趸却不多。这么一想，老人遇着如沐川般勤学乐学的后生，自然有了绝好的心情。

好心情的老人打完拳，便招呼沐川在榕树下坐着攀谈。

沐川却细心地说："吴爷爷，您先回去换件衫子，别着凉了。"

吴昌平这才想起这茬儿。往日他对此十分讲究，今早看着沐川这位小知音，竟一时高兴得忘了。

趁着吴昌平回屋换衫，顾小喜两三步就走到沐川跟前，笑道："没看出来啊，你以前还学过五祖拳。"

"没学过啊。"沐川答得挺溜，让顾小喜又吃了一惊。

顺便地，她也想起以前同乡会的学生们对他的评价：学霸，不是"狭义学习"的学霸，而是广义上的学霸。不管什么技能，就算他从没沾过，学起来也快得超乎想象。因为这个，人送外号"传大彭于晏"，倒不是因为他长得像彭帅哥，而是跟那位大明星一样，学啥啥成。如果说，彭帅哥是每拍一部剧就能获得一个新技能，那么沐川就是每接触一样新事物，就能学得十分到位。

念及此，顾小喜心里有点酸。从小到大，她都是那种要付出很多努力才能办好一件事的人。学前启蒙阶段，拼音老是不过关，老妈曾一度怀疑自己抱错了孩子。好在，老妈不肯轻言放弃，到后来顾小喜多多少少开了窍，才有了点自信。

正胡思乱想，吴昌平已经换了衫子出来，外面还罩着一个军装背心，平添了几分硬朗之气。

学啥都快的沐川，很快便和吴昌平聊上了。话题从五祖拳的起源，到"修身修性谦为本，学法学艺一气成"的五祖鹤阳拳门规，再到华侨圈子里的一些风闻逸事。

一老一小谈兴甚浓，顾小喜从头到尾也切不进几句话，索性做一个忠实听众。

金风在榕树上跳荡，弹奏着秋日的欢愉之音。小院的那一头，自称“牛马”的小姐姐陈爽，已经啃着面包，背着大大的挎包出了门。

包里装着她的笔记本电脑，还有她昨夜奋战的成果。

2

咕嘟咕嘟，锅里的肉燕煮得正香。

随着顾长顺一声“起锅喽”，沐川、顾小喜连忙咽着口水往里冲，片刻后又托着托盘出来，帮吴昌平也盛了一碗。

见沐川、顾小喜、吴昌平都坐在八仙桌边，顾长顺也乐呵呵地坐下，说：“就煮了七八碗，先到先得。”

晚一步过来的李聪却嗔道：“你不去唤唤康老师、赵老师，自己倒先吃起来了。”

顾长顺忙拍拍秃脑门，一溜烟跑去唤康捷、赵兴了。

沐川本想起身，却被李聪一句“让他去”拦在了凳子上。

他便笑道：“康导、赵兴都习惯晚睡，我起来就没叫他们。”顿了顿，又说，“不过，他俩都是老饕，现在有好吃的肉燕，怎么也得爬起来不是?”

这话逗得大伙儿都笑了。

吴昌平不禁感慨道：“闽菜里的特色菜品可太多了。这福州肉燕也是一绝。”

也是，把捶得稀烂的精猪肉，混上木薯粉做成面皮，再把肉馅包了个囫囵，一口咬下去，是滑韧的肉皮，鲜嫩的肉馅，谁不说一句美，那是一种能鲜掉人舌头的美！

再吃一颗肉燕，吴昌平突然想起先前聊的内容，好奇地问沐川："小沐啊，你和赵兴老师是怎么想到要投短剧的呢？"

"因为短剧赚钱啊。"

"哦？电视剧、网剧不好吗？"

"您老有所不知，"沐川忙回道，"电视剧、网剧好是好，但投入成本太高，回款又很慢，这就意味着风险不好把控。"

见大家都点头同意，沐川又说："所以啊，很多制片人、导演都转投短剧了。当然，短剧市场还有待规范，粗制滥造的剧本很多，但这恰恰是精品短剧的机会。"

"对，我们这个剧，就是要做成精品短剧。"

正说时，顾长顺已带着康捷、赵兴过来了。

康捷接着说："两位投资人一眼就相中了我这个剧。呵呵。"

一桌七人，一人一碗肉燕，吃得津津有味。

收拾完餐桌后，沐川主动请缨，要去厨房里帮忙洗碗，李聪也由着他去了，只私下里问顾长顺："小伙子是不是喜欢我们小喜啊？"

顾长顺完全没想到这一节，这一提醒，才想起沐川对顾小喜确实太过亲近，并不像是学弟对学姐，不由得重重地点了头。

思忖了一会儿，他才问："你不是登记了身份证号吗？沐川比小喜小多少？"

"两岁吧。"

"那还好啊，我同意。"

李聪被这没脑子的话惹得气大，一巴掌打在他胳膊上："同意什么同意？你忘了，那个渣……"

顾长顺嘴里应景地蹦出一个"男"字，补全了这句话。

霎时间，李聪又被他逗得哭笑不得，摆手道："算了算了，不骂人，不生气。总之，小伙子虽然还不错，但老祖先人说得好，'路遥知马力，日久见人心'。"

这一厢，顾长顺正点头如啄米，说着要为女儿把关的话；那一头，顾小喜、沐川一边刷着碗，一边笑哈哈地聊起往事，准确说，是第一次见面的往事。

那时，刚进大学的沐川很快就加进了同乡会。迎新会上，顾小喜和同乡田思敏来得很早，但没想到沐川来得更早，还自来熟地表示自己以后会罩她，让人啼笑皆非。

“这说明学姐年轻啊，”沐川笑道，“不年轻，我能把你认成跟我一样的大一新生吗？”

“你吧……嗯，怎么说呢？”

“怎么说？”

“说得好听点，叫‘热心’。”

“说得难听点呢？”

“叫‘自恋’，哈哈！”顾小喜飞快说完这话，往铁锅边一闪。

“嗐，自恋就自恋呗，自恋好啊，自恋的人才自信哩！”

“切！”顾小喜鄙视了他一把，又换了种口吻，“谢谢你啊，沐川，为你的热心。”

“哟，怎么还夸上了？”

“吴爷爷最近一直阴着脸，应该是心情不好。你肯陪老人说话，逗他开心，真的很好……嗯，总之，谢谢你。”

“哎，学姐你太不了解我了。”沐川突然收起嬉笑之色，“你如果愿意多了解我，你一定知道，我在大学时就是敬老院志愿者，哄老人开心是家常便饭。”

“哦，这我真不知道。”顾小喜有些讪讪的。

“没关系啊，认识人总需要一个过程，不是吗？”沐川口气转为轻松，“从现在开始，学姐可以重新认识我。”

两相对视，笑意粲然。

也许，重新认识彼此，就从这一眼对视开始。

3

一根烟囱离地十数米，通体以红砖砌成，不时轻烟缭绕。

这是坐落于三公巷尾，一家名为“寻常小味”的厂房的鲜明标志。

在20世纪六七十年代，这个以闽派甜食为卖点的糖厂，曾经风光一时，受到刺桐市人的极力追捧，每到年节销量必然大涨。还有不少海外华侨，也对“寻常小味”生产的传统糕点念念不忘，时常托人捎上几盒以慰乡情。

在三公巷选定几处场景后，康捷将目光投向巷尾的“寻常小味”糖厂，便央着顾长顺带他进来看看。别的不说，光那大大的烟囱，都写满了故事。

本以为，顾长顺多少还会犹豫一下，没想到他一口就应了下来，当即和弟弟顾长庆联系，要带康捷等人参观。

顾长顺从糖厂退下之后，顾长庆成为新一任厂长，如今也年逾半百，两鬓苍苍，准备找接班人了。前几年，顾长顺的长子顾小欢到国外制糖工程专业学习，为的就是归国以后接管糖厂，继承家业。

康捷、沐川、赵兴三人跟着顾长顺兄弟俩进了糖厂。刚一进门，便觉得视线开阔，糖厂的面积远比自己想象的大，里面说是厂房林立也不为过。

顾长顺见沐川啧然有声，不觉生出几分自豪感：“你别看我们糖厂选址是在三公巷和百工巷的交界处，占地面积却有三四十亩。”顿了顿，又补充道，“你们要取景，多的是地儿。”

康捷对此十分认同，又道了一通谢，拿手机拍了不少照片。顾小喜在一旁作陪，见他随手拍的照片，角度也取得极妙，不由得暗赞一句导演就是导演。

穿过一条花径，顾长庆指着眼前一幢二层小楼，说一楼是产品展厅。

走进去一看，窗明几净，当中陈列着猪油糕、礼饼、猪油炒米、灶糖灶饼、年糕、红糖粿、菜头粿、咸真酥、黄米糕、麻芝、雪片糕、鸳鸯饼、碗糕、橘红糕等甜食的模型。

虽说是模型，但做得极为逼真，几乎要逗得人淌下口水来。

再看展厅四周的幕墙，还贴着数张闽派糕点的海报，上书“闽派传统糕点按工艺分为烤制、炸制、蒸制、熟粉等五大类”的解说词。

不一时，女接待邹芳已经端来了几碟糕点，放到客人们的面前。顾长庆忙招待大家坐下来吃茶吃糕点。这些糕点日期都很新鲜，色泽明丽可喜，口味各臻其妙，别说是康捷这个外地人，就连本地人也忍不住多来几块。

顾长顺不禁感慨道：“我们小的时候，物质哪有现在丰裕？就是这些传统糕点，也不是随时都能吃到的。小崽儿们一心盼着天天过节，这样我们就有理由吃甜品、吃糕点了。”

一席话听得同座之人也觉唏嘘。

康捷便接口说：“等到我们出生的时候，买吃买喝都不难了。沐川，到你们这代人，就更幸福啦。是吧？”

沐川笑道：“是的，我就是因为天天吃糖，还得了龋齿呢。”

这话引得同事赵兴一阵揶揄：“是吗，那你都喜欢吃什么？”

沐川毫不犹豫地指着一块糕点，说：“鸳鸯饼。”

“这个吗？”康捷用牙签刺起一块鸳鸯饼，看了又品，“为什么叫这个名字？嗯，酥酥脆脆，好吃。”

“你看，这面皮里内外有七层，里面裹着两种馅料。”沐川回道。

“哦，我吃出来了，肉松和……麻薯红豆？”

“一咸一甜，口感丰富。”

沐川笑道：“现在啊，网友们对于豆花、粽子这些美食无法达成共识，有爱吃甜的，有爱吃咸的。这鸳鸯饼，可以满足各种刁钻口味。”

吃罢糕点，康捷、沐川、赵兴，随顾家人上楼参观厂史图展，这才知道，“寻常小味”虽落成于20世纪六七十年代，但其历史可以追溯到1918年，说得上是一个百年老字号了。

“哪里是1918年，”顾长顺感叹道，“根据传说，戚继光入闽抗倭之时，带来了‘光饼’。那时，老英雄带来的糕饼师傅，就姓顾。”

“爸，你别瞎说了，这是传说，传说！”顾小喜站在顾长顺身后，听他开始吹牛，忍不住出语提醒。

“传说怎么了？有族谱呢，还一直传到了民国。只是，那些年头战火纷飞，朝不保夕，族谱也不知道搁哪去了！”顾长顺瞪圆了眼。

“传说要能靠谱，诸葛亮、乾隆、慈禧都得忙死。”顾小喜嗤之以鼻。

见这父女二人要争起来，沐川忙打岔道：“顾叔叔，我看这展板上写着，20世纪90年代时曾一度停产，是遇到什么困难了吗？”

4

听得这话，顾长顺的话匣子完全被打开，一人便说了半刻钟。

时间回到1916年，顾兆杰、陈晓梅夫妇做得一手好糕饼，手头也还宽裕，便开起了一家名为“寻常小味”的糖铺。后来，生意越做越大，又开起了多家分号。

到了20世纪50年代，顾兆杰把总店迁到三公巷一带，没几年便得到国家拨款扩建，又吸纳了一些华侨投资，引入科学技术提升传统工艺，这才把糖铺易名为糖厂，就此蜚声中外，一度成为老刺桐人的儿时记忆。

只可惜，到了20世纪90年代，商业、服务业如雨后春笋般涌出，“寻常小味”的效益日渐萎缩，曾因资金周转不灵，导致延发工资，两度裁员。到最后，竟濒于破产。

一番周折之后，“寻常小味”总算是保住了，留下了两条生产线。这就意味着，糖厂五分之四的厂房被闲置。多年来，这批厂房也没被挪作他用，就安安静静地伏在那里，与还在生产糕饼的“兄弟们”相互守望。

“这个糖厂，就像是我们自己的家，能做到几时算几时。”

不知何时，顾长庆走了过来，感慨不已。先前，他一直跟在康捷、赵兴身边，此时听得老哥讲厂史，这才缓缓踱过来。

沐川忙宽慰道：“顾叔您放心，糖厂一定能活下来。虽然现在满大街都是做糕饼的，但能真正把闽派甜食做成品牌的，也没有几家。”

顾长庆已听哥哥说过沐川、赵兴的来历，此时便忍不住问：“小沐是在瑞华资本上班吗？要不，您给分析分析，能不能往我们糖厂投点钱？”

沐川笑道：“一个投资项目，要经过很多道手续，尽调、背调都很烦琐。我现在也拿不了主意。如果有机会，我会帮顾叔想办法的。”

回民宿的路上，顾小喜偷拉了沐川的袖口，让他走得慢些。

说起今日之事，顾小喜颇有些难为情，小声对沐川说：“糖厂是我们顾家传承三代的产业，我爸、我叔都舍不得丢下。他们今天说的话，你别放在心上。”

沐川微微一愣：“为什么不能放在心上？”

“不瞒你说，我叔每年都要拉人来考察，做投资，但人家一看这厂房啊，那叫一个‘冷冷清清，凄凄惨惨戚戚’，谁肯跟你做啊？人家又不傻。”

这番吐槽，听得沐川捂嘴偷笑。

顾小喜便顶顶他胳膊，认真地说：“我没开玩笑，真是这样。”

叹了口气，她又说：“我能理解，他们舍不得这个厂，犹如舍不得这条老巷。不过，人太执着不见得是什么好事。当初，我哥本想去美院，结果我爸非得让他去学制糖工程。他快毕业了，可我很担心他学无用武之地。”

“你哥就……顺从了？不能吧？”沐川一副难以置信的表情。

“我哥从小就听话。”忆起过往，顾小喜眉头轻蹙，“不像我，过了很长的一段叛逆期。”

小喜本以为沐川会揶揄她几句，他却敛了笑意，说：“叛逆这个词，就没什么道理。你小的时候，不顺父母的意，会被说成是‘叛逆’。到现在，你爸、你叔的固执，在你看来，不也是一种叛逆？”

顾小喜明显被这话触动了，立在原地神思恍惚，唇间飘出几个字来：“那人生该是什么样子？”

“从心而行的样子。”他说，笃定且温柔。

沐川抬头望了望大烟囱，心里升腾起一个想法，但他还需深思熟虑。

5

落地窗透来温暖的阳光，一两点碎影浮动在地面桌上。

向老总任瑞华汇报完《亲爱的墙绘师》项目的进度后，沐川见他仍然眉头紧锁，便关切地多问了一句。

任瑞华便忍不住向沐川吐槽了一通。几句话下来，沐川算是听明白了。公司的一个叫李鸿的投资总监，近期做了一个资管计划，由瑞华资本来作劣后方，合作方来负责补仓。但因为对方资力不够，现如今信托和银行便追着瑞华补仓。

沐川一边说出一个解决方案，一边在心里酝酿稍后安慰李鸿的话。

别的不说，沐川决定进入风投这个行业，是因为李鸿，两三年来业务提升极快，也是因为李鸿肯一手一脚地带他。

当年，沐川主修的是文化产业管理，毕业后很自然地进了文化事业单位。结果，待了半年下来，沐川觉得没劲，此时机缘巧合地认识了李鸿，便辞职捡起了自己的另一个学历——金融。

两三个月后，沐川应聘瑞华资本，从分析师做起，没多久就开了单，两年后晋升为投资经理。几年做下来，沐川越来越喜欢这份职业。

记忆犹新的是，一个做奶啤的厂家需要融资。在被多家投资公司拒绝之后，沐川竟然帮它挖掘到了卖点，扩大了生产规模。

“很多人都有自己的梦想，我们投资人的价值，就是帮他们实现梦想。既要为他们提供资金，还要以远见和专长去引领。”李鸿如是说。

对此，沐川深以为然。在成功操盘两三个项目后，沐川发挥专长，积极地在影视文化行业中挖掘有潜力的作品，还拉着邻近工位的赵兴一块做项目。最后，沐川在众多项目中，选择了康捷导演的“亲爱的”四部曲短剧项目。

谈下来项目后，李鸿对沐川的眼光十分欣赏，问及原因，沐川便说：“李老师以前教过我说，要赌赛手，而不是赛手所骑的马。我把几位导演的作品都研究了一遍，发现康导的团队水平最高。”

沐川深知，没有李鸿带他，他也不会成长得如此之快。所以，为何眼光、水平远高于他的老师，会出现不应该出现的问题呢？

回到办公桌前，沐川拨了好几次电话，才找到李鸿。沐川下班之后，径直去了医院。原来，李鸿近期一直心不在焉，因他的妻子被查出心功能不全，需要做心脏搭桥手术，李鸿最近忙得焦头烂额，才导致项目跟进不及时，出了岔子。偏偏他又是个很要强的人，不愿随便对人倾诉疾苦。

赶到医院看望了师娘，太阳已经落山了。

沐川刚下电梯，要出住院部，一个熟悉的身影便撞进了他眼中。

“学姐。”沐川忙招呼道。

顾小喜正在排队缴费，见是沐川，才皱眉说：“吴爷爷住院了。急性脑梗死。”

听了这话，沐川大吃一惊。昨天一早，他从民宿退房时，吴昌平还好好的，怎么过了一晚就病了？

6

“今早，吴爷爷去了一下堂姐家，回来时脸色就很不好看。”

顾小喜一边跟沐川讲，一边上电梯。

“什么情况?”

“我怎么好问?”顾小喜说。

下了电梯，二人走进308病房。吴昌平打着点滴，睡得正沉，一旁的护工正在调节点滴的快慢。

交代完事项后，顾小喜好心地让护工去吃晚饭、休息，自己则与沐川坐在床边椅子上低声说话。

“吴爷爷和堂姐家应该发生矛盾了，”顾小喜说，“以前我就觉得奇怪，如果他们关系好的话，吴爷爷为啥还要长年住在民宿里。”

“嗯，你说得对。”

“不过，吴爷爷不说，我们也不好问。”

“通知堂姐了吗?”

“通知了，都半天了，也没见个人来。”顾小喜压低声音，几乎是对沐川附耳说。气息拂在沐川耳畔，又轻又暖，他只觉得心跳漏了半拍。

强自收摄了心神，沐川才说：“不来就算了，我陪你一起守就是。”

顾小喜连忙摆手：“你不上班吗?”

一天前，康捷勘景结束，便让团队去准备招募海报，而沐川也退了房，和赵兴回公司汇报进度。本以为，要过些日子才能见到顾小喜，哪里知道，隔日便在医院遇上了。

“我最近跟进的项目，就是这个短剧。你是主演，我和你多交流，不也是在工作?”

“我只是画替。”顾小喜声明立场。

“都一样，你不画女主角也演不了。”

“那也不能在医院交流啊，”顾小喜皱皱眉，含着半分无奈，

“看你这假公济私的样儿……”

“我不是帮你，”沐川摆出一副正经脸，“吴爷爷和我认识的时间虽然不长，但我们可是忘年之交。朋友有难，我不该照顾照顾吗？”

这般义正词严，顾小喜自然无法再拒绝。絮絮闲聊几句后，顾小喜便从包里拿出剧本，边看边做笔记。

剧本里，女主角阿怡在旅行社里做旅行管家，是个心思单纯、人畜无害，同时业务能力极强、助人为乐的女孩。一开始，她对工作抱着无限热情，还帮公司打理定制旅游的微信公号。谁知道，她第十一份“定制旅游”被顾客打了差评。这位顾客反馈说，她吃了回扣。

真实的情况并非如此。因为业务能力出众，阿怡被一个成绩很差的同事嫉妒上了。不知对方使了怎样的阴招，致使顾客误以为阿怡吃了回扣。在此之前，所有人都知道，阿怡是那种“你赠她一枝花，她都要想办法还你一盒糖”的人。

立人设、假清高、行业毒瘤等恶评，如疾风骤雨，啪啪地往阿怡身上砸。

阿怡不堪职场凌辱，辞职之后另找了一份工作。在上班的第一天，她就目睹了同事间的一场大战。阿怡生怕自己会被裹挟进去，几乎是落荒而逃。

这之后，阿怡不敢再去上班，男友嫌弃阿怡吃他的用他的，很快就另寻新欢。连番打击之下，阿怡对生活失去了信心，抑郁成疾……

仔细读到此处，顾小喜忍不住长吁短叹，抬眼时看见沐川正一瞬不瞬地盯着她，便避开他的目光，轻轻咳了两声。

沐川也觉得有些唐突，拿起手机开始刷小说。

他刚一低头，一阵急促的高跟鞋声就出现在病房门口。

房门推开的那瞬，一个烫着大波浪、脂香浓郁的中年女士，搀着一位老妇，被框定在沐川、顾小喜的视线里。

7

“你们……”老妇、女士与沐川、顾小喜对视，缓缓走进门来。

“您是吴奶奶吧？”顾小喜迎上去，寒暄道。也确实是寒暄，老妇和吴昌平眉目之间颇有几分相似之处，一样的浓眉大眼，一看就知是血亲。

“对，我是吴丽梅。你是……二吾民宿的小顾？”

几年来，虽从未去堂弟吴昌平的居处，但吴丽梅曾听他说起过这个名字。况且，今早打电话过来的，分明是个年轻女子。

“是，我是。可算把您等来了。哎哟，快请坐。”

顾小喜把“等来了”三字咬得很重，生怕对方不知道她在腹诽。

吴丽梅脸色倏然一变，但没吭声，一旁的闺女却尖着嗓子皱眉问：“你这话什么意思？我妈年龄也大了，能随便出门吗？”

这尖厉的嗓音，与她高跟鞋的声音倒是很匹配，像是利箭一般在病房里乱射。一直在沉睡的吴昌平也被惊得睁了睁眼。

沐川见情形不对，忙起身笑吟吟地说：“奶奶好，阿姨好。来都来了，快别说这些不高兴的话，请坐请坐。”

中年女士瞅着这小伙子说话体面，长得也不赖，心里的火气便泄了一大半，只盯着他问道：“你是谁？”

“我也是二吾民宿的租客，同时也是吴爷爷的忘年交。”

女士在沐川、顾小喜身上来回逡巡，唇角迸出一丝冷笑：“这样啊，我还以为你是小顾的男朋友呢。”

沐川心说，我倒是想啊，阿姨您真是神助攻啊，脑袋却摇成了拨浪鼓。

“咳……”病床上，吴昌平咳嗽一声，瞬间融化了现场的尴尬。

吴丽梅忙拖着脚走过去，坐在床边，拉起吴昌平的手：“你说你，昨天还好好的，怎么就……现在感觉怎么样？”

吴昌平勉强扯出一丝笑意：“被你们闹醒了。”他半眯着眼，懵怔怔的，意识还有些模糊。

“都怪小敏性子急，吵到你休息了。”吴丽梅不满地瞟了女儿一眼，“唉，我知道你心里还有气，只是……”

话说至此，吴丽梅哽住了，她朝顾小喜看了一眼，但顾小喜却似看不懂她意思一般，杵着不动。倒是沐川轻轻用胳膊肘撞了她几下，她才微恼地瞪住他。

沐川这才明白，原来她不是不懂。

被唤作“小敏”的中年女士，可没她妈那样的好脾气，登时就狠狠地瞪了沐川、顾小喜一眼：“我们一家人有事说，请你们避嫌。”

顾小喜撇撇嘴，反驳道：“要说什么话，一会儿说。吴爷爷刚醒，还没吃饭呢。”

吴昌平忙说：“对，爷爷饿了，小喜啊，你帮我去食堂打点白粥。”

去食堂的路上，顾小喜拎着饭盒，眉头皱得很深。

沐川见她这副模样，忍不住调侃道：“学姐，你要再这么爱皱眉，就会把我的名字刻进去了。”

顾小喜心里揣着事，哪有那么多的弯弯绕绕，一时没听懂他的话，又习惯性地皱了皱眉：“说人话。”

沐川便把拇指、食指按在她眉心，笑道：“老爱皱眉，会长川字纹的。”

顾小喜无言以对，良久才作势“呸”了一声。

捡好馒头、打好白粥之后，二人途经花园小径，顾小喜蓦地在红墙边顿住了，那里生着几根不知名的小草。

不过，她也只是暂停了片刻，就继续往前走。

等到进了病房，毫不令人意外的是，那对母女已经离开了。

沐川、顾小喜一个掰馒头，一个喂饭，簇在吴昌平跟前，宛若一对乖巧的孙儿、孙女。吴昌平只觉自己被暖意包围，脑子也灵醒了不少。

忆及往事，思潮难平。他把枕头往背上一靠，便幽幽地说：“爷爷今天跟你们讲一个故事。那还是20世纪60年代的事，我的堂伯在新加坡做邮传……”

8

20世纪60年代时，吴昌平才十岁，书念得好，人也聪明机灵。

一日，父亲突然对吴昌平说，全家人要移民去新加坡，投靠大伯吴光玉。

原来，吴光玉早在民国时期，便已随父去新加坡谋生了。一开始，小小年纪的他，只能做一个卖报小童，勉强果腹而已。未曾想，有一天，吴光玉在街头卖报时，捡到了一位阔太太遗失的手提袋。吴光玉虽然很穷，但人穷志不短，宁愿放着报纸不卖，也要千方百计地找到遗失者。

事后，阔太太觉得这卖报小童拾金不昧，值得信赖，又和他们一样都是侨民，便把他召进府中当少爷的伴读。这么一来，吴光玉的人生就转入了另一条轨迹。

这家主人是做邮传生意的。因为长期卖报，熟悉路况，吴光玉也对邮传行业产生了兴趣，且显露出不一般的才华。主人家便让他跟着学文化、长经验。等到吴光玉三十来岁的时候，他已经成为少爷的得力助手，最后还做起了公司的二把手。

遗憾的是，尽管家大业大，吴光玉却始终有一个莫大的遗憾，他不能生育，没有自己的后嗣。人一年老，难免会想着传家的事。吴光玉便把目光投向了国内子侄辈的孩子。

考虑到老二的儿子不争气，老和纨绔子弟玩耍，而老三的儿子吴昌平是一个德才兼备的后生，吴光玉自然做出了不二选择。

此事招致老二全家的强烈不满。

眼见吴昌平全家跟着吴光玉过上了好日子，老二两口子都气红了眼，暗暗诅咒起大哥、三弟家。几年之后，邮传业遭遇了一次洗牌，吴光玉被淘汰了下来，并因此而憾然离世。老二以为自己的诅咒应了验，对着大哥、三弟隔空嘲笑。

好好的一家人，关系到了这步田地，接管吴光玉家业的吴昌平便发了狠心，一边与二伯家断去联系，一边立誓定要卷土重来，重新立足于邮传业。

事实证明，吴光玉的眼光的确不错，吴昌平是个非常靠得住的接班人。为了重振家业，吴昌平豁出了一切，甚至劝亲生父母卖掉了国内老巷的祖屋。

十余年后，吴昌平再度成为邮传业叱咤风云的人物，为大伯争了一口气。

“再后来，我父母都过世了。我虽然儿女双全，但总是觉得很寂寞。毕竟，我们虽然一直在国外，但根蒂还是在故乡啊。”吴昌平感叹道。

故事讲到这里，沐川已经能猜出，吴丽梅是吴昌平二伯的女儿，便问道："吴爷爷，您那位堂兄，现在……"

"几年前，他过世了。生病，胃癌，但不肯跟我们说。都拖到晚期了，堂姐才跟我取得联系。"吴昌平懊恼地说，"可是，这时再多的钱都救不了他了。后来，出于补偿心理，我给堂姐家很多钱，还听小敏的劝，往一个项目里投了钱。可是……咳咳咳咳……"

想起外甥女小敏做的事，吴昌平愤懑难平，咳嗽几声，又说："压根儿没这回事，小敏把这钱拿来糟蹋了啊，她伙着外人来骗我！咳咳咳！昨天我质问小敏的时候，她竟然说，我欠他们的太多，她那是变相讨回公道。"

听到此处，沐川、顾小喜面面相觑，彼此心里疯狂吐槽那没良心的小敏，面上却不好说她坏话，只安慰他放宽心，先治好病要紧。

他们深知，老人有多善良，有多重感情。他们又怎忍心去戳他的心呢？

第三章 这猫怕水，淋了雨怪招人心疼的

1

淅淅沥沥，夜雨如诉，打在窗外的芭蕉上。

心里惦着事，顾小喜一大早便来到医院，替换了守夜的父亲。

昨晚上，顾长顺说，吴丽梅又来看了老人一次，还硬塞了三千块钱给顾长顺，说是承蒙照顾聊表心意。顾长顺本不想收，吴昌平却做主把钱收下，又让吴丽梅快些回家。

清早见着女儿，顾长顺先是吐槽了一通吴丽梅，才交代道："那钱我可不要，就在之后的房租里抵冲吧。"

顾小喜点头应了。

顾长顺这才放心地下楼，去取他的电动车。

照顾吴昌平用过早饭，顾小喜便委托护工照看一刻钟，自己则快步下楼，冲到花园小径的红墙边。

那一天，几根不知名的小草依着红墙生出，打动了她的心。第二天，顾小喜就拿了丙烯颜料，顺势作了一小幅墙绘。没想到，只隔了一夜便下了整宵的雨。

顾小喜不由得顿足懊悔，心想早知如此，她就应该照个相发个朋友圈的。那一段红墙完全敞在花径旁，多少会被淋坏一些吧？

然而……咦？那是……小伞？

顾小喜揉揉眼，踩着地上的泥点子，凑到墙绘跟前。只见小猫咪、溪流、渔竿上方的墙面，嵌着一把撑开的卡通雨伞。雨伞颜色鲜艳，用油布做成，十分精巧，堪堪挡住墙绘的画面，想来是有人特意制作的。

摩挲着这把油布伞，顾小喜怔住了。

昨晚下雨之时，她已猜想，明朝必是“绿肥红瘦”，谁曾想到“海棠依旧”，令人心跳怦然。

不知道是谁如此好心，竟然对这一幅墙绘呵护备至。

蓦然间，一个名字跃出脑海。

顾小喜急着想印证这个想法，忙不迭照下墙绘猫咪。发朋友圈时，她还特意编辑了“小猫咪谢谢你，陌生人”这行文字。

这一上午，顾小喜不时把手机翻出来看。可是，除了一串点赞、评论之外，并未有人主动来认领那个“谢”字。

顾小喜不免有些失落。

她忍不住点开沐川的微信“卿卿我心”。微信头像，是沐川抱着一只橘猫的照片。二者都是侧着脸，一顿“恩爱”秀得又大胆又含蓄。

这一人一猫，看得顾小喜一阵恍惚。

时间还停留在四天前。四天前，沐川和康捷不约而同地发了招募海报给她。因为康捷先发，顾小喜看过之后，就没留意沐川所发的信息，除了一张海报原图，还有一句话：学姐，最近我有点忙，不要太想我哟。

顾小喜暗暗薄嗔：谁想你了。

再一琢磨，心里又涌出一股暖意。

算算时间，那应该是他刚回公司汇报那一天。尽管如此，忙碌如他，却在医院里陪了她一宿，哪怕是以陪伴忘年之交的名义。

顾小喜忍不住戳了一行字，正要发过去，突然接到一个打错的电话。

挂了电话后，顾小喜看着“昨晚雨下得很大，天凉记得添衣”这一行字，又觉得脸上微微发烫。咬唇想了一时，她才删了这句话，换了一句：“短剧筹备得怎样了？”

顾小喜很快体会到了秒回的快乐。

沐川回道：“你快看朋友圈，康导发定妆照了。”

顾小喜戳开朋友圈，第一条就是康捷发的动态。两张照片，男女主都有。二人都按人设来打造造型，看起来十分贴合角色。

只是，顾小喜的脸色瞬间难看起来。

那个拿着画笔、调色盘的漂亮姑娘，竟然是她。

2

琳琅满目的美妆产品，整齐有序地摆满了妆台。

镜前，烫着大波浪的鬈发美女肤白貌美，睫毛弯弯，指甲鲜红。但她的助理庄庄，却在一旁辅助她擦卸甲水。

“玉姐，”庄庄安慰道，“拍完这个剧，最多也就二十天，到时我们再把指甲染回来。”

庄庄口中的玉姐，叫饶玉，正是《亲爱的墙绘师》里的女主角。

前天上午，饶玉和男主拍了一组定妆照，康捷导演看见她的一头鬈发和鲜红指甲，不由得皱皱眉。拍照的时候，非得让她盘起头发戴上帽子。结束了，康捷还叮嘱她回去把头发拉成清汤挂面，洗掉指甲的颜色。

定妆照出来后，饶玉看着照片哭笑不得，她的指甲竟然被P成了透明色。

饶玉忍不住向庄庄吐槽，庄庄便从昨天一直安慰到了今天。说的不外是“机会难得，约都签了”“演员就是要贴合角色，玉姐你就忍忍吧”等语。

听她这么一劝，饶玉心平气和了许多，笑道：“不让我剪短发就行。”

洗好指甲后，上了一层亮甲油，指甲的色泽顿时亮了起来。

饶玉满意地点点头，才说：“去拉头发吧。”

正要起身，特制的电话铃声响了。饶玉看也不看，就知是男友孟洋打来的。对男友撒了一顿娇，饶玉才说：“你从成都回来的时候，我也快拍完了。唔，可惜你不能来探班。”

电话那一头，孟洋甜腻而富于鼓励意味的声音传来：“我家小玉是最棒的。”

此语赢得饶玉隔空的一个吻，和一串爽朗悦耳的笑声。

3

八天后，《亲爱的墙绘师》正式开拍。

按照顺畅表，康捷决定先到三公巷一带取景，前后要拍摄三天。

考虑到剧组人多，小小的二吾民宿也接待不了这么多人，康捷便在附近的酒店做了安排。只是，作为瑞华公司跟进这个项目的代表，沐川要求住在二吾民宿。

康捷拿出一副“我懂”的表情来看沐川，毫不犹豫地答应了他。

开机前一天，沐川住回了民宿，拉了顾小喜坐在榕树下，跟她讨论剧情，讨论墙绘的图案。见她心不在焉，沐川便开她的玩笑，问起以前做导演助理的事。

大学毕业之后，顾小喜找了一份导演助理的工作，两三年间一直随剧组在外奔波。沐川对此也有所耳闻，这之后，顾小喜却像是人间蒸发一样，直到他看到了电视节目。

问到这事，顾小喜眉头一下就皱起来了，撇撇嘴："我可以不回答吗？再问的话，我就拉黑你。"

沐川知道她在开玩笑，便也耍起了贫嘴："拉黑就拉黑，我又不看你朋友圈。"

这话勾起了顾小喜的小心思，她便顺口问道："你很少看我……看大家的朋友圈吗？"

"偶尔看两眼，没那习惯。要忙工作呢。"

"看了也不点赞，也不评论吗？"顾小喜循循善诱，打心眼里希望沐川是那个好心的陌生人。

"几百号人，要是我都去点赞、评论，那不得把自己累死？我又不欠谁的。"

"你这话说的……"

"我说的是真的。你想，要是我看完朋友圈，给你点赞了，但忘了给别人点赞。他怎么想？是不是不高兴？"

看顾小喜颔首，沐川又说："所以，我从不觉得点赞之交能发展成客户，能发展成恋人。"

说罢，沐川目光灼灼地盯着她。

顾小喜似受蛊惑似的，挪不开看他的眼，心跳也似漏了一拍。

直到沐川调皮地笑了笑，朝她贴近了些，顾小喜才猛然往后坐定，撩了撩头发，道：“你左眼睑怎么长了一颗泪痣？没见人长这位置。”

沐川愣了一下，才“哈”的一声笑起来：“我就说，我们需要重新认识吧。”顿了顿，他又往顾小喜跟前贴了贴，“学姐，你撩头发的样子真好看。如果不是‘战术性撩发’，就更好了。”

尬聊结束，顾小喜给闺密谭清清戳了条微信：什么叫“战术性撩发”？

几分钟后，谭清清回道：“女孩子对男孩子心动了，但又不敢直面自己的感情，所以用撩发的动作来掩饰。”

她又补了一条：“战术性喝水、战术性玩手机，男女通用，下次可以试试。”

顾小喜像被雷劈了一般，坐定在椅中，良久才丢了一个“滚”的表情包过去。

4

正式开拍当日，顾小喜一早做好了表情管理，坦然自若地来到剧组。沐川则帮她拿着画袋，鞍前马后地跟在一边。

作为画替，不需要记诵台词，只需要“该出手时就出手”。顾小喜几乎是淡扫蛾眉，轻点朱唇，就来到了剧组。

饶玉见着顾小喜，顿时立在原地，神色尴尬。倒是顾小喜朝她微微一笑，恍若她俩曾是点头之交一般。

二人这眼神往来，被沐川尽数收在眼底。

开机仪式选在酒店里，各方记者都来了不少。饶玉、顾小喜被众人簇拥在康捷两侧，闹得媒体记者以为此剧是一部双女主剧。

“开机大吉！”众人欢呼道。

剧中主角阿怡的家，选定在三公巷的一处低矮民居。民居之外，有一个大大的雨棚，下面罩着几十户人家的一个水表箱。

那一日，作为基层公务员的男主邵永，刚入职居委会，循例检查巷内的安全设施。检查到水表箱时，发现表面已经生出了不少锈迹，很不美观。邵永便打算找人换掉箱盖。

到了下午，邵永和维修师傅刚一到，就被眼前所见震惊了。

原本锈迹斑斑的箱盖上，竟然画了一只尾巴蓬松、表情萌趣的小松鼠，手捧松果，正准备开吃。没记错的话，松果、爪子所在之处，正是锈迹最严重的地方。

师傅用无奈的眼神请示邵永，不知这箱盖该不该换。邵永考虑之后，决定自掏腰包，给师傅结算了出勤的费用，一迭声地说抱歉。

邵永早就听说墙绘师这种职业，也听说在很多大小城市的墙根砖地边，会不时邂逅“就地造景”的事情。但当这类绘画作品骤然出现在眼前时，他还是觉得惊喜万分。

不知是怎样的画师，才有这种发现美、创造美的艺术情趣。

邵永在墙绘前徘徊良久，心潮起伏。

饰演男主角的演员阮季秋，听说是选秀出来的，这还是他第一次拍戏，但在康捷的点拨下，他将剧中男主邵永的神情、心态揣摩得非常到位。

这场戏结束后，剧组转往阿怡家中拍戏。

顾小喜没有跟进去，只一直站在电表箱底下，欣赏自己的得意画作。

这之前，她和沐川就商量过，要在这里画一只松鼠，为此他们还和居委会的人打过招呼。

想想剧情，再想想现实，顾小喜觉得有些恍惚，一时竟分不清什么是戏什么是人。虽说画替无须露脸，但顾小喜在画画之时，已将自己完全代入进去了。在她而言，这不是一幅遮丑的画，而是一个注入灵魂的创造美的过程。

屋内，剧组还在忙碌地拍摄，过一时又传出同样的台词，顾小喜知道，这是因为拍摄的场次没能一条过。听了一会儿，顾小喜看见一只街猫打旁边溜走，一时兴起，便唤了几声，把它引到墙边的榕树下。

沐川从屋内出来的时候，天空正下着霏霏细雨。从他的角度，能远远地看见顾小喜，蹲在出砖入石的红墙边，用树枝逗弄街猫“锻炼身体”。

一人一猫玩得好不尽兴。

沐川忙又进屋，从包里取出随身携带的铅笔伞，轻手轻脚地走到顾小喜身边。顾小喜的头发早被细雨濡湿，并未马上觉出有人为她打伞。倒是街猫一见沐川，直接跃起蹦进他怀里。

顾小喜愣了一下，才想明白：养猫的人身上定是带着猫味儿，这让街猫很有安全感和亲近感。

顺着伞柄瞄上去，头上卡通风格的伞面，看得顾小喜的心狂跳不止。

那上面的图案，竟与那位陌生人做的油布伞一模一样。

一切尽在不言中。

顾小喜说不出话，难以言状的复杂情绪迫得她转过头去，不敢正视沐川的眼，以及他眼角淡淡的泪痣。

小巷逼仄，此时的天地之间，更像是只余他二人一般。彼此的呼吸近在咫尺，时而轻，时而重，却一直清晰可闻，平添了几分暧昧。

到底还是一声喵呜，打破了这份宁谧的暧昧。

街猫把头往沐川怀里使劲地蹭，热情得让人无法招架。沐川灵机一动，嘿嘿笑了两声，便摸着街猫的头，对顾小喜说：“这猫怕水，淋了雨怪招人心疼的。”

言下之意，似乎是，他不是在为她遮雨。

顾小喜不由得怔住了。作为一名“锦衣奶奶”，她当然知道这句话的出处。在《锦衣之下》里，陆阎王第一次流露出对小捕快袁今夏的关切之意，便说了这句口是心非的话。

剧中，袁今夏马上追问道：“大人，你不觉得我也挺招人心疼的？”

陆阎王需要保持冷酷人设，当然不肯回答，但观众都“洞若观火”，弹幕上一片狂欢，美美地嗑起CP来。

对嘛，心疼对方，这不就是爱情的样子吗？

回转心神后，顾小喜调皮地往旁边一闪：“这样啊？那我就不影响你和猫猫了。”

猛然间暴露在秋雨之下，有些凉飕飕的，顾小喜差点打个喷嚏。

沐川借机赶紧把她拉进伞底，笑道：“看你喜欢看那个剧，喜欢这种名场面，就跟你开个玩笑呗。这还要吃味。”

吃味……顾小喜咂摸着这个字眼，脸颊微微有些烫。

感觉自己被沐川“拿捏”了，顾小喜便想掌握一回主动权，脑门一热，就把沐川往墙角一逼，昂首问：“你怎么知道我喜欢看？”

上一次重温这部剧，还是半年前的事。当时，顾小喜发了一条朋友圈。

毫无疑问，沐川在加她微信时，把她的朋友圈翻了个底朝天。用谭清清的话来说，只有三种人，喜欢研究特定对象的朋友圈：一，恋人；二，客户；三，仇人。

沐川也不发怵，直言道：“我对有好感的女孩子，会认真仔细地做研究。”

就差把“我喜欢你”四个字直接说出来了。

顾小喜尬笑了一顿，瞎扯了几句，找个借口便回了民宿。她承认，沐川还是那个沐川，永远在感情里占据着主动权，足够炽热，却从不肯示弱。

无论是当年他的放弃，还是现在他的走近。

5

九点来钟，顾小喜洗漱完毕，刚敷上面膜，就看见一个陌生号码打进来。

女人的第六感告诉她，这个人应该是她的旧相识，一个她不愿理会又不得不理会的人。

接起电话，顾小喜暗暗吸了口气——果然是她。

一刻钟后，饶玉穿着长可及地的红色羊绒大衣，出现在三公巷口，助理庄庄站得稍远一些，保持着安全距离。

顾小喜准时赴约，但看对方这个架势，不免觉得有些好笑。

“好久不见。”饶玉先打招呼。

“也就三年吧。还好。”顾小喜淡淡回道，面无表情。

“三年了，我们还在一起。”饶玉右手在大衣口袋里紧紧捏起，语气笃定如宣誓，“我是真的喜欢他。”

“我也是真的喜欢他。”顾小喜脱口而出，把“以前”两字吞了回去。

似笑非笑的神情，针锋相对的态度，呛得饶玉当场噎住。

庄庄微不可察地往饶玉身边走近几步。

“你这个助理找得真好，”顾小喜瞄了庄庄一眼，语带讥诮，“很有眼力见儿。”

“说吧，你想怎么样？”半晌，饶玉口中蹦出几个字。

顾小喜不明所以，眉头轻轻拧起，抛下一句“不想怎么样”，转身就要往回走。

饶玉正要去拦，庄庄却像是脚上踩了风火轮一样，嗖一下杀到顾小喜跟前，拦住了她的去路。

顾小喜被这位“哪吒”的动作吓了一跳，继而吭哧吭哧地笑起来。

“我真的不想怎么样，你不用这么激动。”

“我不知道你怎么会在这里，你以前也不画画的。”饶玉紧张得双手相绞，“如果你还怪我，我愿意赔偿你。只要你不……”

一语未毕，庄庄便呼喝了一声：“玉姐！”

她一直叫饶玉为“玉姐”，其实年龄比她要大好几岁，这两年里，一应商务合作，都须她来把关。自然，对付那些狂蜂浪蝶，也是庄庄的日常工作。

要怪，就怪饶玉是个笨蛋美人。

当初，瑞华公司联系到她，希望她能由美妆博主转型做演员。饶玉一直犹豫不决，险些错过转型的机会。还好庄庄及时与任总联系，这才把事情定了下来。

今天一早，饶玉看见顾小喜后就神色不对。庄庄问过她之后，才知三年前，饶玉接受孟洋追求的细节。那家伙本来有一个女友，叫顾小喜。

在庄庄看来，饶玉并不是“知三当三”的人，顾小喜找孟洋摊牌的时候，饶玉也是一脸无措，生了他很久的气。直到孟洋要死要活，饶玉才原谅他。

所以……顾小喜突然出现，有何目的？是要揭发饶玉曾经“知三当三”，断掉她的演艺之路？

庄庄瞅了瞅顾小喜的神色，试探道：“玉姐心思单纯，不太会说话。还是我来代表她吧。”

“说吧。”顾小喜把脸上没干的面膜精华拍了拍，再把两手朝兜里一揣，做出一副潇洒模样。

“是这样的，我觉得哈，年轻人谈恋爱，最主要的是要两情相悦。”

庄庄预备对顾小喜晓之以理、动之以情，心里暗道：只要能减少封口费，费点唇舌也没关系。

哪知道，顾小喜完全不按剧本走，冷笑着打断庄庄的话：“你们是不是以为，我是来要封口费的？”

直白得不能再直白，戳得饶玉、庄庄面面相觑。

冷月之下，顾小喜的眸子放着精光，庄庄只觉自己的想法无处遁形，只得点点头：“其实，顾小姐不是这样的人，对吗？”

顾小喜摊摊手，说：“你都把话说全了，我能说什么？”

“您还是说清楚吧。”庄庄盯住她，“冤家宜解不宜结嘛，对不对？”

“如果我说，我出现在这里只是巧合呢。”顾小喜叹了口气，“当然，在拍摄之前，我看见定妆照，就已经知道是她来演。我不可避免地要和她接触。”

“那你……”饶玉欲言又止，但话里的意思大家都懂。

“我又不是缩头乌龟，为什么要放弃当画替挣钱的机会？”顾小喜淡淡道，绕开庄庄往回走，“放心吧，我就是逗逗你。我都快不记得孟洋这个人了。”

“你认真的？”饶玉质询的声音传来，在寒夜里微微发颤。

“认真的。”顾小喜回头看她。

饶玉犹不敢信，又轻声问：“你什么时候学画画的？”

“这很重要吗？”

“嗯。”饶玉点点头。

“在我离开孟洋、离开公司之后，”顾小喜调整心情，尽量使自己看起来云淡风轻一些，“在家里无事可做，就学画画咯！”

说到这儿，心底某处被往事揪住，揪得生疼。原来，时间冲淡的只是那份浓情蜜意，而痛却是刻骨铭心的，平日里不被牵扯出来，也只是因为没有那个契机。

也许，再次遇到饶玉，还成了她的画替，就是那个契机吧。

巷里的路灯昏黄，氤氲着点点暖意，灯下的人却形单影只。

顾小喜拭去不知何时流下的清泪，轻轻推开民宿的大门，不期然间与沐川撞了一个满怀。

沐川看她脸上残有泪痕，心里便是一痛，顺势将她牢牢兜起。

顾小喜有些发蒙，下意识要挣脱，沐川却用不重不轻的力道，将她稳稳箍住。

过了会儿，见她不再动弹，才拍拍她的肩，温和地说：“衣服可以随便蹭。”顿了顿，又补充道，“鼻涕也没关系。我不嫌。”

“去你的！”怀里的人瓮声瓮气，捏起拳头。

沐川攥住她的拳，往左肩上一捶，怪腔怪调地轻声嚷起来：“该打，该打，仙女是不会流鼻涕的。”

一霎时，顾小喜被他逗得毫无哭意，无奈地说：“你肯定偷听了。你怎么这样？”

“只许她带助理，不许我当保镖啊。万一她……”

一句话没说完，沐川只觉怀里一空，顾小喜已挣开他捂着脸跑开了。

沐川下意识往楼上看去，只见陈爽站在栏杆边上，抱歉地摊开手，尬笑道：“对不起，对不起，我只是出来赏月的。”

说罢这句，陈爽也不好意思地缩回头。

沐川再看的时候，栏杆边已空无一人，只有天边月亮，和顾小喜房里的灯火交相辉映。

6

得知剧组在三公巷取景，巷子里的老人免不了在一旁围观。吴昌平大病初愈，也拄着拐杖乐呵呵地看热闹。

到了周六，孩子们放了假，巷子里就更热闹了，一个个伸着脑袋看西洋景。

这几年，随刺桐古城文化的推广，来刺桐取景的剧组越来越多，但对于孩子来说，一切都稀奇得很。何况，巷子里最平易近人的姐姐，还是剧中女主的画替呢。

得到剧组的特许，顾小喜画的墙绘作品，也被孩子们照了下来，广为传播。这波免费的宣传，使得《亲爱的墙绘师》未播先热，赚足了眼球。来三公巷旅游的人也比平时多了不少，顾长顺、李聪甚至有些忙不过来。

沐川对此剧的热度也深有体会。

在此之前他从未对外宣传过新剧，某日却在朋友圈看到老客户发的一组“打卡照”。原来，老客户看别人发了墙绘作品的打卡照，觉得甚是可爱，也赶了一波潮流。

这事，听得剧组的灵魂人物康捷导演喜笑颜开。

7

八天后，剧组在风车岛[①]完成最后一场戏的拍摄。女主阿怡

---

① 风车岛，在泉州惠安小岞镇，三面临海，属小众景点，浪漫有情致。

和男主邵永，在风车环绕的岛上甜蜜依偎。镜头定格在烟笼雾遮的海岸线上。

康捷大声欢呼，比了一个耶，然后邀请全剧组的人，一起举行杀青宴。

海边的风很大，搭好的天幕也挡不住海风。还好剧组用的是特殊的防风火炉。半个小时下来，各色烤肉烧得吱吱作响，油光发亮，混合着蔬菜的清香、海鲜的咸香，令人垂涎三尺。

“别人家的杀青宴都是切蛋糕，太普通了。学姐，你看咱家的沙滩烧烤，多有意思。”沐川从烧烤架上拿起骨肉相连和鸭胗，递给顾小喜。

那晚相拥之后，顾小喜就一直故意躲避沐川。沐川实在没办法，找了个机会把顾小喜堵在墙角，问她能不能考虑一下他。顾小喜怕沐川死缠烂打，便推说自己没有心情谈恋爱，那晚都是月亮惹的祸。

沐川也不强求。他从来就不是死缠烂打的主儿。

毕竟，徐徐图之，才是他的风格。只要是他认定的事，早晚没跑，也不急在一时半刻。

那一晚，他不放心顾小喜，悄悄跟着她出门，看她与饶玉针锋相对，看她断掉前尘往事，也看她灯下伤怀落泪。他便笃定，自己对她依然动心，这一次，定要努力俘得美人心。

“学姐”这个称呼，令顾小喜安心许多。此时，她拿着学弟沐川孝敬的烤肉，吃得香喷喷，心情也格外放松。

“我还带了家里生产的闽派甜品。”顾小喜说，“吃完了烧烤，还可以吃甜食的。”

“学姐，你好狡猾。”沐川眨眨眼，眼角的泪痣跟着一跳一跳的。

“嗯?”

“这个赞助商当得不亏，”沐川附耳说，“大家都会帮你宣传的。”

他凑过来的时候，海风也轻轻掠过，撩得顾小喜耳朵痒痒的，脸上也烧红了一片。她便往一旁挪了挪：“你别凑这么近，耳朵不舒服。”

沐川微微一愣，便明白过来，轻声笑道：“那是海风，我可没故意往你耳朵里吹气。你在想什么呢？”

“没……没想什么。”顾小喜顿觉唐突，心慌地转过头。

沐川“哈”的一声笑出来，但见顾小喜神色微恼，便跟她说起了正事：“对了，上次你二叔说的事，我一直在考虑。”

“什么事？”顾小喜显然还没整理好心绪，偏着头看他，一脸茫然。

沐川顿时无语，伸手就是一个爆栗，弹在顾小喜额头上。

“你这记性……你二叔不是想找投资吗？”沐川又在烤架上拿了一串鸭肠递给她，自己则拿了一块鸳鸯饼，细细咀嚼起来。

顾小喜这才反应过来，捂着额头“哦”了一声。

万未想到，沐川竟然在为“寻常小味”的事操心。顾小喜只觉心头一暖，忙问：“那谢谢你了。你是怎么打算的？”

“我找朋友拿了一些资料，正在研究，应该很快就有结果了。投资吧，往糖厂投资，基本上没戏。但是，那一大片闲置的厂房可以开发一下。”

“怎么开发？”

见沐川但笑不语，顾小喜慢吞吞地说：“确实，闲置在那儿，也是一种资源浪费。不过，我爸、我二叔把糖厂视为心血，这里就像是他们的家。我觉得，你的开发计划，很难取得他们的认同。”

“这么不看好我？”

“不是，是我太了解他们了。”顾小喜看着海边不时飞过的海鸟，努了努嘴，“就像那些鸟儿，它们飞得高也好，低也好，但始终不愿离开这片海域。海，是它们的家园啊。”

“嗯，”沐川被她痴迷的目光打动，点点头，“你放心，我会做好调研，争取能让任总拍板，让你家人认同。”

“小沐、小顾，过来合影啊！”远远地，海岸线边传来康捷的声音。

沐川循声望过去，看见两位主演和康捷已经摆好了造型，三人都被夕阳的辉芒罩住，周身散发着温暖的气息。

沐川忙顺势扯了顾小喜的袖子，往海边跑去。

“三、二、一，茄子！”

摄影老师躬着身，乐呵呵地按下快门。

在这一瞬间，饶玉轻轻地挽住顾小喜的手臂，唇角含笑。

顾小喜也绽出甜甜一笑。

不管是作秀还是真心，这一刻，都是一段光阴的故事。

8

夜灯幽暗，浅粉色调的卧室里，处处都充溢着柔软的浪漫气息。

在同样粉嘟嘟的唇畔辗转片刻，孟洋把饶玉按在怀里，拥入被中。

“你在成都待了两个月，想我了没？”

“你说呢？刚下飞机我连家都没回，就来找你了。”

“我这儿不是你的家吗？”

“当然是。嗯，那我现在就叫‘小别胜新婚’咯？我来啦！老婆大人！”

…………

半个小时后，孟洋睡意渐浓，饶玉却推着他的胳膊，说："跟你说件事。"

"嗯。"孟洋半眯着眼，有些心不在焉。

饶玉点出手机里的相册，立在他胸前。孟洋扫了一眼，随口问："这大胡子，是导演？这是在庆功？"

"杀青宴。"饶玉一边放大图片，一边说，"你看我旁边那个人。"

孟洋定睛一看，春意荡漾的神色立时被冻住，神色颇不自在："她怎么在这儿？她为什么挽着你？哦，不，你为什么挽着她？"

饶玉看他这般不自在，当年心中的怨气更是消失殆尽，嘻嘻笑了一顿，才把这桩巧遇一一说来。

孟洋听了这事，当场石化。

都三年了。三年前，女友顾小喜发现孟洋劈腿，火气上涌，在她闺密谭清清的怂恿下，竟然当着饶玉的面，把红酒泼在孟洋的脸上。

从那以后，孟洋再也不喝红酒。

想起这事，孟洋就恨得牙痒痒。他往大胡子导演另一边看过去，一个不算陌生的人影映入眼底。

"这是……"孟洋不敢确定。

"瑞华公司的一个投资经理，叫沐川。"

"还真是他。"孟洋拧起眉。

"你认识他？"

"不算认识，但我一直知道这个人。怎么？他和顾小喜在一起了？"

"没有吧。不过他俩是很亲近的。杀青宴的时候，沐川一直给顾小喜拿烧烤呢，一口一个‘师姐’。”饶玉笑道，“依我看，还挺般配的。要是成一对，倒还不错。”

孟洋不解地看她一眼：“般配？他俩？”

“男帅女美，怎么不般配？康导悄悄跟我说过，沐川喜欢她。”饶玉咯咯笑起来，“哈哈，要是他俩好了，她应该不会再对你有什么想法吧。”

饶玉的脑回路，跟孟洋完全不在一条线上。

孟洋不想继续这个话题，便适时地打了一个哈欠，往被里一缩：“老婆，我困了。”

被这哈欠声传染，饶玉也困意上头，道了一声晚安，就摁掉了床头的夜灯。

没几分钟，饶玉的呼吸渐渐匀停，睡得像一个初生的婴儿。

孟洋转头凝视她的脸，脑海中却勾勒出另一个女人的轮廓来。

与她初相识，是在他大四她大二的时候吧？那天，他凭借三寸不烂之舌，在女生寝室楼的阿姨那里，为自家调配的古法唇膏做推广。他家的唇膏色泽明艳，成分纯天然，绝对不是王婆卖瓜。

可令孟洋失望的是，女生们虽然爱美爱打扮，也喜欢跟他这样的帅哥说话，最后真正愿意掏腰包的人没几个。问及原因，倒不是价格因素，而是品牌效应。

顾小喜是第一个掏钱买唇膏的顾客。孟洋对此记忆犹新。以售后服务为名，孟洋要到了顾小喜的联系方式，不久后便对顾小喜展开了热烈的追求。之后，他俩虽然闹过一些小别扭，但感情也算不错。

孟洋还记得，毕业后他打算留在当地，把古法化妆品做成品牌。他租了一间温馨的小屋，邀请顾小喜与他同住。没承想，顾小喜观念保守，死活不肯答应。

孟洋心里着恼，一气之下便跟朋友去了外地创业，并未直言要和顾小喜分手。因为业务关系，孟洋和美妆博主饶玉在酒局上认识。

然后，便有了接下来的故事。

回想起来，孟洋觉得自己很无辜，不过是少说了“分手”二字，结果闹出那么难堪的事。因为这点难堪，孟洋后来寻隙报复，也被自己冠以正当的名义。

当然，这些事，一件件一桩桩地都瞒着饶玉。

毕竟，在这种小白兔女友的心目中，孟洋就是那么风趣幽默、善良宽厚。

沐川……

孟洋闭上眼，默念这个名字。

那时他在外面实习，但也听说顾小喜和同乡会的沐川，一起表演了梨园戏《陈三五娘》，还在学校收获了一批CP粉。因为沐川没有过激的举动，孟洋从未想过他对顾小喜有什么想法。

一念及此，孟洋心里颇不是味儿，总觉得自己当年太傻，连女朋友被人暗暗惦记，都不曾察觉。

第四章 创意产业园？这不行！

1

华美装修公司，陈爽打起精神跟一个客户通电话。

“我们华美公司，是做的全产业链互联网装修，提供一整套一站式服务。嗯嗯，对，从设计到材料到最后的施工，乃至售后服务，是一整套的。您最关心的价格问题，都不是问题。我们的价格透明，整个流程都处于监控、监管之下。对，您放心。是的，我们公司，在互联网装修公司里是首屈一指的。好的好的，您再考虑一下，我们回头再联系。”

放下电话，陈爽略松了一口气，在记事本上顾客一栏，写下“孔小姐”三字及其联系方式。她有信心，今天这位顾客，会选择华美公司的。

冲好咖啡后，陈爽再次回到工位上，摸出手机点了一份外卖。外卖吃得很简单，因为她总是把晚餐视为正餐。工作一天，回到二吾民宿，就像是回到自己家中，等待她的永远有一个热灶台。

点好了外卖，陈爽便刷起短视频来。这大概是一天中最放松的时刻，那些奇人异事，那些逗趣萌宠，那些八卦爆料，那些影坛动向……都是她的快乐来源。

刷着刷着，陈爽的目光突然凝在一个剧组发布的分账海报上。短视频播放结束，跳转下一个。陈爽忙又把它翻回去。

再次确认，海报上最醒目的一行字，果然是“恭喜《亲爱的墙绘师》分账破一千万”。

平时工作是忙，但这个剧组在三公巷取景，并找顾小喜当画替的事，陈爽还是记得的。更何况，那一晚，她在凭栏赏月的时候，还看到沐川抱着顾小喜。

由于这俩人说话太小声，陈爽听不清，只能凭沐川攥着顾小喜的拳头砸自己肩膀的举动，得出了“打情骂俏”的判断。再者，“小仙女”三个字音量大了点，飘进了陈爽的耳朵里。

人类的本质是八卦。越是看不清辨不明，才越能激发“想象力”。

陈爽本来已经开始畅想，沐川壁咚顾小喜会是怎样的一幅画面。没想到，顾小喜居然瞄到了陈爽，跑得比从猫口脱身的老鼠还快。唉，可惜可惜……

更可惜的是，第二天，顾小喜、沐川都跟没事人似的，二人也没进一步发展，导致吃瓜群众陈爽心里非常不爽。多配的两个人啊！总不能因为顾小喜大沐川两岁，就黄了吧。

都什么年代了！陈爽莫名想当一回神助攻。

一晃眼，这事都过去三个月了，久得连陈爽都快淡去了吃瓜的心和当神助攻的念头。但在此刻，陈爽在海报上发现了一点蛛丝马迹。

就在温情对视的男女主背后，有一个卡通版的男女相拥的剪影。剪影的背景，和二吾民宿的门口十分相似。

难道……这创意是沐川或者顾小喜给的？也就是说，他俩虽然明着没什么发展，实则暗戳戳地发展地下恋情，并用这种形式“夹带私货”来秀恩爱？

妈耶，这是怎样的一种浪漫哟！

陈爽捂着嘴，差点笑出了声。

2

上线一个月，就有一千万分账，这在短剧赛道里，算是一个很不错的成绩。

当然，所有的演职人员，都能获得丰厚的报酬。

顾小喜在手机的计算器上啪啦啪啦算了一通，笑得双眼眯成了缝。当初，她签的是“保底+分成”的合同，表面上没拿多少报酬，但等到“丰收时节”，收入就很可观了。

更重要的是，因为那些墙绘萌趣十足，不仅让顾小喜在本地画坛有了一点江湖地位，还带火了三公巷的文旅事业，连带着二吾民宿也客似云来，应接不暇。

尽管如此，顾长顺还是有意为沐川留了一间客房。

客房与顾小喜的闺房两两相望，显得不那么刻意，但又透出一些古典的意味来。

试想一下，彼此互有心意的年轻人，推窗便能相见，阖窗便能独享一方天地。这不远不近的距离，太适合处在暧昧期的男女了。

譬如，顾小喜某日一早起来，在窗前对镜自视，沐川则在对面暗中观察，眼波荡漾，直到顾小喜脸红闭窗。

不过，这样的日子并不多。因为，沐川本来有房有车，民宿距离他上班的公司也不近，他也没什么时间整日在窗口痴望。

这也是沐川之前并未想过要来民宿长住的原因。他和陈爽的情况不一样。

但是，在顾长顺的提示之下，沐川一点就透，趁着周末闲暇时间，喜滋滋地搬了两箱行李和他家的橘猫过来，借口也很冠冕堂皇：李阿姨做的菜太好吃啦！

一开始，李聪还没看出顾长顺的心思。等到顾长顺接连两次拒绝游客入住，沐川又成了“长住民”，不时在顾小喜跟前刷存在感，李聪才回过味来。

对于顾长顺这副“爱情保安”的做派，李聪并不认可。

两口子因为这事也有过争执，但顾长顺理直气壮地说：“老祖宗不都说了，‘路遥知马力，日久见人心’？你想啊，我们跟那小伙儿处得久了，才好帮闺女把关不是？这一眨眼都奔三了，你这个当妈的，也不上点心？”

饶是李聪长于言辞，彼时也说不出驳他的话来，之后便随老顾去折腾。只不过，出于职业病和对女儿的关心，李聪私下里准备了一个秘密手册，暗中对沐川打起分来。

两月下来，李聪对“不挑食”“爱运动”“尊老爱幼”等项目，都打了十分。至于其他的项目，李聪还在密切观察中……

正在顾小喜算账的时候，一个昵称为“虞美人”的微信号，通过“《亲爱的墙绘师》群聊”添加她为好友。

开机之前，导演就拉了群聊，因为工作需要，顾小喜也主动或被动地加了几个演职人员，但她没想到，饶玉会突然加她微信。

本来就是井水不犯河水的关系，因为一个短剧才有了交集。戏终人散，不是很寻常的吗？况且，顾小喜早已言明，对于当年之事她会守口如瓶。

所以，这位刚转型的漂亮女演员，又想干什么？

3

“四、三、二、一，耶!”

倒计时结束，墙上挂钟的指针指向六点整，陈爽跟弹簧似的，猛然从靠椅上弹起，提着背包就去楼下打卡。打完卡，便在华美公司楼下拦到了一辆小白，不出五分钟就来到了目的地。

作为一枚装潢行业人员，陈爽不自禁地打量起这家印度菜馆的装修风格来。脑中得出“还凑合”的结论后，陈爽的步子已经踏进菜馆里了。

还没走近16号雅座，陈爽的纤瘦身形便被顾小喜的眼风扫到了。顾小喜从身后冒出来，一把拽住她，微带着点幽怨：“不是说好在门口见吗?”

陈爽才吐吐舌头，表示自己全忘了这档事，光记得吃饭时间和地点了。

顾小喜无语，轻轻挽住她，边走边叮嘱道：“跟你说个事，那两人是我的前男友和他的现任女友。我怕冷场。”

话少事大，陈爽虽然不明详情，也仗义地点点头，应道：“我懂。保证不冷场。”

请陈爽来当饭搭子，也是无奈之举。老闺密谭清清的画室正在装修升级，需要她全程把关，压根儿没空。顾小喜又不想一人奔赴饭局，便把陈爽拉了出来。

说也奇怪，那一晚，顾小喜不知哪来的勇气，竟然单刀赴会，和饶玉见面。到了今天，她却不敢单独和饶玉吃饭。这大概是因为，饶玉在语音里说的是“我们想请你吃饭”，而不是“我想请你吃饭”。

“我们”这两个字，便把顾小喜再度单刀赴会的勇气冻结了。

4

陈爽堪称“社牛”。

刚和孟洋、饶玉打过招呼，戳了几下手机，陈爽便和对方聊上了。先是饶玉别出心裁的蝴蝶眼妆，再是饶玉富有灵性的演技，顺带着还赞了饶玉飘然欲飞的签名。

饶玉聊得兴起，顿觉相逢恨晚，就连感谢顾小喜做画替的初衷，都被抛到九霄云外去了。她甚至提起康捷导演已经开始招募《亲爱的化妆师》演员一事来。因为《亲爱的墙绘师》中出色的表现，饶玉在接下来这部短剧中仍然挑大梁演女主。

陈爽立马奉上崇拜的眼神。

果然一点都不冷场。

倒是孟洋神色复杂，一时尬笑，一时客套，暗暗打量着顾小喜的反应。

是暗藏不甘，还是五味杂陈？他说不准。

然而，都没有。淡然若定，浑不在意，仿佛他们从来就没什么过往似的。孟洋甚至有点后悔，不该听饶玉“冤家宜解不宜结”的鬼话，跑来自找没趣。

这次轮到孟洋不甘心了。

他特意指着刚端上来的菜式，说：“唐杜里鸡，来，都尝尝，是印度菜里最典型的一款。香菜、豆蔻、大蒜、生姜、肉桂、孜然、丁香和胡椒，组成了混合香料，口味特别丰富。”

“我没吃过耶。”饶玉总算注意到了孟洋的话，撇过头来看他一眼。

孟洋非常自觉地给饶玉夹了一只鸡翅，殷勤地介绍道：“鸡肉要先用这种混合香料预先腌制六小时，再拿到泥炉里去烤。

好吃吗？”

饶玉吃得连连点头：“很好吃。泥炉是什么炉？”

说话间，嘴角溢出一点油脂。

孟洋满眼都是宠溺，一边拿餐巾纸擦拭她嘴角的油脂，一边说：“是一种传统的黏土烤箱，在印度都流行好几百年了。”

说话间，孟洋眼角的余光瞥了瞥顾小喜。

然而，顾小喜什么反应都没有，若说有什么反应，也是对这一桌子菜应有的反应。

余光所及之处，顾小喜和陈爽该吃吃该喝喝，一点都不客气！

不应该啊！特意点了这道菜，她怎么能心底毫无波澜？难道她不记得，那年他带她吃的第一道菜，就是唐杜里鸡啊！

女人，果然是最健忘最无情的！

孟洋夹起一只鸡爪，狠狠地咀嚼剔骨，借此发泄满腹愤懑。

刚啃完鸡爪，喝了一口橙汁，孟洋头顶突然响起一句：“咦，亲爱的，你怎么在这儿？”

声音干净、清澈，却又透着柔情蜜意，分明是在招呼亲密的恋人。

孟洋抬头一看，只觉头顶霎时间长出一片青翠草原。

沐川？他怎么来了？

5

不请自来的沐川，好似压根儿没注意到孟洋的存在，自顾自地从兜里摸出一张餐巾纸，趁着顾小喜发愣之际，轻柔地擦上她的嘴角。

“这吃相，真像一只小猪猪。”

宠溺的语气，比孟洋还要黏稠，还带着一点嗲，几乎满足了陈爽对“爹系男友”的想象。吃瓜者在一旁狂嗑CP，顺带瞟了瞟捂嘴偷笑的饶玉和醋海翻波的孟洋。

但这桌上还有一个一脸蒙的人——顾小喜。

“你怎么在这儿?”顾小喜傻傻地问，旋即想起这不是重点，又马上接过餐巾纸往嘴上按，“我自己来就好了。”

“我刚和朋友吃完饭，正好看见你。”沐川解释着，又看向饶玉，“玉姐，又要准备新戏啦?”

饶玉惯来喜欢热闹，忙热情地招呼道：“对啊，对啊！快坐。我正请你家小喜吃饭呢。”

她又扬声道：“服务员！16号桌加菜。”

“那我就不客气了。”

脸皮厚如沐川，果然毫不客气，直接挨着顾小喜坐在外侧，顾小喜像触电一般往里一缩，差点和陈爽贴一块儿。

这么一来，沐川正对着孟洋，全程以一种男人才懂的默契互盯；而顾小喜，则一直脚趾抠地，疑心自己能抠出一幢别墅来。

吃完饭，饶玉再次表达对顾小喜的感谢之情，孟洋催促着她离开。

沐川目送二人背影，满足地摸着吃撑的肚皮，对陈爽眨眨眼。陈爽也还了个wink。这番挤眉弄眼的动作，尽数被顾小喜收入眼底，她只觉得好气又好笑。

绝了！简直就是两只戏精！

“说说看，你怎么来了?”顾小喜往椅背上一靠，人也松弛不少。

“蹭吃蹭喝啊。”沐川刻意坐到先前孟洋坐的地方，神情慵懒，嘻嘻哈哈。

“少来。”顾小喜往右偏偏脑袋，打量陈爽，“他怎么来了？”

陈爽倒也不遮掩，舀着杯里最后一点老酸奶，说：“刚坐下的时候，我就给沐川发微信了。”

也对，沐川都搬来民宿俩月了，依他的社牛症，估计院里没人跟他不熟吧？顾小喜无语了。

“有些话我想跟你说，”顾小喜解释道，“我和沐川不是你想的那种关系，所以我都没叫他来暖场。”

挠挠头，她又对沐川做了个感谢的手势：“多谢你今天帮我挽尊。”

陈爽瞅瞅沐川，又瞅瞅顾小喜，笑道：“我懂，你们怕阿姨不同意。但我觉得，年龄不是问题啊。现在，年下……”

顾小喜忙往她嘴边按了一张餐巾纸：“擦嘴，擦嘴。少看点言情小说、娱乐圈八卦。”

想歪了，陈爽属实是想歪了。顾小喜可以肯定。

沐川却延续着一贯的嬉笑风格，挑挑眉：“年下？可以有。我没问题，乐意之至。”

“你咋不说你甘之如饴呢？”顾小喜白他一眼。

“错，这个成语用错了。”学霸沐川一本正经地纠正道，“你这叫‘望文生义’。”

“哈？”顾小喜慌了，开始实施“战术性喝水”。

“这个成语是有出处的。南宋真德秀在《送周天骥序》说，‘非义之富贵；远之如垢污；不幸而贱贫；甘之如饴蜜’。由此可见，这个成语表面上虽然指的是，‘感到像吃糖那样甜’，但潜台词是‘甘愿承受艰难、痛苦’。我可不认为跟你往来，是一种艰难、痛苦啊。”

“厉害啊！学霸的世界就是这样的吗？”陈爽伸出大拇指，满口夸赞，“难怪以前老师说，学习一定要‘知其然而知其所以然’呢！”

这番话，挠得顾小喜心里更慌了，一口水猛灌下去“立竿见影”，马上呛咳起来，呛得她眼泪都出来了。

“不用这么感动。”沐川把餐巾纸递过去。

顾小喜喉咙间滑出一个模糊的“滚”字，沐川只作充耳不闻。

倒是陈爽非常自觉，连忙起身：“气氛都到这儿了，我就功成身退了哈。”

说话间，她已溜出去半步，撒丫子跑了。

6

彩灯初上，过年的气氛已经拉满。

中山广场上人流如织，涌动着喜庆的气息。

纵目望去，在跑道上锻炼的，在草坪上漫步的，或张或弛，都惬意地享受着这个夜晚。尽管夜风漂染了寒意，冷飕飕的，但每个人的脸上都洋溢着幸福自足的笑意。

除了，拉长了脸在草坪上缓行的顾小喜。

沐川跟在她身后，不疾不徐，却似一只跟屁虫，怎么都撵不走。

顾小喜突然焦躁，拧身看了沐川一会儿，蹙眉道：“你这是天天没事干吗？投行不忙吗？”

“不忙。你没听玉姐说吗？她的新剧《亲爱的化妆师》和我无关。这一次，由赵兴来牵头，我不用管。”

“我没注意听……嗯？为什么？”

“因为我有其他项目啊。”

“哦。”

“你不问我是什么项目？”

“那……”顾小喜敷衍道，“恭喜啊，找了个大项目。”

“是大项目，但不知道你们会不会同意。”

什么项目，需要我们的同意？

杀青宴时沐川说过的话，浮现在顾小喜的脑海。

她有点兴奋，但又有些忐忑，便试探着问：“你是说，瑞华资本要投资糖厂吗？”

“聪明。”沐川伸手摸摸她头，“我说过，会帮你爸和二叔的。”

顾小喜闪避不及，怔愣一瞬，他的手已经覆在了她头上。

不知为何，那轻缓的手势，却蛊惑得她秒变成温顺的小猫，她甚至想主动蹭蹭他的手，邀取他的欢心。

咳！这真是危险的信号！说好的“智者不入爱河，冤种重蹈覆辙”呢？

顾小喜把头往旁边一扭。

沐川也不介意，继续先前的话题：“这三个月，我初步做了一下调研，打算把已经停产的老厂房打造成一个小规模的文化创意产业园区。”

“文化创意产业园区？是……”顾小喜对此没什么概念。

沐川忙举了几个案例，做了一番通俗易懂的解释。顾小喜不禁勾勒出了一片蓝图，霎时间连眼眸也灼然有光。

“怎么样？”沐川笑问。

“我觉得很好，但这事得听我爸和二叔的意思。”

“我们这就回家跟你爸提提看？”

“好。”

应了这个“好”字，顾小喜又觉得哪里不对，仔细一咂摸，才觉得“回家”这字眼委实有些暧昧，仿佛沐川不是要去跟她爸商量投资的事，而是什么人生大事。

心里起了绮念，顾小喜只觉脸上发烫。

二人并肩而行，落差堪堪在“最佳身高差”的范围。

顾小喜忙岔开这点绮念，虚心求教：“做一个项目投资的基本流程是什么?”

“流程很烦琐。先要去筛选项目，然后由项目经理进行立项。初步审核过关，还要做一份商业计划书。”

“我听说过，什么尽调、背调，这是进行到项目评估、审查阶段吗?”

“对，走到这一步，就要通过尽调和背调，充分核实项目。”

“嗯，然后呢?”

“认为这个项目切实可行，又通过了管理层初审的话，就做一份投资协议书，报投资评审会。”

“没想到，还有这么多人把关。”

“投资评审会会对此进行法律审核，完善投资相关文件。走到这一步，才算完成第一阶段，可以进行项目监督和管理了。”

“为什么是第一阶段?”

“笨哪，一个项目哪能只投不撤? 还要定期评估，择机退出。”沐川忍不住弹了顾小喜一爆栗，“都说玉姐傻乎乎的，我看你也没多聪明。”

“哦……什么?”慢半拍的顾小喜，被沐川跳跃的思维搞得一头蒙。

还没蒙完，沐川已俯身用鼻子蹭了蹭她脸颊：“笨是笨，可我喜欢哪。”

清冽的嗓音，浸着一点缱绻的爱意。

顾小喜心里猛地一跳，不安地跺脚：“沐川！你过分了！”

沐川三两步跑得没影了，夜风中抛来一句“晚上冷，你脸暖和”。

真是……岂有此理！

过了半晌，顾小喜才顶着一张红苹果般的脸，骂骂咧咧地跟上去。

7

等到顾小喜以蜗牛般的速度回到民宿门口，打算避开那个芳心纵火犯之时，突然发现院里黢黑一片，不似往日那般灯火通明。

“爸？妈？”顾小喜一边呼喊，一边打开手机上的电筒。

“在这儿呢，突然断电了。”李聪的声音从电箱那边传来。

借着电筒的光，顾小喜看见沐川正在拿工具调试电力设备。

“应该只是跳闸，没什么大问题，可是线路有点老化了，最好弄一弄。”沐川说，“咦，学姐，回来啦？晚上真冷啊。”

潜台词是“你脸暖和”。顾小喜再慢半拍也懂这意思。

一怒之下，顾小喜一脚踩在沐川脚背上。

但听他隐忍的一声“嘶”，顾小喜心里暗爽不已。

正在此时，来电了。顾小喜趁黑踩沐川的“恶劣行为”，曝光在亮堂的过道灯和老妈的审视之下。

作为一位富有经验的老教师，顾小喜毫不意外地成了训诫对象。

只听李聪来了句“去卧室等我”，顾小喜便知道，今晚少不了一顿削。可是，母命不可违，顾小喜扁着嘴，转身慢行。

“我也发现线路老化了，那就明后天找个师傅来看看吧。”

“不用这么麻烦，李阿姨。换线路很简单，我就会。”

“啊，那多不好意思。”

“这里也是我的家，有什么不好意思的！”

身后，老妈和沐川的谈话，一丝不漏地传进顾小喜耳中。

顾小喜气得直想捂耳朵——到底是谁的家啊，简直了！

等平复好心情，顾小喜已走进老妈的卧室，再也听不到二人的对话。

和往常一样，老顾不在房内。因为，在睡觉之前，他一定要和吴昌平杀几局棋。顾小喜百无聊赖地坐在老妈的梳妆台前，顺起一张报纸来。

报纸下面，还有个名为“考察对象”的小手册。

顾小喜好奇心顿起，不自禁拿起本子翻了几页。

只见那本子已用了十几页，每页没写几个字，格式却十分整齐，左边用黑字写着“不挑食”“爱运动”“尊老爱幼”“洗碗利索”“乐于助人”等项目，右边统统写着鲜红的十分。

这是……在考察谁呢？我妈在办辅导班吗？

顾小喜怔了怔，忽而想到，该不会是我妈在考察……沐川吧？

我晕！

顾小喜扶额，老妈李聪一脚跨进门来，正好看见这一幕。

本子被扔在梳妆台上，跟烫手山药似的。顾小喜嘿嘿傻笑，打算“萌”混过关。

李聪只淡淡地扫她一眼，很自然地说：“这本子还要加一项，‘会电工’，十分。”这意思再明白不过了。

可是，人家又不是她学生，她竟然给人打分量化。这是什么神操作啊！

“妈，你干吗啊？”顾小喜不乐意了。

“打分啊，这孩子不错。”李聪皱眉盯住她，“你刚为什么踩他脚？”

“开个玩笑，不为什么。”顾小喜咬咬唇，“您这么干，我爸知道吗？”

“当然知道了，本来就是他让沐川搬来住的。”

李聪拿着纸笔，唰唰写字，完全不考虑顾小喜的心理承受能力。

“我……”顾小喜一句话噎在喉头，不知怎么表达中心思想。

猝然间，一句“什么？创意产业园？这不行！”刺破了寒夜，嗖地传到了李聪、顾小喜的耳中。

是老顾！这粗粝的大嗓门，不疑有他。

8

下一分钟，李聪、顾小喜都来到吴昌平房间。

从没下完的棋局不难看出，老顾这个臭棋篓子居然还能勉强占个平局。按说，他心情不坏啊，那又为何对着沐川大叫大嚷。

顾小喜偷觑着沐川，但见他乖乖地垂手而立，等着老顾继续发飙，手里还捏着两份铜版纸印的资料。

可顾长顺没有说话，只坐在吴昌平对面生闷气，也不拿正眼看沐川。

气氛如结冰一般，冻住了每个人的心情。

到底是李聪打破了这个僵局，她拍拍顾长顺的肩，呵呵笑道：“大晚上的，你那大嗓门，唬谁呢？”

顾长顺脸色微霁，李聪又问：“你们刚刚在说什么？说来我听听。”

顾长顺瞬间又黑了脸，没好气地问：“问你好……问你这个好租客。”

冲口而出的话，才是真话。尽管那句话半道而终，强行拐了个弯，精明如沐川，哪里不知老顾两口子，已经在心里把他当作未来女婿来考察。

念及此，沐川心里乐开了花，说出来的话也格外温和动听："是这样的，李阿姨。那会儿，我们参观糖厂的时候，顾二叔曾问我，能不能给糖厂拉项目，找资金。这不，我一直在考虑这件事。现在，事情有了一点眉目，我们可以换一种思维……”

“换一种思维？”顾长顺打断他的话，冷笑道，“我们问的是投资的事。你们不帮忙就算了，还合着外人想来侵占我们糖厂的厂房！野心可不小啊！”

“爸，你能不能先听沐川把话说完？人家不是那个意思。”

李聪不知道前因后果，但顾小喜先前就知道那个方案，且认为十分可行，自然是要向着沐川说话的。

顾长顺脸色一沉：“那你说说，他什么意思？”

“沐川已经跟我聊过了。”顾小喜说，眼神在爸妈之间来回游动，“他说，糖厂大多数的厂房被闲置，非常可惜。这三个月以来，他一直在跟开发商联系，现在已经得到鑫源房产的合作意向，准备投资打造……”

听到这儿，顾长顺跟吃了炮仗似的炸起来：“投资打造？怎么打造？把老厂房都给我拆了？糖厂的经营状况是不好，但还没到要把祖宗留下的产业都败光的地步吧？”

顾小喜被这炮仗炸得有些发蒙，不知该怎么说。沐川忙弯着腰，把两份资料恭敬地递过去：“顾叔叔，您别急。先前您都没听完我的意思，我没想着拆厂房。您来看看北京、上海这两个成功案例。”

顾长顺拽过资料，阴着脸扫了一眼，唰唰就把资料撕了，往空中愤然一撒。

倏然间，花花绿绿的纸蝴蝶在吴昌平的房间翩然而飞。

所有人都呆住了，顾小喜先反应过来，跺脚道："爸！你过分了！"

在同一屋檐下生活了三十年，李聪很少看见老顾发这么大火，一时也不知如何应对。倒是吴昌平调侃道："这么多花蝴蝶，倒挺好看的，就是我这身子骨不太硬朗，收拾起来有点麻烦。"

话音刚落，沐川、顾小喜便不约而同地说："我来扫，我来扫。"

顾长顺一边生着气，一边看女儿和沐川互换眼神，蹲在地上捡纸蝴蝶，抛下一句"对不住，改天再下棋"，便扯着李聪的胳膊往门外走。

吴昌平也不着恼，应了老顾一声，便用安抚的口吻说："快起来吧，不用打扫，我那是想法子把你老爹爹轰走呢。"

"我知道，"人精如沐川，马上挂起笑脸，"吴爷爷这是在帮我们呢。"

顾小喜却很不好意思，道："没吓着您吧，吴爷爷？"

吴昌平爽朗笑道："你爷爷身经百战，这点小事吓不到我。收棋喽！"

一边把棋子往棋篓里收，一边想起先前沐川说的创意产业园，吴昌平蓦地生了兴趣，便问："小沐哇，刚刚那资料你还有吧？"

"有，有。"沐川点头如小鸡啄米。

"你去拿一份给我，再跟我讲讲这些案例，让我给你这个小朋友出点主意？"

"哎呀，求之不得！"沐川忙起身往外冲，却又倏然止步，

“现在吗?”

“就现在，去吧，这会儿我也睡不着。”

9

这一晚，沐川、顾小喜和吴昌平促膝长谈。

毫无疑问，沐川发挥主场优势。

“我先说一个北京的创意园区‘朗园Station’。它的前身是一个纺织厂，里面有很多红砖厂房。这两年，厂房被改造成了很多特色店铺，整体风格较为简约，那些红砖灰墙乍一看可能有些平平无奇，但是很出片，充满浓郁的艺术氛围。这种视觉效果和氛围感，和美式工业风很相近。

“至于店铺，最有特色的，莫过于一些精品家居，一个网红家居店在这里驻点，可以拉来很多流量。有些小众展览找不到场地，也喜欢在这个创意园区办展览。

“这一份资料，是上海的‘开伦·江南场创意园’，位于苏州河畔。以前，苏州河畔有七百多家工厂，诸如火柴厂、味精厂、面粉厂、棉纺厂、印务馆等等。嗯，这些近代民族工业，几乎都不再营业了。这个江南场创意园的前身，是江南造纸厂，创始于1925年，是民族资本在这个地区最早开设的造纸厂。

“不过，造纸行业是轻工业，不可避免带来严重的环境污染问题。2004年，出于产业转型的考虑，江南造纸厂宣告停产。造纸厂已经完成了历史使命，接下来就是进行合理开发。先是不动产租赁，后来又启动了第二轮转型调整，进行全面整修。喏，这是开发之后的样子。

“老旧厂房的建筑风格，是红砖黑瓦。在此基础上，设计师又以法国塞纳河畔的标志性建筑为参照，进行整体规划，最后匠心独具地设计了……嗯，就是这几张图。好看吧？像是欧式独栋别院。

“这个，是杭州的运河天地文化创意园，后来改名为‘LOFT49’，时尚感更强烈，被打造成了一个艺术时尚的基地。它的前身，是始创于1958年的化纤厂。当年，杭州化纤厂是中国首批建造的四家化纤厂之一。但也没办法，重度污染会影响家园建设嘛，只能转型升级。”

在沐川陈说案例时，吴昌平、顾小喜都听得很认真，等他说完了，吴昌平才提出一些不解之处。毕竟，他是个生意人，有着出色的眼光和判断力。

“照小沐先前说的，很多城市都把工业厂房改造成文化创意园。我觉得啊，一个两个倒还新鲜，大家都一窝蜂地这么干，又如何避免同质化呢？”

沐川反应也很快，不假思索地回道：“这正是一个规划者要考虑的问题。必须要在模型中去找到自己的特色。譬如，我刚刚说的江南场创意园，它保留了原有建筑，但又参考了法国建筑的特点。最后，整个园区呈现出的虽然还是工业风，但和朗园Station的美风截然不同。至于说，我们这个创意产业园，应该保留所有的闽南元素。”

“嗯，在建筑层面，确实可以做到各有特色。但我还想问一个问题。我们这个文化创意园，和一般的文化街区，区别在哪儿呢？”

沐川还在思考之中，吴昌平又问：“我们刺桐的文化产业，搞得也很兴旺红火，大大小小的街区本来就很多。要说消费、购物，顾客们大可在交通更为便利的街区。如果说，我们这个产业园，只是在建筑风格上和别人的不一样，最多也只能在初期吸引一些来打卡的网红。那么，再往后呢？长久的吸引力在哪里？发展的活力在哪里？”

这些问题，沐川都做过思考，但此时他不得不承认，姜还是老的辣，吴昌平的话不多，但句句戳中问题核心，可谓是切中肯綮。

沐川思忖片刻，才谨慎作答：“这之前，我曾做过一番思考，也有自己的答案，但我觉得此时此刻不能打动您，就先不忙着回答您了。”

顿了顿，他又说：“就像江南场创意园负责人说的那样，‘更新的目的不是推翻，而是为了提升，给它二次生命’。如果我不能给糖厂一个全新的生命，做这个项目就没什么意义。”

吴昌平乐呵呵道：“你已经很不错啦，小朋友。你回去再多研究一下，做个方案给我看看。”

沐川、顾小喜一时没明白过来，都怔怔地看着吴昌平。

“你要能说服我，我就试试帮你说服你……”吴昌平缓缓起身，话锋一转，“说服小喜他爸。”

第五章 想留下家园的记忆

1

就在那边三人促膝长谈之时，顾长顺、李聪也躺在床上小声辩论。

小声，是李聪的要求。大嗓门扰人清梦，是断断不行的。

可没说几句，顾长顺的嗓门又大了："这小子，心太大了。亏我还把他当成准女婿来考察！"

"嘘！"李聪提醒道。

"听到又怎样？听到正好，我明天就跟他解约，不租他了。想'近水楼台先得月'？想得美呢！我家好好的闺女，能让他拐了去？"

"等下，不是你让人家搬来的吗？"李聪被顾长顺气笑了。

顾长顺噎了噎，强辩道："那腿长在他身上，他不想拐我女儿，我能请得动他？"

李聪愕然，继而扑哧一笑："老顾啊，你这强词夺理的本事又见长了哈！"

顾长顺被她呛得无言以对，又听李聪抱怨他撕扯资料太没素质等语，这才拿话来回应：“你是没看见，那些资料上的图片，嗨哟，花花绿绿的，好好的厂房都变成啥样了，跟拆了有啥区别？”

“我确实没看见，都让你撕了。”李聪不阴不阳地说。

“嘿！我问你，你到底哪家的？”顾长顺生气了，掐了一下李聪的胳膊。分寸却掌握得刚刚好，既能让她觉察到他情绪，又不至于疼痛。

“老顾家的啊。”

“那不就结了，你怎么胳膊肘往外拐呢？”

“我怎么外拐了？你都不让人家孩子好好说话，你还有理了？”

也知自己失礼，顾长顺没法再分辩，沉默一时，才叹道：“祖上攒下这点家底，不容易。我又不是败家子。在我心里，糖厂和三公巷一样，是我的家，是我顾长顺的命根子。”

“你命根子，不是你那个乖儿子吗？”

“什么叫我的乖儿子，说得像不是你生的似的……”

这话一出，顾长顺就有些失悔了。果然，李聪不再理睬他，直接背过身去。

他想，他今晚确实糊涂了，连冒犯李聪的话都说了。

李聪第一胎，怀的是龙凤胎，在生产之时出了状况，面临保大保小的艰难选择。老顾一贯疼媳妇，毫不犹豫要保大。没过一会儿，老顾又听医生说可以保住一个孩子，便毫不犹豫地保男孩。

因为这两个“毫不犹豫”，李聪对老顾很不满意，一心认为，老顾虽然重视自己，但竟然重男轻女，简直是浑蛋一个！

想到那个可怜的女儿，李聪一直郁郁寡欢，潜意识里认为这是顾小欢的错。再加上，小屁孩在月子里成天哭闹，李聪差点得了产后抑郁症。

这之后，李聪很少带孩子，每天推说学校事多，整天早出晚归，也不让顾小欢在她学校读书。借口很简单：远，不方便。

顾长顺心里免不了腹诽，嘴上却不敢抱怨，十几年来又当爹又当妈，把顾小欢培养得孝顺听话，多才多艺。

倒是后来出生的妹妹顾小喜，天资忒差了，干啥都慢半拍，但李聪对女儿疼惜得不得了，为了照顾她甚至调入一所中小学一贯制学校，把这宝贝女儿从一年级盯到了初三毕业。

拿到重点高中录取通知书的那一刻，李聪抱着女儿痛哭流涕，反复念道："我太不容易了！"顾小喜差点被她的泪水淹没。

回想往事，顾长顺叹息连连。

黑暗里，顾长顺摸起手机，悄悄给儿子戳了一条微信：小欢，爸想你了。

刚打了"爸想你了"四字，又马上删掉，换成"近来可好"。

照时差来看，那边应该要早三个小时，距离睡觉还早，顾小欢果然很快回复他：爸，我很好。我有一个好消息要跟你说！

2

因为顾小欢带来的好消息，顾长顺兴奋得一晚难眠，翌日早上却起得很早，催着蒋师傅和他一起去买菜。

前阵子，蒋师傅从老家回来，掌厨的重任又落到了他肩上。顾长顺只偶尔为之，平时也很少管蒋师傅的采买，今天这反常的举动，着实让蒋师傅吃了一惊。

"今天要买点啥？"走出民宿，蒋师傅盯住顾长顺笑成月牙的脸。

"首先要买点海蛎干。"

“哦，也对。咱们刺桐人，过年可少不得海蛎。”

道理确实是这么个道理。还有几日便要过年了，趁着最后几天置办一点海货太有必要了。如果说，东北人的饭桌上不能少了酸菜，四川人的饭桌上不能少了辣椒，那么，对于刺桐人来说，就不能少了海货。

这海货里头，最受欢迎的莫过于海蛎。

顾长顺见蒋师傅没再多问，有些失望，连忙再提示他：“你想想看，我们家谁最喜欢吃海蛎。”

蒋师傅一边走，一边左右顾盼：“海蛎嘛，你喜欢，我也喜欢啊。有谁不喜欢吗？”

顾长顺咬紧牙，再次提示：“最，最，最喜欢。你再想想。”

蒋师傅这才认真想问题，想着想着突然刹住了步子：“少爷？少爷最爱吃海蛎干锅底的火锅。打小就喜欢！”

这个“打小”，也不太小，约莫从高中算起。十年前，为了补贴家用，顾长顺把宅子的一半租出去，开始当起了包租公。也是从那时起，老顾和老蒋生活在了同一屋檐下。

“对喽！”顾长顺连连点头。

“怎么？他要回来？”蒋师傅扶了扶眼镜，眼睛里透出惊喜之色。

“对！就今天，他要坐飞机。明天应该就到家了。”顾长顺兴奋地搓搓手，“不容易啊，在国外求学的孩子。”

“前几天还说不回呢。”蒋师傅笑道，“回来好，回来好。”

“本来就快毕业了嘛，”顾长顺道，“孩子心疼那点路费，论文也要反复修改。”

“辛苦，辛苦，那得好好补补。老顾你放心，你今天就是不来，我老蒋也得把海蛎给大少爷选好了。争取过个年，能把他养得白白胖胖。”

蒋师傅离婚后，没有再娶，唯一的女儿跟着前妻，闹得他孤家寡人一个。十年往来，他早就把老顾一家当成自己的亲人，一口一个“少爷”“小姐”，叫得格外亲热。

说话间，两人已来到最近的一家菜市场。

顾长顺时不时也要买菜，自认为会买菜，但今日跟蒋师傅一起逛下来，才知道什么叫高手高手高高手。

比如说，买海蛎干，要买个头较小，剥出来肉微微发黄的那一种。因为本地野生海蛎产量持续走低，刺桐虽然近海，但市面上卖的海蛎，多为外地养殖货。这种养殖货，一般呈乌黑色，肉不够紧实，也不够有嚼劲儿，鲜味也差上许多。更恼火的是，如果买的人不带脑子，很有可能会买到标为“蟳埔货”，实为养殖货的海蛎。

再比如，买马鲛鱼要买宽一点的。这样的马鲛鱼，两侧的肉不仅多，而且细腻鲜嫩。再说鱼肉的配比，十斤的鱼肉，约莫要掺入二两盐，二两味精，一点五升的水。

听罢这些高谈，顾长顺不由得感慨，果然李聪老师说的都是对的，“道之所存，师之所存”哪。在买菜、做饭这方面，老蒋必须是他老顾的老师！

念及此，顾长顺不禁想起初见沐川时，那小子夸他手艺好的事。这么一想，沐川的面目似乎又不那么可憎。只不过，想打老厂房的主意，他老顾第一个不同意！

3

因着对沐川复杂的情感，顾长顺回民宿后，又去沐川门前溜达了一会儿。人是没见着，他的猫儿子却叫唤了好几声。

这小子，一大早就跟个没事人儿一样，照例上班去了，而他回来的时间并不固定，要视工作情况而定。

在瑞华资本，考勤的制度是很灵活的。只要有单子要做，述明缘由，请假不是难事。在这个公司，大家都是凭业绩说话。

说也奇怪，自从说出撵走沐川的话，顾长顺心里就像生了藤蔓一般，邪邪地疯长。可直到日暮时分，顾长顺也没等到沐川回来，不禁猜想他在公司加班，或者，也有可能还在绞尽脑汁地打老厂房的主意。

想到这儿，顾长顺就坐不住了，急急火火出门，找他弟弟去了。

说巧不巧，顾长顺刚出门一刻钟，沐川便拖着疲惫的步伐回来了。顾小喜听他说还没吃饭，忙去厨房给他煮马加羹。

白天买回马鲛鱼来，蒋师傅就开始打鱼肉。考虑到手工打制会更好吃，蒋师傅便没用搅拌机。

顾小喜默不作声地站在蒋师傅身边偷师，看他怎么手工打鱼肉。

第一步，要把鱼肉切好加料腌制。

第二步，在腌制十分钟后，还要加上地瓜粉顺时针搅拌，差不多耗去半小时。

第三步，把鱼肉放进冰箱冷藏几个小时，再拿出来热胀，并加上淀粉搅拌。

照以往的习惯，沐川不会错过任何一个和顾小喜单独接触的机会，何况是人家在“洗手做羹汤”。奈何他今天实在太累，索性躺在床上开始“葛优瘫”。名为“橘子”的橘猫，使劲蹭他几次，他才懒洋洋地摸它一下。

这种懒洋洋的状态，因顾小喜捧着汤碗进来而告终。

只见她把汤碗放在桌上，又从围腰里掏出一瓶胡椒粉，仔细地撒在香葱旁边。沐川的馋虫马上被勾了出来，狼吞虎咽起来，连个“谢”字都忘了说。

吃了两口，填了下饥肠，沐川便努力使自己慢下来。原因无他，不想顾小喜吐槽他是个粗人。

大学时，沐川把自己买的《射雕英雄传》借给顾小喜看。事后问及她对郭靖的看法。在沐川看来，顾小喜跟郭靖有几分像，慢性子，看起来也不太聪明的样子。沐川很想知道，顾小喜会怎么评价跟她像的人。

没想到，顾小喜根本不顺着沐川调侃她的心意走，认真地评价道：“这是个粗人，黄蓉这么好的厨艺，跟着他实在可惜了。”

看沐川一脸问号，顾小喜才解释道：“你看这一段：‘郭靖却吃了四大碗，菜好菜坏，他也不怎么分辨得出。洪七公摇头叹息，说道：“牛嚼牡丹，可惜，可惜。”黄蓉抿嘴轻笑。’这还不是个粗人？”

看看眼前美味可口的马加羹，沐川实在担心顾小喜说他牛嚼牡丹。

还有一点值得注意的是，那一段话，顾小喜不是念出来的，而是背出来的。这至少说明，她对这段印象极深，时刻不忘。

沐川细嚼慢咽，一脸享受，拿出一种老饕的口吻，问：“吃起来十分Q弹，是怎么做到的？”

顾小喜便把那重要的第三步说给沐川听。

沐川点点头，又问：“这么说，是蒋师傅做的，你煮的？”

闻言，顾小喜眉头蹙起：“煮也是要讲技巧的好吧？”

“啥技巧？”

“不能等到滚沸的时候下鱼梗。要在水烧得有点鱼眼泡泡时，就把火调小，再把搅拌均匀的鱼梗捏成小团放进去。”顾小喜耐心地解说，“唔，鱼梗浮上来之后，还要用小火煮一会儿。”

“哦，这样啊，厉害厉害！”

“你听懂了吗？”

“听懂了，但是没完全听懂。”

“你蒙谁呢，有你‘传大彭于晏’听不懂、学不会的？”顾小喜揶揄道。

“我不需要懂啊，我想吃，就让你帮我做一碗。”沐川大言不惭地敲敲自己的脑门，“我这聪明脑瓜子，要想更重要的事。”

顾小喜站在他身后，捏了捏拳头，忍住了想踹他一脚的冲动。

念及昨晚沐川刚被老顾打击过自尊心，顾小喜心说，算了算了。

吃完马加羹，沐川满足地打了一个饱嗝，笑嘻嘻地说：“麻烦洗一下碗。”

还没等顾小喜发作，他又补充道：“今天挺累的，连文创园的事都没时间想。”

“忙什么？”顾小喜好奇心起，“呃，涉及什么商业机密就不要说了。”

“算不上是什么机密。那女的你认识。”

顾小喜在脑中搜索了一下近期接触过的沐川和她自己都认识的女人，讷讷地问：“你说的该不会是饶玉吧？”

“对，就是她。这个娇小姐，可折磨死人了。”说到饶玉，沐川直摇头。

“算时间，她应该在看剧本吧？拍那个……《亲爱的化妆师》。”

“对。”

“那不挺好的吗？她闹什么？化妆不是她的老本行吗？”

沐川哧的一声笑出来：“此化妆非彼化妆，你笨哪。”

末三字一出，顾小喜条件反射般地往后一退。沐川微微一诧，便明白过来。昨晚上他用他鼻子蹭过她脸颊，说她笨，可他却喜欢哪。

其实，沐川本来是想拿脸贴她脸的，奈何鼻梁太优越，心里又紧张……

不过，错虽错，好在位置偏了，不然遭殃的就不是自己的脚了。

4

经得沐川的解释，顾小喜才明白，这个“化妆师”说的是“遗容化妆师”。

原来，康捷导演非常关注“生老病死”的话题，打算拍够四部曲。如果说《亲爱的墙绘师》关注的是一种治愈的生命方式，那么《亲爱的化妆师》关注的就是“死”这个人生终极话题。

为求真实感，康捷要将剧组搬到殡仪馆附近，并要演员潜心观摩遗容化妆师的操作流程。对于殡仪馆这种地方，饶玉十分抗拒，一心想找替身来完成。不过，这一次康捷不想再多花精力和成本，并不答应，饶玉便找上了资方，也就是瑞华资本的老总任瑞华。

结果，矛盾来了。任瑞华是向着饶玉的，而赵兴却向着康捷。两边都不相让，总得需要协调说和的人。这一天，沐川费尽唇舌，才说服他口中的娇小姐同意不用替身，自己独立完成拍摄。

听到此节，顾小喜十分好奇：“你哪句话打动她了呢?”

沐川保持一贯的自恋风格：“我哪句话都挺打动人的。”

“说重点。”

“如果确实要挑重点，应该是这句，”沐川回顾道，“‘如果饶小姐的粉丝，看见您不仅能给活色生香的美人化妆，还能为逝者保留最后的体面与荣光，那是多么有意义、有价值的事。

而且啊，以后在整个美妆界里，饶小姐就是独一份的存在，所有美妆博主都得被比下去！连伊依都得甘拜下风！’我注意到，说完这句话，饶玉点了下头。嘿嘿！”

“伊依？”

“饶玉和伊依，平时就是死对头。伊依抢了饶玉不少带货资源。”

“厉害啊，你用对手来激她。”

“一般一般。”沐川谦虚得有点假。

顾小喜自然是懂他的，马上接口道：“你想说的是，‘一般一般，世界第三’吧？”说完，丢给他一个白眼。

沐川笑不可遏，也不争辩。

却听得顾小喜幽幽一叹：“古人云，‘死生亦大矣’，如你所言，这真的是一个很有意义的题材，希望她多点敬业精神吧！”

沐川点点头。

“对了，其实我一直想问，为什么当时会选她来出演呢？她也没有表演经验。”

“一开始，我和赵兴找到了《墙绘师》这个项目，汇报给任总。过了投决会之后，任总便推荐让没演过戏的美妆博主来演戏。”沐川说，“当时公司有人传小道消息，说饶玉和任总的关系非同一般，可能是那种关系。”

顾小喜皱皱眉：“那种关系……你也这么认为吗？”

“当然不，”沐川毫不犹豫地回道，“任总欣赏饶玉，总有他的原因。也许是因为觉得她有潜质吧。有一说一，她虽然不够敬业，但表演还是有灵气的。再说了——随便去揣测人家的关系，不好吧？”

听得这话，顾小喜眉头舒展开来：“说得是。我生平最讨厌的人，就是那种造黄谣的。”

她看着沐川，又正色道：“你和那些人不一样。”

这句话，让沐川兴奋了一晚上，他知道，他在顾小喜的心目中，再次“好感加一”。

5

真冷啊！

顾长顺起了个大早，穿上厚袄，便出了卧室要往厨房里钻。

没有对比就没有伤害，冬天的十来度，比起夏天的三十七八度，让人无法忍耐。

路过院里时，顾长顺见着沐川在打五祖拳，不禁多看了两眼。这样的天气，他也没“三天打鱼两天晒网”，这在年轻人里面实属难得。

昨晚上，顾长顺回来得很晚。他把沐川觊觎糖厂厂房的事说给老弟听了。本以为，顾长庆也和他的想法一样。没承想，他却说对此持有保留态度，要找个时间和沐川再好好谈谈。

“小沐啊，”顾长顺停了下来，招呼道，“这么早起来练拳啊？”

“嗯，顾叔，”沐川很有礼貌地放缓了动作，“练着身子爽利，可不能停下来。”

寒暄几句，顾长顺才进入正题，笑吟吟地问：“还有几天就过春节啦，你……不回家吗？”

“家里人在国外，不太方便。”沐川透出料事如神的微笑，“我一个人住着也冷清，在这儿人多热闹。”

顾长顺不知该怎么接话了。

按他的设想，他和沐川的对话应该是这样的——

“你不回家吗？”

“要的，明后天我就回老家。”

“哦，那正好有件事跟你说。我这民宿要装修提升一下，你这间房只能退了。抱歉哈。”

“啊？”

“不好意思。”

“好吧，算了。我这就搬。”

多么顺畅的流程！这么一来，这小子再也不能轻易靠近闺女，觊觎糖厂厂房了。

想了一会儿，顾长顺才接上话：“一家人还是要在一起才好。过个年嘛，不就是图个团团圆圆？”

“顾叔叔不嫌弃的话，我也跟你们一块儿过年呗。”沐川笑道。

顾长顺愣了一下，才尬笑道：“这孩子说的什么话？叔叔怎么会嫌弃？”

沐川脸上满是欣喜之色，连说了两声谢，才问道：“对了，小欢哥春节回来吗？”

一说这个，顾长顺可就有精神了，马上笑眯眯地应道：“要的要的，就今天。下午吧。”

听了这话，沐川也来了精神，马上收住拳势，一边用毛巾擦汗一边说：“顾叔叔，我今天早点去公司。”

“嗯？”

“早点去，好早点回。”

抛下这话，沐川就转身跑回房里，留下老顾在风中凌乱。

等到沐川拎着公文包再次出现在院中，并欢快地和老顾作别，顾长顺这才明白沐川是想和顾小欢见面，博取他的好感。

哼！想得美！我一手教出来的儿子，当然是跟我一个鼻孔出气。再说了，学了这几年的制糖工程，为的就是让儿子继承并发展祖业，要是厂房都没了，还谈什么发展？

就在顾长顺打定心思不让沐川有机可乘之时，沐川却塞了蓝牙耳机，一边开车一边和李鸿沟通。

“李老师，我做商业计划书，需要你的帮忙。”

对方也回复得很爽快：“你都已经出师了，不用叫我老师了。有什么事尽管说。”

几个月前，李鸿因为照顾妻子，在业务上出现纰漏，沐川也想办法帮他善后。他俩的情谊，自然又深厚了几分。

挂了电话，沐川对着挡风玻璃外的宽阔街道，豪情满怀：“大舅哥，我来啦！”

6

大波浪头，面包羽绒服，超短裙，红色长靴……

暮色四合时，二吾民宿的门口突然出现的姑娘，看得李聪眼前一怔。

从她和顾小欢手拉着的手不难看出，二人必是男女朋友的关系。

没想到爸妈竟在民宿门口等他们，顾小欢有些意外，也有些紧张，招呼了一声爸妈，就愣在原地不动了。

倒是这位姑娘会做人，没等顾小欢介绍，便冲李聪、顾长顺绽开甜甜一笑：“叔叔好，阿姨好，我是小欢的女朋友。叫我周舟好了。”

说着，便把顾小欢手里提的礼盒送到顾长顺手中。顾长顺手比脑快，接过礼盒才酝酿出话来：“回来就好，还带什么礼物啊。哈哈。进来吧，别杵在门口。”

二人正要往里走，忽见李聪、顾小欢相视无言，不知在想什么，顾长顺便笑道：“一年没回来了，看把这孩子高兴坏了，看到母亲都不知道说啥了。”

这话算是解围。

顾小欢和老妈不亲，谁都知道。

听得老爸这么说，顾小欢忙挤出笑脸，说：“妈，好久没见了。”

李聪点点头，把他从上到下打量了一遍：“好像长高了。”

“蹿高了两厘米，我都没想到。”

“哦。”李聪没想到儿子还会认真地回答她这个问题，一时不知如何应答，便干巴巴地笑了一声。

这场景，不禁让顾小欢想起以前跟母亲汇报学习成绩的画面。每一次她都在笑，但笑意从未抵达心底。

顾小欢不免又郁闷了几分。

“进屋啊，你二叔一会儿就过来了。”顾长顺忙招呼道。

李聪这才找到了话题，往左面的一间房指了指：“周舟，那是小欢的房间。”

“好！阿姨！”周舟爽脆地应声，又看向顾小欢，“带我参观一下你的房间吧。”

“你们没行李吗？”顾长顺突然发现他俩除了挎包，并未携带他物，自然好奇。

顾小欢这才想起解释：“爸，我们下了飞机，先去了周舟家里，行李放那边了。”

“哦，好啊，原来是本地姑娘。去吧去吧，先歇一歇，吃晚饭了我叫你们。”

周舟操着一口浸了洋腔的普通话，顾长顺想当然地以为她是外地人。

看着顾小欢、周舟往前走，顾长顺故意退了几步，戳戳李聪的肩膀：“在想什么呢？”

“这个周舟……”李聪努力回忆，“我好像在哪里见过的。”

“漂亮女孩子，都差不多吧。”

漂亮……

李聪暗想，确实漂亮。容貌姣好，个子也很高挑，小嘴还很甜。看上去，比闷葫芦一般的儿子强太多了。

顾长顺又小声嘀咕：“是挺漂亮的，就是打扮有点怪。大冬天的光着腿，我看着都觉得冷。头发也染了一片银色，没仔细看还以为是个老太太。”

李聪拿出看怪物般的眼神瞅他：“说你没见识，还真没见识。腿上有光腿神器，怎么会冷？至于头发，那叫奶奶灰，年轻人的时尚，你不懂。”

顾长顺瞬间无语，只得摇摇头，提着礼盒往里走。

7

“开饭咯！”

随着蒋师傅的一声吼，二吾民宿里的年节气氛瞬间拉满。

年关将至，短期租客们大多退了房，现如今只有吴昌平、陈爽、沐川这三人。加上自家人，顾长顺算算人数，搬出了一张可供十余人就餐的大楠木桌。

沐川果然如他所说，回来得很早，一放下公文包，就自来熟地去找顾小欢唠嗑。顾长顺警惕地往顾小欢卧室盯了好几次，发现沐川只是跟他闲话家常，这才稍微放下心来。

今天回得最晚的人，是顾小喜。

说起这个，顾长顺难免犯嘀咕。她明明知道哥哥要回来，吃了中饭后却跑得没影，去忙朋友的事了。

朋友与亲哥哥孰轻孰重，她居然拎不清！

看看坐在右侧的儿子，顾长顺顿时觉得家庭已经按性别分成两个阵营了。

闻着饭香味，所有人都坐齐了，顾小喜才从外面回来，一边往爸妈左侧落座，一边和哥哥打招呼。

当然，也没忘了和她口中的“周舟姐”问好。

顾长顺心里本来有几分不满，但听得周舟很自然地问顾小喜画室是否搬好，这才反应过来。

看女儿和周舟的熟稔程度，想必早就联系过了，难怪今天儿子压根儿没问起妹妹的行踪呢。

“你什么时候跟你周舟姐联系上的？”顾长顺忍不住问。

“很早啦。”顾小喜捂嘴笑道，“哥哥一开始都不敢追求周舟姐，我可没少为他出谋划策。”

闻言，周舟也看着顾小欢笑起来：“那时，你哥一见我就脸红，要是没你这个妹妹来撮合，我都不答应他。”

顾小欢忙向坐在老爸左侧的妹妹隔空行了一礼，才对身边的周舟笑道：“多谢女神接受我的追求。”

本是情侣间打情骂俏的话，落在顾长顺耳中，却不那么令人舒服。

想他顾家家底也算殷实，儿子不仅成绩优异，长得也一表人才，怎么就“不敢追求”心仪对象了？

但顾长顺不好多问，只干巴巴地笑了一声。

这点小心思，马上就被顾小喜看穿了。她忙轻声解释道：“嫂子家做地产生意。”

顾长顺脸上微微一搐，不好再多想。

正在这时，蒋师傅把最后一道海蛎干火锅端来，笑吟吟道：“快吃起来啊，一会儿凉了。”

大家这才动起筷来，先喝上一碗海蛎干汤暖胃，再往添了汤的火锅里烫菜。

隔着爸妈和顾小欢，顾小喜给周舟又舀了一勺汤："周舟姐，多喝点，这汤美容，我哥的最爱。"

坐在左侧的沐川听了这话，便托着碗伸过去，忙不迭说："我还要。"

顾小喜含笑给他舀了一勺汤，才悠悠地夹菜入口。但听沐川在称赞了蒋师傅的手艺后，好奇地问她："你搬什么画室？"

"我闺密经营了一个画坊。房东提前解除了合同，她就重新找了一套住房，租了两年。"

"闺密，我认识吗？"

顾小喜摇摇头："她叫谭清清，有机会介绍你们认识。"顿了顿，她补充道，"我学墙绘，也是受她启发。"

沐川点点头："两年时间差不多，到时候可以再换地儿。"

他的脑回路，跟自己完全不在一个频道上，顾小喜听得发蒙，吃了一口菜才问："什么意思？"

"你想啊，要是再碰上房东解约，搬来搬去不麻烦吗？"沐川附耳说，"但如果碰上靠谱的房东，就不用这么折腾了。"

"谁靠谱呢？"

沐川吸了口气，表示无语。

除了艺术，顾小喜几乎在每个方面都不太开窍。

触到顾小喜殷切的眼神，沐川忍不住解释道："当然是你们顾家人啊！"

"哦，"顾小喜拍拍脑袋，兴奋道，"有道理，画坊可以开在文创产业园里。"

一言既出，一桌人都盯住了顾小喜。她一高兴嗓门就大，好巧不巧地又赶上大家忙着吃菜，言语不多，所以这话清晰无比地跌进顾长顺的耳中。

“什么文创产业园?”周舟来了兴趣。

瞥到老爸寒冰似的脸色，顾小喜忙收起了所有的表达欲，嘿嘿笑道：“回头说，回头说。”

沐川也很知趣，忙换了一个话题，冲着顾小欢问：“小欢哥，你是今年毕业吗?”

顾小欢说：“对，论文答辩完就毕业了。”

8

话题很自然地就过渡到了顾小欢的专业内容。

“我这个制糖工程专业，研究的是人类生命过程中所需的糖源问题。”顾小欢解释道，“其实，我们国家也很关注糖业发展，出台了很多促进糖业结构调整的政策。”

“那是自然。”顾长顺一脸骄傲，“糖是很重要的生活物资，国家肯定要想办法保障食糖市场的供给。”

看沐川点头表示同意，顾长顺又故意看着儿子，大声说：“小欢毕业后，就回来帮你二叔的忙，把我们糖厂搞起来，扩大规模，再创辉煌。”

这话说得近似于口号，顾小欢却乖巧地应道：“爸，我会努力的。”

“嗯，咳咳，要好好干，给那些不看好我们糖厂的人看看，我儿这些年的书不是白读的，那些停产的厂房，也都能再用起来。”

这话的针对性过于明显，李聪一眼就捕捉到女儿、沐川、吴昌平异样的神色，忙岔开话题，聊起一些生活趣事。

意想不到的是，陈爽对老顾、沐川的龃龉一无所知，又好奇地问起顾小欢的研究方向。

顾小欢有问必答，耐心地回道：“研究方向吗？一般有三个研究方向。一是糖类物质及其药物的制备与生物利用，一是天然糖质分离纯化新方法新技术，还有一个是功能碳水化合物材料理论与技术。”

“你的研究方向是哪一个呢，小欢哥？”陈爽问。

“我研究的是功能碳水化合物材料理论与技术。”顾小欢说，“这里面又细分了四个不同的研究方向。”

他看了老顾一眼，认真地说：“考虑到经营‘寻常小味’的切实需求，我选择的课题是，功能碳水化合物材料合成、改性理论和新技术的研究。”

顾长顺听得有点蒙：“这术语也太专业了，听不懂。”

“爸，这个研究呢，是针对生化、医药和保健功能食品的高效应用技术。我想了很久，做闽派甜品的厂家那么多，我们要想突围而出，一定要提炼出自己的特色。”

“什么特色？我们顾家一贯的特色，就是健康美味。”

“这还不够，爸。美不美味，舌头就可以分辨。健不健康，还需要数据、理论的支撑和适当的营销策略。”

“有道理吧。”顾长顺点头表示认可，“你的意思就是，把我们的产品往保健食品这个方面靠一靠。”

“简单说，就是这个意思。”

“这倒是个不错的营销策略。”顾长顺瞟了沐川一眼，“糖厂发展起来，那些废置的厂房就能用起来了。”

沐川笑而不语，只当没听懂老顾的意思，耳边传来顾小欢的一番豪言壮语：“做好研究后，我会尝试对现在的产品进行升级，争取能让每一款甜品都更健康美味。”

这一晚，一贯健谈的沐川，难得地保持沉默。老顾尚未说服，又来了个雄心勃勃的小顾，自己能把这个优质项目拿下吗？长达三个月的研究，换来的会不会是竹篮打水一场空？

第六章 住进你的时光里

1

“我打造这个创意产业园区的初衷，恰恰是为了保留家园的记忆。顾叔、顾二叔、小欢哥，你们先看商业计划书吧。”

第二天傍晚，刚吃过晚饭，沐川便请出吴昌平为他助阵，把“寻常小味”相关人员拉到一块儿谈话。

谈话选在客厅里，李聪早早备好了瓜子糖果，把现场气氛弄得跟茶话会似的。顾长顺心里再不痛快，也不好轻易发作。

沐川先把手头的商业计划书发给在座诸人，再在一旁解释道：“和北京、上海、杭州、苏州的一些文化创意产业园的打造方式相近，我们这个产业园，不会拆去任何一座老厂房，而是将之改造为具有工业风格的园区，最大程度地保留原始风貌，同时进一步提升它的价值。”

顾小欢最先开了口：“我听说过这样的产业园，国外也有这样的案例，我还去玩过。”

“小欢哥觉得怎么样？”

“体验感很不错，就算不是在节庆时候，也是客似云来。”顾小欢说，“如果创意产业园能办好，能吸引流量和关注，就像你在商业计划书里所说的，不仅能宣传三公巷的街巷文化，还能盘活这一带的经济。这可是大手笔。”

“除此以外，我们这个项目，对‘寻常小味’本身也是一种宣传。”

“哦？愿闻其详。”

“我想把这个园区命名为‘寻常时光创意产业园’，并且，它就在生产线的旁边，游客要想购买新鲜的闽派甜品，可以直接从厂里购买。”

顾小欢翻回到商业计划书的封面，盯住“寻常时光创意产业园”这几个大字。

“你是说，把糖厂的名字用进去？”

“是的，你看第二页，我进行了解释。‘寻常’二字取自‘寻常小味’的厂名，‘时光’二字则是我们创意产业园区的文化内核。”

顾小欢翻到第二页，轻声念起来：“我想住进你的时光里，时光里有不老的刺桐传说。”

他又仔细地翻看了相关的释义，才饶有兴致地点评道：“小沐，你的构思很不错，很完善。”

这话听得顾长顺心里一惊。他生怕儿子被带偏，忙皱着眉问：“什么构思？我没看出来。”

“爸，让我给你解说一下吧。”顾小欢说，“‘我想住进你的时光里，时光里有不老的刺桐传说’这句话，是这个项目的文化内核与设计基调。整个园区的打造，是在保留原有厂房构架的基础上，植入刺桐市的千年文化。简单说，就是‘工业风刺桐文化’的融合。我觉得这个想法很赞，能够在一般的工业风产业园区中脱颖而出，避免同质化。”

沐川也在心里为顾小欢点了个赞，本来他还担心对方不同意，没想到一开始就得了他的认同。

就在沐川生出几分自得之意时，顾长顺的话又冷冰冰地戳进耳中。

“说了一通话，没一个字提到‘时光’。”

“穿梭在集中体现刺桐文化的街区，难道不是完成了一次时光的穿梭吗？爸。”

“我们刺桐市的核心文化，就是海洋文化。”

“对！”

“那不就结了？嗬，又是工业风，又是海洋文化街，怎么融合到一起？简直是不伦不类。”顾长顺也知道儿子说得有道理，但他要故意找碴儿，自然有话说。

顾小欢暂时不想跟他争辩，便只得笑着看向顾长庆：“二叔，你怎么看？”

2

顾长庆思忖了一时，才回道：“这个项目具有可行性。”

此言一出，犹如在顾长顺的脑门上浇下一盆冰水。冷醒过来，他便冲着弟弟发起了火，无非是忘本欺祖、目光短浅一类的话。

顾长庆好脾气地等哥哥发泄完，才笑眯眯地说：“不要一碰到问题就奓毛嘛，大哥，我们讲道理。”

听顾长顺鼻孔里哼哼一声，顾长庆又接着说：“你是六年前把厂子交给我的，但实际上你和大嫂的股份，加起来是超过我的。这么说吧，大哥实在不答应的话，我也不能逆着你的意。所以，你不妨听大家都说说自己的想法，再做决定，成不成？”

这话说得中听，顾长顺哪有反对的理由，只得微微颔首。

顾长庆这才慢慢道来："大哥当了二十多年厂长，我也当了六年厂长。厂子的情况，大哥应该很清楚。20世纪90年代后期，我们古城区的一批企业因为经营机制问题，不得不关停或是减产。我们厂区也关停了五分之四的厂房。说句不好听的话，这些工业建筑，基本上算是报废了。这是一种巨大的资源浪费。"

"我们刺桐市，近年又有不少小微企业也在积极地生产闽派甜品，这说明甜品市场前景是可观的。现在小欢也学成归来，为什么不让他尝试增产增效、抢占市场呢？"

顾长顺依然固执己见。

听到这儿，顾小欢忍不住插了一句嘴："爸，您的想法很好，但我今天也认真考虑了一下，我的所学能解决的是技术层面，而不是资金层面。换言之，要是融资不到位，这事也办不成。"

"技术到位了，市场竞争力就上去了，怎么会没人投资呢？"对于儿子这种灭自己威风的说法，顾长顺很不服气。

看见老爸又开始拧巴，一直保持沉默的顾小喜也开了口："爸，我想问一句。这么多年来，您和二叔也在积极地寻找投资商，得到的反馈是什么？"

反馈无一例外是，不值得投资。

这个问题的答案，在场每一个人都心知肚明。

顾长顺有些气恼，便梗着脖子说："那是他们没眼光，不是我们顾家的东西不好。"

"爸，你说得不对。我们顾家的东西的确很好，但他们也并非没有眼光。因为，他们一早就看出了我们糖厂的规模只能做到那么大。爸，您别忘了，我们城市的规划和布局，就已经制约了糖厂的发展。"

"说得没错，我们和很多后起之秀最大的不同，是不舍得挪窝。可是，为了保护古城，污染性大的企业必然会被限制规模。大哥，我问你，你是愿意守着这片保留家族记忆的厂房，还是另外找一块地来增产增效呢？”

顾长顺被这话给噎住了，轻哼了一声没有说话。

“我们刺桐市是全省经济总量最大的城市，GDP已经连续多年居于全省首位。”顾长庆说，“而为GDP做出巨大贡献的，已经不再是曾经的轻工、贸易这类支柱产业。所以，我认为，糖厂的式微，几乎是不可逆的。”

说到这儿，吴昌平也开口议论道：“我也注意到，这些年，人口红利逐步减少，劳动力成本逐年攀升。在这种大势的影响下，劳动密集型、低附加值产业遭受了很大的冲击。在我看来，经济结构转型、产业升级已是必然趋势。”

顾长顺的眼睛慢慢红起来，他半是惆怅半是不甘地问：“难道就没有一个既能保住厂房厂址，又能扩大产能的办法？”

“有。”沐川马上回应道，“如我先前所说，废弃的厂房一旦开发为文化园区，吸引来的客流，必然能反哺糖厂的经营。”

这话击中了老顾的心坎，但他仍不松口，摇着头说：“能不能吸引流量，还真不好说。谁能打包票呢？”

“那这样吧，”顾长庆说，“回头问问老爷子的意思。”

兄弟俩的意见出现分歧，老爹的看法自然就至关重要。不过，这个越活越精神的老顽童顾安仁，正在大理过着优哉游哉的生活，不爱接电话也不爱上网，大家又怎么联系他呢？

3

就在顾家人热烈讨论之时，顾安仁老爷子突然打了一个喷嚏。

接过护工冉丹递来的纸巾，顾安仁一边擤鼻子一边笑：“是谁想我来着?”

此时他站在民宿的窗边，目之所及是洱海的温暖光影。冉丹贴心地把手机递给他：“顾爷，您看看手机吧。没准儿真有人找你呢。”

顾安仁很少看手机。一年前，相伴六十年的老太太魏茵过世后，他便生出要写一本回忆录的想法。还没和家人商量好，顾安仁就聘请了一个护工，跟着他一起去了大理。

魏茵是大理人，老家还有几个同辈的亲友。顾安仁回忆起他和魏茵在大理相识相恋的经历，时不时地老泪纵横。

冉丹很贴心地帮老人整理手稿，输在笔记本电脑里，一年下来还不到七万字。照顾安仁的意思，他是要写到十二万字的。

顾安仁没有接手机，只说：“小冉给我念念就行。”

打开手机，微信里果然有新信息。

置顶的那条，是孙女顾小喜的。她的微信名和头像都很有特点，“团团喜喜”的名，配着小草团子的头像，十分软萌。

冉丹把语音条点开，顾小喜的声音就从里面蹦了出来：“安公[①]，你在大理还好吗？过年回来吗?”

第二条：“家里有事情要商量，您能不能打个电话回来？是关于糖厂厂房的事。”

听到这儿，冉丹便问顾安仁：“顾爷，要打电话回去吗?”

顾安仁想起那片废置的厂房，不由得感慨丛生：“你魏奶奶在的时候，最大的遗憾就是大片厂房闲置，以前糖厂的风光不再。”

片刻后，顾安仁才说：“打吧，就用视频聊天吧。”

冉丹口里应着，下一秒视频电话已经拨了出去。

视频连线成功，顾家老小先是问候了一通，顾小喜才把手

---

① 安公：闽南语对爷爷的称法。

机往沐川跟前偏了一下："安公，我给您介绍一下，这位是瑞华资本的投资经理沐川。"

嗯？沐川？

冉丹走到顾安仁身后，往视频里瞟去。果然是他，眉眼总是在笑，和记忆里的那个阳光少年别无二致。

他们相识于一家名为"夕阳红"的敬老院中。只不过，冉丹本就是护理专业毕业的学生，毕业后就应聘于敬老院；而沐川则是一名义工，每到周末就会来敬老院帮忙。

彼时，还是大学生的沐川，经常向冉丹请教一些照顾老人要注意的事项。对于这个小她五岁的弟弟，冉丹不无激赏之意。

因为，在现实生活中，有几个人能在"向下爱"的同时，还能做到"向上爱"？更何况，"老吾老以及人之老"，这就不是一般人可以做到的。

但沐川做到了。大学四年里，他竟然风雨无阻，每周必至。以至于，每到周末，老人们便自然而然地期盼能见到沐川的身影。

沐川为人随和，又能说会道，多才多艺，一言一行都令人如沐春风。

日子一长，冉丹也对沐川生出好奇心来。有一次，她问起沐川为何会来做敬老院的义工，他的表情略有些哀伤："看到老人们，我就想到我的安公。"

再多的话，他也没说，但冉丹也能猜出个一二，他爷爷的离世，应该是他的一大憾事吧。

寒暑假里，沐川也没缺席过，想必他和家人关系不善，压根儿没回过家……

目光游离于屏幕之外，思绪也在回忆里翩飞。好一阵子，冉丹才注意到，顾安仁的视频通话已经结束了。

而顾安仁也笑眯眯地看着冉丹，问："小冉，怎么走神啦？"

冉丹如实作答："那个投资经理，我认识。看到他，就想起以前他在敬老院做义工的事。"

"哦?"顾安仁说，"现在很难看到这样的孩子了。"

想起电话里提到的事，顾安仁轻轻点了点头："买两张机票，明天我们回刺桐。"

4

得知固执的顾老太爷要回家，顾长顺兴奋得一夜难眠，直夸闺女有面子，终于把出走一年的老人家请回了家。

第二天早上，顾长顺又和即将登机的老父亲联系了一番，表达了自己想要接机的愿望。顾安仁知道儿子有这份孝心，自然高兴，却提出了一个要求："让那个小沐也来吧，我有话要问他。记住哟!"

顾长顺犹豫了一霎才应下，心里却有些闷闷的。

沐川毕竟是外人，老爷子这是闹哪出呢?

顾长顺想到一个答案，便把闺女堵在屋里，直截了当地问："是你跟你爷爷说，要让沐川来接他吗?"

顾小喜迷惘地摇摇头："昨天打电话的时候，爸不是在旁边吗?"

"我是说，这之后。"

"之后，爷爷只告诉我他今早就要坐飞机，就没说别的了。"顾小喜把手机往顾长顺面前一推，"你不信，你看微信啊。"

顾长顺还真把手机拿起来，往那上面瞅去。

备注为"爷爷"的人置顶，戳开一看，说的和顾小喜描述的一样。退出这个对话框，顾长顺顺便瞄了一眼另两个置顶的人，一个是谭清清，一个则是卿卿我心。

顾长顺把手机还给女儿，顺口吐槽一句："还卿卿我心，这名也取得太肉麻了。"

"这是说的陈伯卿。他演过陈伯卿。"

顾长顺"哦"了一声，边走边说："还是南音爱好者啊，不错，不错。"

刚走到门口，顾长顺脚步就缓了下来，暗忖道：不对啊，这人置顶，该不会是小喜的对象吧？陈伯卿，陈三，陈三五娘……小喜大学的时候，好像演过《陈三五娘》。

带着一种急欲破案的心理，顾长顺冲回卧室，便问李聪："小喜大学的相册在哪儿？"

"你要相册干吗？"

"咱女儿有对象了！"

"嗯？"李聪一头雾水，"难道不是小沐吗？"

说话时，李聪已经从梳妆台柜子里拿出了一本相册。

顾长顺却撇撇嘴，说："这我不同意。这小子不是好人，三言两语就把老爷子诓住了。"

"把老头儿诓回来不好吗？"李聪眉头轻拧，"他比你还倔，一把年纪了还往外跑。你不担心哪？"

办完老伴的丧事，顾安仁没歇上几天，就留书出走。这种做派，在老年人中可不多见，李聪不担心都不行。

"这不有小冉照顾吗？这个姑娘人……"

一语未毕，顾长顺就气鼓鼓地把相册扔在床上。李聪诧异地拾起相册一看，谢幕时和女儿携手站在一起的人，看着好生面熟。

凝神细视，那男孩眉飞入鬓，神情潇洒，似乎正是沐川。

李聪轻轻笑起来："看来小沐钟情咱闺女好多年了。这么长情，难得难得！"

"是觊觎好多年了吧？语文老师！"顾长顺语调寒恻恻的，

和窗外的冷风相仿佛。

“这话怎么说的?”

“怎么说的!”顾长顺冷哼道，“陈三陈伯卿在元宵灯市与黄五娘邂逅，就对人家起了歹心。他不仅破坏黄五娘的婚约，还乔装成磨镜匠，怂恿黄五娘跟他私奔。可见，陈伯卿就不是什么好人！现在……”

顾长顺想起“卿卿我心”这个微信名，一阵恶寒，吐槽道：“沐川这小子竟然拿这个当昵称，摆明了是在怂恿闺女跟他私奔。”

“啧啧，”李聪哭笑不得，“我还没看出来，我家老顾，怎么还成了封建卫道士!”

“什么?”

“你忘了，我和你谈恋爱，你妈一开始也是不肯的。你不还说过，要是你妈死活不同意，咱俩就私奔!”

“有这事?”

“可不?”李聪似笑非笑，“你不会不承认吧?”

顾长顺顿时没脾气了，谁承想，当年的年少意气，都变成了今日的黑历史。

气人！顾长顺扭头就出了卧室。

5

因为顾安仁的回归，二吾民宿里的春节气氛更加浓烈。

和初见顾长顺一样，沐川仍然是忙着帮老人家提行李，忙前忙后十分殷勤，可见两人一定相谈甚欢。顾小喜不由得抿嘴偷笑了一次。

但她发现，冉丹似乎也和沐川有说有笑。一个唤“小沐”，一个唤“丹姐”，似是旧识。

顾小喜向来藏不住心思，沐川一眼看穿，趁着和她一起拖行李回屋的机会，马上解释道：“你记不记得，我跟你说过，我大学时做过敬老院的义工？冉丹那时在敬老院工作，我就这样和她认识了。毕业后，我就回了刺桐，也没联系过。”

无端的醋意转瞬即逝，顾小喜又抿唇一笑，口中却说：“你跟我说这个干吗？”

“你说呢？”沐川仰脸盯住她，目光灼灼欲燃，“我要有自觉性，什么都要跟你交代才行。”

这一句话，无一情字，却又处处显山露水，听得顾小喜脸上烫了起来，烧出一片绯色。

沐川瞥见她这模样，暗想道：要不是近旁有人，真想贴贴你的脸。

二人边走边说，很快就进了顾安仁的卧室。院子里，顾安仁、吴昌平的谈笑声不时传来，顾小喜不禁感叹道：“我发现，我安公现在开朗多了。”

“这说明，出去走一走，散散心，是值得的。”沐川把行李箱推到书桌前，“放这里行不行？”

“行。”

沐川深吸了一口气，又问：“点的什么香？”

“安公最喜欢的永春篾香。”

“哦，怪不得这么熟悉，”沐川微微一怔，“有人也很喜欢。”

“谁？”顾小喜很自然地问。

“故人吧。”

见他不想说，顾小喜也不勉强，蹲下来整理行李箱：“永春香很了不起的。中国共有四大制香基地，永春香就占了一席。”

“嗯，”沐川点点头，“清苑、翔安、新会、永春，四大制香基地。永春香早就走出国门，畅销东南亚了。”

的确如此，早在唐朝之时，刺桐就是中国对外贸易的重要港口，到了宋元时期，刺桐一跃成为“东方第一大港”，定居于刺桐的阿拉伯人后裔蒲寿庚，扶老携幼而来，带来了独特的异国制香技艺。

自此以后，蒲氏垄断刺桐香料海外贸易三十年之久。到如今，蒲氏后裔长居于永春，将祖辈所传的制香工艺世代相传，延绵不绝。

顾小喜接过他的话，笑道：“你知道吗？诗人余光中的祖籍就在永春。”

“小时候，乡愁是一枚小小的邮票，我在这头，母亲在那头。长大后，乡愁是一张窄窄的船票，我在这头，新娘在那头……”沐川缓缓吟道，他有意只吟诵至此，毕竟，矮矮的坟墓，总归和这过年的气氛不协。

顾小喜轻轻颔首：“余光中先生也对永春香念念不忘，我记得，他说过，‘香始于嗅觉而通于文化，文化之芬芳赖美名以传，制香业者实功同蜜蜂，泽被人群’。”

言谈中，制香的画面浮现在脑海里，有关乡愁的讨论，也潜入心扉。到后来，沐川、顾小喜才蓦然觉察，今日闲聊的话题，竟然也为文创园事业提供了灵感。

6

顾长庆匆忙赶到哥哥家时，刚好赶上晚饭。

顾安仁知道年底诸事繁杂，没想让老二来接他。眼下看见顾长庆两鬓苍苍，自己也颇为心疼，拥着他问长问短，倒闹得顾长庆不自在了。

最令他不自在的话题是：你和园园什么时候复婚？

这事说来太富戏剧性。顾长庆和肖园结婚多年，一直没有孩子。肖园偷偷去找了医生，发现自己不能受孕。

回到家中，肖园主动和顾长庆提出离婚，以免耽误他。顾长庆犹豫了两次，最终还是答应了。

这之后，顾长庆再婚，但依然没有孩子。检查之下，才知道他也身患不育之症。二婚妻子年龄只有三十岁，不甘心自己被无后无望的婚姻捆缚，没多久就提出了离婚。

十多年过去了，顾长庆、肖园都一直保持单身，顾安仁至今都还认为，他俩还有复婚的可能。

可能吗？顾长庆每每想起这个问题，就不禁一阵苦笑。

当时虽说是肖园主动提出离婚的，但他没有坚决地表明对妻子的重视。她真的不怪他吗？

更为尴尬的是，肖园和李聪是关系极好的同事，顾长庆也是在兄嫂的婚礼上认识的肖园。说起来，哥嫂算是自己和肖园的媒人。

离婚之后，顾长庆总觉得嫂子看他的眼神带有情绪，因此大哥多次提起两兄弟合住，顾长庆都婉拒了。

每天上班结束，回到家里，只有冷锅冷灶，顾长庆的心里也不好受，但他也没敢想找肖园复合。

肖园学的是舞蹈。曾听人说，肖园退休之后，教老年人跳健美操，有不少孤寡老头，都对她献过殷勤。

这么一比，顾长庆并不认为自己有能让肖园吃回头草的魅力。

想到这一点，顾长庆照直对老父亲说：“我和肖园都分开快二十年了，怎么可能复合呢？”

顾安仁不以为然：“夫妻都是原配的好，你俩是有感情基础的，那些老头子，哪有你对她知冷知热？”

顿了顿，他深深凝视儿子一眼：“你也没有后人，要是连个能共白头的老伴都没有，叫我老头子怎么放心去呢？”

“爸！”顾长庆猛一抬头，截住顾安仁的话，“大过年的，别说这些话。”

“好，那就吃饭，吃完饭说说厂里的事。”

顾安仁不再提及那个话题，等到一家人吃完了团圆饭，他才招呼沐川、小欢和两个儿子，说：“来说点正事吧。”

几个人坐在客厅里，讨论起厂房建设的事。沐川在机场接机时，顾安仁就已经向他问过这个项目，还提出一个质疑：当下国内很多城市都在尝试将工业遗产与城市生活融为一体，但在实际的开发中，却很难达到既能使产业高速发展，又能保持工业遗产原貌的初始目标。

沐川回复说，两个目标的兼顾，取决于对工业遗产地块和城市文化的深度理解。稍后，他会给出一份具体的说明。

话说至此，顾安仁倒想听一听，沐川会给出怎样的分析。

7

煮上一壶铁观音，在茶香的萦绕中，沐川先对顾安仁之前的疑问进行阐释：“在北京、上海这类地价高的城市，要想把工业遗产类建筑改建为文化创意产业园区，一定要考虑更多的商业因素。只有园区运作得好，才有可能达成保护工业遗产历史信息及其价值的初始目标。这对运作者提出了很高的要求，因为这二者很难兼顾。

“但刺桐的情况是不一样的，我们的地价相对便宜。在此基础上，适度的商业化，就能保证园区获得经济收益，因此我们能承诺，最大程度地保留之前厂区的原始风貌。再者，我们对园区的总体规划是，突出刺桐文化，所以我们会对入驻的商家提出相应的要求，不能随意改添外部建筑，而商家内部的装潢，也必须依着厂房的结构来打造。”

顾安仁点头表示认可，但又提出一问：“如果说园区突出文化氛围，那么我们怎么保证能赢利呢？我们怎么确定，来的是参观者，还是消费者？或者说，文化产业园区和博物馆的区别在哪儿？”

这个问题问得很现实。博物馆本来就是公益机构，并不以赢利为第一目的。但对于糖厂来说，必须首先考虑商业回报率。

沐川忖了忖，回道：“在我看来，消费者和纯粹的参观者，并没有明确的界限。很多参观者，起初可能只是抱着参观的目的，但商家的文化产品也能在环境的加持下，带给参观者很好的心理体验。那么，参观者是完全有可能转变为消费者的。再说博物馆。现在几乎每个博物馆都在出口设置了一个文创产品的卖场。参观者在参观完展厅，获得艺术文化的享受之后，大多愿意掏腰包购买一些文创产品。参照博物馆的这种运作，文化创意产业园也能驱动参观者在文化体验之余，进行消费购物。”

“嗯，我听你说过，园区里还会引入一部分美食商家。参观者在逛园区的同时，应该也会有吃饭的需求。”顾安仁说，“不过，这样的商家不能多，也不要重样，避免无谓的竞争。”

沐川把商业计划书递给顾安仁：“这一点，我在商业计划书里也有写到。顾爷爷，您先看一看，有不明白的地方您尽管问。”

顾安仁接过商业计划书，认真看起来。

顾长庆趁机和沐川低声交换想法，顾小欢把茶水斟好后，也跟他们攀谈起来。这么一来，顾长顺被撇在一边，倒像是个局外人。

此时此刻，顾长顺已经知道，从头到尾，只有他想把糖厂做大做强，家里的其他人竟然都“临阵倒戈”，为利益所动。

这么多年来，他已经习惯在闲置的厂房边，回忆昔日的风光，也曾想象有一日机声隆隆，再续辉煌的光景。但他从没想过，他们竟然会把厂房改作他用。

赢利固然重要，但祖宗的基业就不重要吗?

顾长顺想不明白，也不想明白。

8

除夕，吃过年夜饭，顾长庆便在哥哥家里守岁。

照刺桐的惯例，大家是要边听春晚，边打麻将的。顾小喜没这爱好，就邀着沐川一起去折金元宝。

凌晨时分的跨年仪式感，是从烧金箔纸开始的。手巧的人，可以先把金箔纸折成一个个金元宝。

顾小喜和沐川相对而坐，一起折纸。沐川不时看顾小喜一眼，见她心无旁骛，手速极快，仿佛是在做一件很紧要的事，便忍不住问她："每年都是你在折金元宝吗?"

"嗯。"顾小喜轻声答，头都没抬一下，"我爸、我妈、我哥、我叔要打牌的。我又不打。"

"说不定，明年你家就添人了。"

顾小喜没领会他的意思，依言而说："对哦，周舟姐回家过年了，如果她和哥今年结婚的话，我家就算添人了。"

回国之后，沐川、周舟先回了周家，以示对女方的尊重。而后，他俩才回顾家。作为独生女，到了除夕夜，周舟肯定是要回家陪父母的。

在顾小喜对面，沐川轻轻磨了磨牙，继续启发她："除了你周舟姐，也许还有别的人，也会成为你顾家人。"

"啊?"顾小喜抬首，面露惊讶，"二叔和肖阿姨要复婚吗?"

沐川无语凝噎，不置可否。

顾小喜又追问："你是不是知道什么？你这几天和二叔和聊得来。"

"我又不是你二叔肚子里的那什么，我怎么知道！"沐川气呼呼地把折了一半的金元宝扔在桌上，"你这人，到底开不开窍啊？"

顾小喜心里突突一跳，强自镇定，去捡那个半成品来折，口里支吾道："你不说出来，我怎么知道？我也不是你肚子里的那什么……"

这话本来是搪塞他的，落在沐川耳中却像是一种鼓励。接收到这信号，沐川立刻来了精神，起身往前一俯，修长的手指一探，就抓住了她的。

"我想说，"迎上顾小喜亮晶晶的眼眸，沐川声音有几分颤抖，"以后，我能以顾家人的身份，和你一起折金元宝。"

"你……"顾小喜脸颊绯红一片，极力想扯回手，却徒劳无用，沐川攥得很紧。

"我认真的。我不想做你的师弟，也不想做你的租客。我想做你心上的那个人。"

顾小喜偏过头，嗫嚅道："我还没准备好。"

沐川听得心里一喜，她没有明确拒绝，就意味着他能抓住机会。这半年来，他们的关系，有些像是虚掩的门，内外能互通气息，却不够敞亮，不够明晰。

那么，就让他来推开这扇门吧！

"说来你可能不信。我们一起排戏的时候，我就知道，你是我心上的人了。"沐川摩挲着他手心里温软的小手，神色渐渐羞赧，"所以，当我知道你竟然有男友的时候，我很生气，很失望。"

生气吗？顾小喜暗想，原来，在他骄傲如孔雀一般的皮囊下，掩藏的是生气和失望。

"只是，我这人向来不夺人所好。"沐川言语间有几分苦涩之意，“既然名花有主，我也只能表示祝福。”

想起孟洋的嘴脸，顾小喜嗤笑道：“我倒宁愿没有这个主。”

“早知道他对你不好，”沐川略有几分自责，“我还真不如跳出来夺人所好。”

他想了想，又否定了这个定位：“错了，咱俩那时可是大众CP，要是成了一对，大家只会说‘因戏生情’。啧，岂不美哉！”

“去你的！”顾小喜瞬间被他逗乐了，顺势推他一把。

沐川的拳头包着顾小喜的手，直接砸在他肩头。一霎情动，他顺势立身近前，把顾小喜从座上捞起来，一把揉在怀里。

“有人呢！”顾小喜微微挣扎了一下，但也没抽离他的怀抱。

“没人，他们都在打牌。”沐川脸不红，心却狂跳起来，“再说了，看到一对男女朋友在亲热，谁会不自觉偷窥啊。”

“沐川！”顾小喜跺跺脚，眼风往门外扫去，还好还好，真没人。

沐川趁机抱紧了她，把脸颊贴在她脸上，低声呢喃：“小喜，我喜欢你。你可不可以，也喜欢我一下？我想，嗯，住进你的时光里。”

此情此景，这份情热，怎能不让人心动？

顾小喜想要点头，到底又不好意思，眼风便往桌上一扫：“要当我男朋友，一定不能只折半个金元宝。”

沐川触电般直立，向她敬礼：“得令！”然后欢天喜地地坐下折金元宝，不时还瞄瞄顾小喜的一张大红脸。

顾小喜被他盯得不好意思，也坐下来“战术性”折金元宝。

门外，电视里的欢声笑语，伴着麻将声，热热闹闹地传过来；门内，忙着折金元宝的两个人，都揣着一份对爱情的憧憬，相视而笑。

往后余生，住进你的时光里，每一天，每一分，每一秒。

第七章 非遗大师在刺桐

1

“春节快乐!”

坐在沙发上，周舟边嗑巴旦木边接顾小欢的电话，一脸盈盈喜气：“好啊，一起倒数！还有两分钟！我这就去阳台!”

敞亮的落地窗外，透出刺桐流光溢彩的夜景，看得人心驰神往。

周明礼靠在贵妃榻上，看见女儿蹬着兔耳拖鞋往阳台跑去，便和坐在沙发另一端的家后钱芳交换了个眼神。

几天前，周舟带着男友顾小欢回家，二人背着顾小欢向女儿问长问短，生怕门不当户不对，问得周舟有点心烦。直到周舟不耐烦地说“人家老爸是糖厂的退休厂长，家境不比咱家差”，周明礼才将信将疑地对顾小欢保持热情，并同意周舟跟顾小欢回顾家。

孩子们两情相悦，见见对方家长，倒也没有问题，至于双方家长见面，还是晚点更合适。

钱芳从周明礼的眼神中可以读出一个信息：双方家长不久就会碰面，不过，并不是为了儿女们的婚事。

“你要想做，就早点去。别被人捷足先登了。”钱芳提醒道。

周明礼露出志在必得的笑容：“零点一过，我给周局长拜年，把这个事提一提。呵呵，都是本家，这事还不好说?”

“十九八七六五四三二一！过年好！”阳台上，女儿倒数的欢笑声，银铃似的，摇摇晃晃地透进窗来，感染了她的母亲。

钱芳不禁想起她和周明礼刚谈恋爱，如胶似漆之时，也曾如女儿一般，对电话那头的人，倾洒自己的满心欢悦。

她含着笑往周明礼那边看去，本想接收他心有灵犀的微笑，没承想周明礼却拿起手机，大步流星地往主卧走去。

毫无疑问，周明礼是给城建部门的周局长拜年去了。

竟连半刻也等不得！

钱芳露出一丝苦涩笑意，但又忙不迭为周明礼“开脱”，暗道一声“男人当以事业为重”。

主卧那头，周明礼拨了周局长好几次电话，才如愿拨通，向他拜年致意。

也好理解。这样的人物，在除夕夜，必然会收到很多祝福，电话都能被炸成热线。

一般人，他回个微信也就是了，肯接电话已经是很给面子了。不愧是往来频密的旧相识。

道了晚安，周舟放下耳边微微发烫的手机，走回客厅，轻噫一声：“我爸呢?”

“给领导们拜年呢。”钱芳往主卧努努嘴。

周舟撇撇嘴：“一如既往地有礼有节，名字取得真好。”

一直以来，女儿都说她爸周明礼精明而市侩，言语间也薄有不满，二人就像八字不合一样，曾发生过大大小小数次龃龉。

钱芳被女儿的话逗得哭笑不得，便说："你都快研究生毕业了，还不懂心疼大人吗？"

周舟也觉理亏，吐吐舌头，从奶壶里倒了一杯热牛奶，往主卧送去。

"爸，"周舟敲敲门，"你渴不渴？喝点牛奶吧！"

周明礼刚挂了电话，拉门出来，接过玻璃杯："好，这是新年第一杯牛奶。"

看着老爸仰着脖子，咕嘟咕嘟喝牛奶，周舟嘿嘿一笑："爸，快坐着看春晚吧，有我妈喜欢的戏曲节目呢。"

周明礼摇摇头，把玻璃杯递给周舟："人老了，熬不住了。你们自己看吧。别睡太晚。"

"爸，爸……"周舟接过杯子，用手肘抵门，"我还有事呢。"

"嗯？什么事？"周明礼睡意上头，两眼微眯。

"年后……过年后，你们能不能和小欢爸妈见见面？"

周明礼双眼蓦地睁大，精光迸射："可以！"

周舟喜出望外："真的？爸，你同意？"

双方家长见面的意义，大家都明白。老爸这般爽快地应允，确实令周舟意想不到。

得到家长的祝福，应该是年轻情侣最快乐的事情吧。

周舟嘻嘻笑着，替老爸关上门："爸，新年好！早点睡！"

2

春节的序曲启幕，整个刺桐城都沸腾起来，以西街为代表的古城区，更是迎纳了万千游客。

游客往往以家庭为单位，有的直奔古城区最知名的开元寺，有的来到海外交通博物馆感受海洋文化的魅力，也有的去往天后宫瞻仰妈祖的遗迹，还有的在洛阳桥上叩问曾经的跨海大桥的回响……

新闻里，一直对古城区的文旅热潮进行着轮番报道。

初七人日，顾长顺早早地起床刮胡子、试新袄，一边听新闻，一边对正在梳妆台前描眉点唇的李聪说："外地的游客，爱挑名气大又便捷的景点。不过，明年这个时候，去其他景点的游客肯定就多起来了！咱就是说，德化窑址不香吗？安溪青阳下草埔冶铁遗址不香吗？"

它不香吗？

李聪抿嘴笑了笑，跟年轻人多接触，总是会被同化，这同化往往以语言表达为主要表现方式。

除夕之前，陈爽回了县城老家，初五那日又大包小包地提着特产回了民宿，口里动辄就是这烟熏豆干不香吗？这爽口酸笋不香吗？

当然，陈爽也不无苦恼之意，关于大年初七就要重新当"牛马"的事，她也没少跟顾小喜吐槽。

语文老师自然对语言有敏感度，但顾长顺不知李聪在笑什么，以为她不相信自己的判断，接着解释："你别不信，我有信心，二度冲刺申遗肯定能成功！到时候，整个刺桐市包括下面的老县城的旅游热度，都会被带火的！"

解释的时候，顾长顺抓了一顶帽子在镜前试戴。

"信，信，怎么不信？"李聪满眼都是激励之色，"老顾是谁？街巷文化大使！"

"那是，宣传口不能少了我们这种热心市民！"顾长顺换了一顶帽子，"这个好像更好看！"

李聪仔细打量，点头表示认可："要去见未来亲家，认真着装，是对别人的一种尊重！”

说话间，李聪往洞开的窗口一瞥，看见沐川在院中榕树下抱着他的猫，一脸无奈，顾小喜则拿了梳子在给小猫梳毛。

“小喜，”李聪唤道，“天这么冷，你们把猫抱出来干吗？”

顾小喜扭头看她：“妈，橘子的胡子眉毛被烧没了。我安慰安慰它。”

“什么？”

“烤火呢，烤得太贪呢。”

闻言，李聪哭笑不得，只得说：“给它喂点好吃的哄哄呗。”

听着女儿响亮的回复声，沐川更响亮的一声“好嘞”，李聪眼里盛满了笑意。

抬首看见顾长顺若有所思的眼神，李聪便清清嗓子，提醒道：“孩子们喜欢在一起，就让他们处处看，你给我收起你那张臭脸哈！”

这句话，声音不大，分量却重。顾长顺只得心不甘情不愿地“唔”了一声，再无别话。

沐川、顾小喜都没有明说，他俩正在谈恋爱，但明眼人谁看不出来，两人正黏糊得不行，眼神都在拉丝。

顾长顺不知道的是，沐川之所以选择在除夕夜表白，其实是因为李聪暗地里提示过他：“新的一年要有新气象哟，都爬上楼了，还不更上一层楼？”

沐川顿时悟了，也不管老顾看他顺不顺眼，反正这家的核心领导权，是在李聪手里。

收拾规矩了，灵魂人物李聪便让顾长顺去催促儿子顾小欢，跟他们一起出门。

和未来亲家吃饭的时间还早，地点却在丰泽区——本地最繁华的地区。李聪心想怠慢不得，他们还是提早出门的好。

一看顾小欢，把自己捯饬得光鲜夺目，李聪也不觉露出了一丝笑意。

可不呢！自己的儿子，就一个字——帅！

3

下午三点来钟，顾长顺、李聪和顾小欢神色各异地回来了。

如果用一句话形容顾长顺今日的心情，可以说是“高高兴兴出门去，一脸忧色回家来”。这忧中，还有一丝无法掩藏的愤懑。

砰一声，顾长顺关了卧室门，把自己扔在床上平复心情。

李聪知道他心烦意乱，便对顾小欢和匆忙赶来的女儿顾小喜悄声说：“让你们爸爸静静吧。”

顾小喜自然是要问个因由的。三人默契地来到堂屋。顾小喜看了看哥哥郁闷的眼神，斟酌着言辞向母亲发问：“妈，今天不太顺利吗？”

她不打算说“见亲家”这仨字，从老爸的行为来看，周舟家里人恐怕不好相与。难道是提出什么过分的条件了吗？彩礼太多，还是其他要求太高？

李聪轻轻扫了顾小欢一眼，说出的却是令顾小喜意外至极的话：“周舟的父亲，对我们糖厂的厂房也很有兴趣。”

顾小喜瞪大了眼，错愕不已：“厂房废置多年，无人问津，现在竟然成香饽饽了？那……周叔叔是打算怎么改建厂房呢？”

周舟的父亲周明礼是房地产开发商，他能看上的地儿，必有其开发价值。这也从侧面印证了沐川的眼光不俗。

这般想来，顾小喜心里不觉有几分窃喜。

可万未想到，李聪重重地哼了一声，神色也有几分愠恼：

“改建什么改建，他简直就是想把老厂房拆了。无良的资……”

碍于儿子的情面，李聪咽下了最后两个字没说，失神地坐在椅子上。

顾小欢心里难受，但接着母亲的话说完，免得妹妹不懂：“周舟她爸，是想跟我爸商量，把废置的厂房都推了，拿来建一个中等规模的连锁超市。嗯，就是德好超市，你知道吧，这超市有很多分店。”

“啊？”顾小喜似被人兜头泼了一盆凉水，瞬间被冻在那里，讷讷地说不出话，心里却内疚起来：她刚才为什么会觉得这是好事？脑子被猪油糊了吗？

“他那叫商量？”李聪冷冷插言，“你爸当时就婉拒了，但你哥那个未来岳丈竟然说，这块地有一部分产权是国有性质，我们说了不作数。”

“那我爸……”顾小喜还没从震惊失望中回过神来，说话更是慢吞吞，“岂不是……”

“放心，你爸今天的修养还不错，”李聪明白女儿的意思，“不至于跟人家拍桌子摔板凳。”

“哦，哦。”

做人嘛，凡事留一线，日后好相见。更何况，哥哥和周舟是要成亲的，要是两边父母关系搞僵了，受累的还是孩子们。

说到这儿，顾小欢感激地对李聪说：“今天幸好有妈在。”

母亲向来口才好，又颇能随机应变，想必在中午紧张的饭局上，也从中调和了一番吧。

顾小喜庆幸自己有这样的母亲。

李聪承了儿子一顿夸，却并不领情：“这顿饭最后能吃完，也不是我的功劳。你那个未来岳母，倒是个会说话的人，性子比商人温良很多。”

不知为何，顾小欢觉得，未来岳丈未来岳母这词，在此时此刻听来，有几分刺耳。

他想了想，才小心翼翼地说："妈，如果你们不同意，我不会那么快和周舟结婚。"

碰上母亲、妹妹困惑的眼神，他又解释道："我曾听说一句话，得到父母的祝福，才可能有一段好婚姻。所以，我一定要想办法解决里里外外的矛盾，才能保证有幸福的未来。我的未来，有周舟，但也有我的家人。我不能只顾一头。"

多少年来，李聪几乎不关心儿子的生活学习，今日听他说出这番言辞恳切又真情流露的话，没来由地心里一软，又是一痛。

不主动要糖吃的孩子，总是会被人以为，他不需要甜，不需要被了解、被呵护。

其实，不是的。

儿子心里有她，她的心里也有儿子，只是，当年一时迷了心，才对他不管不问。

所幸，现在想要补救这段母子关系，为时不晚。

李聪调整好心情，脸上挂上一丝笑意："行，年轻人有担当，是好事。妈妈相信你可以做到两全其美。"

顾小欢点点头，眼中有光。

4

人日一过，刺桐人对于春节最大的盼头就是元宵了。

早些时候，大街小巷就挂起了密密匝匝的灯笼，烘托着节日的氛围，但人们对元宵节的灯会仍是期待满满。

"那边是刻纸灯，是花灯名品，走。"

沐川搂着顾小喜，护着她的腰背，绕过人流往前挪步。人头攒动，熙熙攘攘，眼前的世界流光溢彩，年轻的情侣眼中却只盛得下彼此。

顾小喜跟着沐川，来到一盏别致的刻纸灯下，一起驻足欣赏。

说别致，是因为这盏彩灯，大胆地以猪元素来打造，上面刻着可爱的变形猪纹样。

2019年是猪年，很多小作坊也在售卖不少的生肖彩灯。商家们发几个半成品部件，小孩子们只需要“按部就班”，就能组装成一盏生肖灯，提在手里，看起来格外喜气。

这样的花灯无疑是好看的，但在看重民间非遗文化的刺桐人眼中，那些小玩意儿不过是批量生产的小商品，压根儿称不上艺术品。

真正的艺术品是什么？

沐川赏看着这盏生肖彩扎灯，绽出叹服的一声：“刺桐彩灯，才是真正的艺术品。”

这种夸赞，是有底气有根由的。

早在2006年，南方花灯的代表刺桐花灯，就因其鲜明的地方特色，被列入了国家级非物质文化遗产目录。

起于唐，盛于宋元，千年以来刺桐花灯延续至今，以其独有的彩扎、针刺、刻纸、料丝镶装技艺闻名遐迩。

因为传统元素、工艺的传承之故，刺桐花灯并不在生肖文化上做文章，因此眼前这盏猪纹样的刻纸灯，的确令人眼前一亮。

在刺桐彩灯里，刻纸灯这种工艺出现时间较晚。

最传统的彩扎灯要使用绸、布、纸张、竹篾等材料，制作时，需要先用纸捻将竹篾绑扎骨架，再把裁好的纸或是绸布，喷水绷贴在骨架上，再贴花边、描图案、挂丝穗。但刻纸灯显得独树一帜，根本不用骨架。

"你知道刻纸大师李尧宝吗?"顾小喜问。

"当然知道啦。"沐川捏捏顾小喜,"李先生是刻纸灯的首创者。"

"嗯,我好佩服他啊。"顾小喜说,"能够从传统的框架里跳出来,就很不容易。"

"这应该是得到了刻纸艺术的启发。"

刻纸灯的图案,由花灯制作者自行设计,再用刻刀在纸板上刻出形状。由于刻纸灯不用骨架,雕刻好的图案,便需要拼接完成。

"这还不算呢。"沐川对生肖刻纸灯称赏不已,"创新这种能力是需要一以贯之的。后来,李先生又在这些镂空的图案里镶上玻璃丝,设计出刻纸料丝灯。这更是精妙绝伦。"

"我倒是认为,这一次的创新,是在跳出传统之后的一次'回归'。因为料丝镶嵌,是刺桐花灯早就有的工艺。"顾小喜点评道。

"有道理,走出去,还要走回来。"沐川点点头,搓搓她的丸子头,"说到艺术,你就很通透。"

顾小喜笑道:"你说,我们都看到了生肖刻纸灯,一会儿会不会看到更有新意的花灯?"

"那就去找呗。"

沐川话也不多,拉着顾小喜便往花灯丛中探去。

5

"嗯,早点睡,晚安。"

轻声细语地道了晚安,顾小欢挂了电话,捏捏鼻梁,再推推眼镜架。

起身打开门，看到父亲顾长顺正在过道上来回踱步。

“爸，你还没睡吗?”顾小欢忙招呼了一声。

“你……”顾长顺搓搓手，缓缓开口，“先前我听见你在打电话，我就没进来。”

“哦，我在和周舟打电话。”顾小欢不打算隐瞒，“爸，你不会生气吧?”

“不会不会，周舟是个好姑娘，我没什么意见。”

是吗?

顾小欢暗想道：初七回来之后，是谁跟他说女朋友这家人往来不得的?是谁又说，儿子、女儿交的朋友，都伙着外人来坑厂子?

这事确实也巧，巧得就跟经人刻意安排似的。或者说，老厂房废置已久，如今真赶上了开发的好时节?

但这想法只在心里滋长，顾小欢不敢在老父亲跟前多言。

见顾小欢沉吟不语，顾长顺也猜出他几分心事，便劝道：“我那天说的是气话而已。小欢，爸知道你有分寸。只要周舟不支持她爸的计划，我对她就没什么意见。”

“爸，你放心，周舟不掺和这些事。她和我一样，只对专业内的事情感兴趣。”

两人是同学，每每谈起专业，话题就多得说不完。用“志同道合”这类词来形容，简直太合适不过。

顾长顺对顾小欢的回答表示满意，又安慰道：“本来说，你俩就应该一块过元宵节的，可惜周舟被她爸拘在家里了……不过，这个事只要解决好了，你俩后面就顺遂了。”

闻言，顾小欢眉头一皱：“周叔的人脉很广，业务也做得很大，这一次他又像是志在必得，只怕不会让步。”

“这不是还有鑫源房产嘛，还有……小沐呢，”顾长顺故作乐观，眼睛微眯，“他们总能想想办法吧？”

“嗯？”顾小欢讶然，定定地看着老爸，“爸，你刚说什么？”

“我说，我同意建文创产业园。让小沐想办法，拉着鑫源房产，好好策划一下，和云周公司的开发商争一争。”

“爸，你不是不同意吗？你不要……”顾小欢斟酌言辞，“不要意气用事。”

“不会不会。”顾长顺摆摆手，“我想得很清楚了，只要小沐不坑我，文创产业园还是可以做的。”

顾小欢轻轻颔首：“确实值得一试，不过，也并非没有风险。我倒不是信不过小沐，而是觉得，文创产业园在后续的经营中，不可避免出现一些问题。到时候，我担心爸您……”

“喏，”顾长顺打断顾小欢的话，“说句不好听的话，两害相权取其轻。就算是将来出现问题，总比来一堆挖掘机直接挖掉我的厂房要好得多吧？”

“这倒是。”

“可不嘛！留得青山在不怕没柴烧。”顾长顺长出一口气，顿觉心里松快了些，“小沐他俩应该快回来了，你既然还没睡，一会儿记得给我帮腔。”

6

在接下来的一刻钟，顾长顺和他邀约帮腔的儿子等到了顾小喜和沐川。

从楼上一眼就能望见，他俩提着新买的花灯，有说有笑地穿巷归来。

花灯设计很妙，透过底部的镂空图案，正好将“新春快乐”四个字映在石板路上，一摇一曳趣味盈目。

顾小喜只顾去踩那句吉利话，而提灯的沐川，轻轻理了理女朋友散在帽檐下的碎发，笑得甚是宠溺。

顾小欢不觉在心中想象了一下他和周舟提灯映巷的画面，低吟道：“寻常巷陌，人道三公曾住。想今宵，璧人成双，古厝……”

词句尚未吟罢，就被顾长顺戳了戳手肘：“回来了，快下楼。”随即，风一般杀下楼去，楼梯上噔噔噔的声音，一声比一声急。

顾小欢赶紧跟下去，生怕老爸闪了腰。

二人门神一般立在民宿门口，正好来得及迎接小情侣。

第一次约会被父兄撞见，顾小喜还有些不好意思，嘿嘿傻笑：“爸，哥，你们都没睡啊？”

但顾长顺明显不是冲着她来的，紧盯着沐川笑吟吟问：“小沐回来了啊？有点事想跟你谈谈。”

沐川马上正色道：“好，顾叔，我陪您。”说话间，已把花灯递给了顾小喜。

“走走走，去堂屋。”

一个是意向坚定，一个是抱定了“两害相权取其轻”的宗旨，自然一谈就成。

沐川还以茶当酒，特别敬了顾长顺一杯：“顾叔，你放心。我一定会竭尽全力拿下这个项目。”

有了沐川的表态，顾长顺心里又放心了几分，感慨道：“还是吴大爷说得对，自家人总是要为自家人打算的。”

见沐川微愕的样子，顾长顺解释道：“吴大爷说，你是个好孩子，有眼光，有热心肠，还心疼小喜，不会坑我的。”

沐川忙给顾长顺斟茶：“那我要加倍努力了，绝不能辜负顾叔和吴爷爷的信任。”

沐川这才想起，吴昌平的确说过，他会帮着说服顾长顺。

本以为老人也就随口一说，没想到他还真在暗中发力。

“此外，吴大爷投的钱，已经从他堂姐那边拿回来了一部分。他想再添点，投到我们这个项目里来。”

这一晚，真是令人喜出望外。不只合作双方的分歧解决了，就连融资的渠道也多了一条。

此情此景，沐川振奋不已，真想吟一句“幸甚至哉！歌以咏志”。

次日一早，沐川早起打拳，亲自向吴昌平道了一声谢。

吴昌平承了这声谢，乐呵呵地说：“我也没发什么力，主要是老顾自己想通了。”

关于融资的事，吴昌平也和沐川谈了谈想法，顺便提及了吴家在新加坡的商业版图。

眼下，吴家正有意投资建筑工程，缺的只是一个好项目。对于“寻常小味”厂房的改建一事，他也有志在必得之意。

瞅着沐川满眼写着“天降贵人”的幸运之光，吴昌平莞尔一笑，拍拍沐川的肩。

“你或许会觉得你运气不错，竟然在关键时刻多出了一个竞争筹码。但爷爷想说的是，世界上从来没有天降的贵人，你的好运气，只是因为你的不放弃。”

虽为警语，但长辈的眼中尽是嘉许之意，丝毫不令人难堪。

沐川郑重地起身，向他深深鞠躬。

十年辛苦读书，但今日听君一席话，才知“朝闻道，夕死可矣”的真义。

7

穿过裴巷，路过小西埕，步入西街，就能看到新近装修的一间画室，名曰“清生活”，正是谭清清新迁的落脚点。

迁室之前，谭清清给了学生们一张学费抵扣券。这么一来，尽管画室的地理位置不如先前来得好，也没流失一个生源。

之所以选择西街，谭清清也有自己的一番考虑。刺桐市虽有几大区县，但论及文化底蕴，古城区无疑是最为突出的一个。

不只如此，西街虽然不便停车，却拥有较为完整的美食地图和诸如小西埕一类的网红打卡点，颇能吸引流量。

用谭清清的话来说，这对画室以后的发展大有好处。

顾小喜也深以为然。

刚吃过早饭，谭清清便打扫起了画室。

本来说，寒假已经结束了，只在下午四点钟以后才有学生来学画，谭清清只需要九点来钟起床，慢悠悠地洗漱、吃饭、画画，便能应对自如，但今时不同往日，为了迎接新拜的老师，她得拿出十足的诚意。

听说徐泽老师要来，顾小喜也很上心，一起床就提着糕点盒过来了。

正好谭清清刚拖完地，二人便坐在沙发上煮茶闲聊。

说起和徐泽老师相识的经过，谭清清满脸写着兴奋：“就那么巧，我在非遗博物馆里看展览，看见永春纸织画，就挪不开眼，站在那里看了很久，还和在一旁看展的人一起讨论画中意境和纸织画的特色。没想到……嗯，你猜？”

谭清清想卖关子，顾小喜却很自然地猜到了，捂嘴笑：“结果，这位看展的人，就是徐老师，对吧？”

“对啊！你说巧不巧？”

“巧！”顾小喜点点头，但又对谭清清的选择颇为好奇，“你主修的是油画，怎么突然对非遗画类感兴趣了？”

当初，顾小喜失业又失恋，心情糟透，一度患上了抑郁症，谭清清便每天叫她一起画画，日复一日地画下去，竟让顾小喜爱上了墙绘，稳定了病情。

而谭清清本人，从小习油画，不到二十岁就办了个人画展。世人对她的印象，就是一个天才油画少女。

“嘿，你都说是‘主修’了，又不是专修，那我不得多尝试尝试？”谭清清啜着茶，噙着笑说，“而且，我发现，我现在对朦胧美更有兴趣。”

“朦胧美，确实是永春纸织画的特色。”

“大多数的油画，讲究的是如照片一般逼真入微，而永春纸织画则不然，看上去颇有一种，嗯，怎么说呢，对了，有一种‘烟笼寒水月笼沙’的朦胧之美，韵味独具。”

说话间，谭清清已起身从柜台里拿出一幅永春纸织画，拿给顾小喜看。

“这是画的江南水乡，小桥流水、轻烟薄雾的意境出来了。”

谭清清含笑颔首：“对吧，你知道我为何心动了吧！永春纸织画，和杭州丝织画、苏州缂丝画、四川竹帘画，被并称为‘中国四大家织’，可不简单。”

“我以前也看过几幅纸织画，觉得它很特别，但对此了解不多。”

“那你今天可就有福喽，可以好好学一波了。”谭清清看着玻璃门外，倏然起身，甜甜地唤了一声，“徐老师，您来啦！”

8

“咱们永春纸织画，始创于隋末唐初，距今已有一千多年的历史。到了宋代，纸织画又漂洋过海，行销于南洋各埠，为富贵之家所推崇。有明一代，纸织画更是权贵争相追捧的名品，譬如说，严嵩。严嵩被抄家的物品中，就有几幅纸织画……”

徐泽推推眼镜，把永春纸织画的历史对着两位后辈娓娓道来。

那日，他在博物馆里与谭清清相识，引为知己。得知谭清清拜师学艺的想法，徐泽一口答应下来。

随后，谭清清去了永春县登门拜师，做足了礼数。徐泽也跟她约好了时间，要来她画室走上一走。

“徐老师，您喝茶。”

用过了谭清清捧来的铁观音，徐泽接着说：“很多名人笔记里都留下了永春纸织画的记录。刚刚所说的严嵩的记录，就来自于明人田艺蘅所写的《留青日札》。无独有偶，清人杨复吉也在《梦兰琐笔》一书中，留下了‘闽中永春州织画’的记录。”

听完永春纸织画的历史，顾小喜兴致极浓，便问及永春纸织画的材料和创作技法。

就在谭清清展画之时，徐泽已开始简要介绍：“像你做墙绘一样，必须有墙或是立体的物件。纸织画也要使用宣纸。作画之后，我们再把画裁切成只有几毫米宽度的细条作为经线……”

徐泽接过谭清清递来的纸织画，指着画的边沿：“你观察一下，经线是什么样子的。能看出来吗？”

顾小喜凑近，眯眼看了一时，才回道：“头尾好像没有割断。”

“对喽！作为经线不能割断。然后呢，我们要裁剪宽度一致的空白宣纸，作为纬线。”

“经纬交织，就跟织布一样。”谭清清笑言。

顾小喜不禁竖起了大拇指：“这种技法很特别，不愧一个‘织’字。历代大师们，追求的就是这种朦胧似烟的艺术美感。”

“徐老师是咱们刺桐有名的非遗大师。”谭清清笑道，“能拜在老师门下，弟子三生有幸。”

听得这话，徐泽却收起了自信洒脱的神色，谦然一笑：“别这么说，单就纸织画而言，我也不是技艺最为卓绝的。再说，刺桐市的非遗门类众多，名家辈出，我徐泽也只是个后辈晚生，哪里当得大师之称？”

越优秀的人，往往越谦逊。

谭清清和顾小喜相视一笑，对徐泽老师自是钦佩有加。

“你们知道刺桐市有多少非遗文化项目，其中又有多少项世界级和国家级的吗？”

凭着经验，谭清清说：“世界级非遗项目应该有六项，南音、中国传统木结构建筑营造技艺、水密隔舱福船制造技艺、福建木偶戏后继人才培养计划、送王船、侨批档案。”

“没错，说到这个可了不得，刺桐市是全国唯一拥有联合国三大类非遗项目的城市。”徐泽眉目间不无自豪之意，“国家级非遗项目就更多了，有三十六项。至于市区层级的非遗，我没有细数，几百种是有的。”

“这么多吗？”谭清清、顾小喜不免咋舌。

“对，像咱们永春纸织画、陈三五娘传说，都位列国家级非遗名录中。”

听到“陈三五娘”，顾小喜心里微微一动，沐川温柔的笑意也似浮出心底，一漾，又一漾。

但沐川昨日所说之事，也如实质一般探出手来，攫住了顾小喜的神思。

因着这点忧心，顾小喜不觉叹了口气。

“你怎么啦？”谭清清撞撞顾小喜的胳膊。

“还是糖厂改建的事。”

谭清清、徐泽老师都不是外人，顾小喜也不遮掩。

谭清清把两根食指碰了碰，轻轻蹙眉：“小沐的改建方案很好，难道还竞争不过周老板吗？”

顾小喜摇摇头：“沐川说，上面的意思是，我们文创园的创意没有鲜明的个性，不能保证赢利；而开超市至少能为周边的市民提供便利。”

“可别啊。”谭清清也听得急了，“这样的话，老厂房可一点都保不住了！你爸怎么办？再说了，我觉得小沐的点子很不错，可以配合海丝文化的宣传，怎么会没有鲜明个性呢？”

“因为，本地刚审批了专门的海丝文化博览园。”

“啊？创意撞了？”

“嗯。”顾小喜眉头轻蹙，“所以我们要想胜出，还得修改方案。”

徐泽听了个半懂不懂，便问：“文创园的事情，可以给我讲讲吗？”

听着顾小喜的描述，徐泽眼里逐渐燃起亮光，沉吟片刻，才说：“我倒是有个建议，小顾你姑且一听。”

第八章 先来个A轮融资

1

香烟燃在指边，只差一厘米就要烧到手指了，但周明礼坐在椅子上，眉头深锁，耳朵贴住手机，如临大敌，无暇相顾。

“老周啊，我先前已经和你说得很清楚啦。局里都开了两次会议了，大家都倾向于‘寻常·非遗创意产业园’的方案。你这里还有什么疑问吗?”

“周局长，我希望再给我一个机会，我的方案还可以改进的嘛。”

“不是改进不改进的问题，而是他们那个方案更有价值，和刺桐申遗的计划可以互为助力。你看……呵呵，不好意思，如果你们云周这里拿不出更好的方案，改建计划就只能批给鑫源那边了。”

“不是，周局长，您听我说。我这个……”

“你先听我说。”电话那头，周局长清了清嗓子，显得郑重其事，“你知道我们刺桐一共拥有多少非遗项目吗?”

"这个，这个我说不上来，应该很多嘛。"周明礼顿时噎住。

"你看，你看，作为一个老刺桐人，你都说不上来，说明咱们的宣传口做得还是不够嘛。这就证明了，鑫源和瑞华的方案是有价值的。"

"周局长……"香烟烧到了手指头，反而点燃了周明礼的思路，"是这样的，据我所知，市区内早就有一个非遗博物馆了，前段时间还开展了一些活动，是不是?"

"对，有这事。"

"所以，重复建设的意义不大嘛。"周明礼以为自己抓住了问题的核心，把烟头往烟灰缸里一摁，得意地晃晃大腿。

"不，老周你说错了。"周局长语声带笑，却透出不容置疑的口气，"博物馆的功能是展示、宣传，但它也是公益性质的，不以营利为目的。所以，'寻常·非遗文化创意产业园'这个方案的价值就凸显出来了。文创园主推的就是价值转化，你懂的哈。"

懂，周明礼当然懂。对方一个字没提钱，意思却再明显不过。可难道连锁超市就不能赢利吗?只要能抓到老鼠，黑猫白猫又有什么区别呢?

周明礼满脸堆笑，话语里也盈满笑意："这个好办啊，周局长。连锁超市里也可以弄几个专柜，专门销售本地的非遗产品嘛。是吧?再加上超市本身的利润，一年下来，肯定比非遗产品专场赚钱得多。您看，这样行不……"

"不行。"对方截断他的话，语气也有些冰冷，"超市遍地都是，没有特色，但非遗文创园只此一家别无分店。"

本来胜券在握，结果对方重新亮牌。眼见着煮熟的鸭子就快飞了，周明礼哪能不急?

勉力按住火急火燎的心绪，他赔着笑："周局长，我们再谈谈，再谈谈。改建计划，始终是要造福百姓的嘛，需要从长计议嘛，对不?”

“老周啊，不是我说，你是真不关注本地文化啊。”

“哦哦，是大老粗了点，还需要向周局长学习。”

“是要学习，但不是向我学习，”电话那头有意顿了顿，益发显得语重心长，“是要向非遗大师和人民学习。”

周明礼不知其意，一时语塞，对方却已道了声“再会”，准备挂电话。周明礼忙条件反射式地回了“再会”，而后聆听着话筒里的忙音，陷入失神的状态。

直到响起敲门声。

“吃晚饭了。有你喜欢的肉粽。”

周明礼趿着拖鞋，一脸沮丧地开门，径自走到饭厅。

照周明礼的身份，他们早该和其他商场的老板一样，住上装电梯的独栋公寓，可周明礼出身于普通工人家庭，自小住惯了两室两厅的小房子，成人后也对豪宅没有兴趣。

一百三十平方米的房子，对他一家三口来说已经足够。

对于周明礼的做派，行业人士都表示不解，亦因此故，周明礼在业内得赠两大外号，一是“周老抠”，一是“大老粗”。

大老粗，嗬，他真的是大老粗。

周明礼忍不住问钱芳：“你老公我是大老粗吗?”

钱芳忖了忖，点头，但不敢吱声。

“那你给我分析分析，让我向非遗大师和寻常百姓学习，是个什么意思?”

“这是谁说的?”

“周局长。”

“电话?”钱芳哭笑不得，“他还说什么了?”

周明礼大致描述了一遍，钱芳剥粽子的手停下来：“他应该是说，你不了解本地非遗文化。他先前不是问你非遗项目的数量吗？”

打开手机，周明礼问起了百度，照着屏幕念出声：“刺桐共拥有世界级非遗六项、国家级非遗三十六项、省级非遗一百二十八项、市级非遗二百六十二项、县级非遗六百二十八项，是全国唯一拥有联合国三大类非遗项目的城市。三大类非遗项目为人类非物质文化遗产代表作名录、急需保护的非物质文化遗产名录、非物质文化遗产优秀实践名册。这……这么多！”

这下真的明白了，周明礼瞠目结舌，连吃肉粽的心情都没了。

先前他说什么来着？

他说，他可以调整方案，在连锁超市里弄几个非遗专柜，来销售非遗产品！

天哪！这一千零六十项非遗项目，要是都有产品要售卖，几个专柜够用？

周明礼只觉臊得慌，回顾先前的对话，连钻地缝的心都有了！

钱芳见他脸红如枣，小心翼翼地问：“那个项目，是……黄了吗？”

眼风落在肉粽上，那红黄闪亮的色泽今日竟格外刺眼，周明礼把饭碗往桌上一蹴，叹道：“不吃了，没胃口。”

说罢，他又环顾四下，蹙眉道：“周舟呢？她和闺密逛街，还没逛回来？”

“女孩子嘛，一逛街就要吃东西，晚上还要吃夜宵。”

“不像话。”周明礼撇撇嘴，踱步而去。

阳台上，香烟氤氲而上，和他的背影一样落寞。

2

刺桐老菜馆，3号包间。

以海蛎干火锅为中心，特色美食摆了一桌，荤素俱全，琳琅满目。

两对情侣正围坐在桌前大快朵颐，庆祝“寻常·非遗文化创意产业园”的计划获批。

这之前，顾小欢、顾小喜和沐川，已在家中庆祝过一番了。听周舟对顾小欢说想凑热闹，顾小欢便做主要请她吃饭。两个人的约会不够热闹，顾小欢便也叫上了顾小喜、沐川。

“不行了，今天状态不好，”周舟用筷子夹住顾小欢的，“别给我夹菜了。我吃慢点，慢点吃。嘿嘿。”

顾小欢便把一筷子姜母鸭送进自己口里：“那这鸭腿就归我了。”

周舟莞尔一笑：“归你，都归你。”说着，给他来了一个摸头杀。

这黏糊！顾小喜啧了一声，看看沐川：“我也快吃饱了，这狗粮是一碗一碗地送。”

沐川轻掐了她手背一下：“说的什么话，我还活着呢。”

顾小喜也配合地“嘶”了一声：“好好好，我错了，错了。”

沐川便在她手背上轻轻摩挲一下：“我也错了，不疼不疼。”眼角溢出的笑意，温柔而又暧昧。

对于妹妹和沐川的相处方式，顾小欢回家这阵子已经见惯不怪了，周舟却看着有些新鲜，觑着顾小欢：“小喜和小沐在一起，都比以前爱开玩笑了。”

周舟与顾小欢同龄，自然可称沐川一声“小沐”。

“那肯定啊，”顾小喜抿着唇，斜睨沐川一眼，“跟这么个大戏精天天待一块儿，不得配合他啊？”

“我就当你是在夸我，”沐川对她眨眨眼，把头往她头上碰了碰，“虽然你不是。”

顾小喜把他往身旁一推：“去你的。”

周舟笑得差点岔了气，捂着肚子直说：“不行，我得缓缓。”

顾小欢一边给她揉肚子，一边说：“别逗她了。”

话是这么说，其实今天能看见周舟畅怀大笑，顾小欢很是欣慰。自从在老厂房改建上生了分歧，周舟不知被她爸叨叨了多少回，二人也没少起冲突。

尤其是周明礼刚和顾长顺吃完见面餐之后，他还告诫过周舟，胳膊肘不能往外拐。周舟可不这么认为，帮理不帮亲才是她做人的原则。

先前，她和母亲钱芳都忙着打圆场，免得两位家长在桌上闹起来。但周舟很清楚，依着她爸的性子，必然跟她秋后算账。

可不，“姓顾的小子哪里配得上你”“赶紧分手吧，我们圈子里多的是青年才俊”“顾老头看起来就很顽固，这人不好相处”等语，一句句从周舟的左耳朵进，右耳朵出。

说得像你不是老头似的，周舟在心底默默吐槽。

这之后，周明礼把周舟盯得很紧，周舟也只能借与闺密出游之机，见顾小欢一面。这实在是太憋屈了。

这几天，周明礼自以为十拿九稳，心情倍儿好，也放松了对周舟的“监控”。周舟便寻隙出来，奔赴情侣聚餐。

就在昨天，局里便已经向顾长庆通了气，所以顾家人比周明礼更早得知消息，周舟也从顾小欢那里闻听了喜讯。

周舟喝了一口蛏子汤，缓了缓，才不无感慨地说：“话说回来，你们知道我为什么会支持你们的改建方案吗？”

三人都齐齐望着周舟，微微摇头。

“因为你们的改建方案，突出了人文气息和地方特色。不管是之前的‘海丝文化’，还是后来的‘非遗文化’。我认为一个城市的建设，核心就在于打造自己的文化名片。那些千篇一律的城市，看得人都厌烦了，能成为一个城市的标志吗？”

“说得真好，周舟姐。”顾小喜竖起大拇指。

“嘿，其实我的名字里就藏着我对非遗文化的态度。”周舟目光幽深，又透着几分无奈，“起初，我爸给我取的名儿是……你们不准笑，取的是‘周升升’，嗯，就是‘升官发财’那个‘升’。初中的时候，我在参观了沉船展览之后，就关注起了‘水密隔舱福船制造技艺’，然后我跟我妈说，我要改名，我要叫‘周舟’，‘舟船’的‘舟’。”

“为了纪念这项传统技艺吗？那么小，你就对非遗文化感兴趣了？”

“当然。”周舟嫣然一笑，明亮的眼眸好似天边的星子。

不觉间，顾小欢已轻轻握住她的手。在异国求学的时光里，一直以来，他们心意相通，但到如今，他才知道，他对她的了解还在一点一点加深。

3

出了包间，已是晚上八点来钟，顾小欢去结账的时候，才发现沐川早已扫码支付过了。

四人正要出老菜馆，蓦地与谭清清撞了个正着。

顾小喜见她和一位中年男士身穿情侣装，不禁抿嘴一笑，嘴上却不多问，只说“好巧，吃个饭都能遇到”。

二人眉来眼去一时，谭清清才说：“今天画室收工晚，我还没吃饭呢。”

“去吧，去吧。”顾小喜忙对她挥手，“我们逛逛就回去了。”

谭清清的目光从顾小欢的手上移开，笑盈盈道：“明天有空的话，来我画室。”顾小欢的手略略松了一下，却又马上捏住周舟的纤纤玉手。

中年男士礼貌一笑，对着四人挥了挥手，便被谭清清扯进门去。

沐川好奇地问：“你们眉来眼去地在说什么呢?”

“你想知道?”

“想啊。”

“不告诉你。”

“这还不简单。我都能猜到。”

“那你猜猜看?”

“哎呀，清清，你不够意思，有男朋友了也不跟我说一声。”沐川戏精上身，开始表演，“这不是没来得及嘛，就今天的事。”

余下三人都被他逗乐了。

“那我不管，反正你瞒着我，我跟小沐的事，一早就告诉你了。”沐川继续表演，“好了，好了，我错了还不行吗？回头就跟你说。”

周舟笑得直不起腰，顾小欢却若有所思，笑意不到心底。

谭清清气质清冷但不失甜美，而顾小喜娇憨又捎带几分机灵的神情，被沐川学了个十足。

那厢，沐川冲顾小喜扮了个鬼脸，撒腿就跑，顾小喜已骂骂咧咧地追了出去。这头，顾小欢却把周舟的手捏得更紧了。

周舟微讶，侧首看他：“怎么啦？有事?”

“你记不记得，我以前跟你说过，我曾经喜欢过一个女孩。”

“嗯，你说过。”

“但你说你不在乎。唔，刚刚她就在眼前。我觉得我有必要和你交代一下。”

“你说你妹妹的闺密。那个……清清？”霎时间，周舟想起谭清清看顾小欢拉她的手，眼里闪过不明的神色，顿然明了。

“嗯。她叫谭清清。”顾小欢牵着周舟的手往前走，老菜馆前人流量大，二人一直杵在那里多少有些不妥。

4

十点半，周舟悄悄溜进大门，换了拖鞋，提着包装袋，蹑手蹑脚地来到转角处的卧室。

刚打开门，就被坐在她梳妆台前的老爸吓了一跳。

“爸，”周舟嗓门大起来，掩饰自己的心虚，“你怎么随便进我的房间？”

“你还知道这是你的房间，你的家啊？”周明礼冷哼一声。

“抽什么风……”周舟小声嘀咕一句，换上了合宜的笑容，“吃了饭，去逛了商场，给你买了一件衬衫。喏！”周舟殷勤地把包装袋递过去，“正好你在，试试吧。”

打量了女儿一眼，周明礼才接过包装袋，取出格子衬衫。质地很软，版型舒展，看来价格不菲。

“又乱花钱。”

“没有，我用奖学金买的呢。孝敬孝敬您。”

她这个老爸，糙是糙了点，抠是抠了点，但换个角度看，勤俭节约也是一种美德。周舟虽在国外求学，但养成了自力更生的习惯，很少向家里伸手要钱花。

无事献殷勤，心里定有鬼。

周明礼暗道：我又不傻。不早不晚，偏偏今天给我买礼物，还不是因为我竞投失败，想法子哄我开心。哼，先前见顾小欢去了吧！

本想发作，但转念一想，至少女儿肯哄自己开心，也比从前成天顶撞他来得好。末了，周明礼只说了一句“早点睡”，便拉门出去了。

周舟这才松了口气，心说，顾小欢让她买礼物哄下老人家，果然有道理。

躺在床上，顾小欢先前所述的故事，又浮出脑海。

少年情怀尽是诗。一个是天才油画少女，一个是大她两岁的闺密的哥哥，并同样喜欢画画，很难不日久生情。只不过，严厉的教师母亲很快就发现苗头不对，竟然没收了他的画画工具，提醒他要关注终点，而不要中途下车。

虽然母亲没说重话，但连平日很少管束他的人都忍不住出言，乖孩子自然以为自己大错特错。于是，疏离、冷漠、躲避，最终，他以冲刺高考为由，几乎断了自己和初恋的联系。

再然后，就没有然后了。他读他的大学，她读她的高中，虽非陌路，但那份悸动早已烟散，彼此间唯一的勾连，只是身兼闺密、妹妹身份的顾小喜。

但迟钝如顾小喜，竟然对这一切都不知情。当然，也许是她妈妈把她保护得足够好，而谭清清也没对她提及一分一毫。

“这个故事也太狗血了吧。”夜风拂面，听罢顾小欢的讲述，周舟只想扶额，“都还没开始，算哪门子初恋啊。”

“对，不算，不算，你才是。”顾小欢点头如啄米，“但我真的谢谢我妈，我要是在中途下车了，估计很难再如期抵达终点了。”

翻个身，周舟想，那是爱情吗？不是，真正的爱情，不会轻言放弃。

5

“你们……你和我哥？这么多年，我居然都不知道……”

听得谭清清提及她和顾小欢的所谓“恋爱史”，顾小喜整个人呆住了。

“你就是个呆瓜。”谭清清把食指往她脑门上一戳，“亏得那时没人追求你，不然能被你气死。”

十点来钟，画室里正清静，谭清清、顾小欢一边嗑瓜子，一边谈天，但顾小欢断断想不到，她竟然听到了比谭清清交个年长的男友还要震撼的消息。

“说不定也有，只是我不知道，嘿嘿。”顾小喜顺着她的话说，“没有也好呢，耽误我学习就麻烦了。唉，怪不得这些年你从不来我家，我还以为你怕我妈太严肃了呢。”

“你也没说错。李阿姨在学生处兼职，逮违纪学生，那叫一抓一个准。一抓到，千字检讨书、请家长跑不了，学校里谁不怕她？”

顾小喜推推她：“不准你说我妈坏话。”

“好，不说，不说。”

“要说，就说你这个男友。”顾小喜挽住她胳膊轻轻晃，“说嘛，我想听。他姓曾？”

“嗯，叫曾仕明。”

“啥？”顾小喜揉揉眼睛。

“曾仕明，跟眼药水没关系。”

顾小喜忍着笑：“继续说。”

“老曾是我一个学生的家长，”脸颊上浮出一抹嫣红，谭清清缓声说，“你不要误会，他妻子已经过世好几年了。”

“嗯。”

“小染在我这里画画，也有两年了。他是装修公司的老总，也懂些艺术。平时我们挺聊得来的。”谭清清神色更是娇羞，“去年底，他突然向我告白。”

顾小喜撇撇嘴：“去年底……你都不告诉我。”

“我没打算接受的，告诉你干吗？我一口就拒绝了。”

“你怕别人说闲话？不会吧，你的性子我还不知道？你是对他没感觉，对吧？”

“对，就是没感觉。可是他也没放弃，之后每天都送花来。我搬画室用的搬家公司，也是他帮着找的。你看到过他的。”

这么一说，顾小喜想起来了。

搬画室那天，似乎是看到过曾仕明的，只是他当时穿着工作服，抱着大小物件跑得吭哧吭哧的，她只当他也是搬家公司的员工。

“还挺亲力亲为的，被感动了吧？”

“有一点，这也不是重点，重点是我前几天在画画的时候，他突然带给我灵感。我觉得，我和他在艺术上是有共同语言的。那一瞬，我有一种触电的感觉。嗯，所以我主动说，我们交往吧。”

触电的感觉。顾小喜攀在谭清清肩膀上，回味这个词。

大学时，谭清清也交往过一个男友，异地恋。那时她也说过这样的话，可惜两人通了电，却没续上电，异地恋再甜，也甜不过别的女孩为他在食堂打的饭菜。

后来，谭清清对男生都保持着“生人勿扰”的姿态，自诩为“智者不入爱河，冤种重蹈覆辙”的独立清醒女性。

可是，一前一后，顾小喜和谭清清都坠入了爱河，断了修炼成智者的路。后悔吗？想想成天逗她开心的沐川，顾小喜没出息地想：我还是做个蠢货吧。

6

尽调、背调……项目评估结束之后，已然入夏。

备好相关材料后，沐川顺利通过了管理层初审，把投资协议书上报投资评审会。经过法律审核，进一步完善投资文件，沐川总算忙完了第一阶段。

只是，时隔数日，沐川和老总任瑞华，却因融资一事颇为犯难。

“小沐，你说说你的想法。”任瑞华极力保持平和心态，在茶台上煮起茶来，“我不是催你哈，想好了再说，我请你喝茶，全芽头制的金骏眉哟。”

沐川眉峰微微一拧，这种一万元一斤的名贵茶品，他倒不是没喝过，但喜喝这种茶的人，却在他微信、电话的黑名单上。

扯回纷乱的思绪，他应声坐在任总身边，挂上职业微笑：“我昨晚整整想了一宿，现在可以向任总做汇报了。”

“嗯，不错，不错。”任瑞华由衷赞道，“我和你老师都是看着你成长起来的。这次这个项目，规模不小，也很锻炼人。你看重项目，是一件好事。”

“谢谢任总的信任，那我开始了。”

“嗯。”

“这一次，我们的项目有官方的背书，但在A轮融资的时候仍然困难重重。其实，我想说，这事也在我的意料之中，嗯，就我国的文化创意产业而言，面临的一大发展障碍便是融资。

这也不是一家所面临的困难。主要的困难来自政府政策因素、投资意向。首先说，在政策方面，刺桐政府给予了相当程度的支持，这一点毋庸置疑，但我觉得还能再有所提升。”

“嗯，说说看。”

“第一是法律层面。我翻查了相关法律法规，尽管本地已有三家不同规模的文创产业园区，但这方面的立法还不够完善。这样一来，投资者会对融资风险更为审慎。当然了，法律法规层面的事，我们也只能提建议，不能有更多的作为。远水解不了近渴。”

“第二呢?”

“第二，和第一也息息相关。因为法律法规不完善，对于引入民间资本，形成了障碍。”

任瑞华啜着茶，缓缓颔首：“嗯，民间资本想要进入文创市场投资，但没有合法合规的渠道，有时候就只能观望不前，这对投资者和融资人来说都很不利。”

“此外，文创行业的融资渠道较为单一，几乎是靠银行借款。在过去，投融资的主体是政府本身，我认为，可以适当引入民间和海外投资。”

“这一点你就做得很好，请来了吴老先生。”

沐川笑道：“我和吴老先生有缘。”

“投资公司的存在，就是要为投资者和融资人搭设桥梁。关于融资渠道，法律法规虽然一时难以完善，但办法还是好想的。我们这个项目关乎刺桐的文化形象和输出，可以特事特办嘛。”

既然任总如此笃定，沐川也宽心不少，便说：“这就不是大问题了。我再说说投资意向。”

“嗯，接着说。”

“还有一种情况就是，很多投资者并不看好文创产业。这也没办法，文创产业的先天特性就是这样，融资担保和评估咨询的成本比较高，其成长周期、回报周期比较长，而创意产品又很难不被模仿，最终可能因为缺乏独创性而影响收益。”

“可我认为，这一点，恰恰就是突破点。”

“没错，任总，我想到一些应对的办法，应该能增强投资者的投资信心。首先是，可以和那三家已有的文创产业园形成合力，构建诸如行业协会、产业联盟这样的机构。”

“你这是想借势?”

“对，我们和鑫源的合作才刚开始，而那三家文创产业园已经是处于发展阶段的园区了。据我了解，其中有两家经营状况一般，但总体上还是赚钱的，口碑也都还不错。”

“与他们结成企业联盟，也有利于日后进行合作，方便大家整合资源。”

“任总说得对，我也是这么想的。文创产业先天的局限太多，要想把这个行业做起来，必须抱着‘和谐共生’‘美美与共’的理念，眼光不应局限于一家一业，而应以提高产业整体竞争力、拓宽文化产业链为长远目标。在这个行业里，孤军奋战是不可取的。”

“推进文创产业的组织建设，可取。说不定，几年后，市民们只要有文化消费的需要，首选的就是文创园区。”

“呵呵，可拭目以待。”沐川微笑道。

“继续说，你脑瓜子里还有什么主意。”

“为了顺利推进行业协会、产业联盟的构建，我想向任总借一个人。”

“哦?”任瑞华斟茶的手势缓下来，“谁?”

“饶玉。”

7

“20世纪的工业厂房，甜甜蜜蜜的舌尖滋味，一度成为刺桐人的儿时记忆……经刺桐市人民政府国有资产监督管理委员会审批，按照‘保留、改造、新建’的原则，‘寻常·非遗文化产业园’即将动工。”

甜美可亲的笑容，令人垂涎欲滴的闽派甜品，顿时吸引了市民的目光。

电视媒体、网络自媒体、商场投屏……几近于全面覆盖，声势不小。

坐在办公室，孟洋刷着视频，品着咖啡，也兴味十足地看着饶玉在“寻常小味”老厂房前，为园区改建项目代言。

“……闽南建筑，单从外观来看，就具有很强的建筑美感和审美意趣。诸如‘出砖入石’的建筑元素，将会被我们尽数保留。在鲜明的时代建筑印记之外，我们也会从实际需求出发，在不改变建筑外观的前提下，对其进行必要的改造、修补、装饰，以满足艺术创作和休闲娱乐的双重需要。譬如说，在改建完成的文创园区里，会看到印有非遗名称的特制地砖；举目四望，游客们也能随时看到具有非遗元素的路灯、彩旗等等。”

莲步款款，元气满满，没人不喜欢这样的女明星。

镜头一转，饶玉又钻进了厂房里，触摸着那些沾染了历史风尘的钢架结构：“亲爱的朋友们，您是不是也跟我一样，能发现这里独特的风格呢？作为工业建筑，这里曾经生产过甜到心底的闽派甜品。而现在，我们将在厂房、办公楼的钢架结构和原有阁楼的基本构架下，将其进行统一布局、统一包装……酒香不怕巷子深，我们有理由相信，‘寻常·非遗文化产业园’会成为刺桐市的名品园区，成为彰显刺桐非遗文化的一张名片，成为刺桐申遗的助推之器！”

孟洋盯着手机，心说，这段宣传片，就差把“文创园超有投资价值哟”“民间投资赶紧砸过来吧”这两行字打在公屏上。

当然，这种句子是不能打出来的，显得太直接、太口号化了。果然，照着剧本，在描述了孵化计划、优惠政策、专项资金扶持等讯息后，饶玉的最后一个镜头，指向了屏幕下方的咨询热线。

“期待您的关注、点赞和转发！”

孟洋唇角满是笑意，没想到，除了美妆推广和演戏，小玉竟然还有这么多可挖掘的潜能。

心里暗暗叹服，不觉间手指一动，孟洋已把链接转发到了朋友圈，以示支持。

刚一转发，又回过味来，删了这条信息。

分手已久，还是在那样尴尬的情况下，他凭什么帮顾小喜？

逻辑很简单，虽说这是政府审批的项目，厂房也有一大半属国有资产，但项目建成之后，顾小喜一家人总是要受益的！

哼！凭什么！

如果不是任总出面请饶玉来代言、宣传，他们怎么可能答应？就算饶玉肯，孟洋自己也不肯！

想到这儿，不知为何，孟洋有点卡壳，不禁回溯饶玉近来的表现。

虽然做了万众关注的明星，连保安都多请了一个，但她无疑还是爱他的，只是，她似乎不像以前那样，很软萌，很听话，也越来越有自己的主意了。

难道，做了明星就可以不听枕边人的话吗？人家女王还得在老公的面前保持贤妻身份呢。

孟洋还记得，他和顾小喜一起看书时，看到过的一则故事——

英国女王伊丽莎白有一次参加应酬晚归。她回家后发现家门紧闭，便敲了敲门。

当她的丈夫问她是谁的时候，伊丽莎白昂着头说："英国女王！"丈夫听了这话，没有开门。

第二次，伊丽莎白再敲门时，自称为"伊丽莎白"，丈夫也没有开门。

就在此时，伊丽莎白意识到了自己态度不好，就再次敲门说："亲爱的，我是你的妻子伊丽莎白啊！"

丈夫果然给伊丽莎白开了门。

这个故事讨论的本来是"尊重他人，也会赢得他人尊重"的道理，孟洋却在其间读出了"大男子主义"的意义。

可惜，顾小喜并不认同，她认为这个丈夫简直是在刁难女王，人家工作一天了不累吗？干吗要斤斤计较！

孟洋气得直翻白眼。

后来，孟洋也给饶玉讲过这个故事。饶玉马上就悟了。

这，就是饶玉和顾小喜的区别！

孟洋坚信自己的选择。

8

"好，徐老师、清清，你再看看宣传资料，不明白的地方，问我就好了。"

沐川把宣传材料递给徐泽、谭清清，坐在师徒俩的对面。

原来，由瑞华资本和刺桐宣传部门联合制作的宣传短片一经面世，就引起了社会各界的关注。听说融资渠道放宽，产业联盟也进行了报备，民间资本已经活跃起来，纷纷看好文创产业。

同时，刺桐的非遗传人对入驻文创园也产生了浓厚的兴趣。因为顾小喜的原因，近水楼台先得月，徐泽一早就跟谭清清商量好，要在文创园里占一席位置。

毕竟，刺桐的非遗项目实在太多，而文创园的体量又只是中等规模，不可能尽数容纳。这么一来，自然要先下手为强了。

谈谈合作意向，暂不需要非常正式的场合。因此，沐川选在下班之后，叫上顾小喜，和徐泽、谭清清师徒约在一家家常菜馆里。

趁着饭菜还没上，徐泽、谭清清抓紧看起资料来。

看到“孵化基地的优惠政策”这条时，徐泽反复看了几遍，才问：“搭建中小企业投融资服务平台，为入孵公司企提供贷款资金担保，这个我懂。嗯，但……这儿，这儿说，园区内的入孵商家，经专家组认定后，在享受政府提供的租金补贴之外，还能享受一些优惠政策。这里说的‘专家组认定’，是怎么操作的呢？秉持什么标准？”

“细则还在拟定，没有写进去，不过，具体内容不会脱离非遗项目的价值转化。”

“价值转化？”

“说得再俗一点，就是这项非遗项目传人的水平够不够高，非遗文化产品能否吸引消费者。”

“哦，就是说，看它能不能赚钱。”徐泽唇角微微一扯，噙了一抹冷笑，“看来，扶持归扶持，扶持的前提却是看你有用没用！咳！阿堵物就这么重要？”

这个“你”，说的自然是非遗项目。“阿堵物”则是魏晋时期的典故，来自《世说新语》，说的正是“钱”这个俗物。

这不难理解。在瑞华资本的主持下，虽说吸引了一些民间资本和海外资本，但政府的投入占了大头，自然希望能对更有转化价值的非遗项目提供更大力度的扶持。

沐川见徐泽沉吟不语，一时会错了意，便说："徐老师，您大可放心，永春纸织画，本来就是国家级非遗项目，据以往的数据来看，其文化产品的价值转化也很高，所以……"

徐泽摆摆手，慢慢道出他的想法。

他虽然将"钱"称为"阿堵物"，但徐泽并非不明事理，只是对这种"认定条件"微觉失望，可这并非是因为他自己。

就人才储备而言，永春纸织画在众多非遗项目里，颇有值得称道之处，尤其是包括徐泽在内的几位非遗传承人，不仅广收弟子，还极力促成"永春纸织画入校园"的发展计划。如此一来，才能"子子孙孙无穷匮也"。

再说销售这一头。永春纸织画，因为独特的审美意蕴，在艺术品市场上也有较为可观的销量。徐泽甚至还设计了一些半成品进行售卖，用以满足消费者自己动手的需求。

"我想说，又有多少非遗项目，能做到人才济济，能做到赢利不断呢？难道说，这些非遗项目，就没有得到扶持的价值了吗？那么，我想问，这到底是奖学金，还是助学金？"

沐川一向自负聪明，却没想到，徐泽竟有如此胸怀。他关注的，并非一家一业，而是整个非遗文化的传承大业！

此时此刻，莫说是沐川，就是谭清清、顾小喜，都被这番言论镇住了。

饭桌上静得落针可闻，每个人都在思考。直到服务员送来饭菜，关上包间的门，沐川才回过神来，神色端肃。

"徐老师，今日晚辈受教了。您说的这个问题，我会仔细考虑，届时希望能给出更好的评定标准或是解决方案。"

第九章 半城烟火半城仙

1

刺桐音乐文化创意园，艳阳天，38摄氏度。

顾小喜、陈爽擦擦额上的汗，走进创意园里的外联部。

自从“寻常·非遗文化创意产业园”提出构建产业联盟的主张后，沐川就给顾小喜安排了外联的事务，大体是负责与刺桐音乐文化创意园等三家文创园进行经验交流。

当然，作为正在建设中的项目，与其说是“经验交流”，还不如说是“取经学习”。得知顾小喜要去刺桐音乐文创园取经学习，陈爽马上向公司请了假，说要跟顾小喜一起去观摩，还能从装修的角度给顾小喜建议。

顾小喜一口应了下来，却睨着她笑问：“你只是为了去学习？我怎么不信呢？你是想看演唱会的台子吧？”

前几天，顾小喜看见陈爽买了蔚蓝的演唱会门票。蔚蓝是一位闽南歌手，通过选秀出道，以体现闽南风情的原创音乐为特点。近两年来，蔚蓝在乐坛颇有影响力，正在东南地区开巡回演唱会。

这一站，选在了刺桐。

眼下要准备大型演唱会，刺桐音乐文创园只能严控客流量，一般人想进去窥探一番，想都别想。

“嘿嘿，被你猜中了。不过，你放心，我不会搞什么路透照的，我以人格担保。”陈爽说举手发誓，“还有，我真的真的会从专业角度，去观摩他们的装修风格，然后给你一个参考意见。”

在电话里，外联部的副主任花小蝶非常热情，很快和顾小喜商量好了细节，但花小蝶临时有事，来不及到音乐文创园门口接顾小喜，就说让她直接进园，去外联部等她，门没关。

可现在门关着……

咚咚咚——顾小喜轻轻敲门。

几秒钟后，门突然开了。

“Surprise！”

一大束玫瑰被一只胳膊顶了出来，直冲到顾小喜脑门，把她骇得往后直退。声音好像有点熟……

那人也很惊讶，把玫瑰花拿开了些，露出一双眼来。

四目相对，尴尬得脚指头连别墅都能抠出来。

孟洋迅速收起震惊之色，咳嗽一声：“你来干什么？”

顾小喜平时很少化妆，但今天是代表非遗文创园来的，就很用心地化了一个精致的妆容，一眼瞥上去还有几分妩媚。

再瞥一眼，甚是清秀可人。

孟洋暗道：小半年没见，竟然越来越有女人味了。难道是被爱情滋润成这样的？

但见顾小喜颇为警惕地往后退，不发一语，孟洋不得不解释：“我是演唱会的组织人，临时被表演团队抓过来凑数，我以为是演员进来彩排了，有一个节目是……”

顾小喜打断他的话：“我不管这些，不是送我的就好。”

心里连声吐槽：惊喜个屁，惊吓还差不多！彩排个鬼！

陈爽也咧嘴笑了笑，似乎读懂了顾小喜的腹诽。

孟洋被顾小喜噎了一下，胸中怒意上涌，轻哼一声：“倒是，你现在也有人给送花了。难得难得。”

这是在吃醋，在嘲讽，还是在挑事？

陈爽沉着脸，脸色比顾小喜还难看。

眼见陈爽要发作，孟洋才往门里让了让：“咳，你们是来找花主任的吧，进来坐吧。”

闹起来，毕竟还是不好看。

2

花小蝶回外联部办公室的时候，先去了下卫生间。

洗手台下的垃圾篓里插着一束玫瑰，十分浪费。花小蝶刚感叹了一句“暴殄天物”，就接到了一个电话。

这人和她的关系显然很亲近，听了几句，花小蝶薄嗔带笑地说：“明明说好要来看我的，又不来。”

那头不知道在说什么，想来是在道歉、讨好，引得花小蝶直说“好嘛，原谅你了”“你要怎么补偿我”一类的话。

通话到最后，她连连点头，娇声娇气地回道：“那好哇，周六中午不见不散。嗯嗯，我记住了，大风老闽菜嘛。”

挂了电话，花小蝶出了卫生间，她并未察觉到，女卫生间里还有旁人。

拉开门，陈爽搓了洗手液洗手，再弯腰系了下鞋带，眼风碰巧落到玫瑰上。想起孟洋把她们引进办公室，就寻了由头走人，陈爽不禁暗想：竟然把花扔到这里了。

朝着玫瑰翻了个白眼，陈爽快速返回外联部办公室。这两天，她亲戚来问候她了，干啥都不方便，也是没辙。

刚一进门，就见顾小喜和花小蝶已经聊上了。

闻声辨人，陈爽确认，花小蝶就是先前在洗手台打电话的女人，忙凑上去打招呼。

不一时，顾小喜、陈爽已和花小蝶聊开了。花小蝶从茶几上拿了三瓶矿泉水，热情地说："我这就带你们去参观文创园。"

刺桐音乐文创园建在一大片荒地上，距离城中心比较远。因为面积大，就能很好地容纳大型综艺活动和不同规模的演唱会、音乐会。

从外观上看，设计师们将文创园的外围打造成一个吉他的造型。在这个"吉他"里，除了两个不同大小的音乐厅之外，还有三个音乐会展楼，和富有特色的时尚音乐街区，集娱乐餐饮为一体。

"我们的三个音乐会展楼，分别是闽南音乐、地方戏曲和民间舞蹈。我们先去看看闽南音乐馆吧。"花小蝶带路的时候，也撑着阳伞小口喝水，"这天太热了，妆都要花了，树荫都没啥用。"

"那也比顶着太阳晒要好。"顾小喜的目光拂过一株株樱花树，"到了初春时节，会特别好看。"

园区里栽种着很多樱花树，花期要比很多城市早一两个月。每当春节时分，樱花就已经开好了。为此，音乐文创园里还要举办"樱花音乐会"，风景一时独好。

"是的，也是一个赏樱的好地方。明年春节的时候，你们一定要来。"

"好！"

不愧是专门负责外联的专业人员，不到两个小时，花小蝶便带着顾小喜、陈爽把音乐文创园看了一个遍。只不过，在路过一号音乐厅的时候，花小蝶直言道："不好意思，这里现在不能进去，蔚蓝的'半城烟火半城仙'演唱会正在彩排。"

陈爽还有意问起，彩排的工作人员是否都在里面。

在得到花小蝶肯定的回答后，陈爽眼珠转了转，主意顿生。

3

华灯初上，米其林餐厅一角，任瑞华正与饶玉共进晚餐。

二人相对而坐，餐桌上疏密相间地摆放着鹅肝酱、牡蛎杯、麦西尼鸡、沙朗牛排、马赛鱼羹等菜品，全是法式风味。

"第一杯酒，"任瑞华举起高脚杯，红酒微漾，"是感谢小饶帮我拍摄宣传片。感谢！感谢！"

饶玉忙举杯相碰："我敬您！我敬您！任总您客气了，我这只是举……这是我应该做的，尽一点绵薄之力。"

说罢，饶玉略松了口气。经纪人庄庄说她不善言辞，这是真的，就在刚刚，她差点说了个"举手之劳"。放在这个语境下，这么说话，似乎显得自己对拍宣传片没有尽心似的，实在不妥。

接到任瑞华的邀请，饶玉把今晚的直播推后了两个小时，欣然赴约。她本来只是一个美妆博主，后来能跻身娱乐圈，靠的正是任瑞华的赏识。至于对方为何看中了她，饶玉也说不明白，简单地认为自己颜值够高，气质够好。

此时，庄庄和两个保镖正坐在隔壁餐厅喝茶，以便能随时与饶玉沟通。

听得饶玉谦虚，任瑞华一边与她碰杯，一边出语夸赞："小饶就不要谦虚啦！没有你的推介，哪能这么快就做完A轮融资呢？感谢！感谢！”

“对了，任总，”饶玉抿了一口红酒，放下酒杯，“现在项目进展还顺利吧？”

“挺好的，推进很顺利。”任瑞华说，“来，吃点菜。看看这些菜合不合口味。”

“合口味的，我以前在法国住过一段时间。”饶玉舀了勺马赛鱼羹，送进口里，“嗯，很地道。”

任瑞华满意地点点头：“喜欢就好。你……是和你爸妈在那边生活吗？”

饶玉神色一滞，才回道：“我和妈妈常年住在那里。”

任瑞华又点点头，没有再问。

一餐饭吃下来，已是晚上八点来钟。饶玉正打算告辞，突听任瑞华说：“差点忘了一件重要的事。康导，康导本来今晚要来的，但他正在筹拍一部武侠电影，一时来不了。我先给你透个风，说是还要找你拍。呵呵，你可要把档期调出来哟。”

从短剧到电影，这意味着咖位的提升。饶玉自然无有不应，又开心地敬了任瑞华一杯酒。他却叮嘱道：“浅浅抿一口就好，今晚喝得不少了。”

饶玉听话地浅抿一口，笑道：“今天太开心了，我要发个生活日常。”

“好啊。”任瑞华笑呵呵地倚着，看她打开手机，轻笑连连。

然而，陡然间，饶玉脸色煞白，眼珠似钉在手机之上，一瞬不瞬。

“怎么了？”任瑞华关切道，“身体不舒服吗，小饶？”

“嗯，有点不舒服，”饶玉搓搓脸，手指从眼尾抹过去，悄无声息地擦掉夺眶而出的泪，“任总，我先失陪了，不好意思。”

“要不我送送你？”

“不用了，经纪人就在这附近。谢谢您，回见。”

“好，注意安全啊，回见。”

饶玉倾身言谢，马上提着包，火急火燎地往餐厅门口冲去，差点崴了高跟鞋。

任瑞华不禁拧起眉，这儿哪是身体不舒服，分明是心里有团火。

4

胸中燃着熊熊烈火的饶玉，在回家的车上做了两件事，一是通知孟洋马上从他的“嫣然堂”滚回来，二是让庄庄取消今晚的直播，跟粉丝说一声抱歉。

平日里，都是庄庄在安排各色事宜，但庄庄心知，饶玉难得拿一回主意，想必是遇到不得了的大事。

一个保镖开车，一个保镖坐在副驾。

坐在后座，庄庄看他两人目不斜视，才在手机上打字：怎么了？

身旁的饶玉也打字：那浑蛋背叛我。

庄庄：有这事？你是看到什么证据了吗？

饶玉：有图有真相，有人加我，说有孟洋的照片要发给我。我点开一看，那浑蛋正在跟一个女人一起吃棉花糖。

一口气打了这么多字，饶玉甩了甩手，觉得有些酸。甩着甩着，眼泪又掉豆子般簌簌直落。

庄庄忙拍拍他她肩膀：看清了吗？万一是P图呢？给我看看。

饶玉：那我发给你。我记得你有筛查P图的软件。

一顿操作之下，庄庄叹着气打字：是真图。

证据确凿！饶玉心上如被人捶了一拳，不禁轻抚胸口，蹙起眉："我想吐。"

庄庄忙扶住她的肩，抑声安慰："没事，那个人你认识吗？"

饶玉摇摇头。

发图的人不知是谁，却很"良心"地把女生的眼睛给"马赛克"了。可是，是谁又有什么关系呢？那个浑球，已经不是第一次玩劈腿了！

也许，那个女生压根儿就不知道，孟洋是这种人！

几年前，孟洋认错的时候，一直在打自己耳光，打得脸跟猪头一样，她便一时心软原谅了他。到如今，饶玉发誓，那一串耳光要让她自己来打。

虽作此想，但当饶玉回到家中，打印出照片，收拾好衣物，再跟孟洋摊牌之时，看着那张自己爱过的俊脸，连一个巴掌都拍不下去。

孟洋跪了一时，也没被掌掴，自然以为饶玉再次心软，对她来了个泣下沾襟："小玉，你想多了。我跟她并没有滚床单，就只约会一两次而已。本来是工作上的伙伴，走得比较近。一时间，我就，我就……中午又喝了点酒……所以……"

"喝酒吗？我今晚也和男人喝酒了，我可没做出半点出格的事！"

听得这话，孟洋蓦地冷笑一声："出格不出格我不知道，可你拍戏的时候，和别人亲过了，不是吗？"

"那是借位！"饶玉愤然，"所有的工作人员都能为我做证！再说……"

觉出不妥，饶玉马上收回后半句，但孟洋哪能猜不出她的意思，嗤笑道："再说，演员嘛，本来就要为艺术牺牲，是不是？"

见她没吭声，孟洋只当她是默认，又补了一刀："我就知道，迟早会有这天的，从你准备跨界做演员的时候。"

"你知道你在说什么吗？"饶玉红着眼，却犟着不肯落泪。演戏演得久了，似乎是可以控制自己眼泪的。

"我说，总有一天，你会和别人亲嘴，和别人滚床单，我迟早要戴那顶帽子。既如此，还不如我把你绿了呢！"

"孟洋，你这个浑蛋！给我滚！"饶玉怒不可遏，把沙发边的旅行袋朝门口掷去。可她力气太小，袋子只掷到半道，就落了下来。

"求之不得！"

孟洋做出潇洒姿态，三两步就跨到旅行包跟前，背上包甩门而去。

身后传来急促的抽噎声，这让孟洋错觉自己没那么像丧家之犬。

相恋四年，她仍然不肯结婚，但他输了吗？他有自己的事业，也有一个漂亮的备胎，他才不会输！

5

华美装饰公司，老总办公室。

陈爽正在向曾仕明做汇报。

前几天，她在刺桐音乐文创园参观之时，就开始酝酿一个新的计划，直到昨晚她才做好完整的计划书。

这几年，华美装饰公司业务蒸蒸日上，不仅业务员在广泛地拉业务，就连设计师也不可"守株待兔"，必须积极主动地去网罗业务。

看完计划书，曾仕明连声称赞："你这个想法很好，我表示赞同。能把这单业务拿下来，我这里有重奖哟！”

得到曾总的首肯，陈爽像打了鸡血似的，顿时精神抖擞：“保证完成任务！”

曾仕明为人亲和，且一诺千金，陈爽自然更有激情。

月牙般的眼睛一眯，陈爽计上心头，又问：“只是……这样的话，我可能要经常去文创园那边，这样的话……”

曾仕明抬抬手：“这没关系，你不用管考勤，不用每次都请假，放心去做业务。你和顾家的关系那么好，这是你的运气。”

陈爽心里直说“yes”，兴奋得想要跳起来，却按捺着心头狂喜，平静地应声：“嗯，那我尽快处理好。曾总，我先出去了，不打扰您。”

走出办公室，陈爽终于绷不住笑意，心里乐开了花。就在今天晚上，刺桐音乐文创园，蔚蓝的演唱会终于来了！

正笑得开心，迎面走来一个个子高挑、气质清冷的女子，走起路来却又摇曳生姿。

陈爽只觉眼睛都要被她照亮了，自己的这阵狂笑，就像是对她的冲撞。

急匆匆敛了笑意，陈爽挪到过道一旁，温和地注视她。她注意到陈爽在让道，也柔声细语：“谢谢您。”

这位清冷美女，很快飘进了曾仕明的办公室。陈爽顿然明白过来，暗赞道：曾总好眼光啊。

6

“我跟你说啊，那位清冷美女，肯定是曾总的女朋友！不错，不错，曾总的第二春总算来了！”

陈爽嘴巴很紧，不会在同事跟前多言多语，但她对顾小喜没有顾忌，在去刺桐音乐文创园的公车上，告诉她自己的新发现。

“看来你挺关心你们老大的个人生活啊。”顾小喜打趣道。

“嗐！那必须的！你想嘛，要是老板娘不好相与，我们能有好日子过吗？哈哈！再说了，曾总人多好啊，他值得更好的！”

“等下，曾总？”顾小喜怔了怔，“你们曾总叫什么名字？”

“曾仕明！”陈爽捂嘴笑，“是不是觉得挺耳熟？”

“是挺耳熟的，”顾小喜暗想，跟陈爽打听曾总其人倒还不错，“哎，你再多跟我讲讲曾总的八卦吧。”

“八卦？曾总这人正经得很，又很自律，哪有什么八卦！”

自律？也许是吧。

顾小喜想起在刺桐老菜馆门口的匆匆一瞥。人到中年，身材却保持得如青年人一般，脸上也不出老相，可见平时没少锻炼。

以前，谭清清曾被渣男伤害过。现在，一个让她触电的男人，为人那么靠谱，可真不容易！

7

演唱会上，座无虚席。

顾小喜和陈爽坐在前后排同号，手里都拿着荧光棒，随着音乐的节奏挥舞。

陈爽本来只买了自己的票，后来顾小喜说想来，陈爽又临时买了张票。邻座的票早就没了，所幸后排还有一个同号票，也方便二人进行交流。

蔚蓝刚刚三十出头，但他剪着清爽的寸头，生得剑眉星目，看起来仍然少年气息满满，而那少年气中又掩不住一丝沧桑感，大概是因他早年就闯荡乐坛，遍历人间滋味吧。

这样的经历，反而让他举手投足之间充满独特的魅力。

一曲终了，陈爽扭头扯扯顾小喜的袖子："我家蔚蓝很帅吧？"

"帅，帅，是你的菜。"顾小喜笑道，"不过你不要这么肤浅，你不是来听他唱歌的吗？"

"我本来就很肤浅啊，你才发现吗？哼，就是我家的。"

"是是是，是你家的。"

旁边一位男士鄙夷地看了眼陈爽，就差把"鄙视花痴"四字写在脸上了。

陈爽也瞥见了对方这神色，偷偷翻了个白眼，又对顾小喜说："下一首就是主打歌《半城烟火半城仙》了。不说了，我要好好听歌！"

"刺桐花，年年开。红砖厝，一世人……"一开始，四个可爱的孩子清唱着民谣，清脆悦耳，引人入境。

蔚蓝这才持着话筒，从台幕右侧入场，深情地唱："红砖古厝里，一生又一世……开元东西塔，清源老君岩，安海安平桥，崇武烈士庙……"

唱到后来，又带了点说唱的味道："东街烧肉粽，西街面线糊，南门绿豆饼，涂门品贡糖……半城烟火半城仙，大家一起来佚佗……"

闽南语"佚佗"，即是"佚陶"，意为"佚乐陶然、闲逸时的欢乐之举"，邀请大家一起来刺桐玩耍、玩乐。

唱到第二遍时，乐感很强的陈爽已然大致学会了，沉醉其中不觉唱出声来，引得周围熟人对她注目良久，因她唱得太好，看她的目光逐渐从嫌厌变成了钦佩。

坐在两排前的一个人蓦地转身看了陈爽一眼，思忖片刻便起身出场。

这点小细节，大家都并未在意，但在下一支曲子结束之后，蔚蓝再次上场，却没有开口唱歌，而是抱着吉他，在话筒前朗声道：“亲爱的朋友们，因为你们带给我的惊喜，今晚我想临时增加一个环节，与我的粉丝来一次互动！”

霎时间，台下掌声雷动，欢声四起。

直到第二天早上，陈爽都还沉浸在巨大的喜悦之中，她很庆幸顾小喜陪同过来，不然，要是她兴奋得眩晕过去，该如何是好？

原来，蔚蓝增加的临时环节是和粉丝合唱《半城烟火半城仙》。这个幸运粉丝，正是陈爽。

就在陈爽跟唱的时候，蔚蓝的一个助理发现竟有粉丝学会了这首歌，而且还唱得那么好，这才灵机一动，去后台向蔚蓝建议，让9排12号的粉丝来与他合唱主打歌。如此一来，既能回馈粉丝，又可渲染会场气氛。

陈爽就这样被一束突然打来的光选中，成为与蔚蓝合唱的幸运粉丝。不仅如此，事后，蔚蓝还主动加了陈爽的微信，顿然从“可望而不可即的歌星”，变成了“近在眼前的朋友”。

幸福得快眩晕的陈爽，坐上了蔚蓝专门为她叫的的士，带着顾小喜回了民宿。

在路上，陈爽说，蔚蓝要出一个名为《半城烟火半城仙》的专辑，今晚已经发布了主打歌，其后的九首歌，将会以闽南的几个城市为写作对象，他会邀请包括她在内的闽南籍粉丝一起创作。

这在演艺圈里，的确是少见的做法，可见蔚蓝确实立志于打造闽南音乐，同时也很注意维系自己和粉丝的黏合度。

8

顾小喜一早呼唤陈爽，让她下楼吃饭，陈爽嘴里虽然应了，却仍沉醉不起。顾小喜无奈地摇摇头，对沐川说：“这妮子怕是要陷进去了。”

挑出重要信息对沐川讲述后，沐川也心领神会地笑了：“粉丝喜欢明星，也许是这种喜欢，也许是那种喜欢，但我看爽妹子是那种喜欢吧。”

“什么这种那种的，说点人话。”顾小喜哭笑不得。

“这种就是这种，那种就是那种啊！”

顾小喜瞪住他，把沐川的汤碗往自己跟前一拨：“你再跟我皮，汤圆就不给你吃了。”

“那你吃吧。”沐川好整以暇地看着她。

其实，顾小喜已经吃过汤圆了，但输人不输阵，多吃两颗也撑不着人。顾小喜便用汤勺舀了一颗黄米汤圆，轻轻咬了上去。

才刚咬了小半颗，沐川便以迅雷不及掩耳之势夺过汤勺，把剩下的大半颗汤圆吞进口里，还挑衅道：“虎口夺食，我都佩服我自己！”

“沐！川！”顾小喜拉下脸，作势要打人，“你肉皮子痒痒了是吗？”

“是！”沐川猛然搂住她的头颈，一口吻上她的唇，含糊地说，“痒着呢。”说罢，又轻咬她一口，才慢慢松开，坐下继续吃汤圆，一边吃，还一边瞅着她，唇角扯出痞痞的笑。

顾小喜脸烫得吓人，眼风往左右一扫，没看见瓜众，才松了一口气，但对于他这种突然袭击感到生气，连腮帮子都气鼓了。

9

回想起来，沐川第一次吻她，是在元宵节那晚。

刺桐元宵灯会有好几个分场。中山路骑楼、府文庙广场、刺桐非遗馆、花巷、新路埕口袋公园等处，无不各具特色，各臻其妙。

沐川选择了中山路骑楼，因其特色鲜明的骑楼建筑，堪堪与花灯相映生辉。

与生肖猪元素的刻纸灯邂逅之后，二人走入更大的一片灯海之中。

漫步其间，与人间星火相遇，顾小喜不禁想起初中时背过的词，且行且吟，倒像是个行吟诗人：“东风夜放花千树，更吹落，星如雨。宝马雕车香满路。凤箫声动，玉壶光转，一夜鱼龙舞。蛾儿雪柳黄金缕，笑语盈盈暗香去。众里寻他千百度。蓦然回首，那人却在，灯火阑珊处。”

“我也很喜欢这首词。”沐川把手搭在顾小喜肩上，“古代的元宵灯会很快就散了，我们这儿的灯会还能延长好多天。‘灯火阑珊’的寥落之感必然是没有的。”

“不对，正是因为灯火阑珊，显得些许寥落，才能衬托寻到伊人的喜悦之情呢。”

“嗐，我跟你说历史与现在，你跟我说诗词鉴赏，真不愧是语文老师的嫡亲孩儿。”

顾小喜掐了他一下，沐川才笑道：“好，好，好，是我不懂欣赏。”顿了顿，他亮如辰星的眼里闪了闪，“我有一个提议，我们先散开一会儿，看看一会儿能不能找到彼此。”

“嗯?”顾小喜不解，“没必要吧。”

这个提议有些新鲜，出门赏灯的人，哪个不是成双成对的。为了成全他俩的约会，一家子都没出门。沐川这是闹哪出呢？

“你是不是对浪漫过敏啊？”沐川弹了她一个爆栗，“你就不想体会一下《青玉案》的意境？咳，升级版的。我们这叫‘蓦然回首，那人却在，灯火璀璨处’。”

“那……找到又怎样，找不到又怎样？”

“比赛啊。都说，灯火璀璨，容易让人迷了眼。要是我们能寻找到彼此，那就证明，我们有缘，有很深的缘分！”

“好吧，有点道理。”

“你先找到我，就能赢得一种特权，”沐川戳戳自己的脸，手指从唇上抚过去，“你可以亲我，随便选。反之嘛……”

沐川嘟了嘟嘴，孩子般淘气地眨眨眼。

顾小喜正觉啼笑皆非时，沐川已钻入灯海之中，不知去向。

一分钟、五分钟、一刻钟……

顾小喜穿梭在灯海人潮之中，从每一个映着光的人脸中，寻觅沐川的踪迹，但总不能如愿，一时有些失魂落魄，竟有些想哭。

小时候，她曾看过《大明宫词》。

元宵之夜，长安城街市繁华如昼。逃离皇宫的太平公主和韦氏走散了。

太平迷失了方向，以为一张昆仑奴面具之下，藏着她的女伴。却不承想，假面之下的那个人，让她一眼惊鸿，此后便如金庸小说中一般，“向来痴，从此醉”。

满目流光溢彩，却不如眼前之人动人，瑰丽的爱与时间，就此绽放，也就此定格。

刻意找寻沐川，却寻他不着，此番心情应与落单的太平公主相近吧？

顾小喜痴痴地想。

只不过，他没有假面，他也不是她找错的人，而是……嗯，也许是真命天子也说不定。

正胡思乱想，左肩上被人拍了一下。

往左看去，一对情侣携手正在赏灯。顾小喜讪讪一笑，陡然往右转头，却不妨，头颈被人紧紧搂住，她的脸颊也被温热的唇捕捉到，那点暖意很快又漫延到她唇角。

“你……”

“愿赌服输……”沐川的气息，如痴如醉，在她的唇上喷薄欲发。

脑里像有烟花炸裂，又像有灯彩照映，两个人都无暇多想，只交融着气息与情思……

蓦然回首，那人却在，灯火璀璨处。

第十章 那千丝万缕的联系

1

最近，改建工地的气氛着实有些奇怪，“探班”的人层出不穷。

一时，是胡大爷带着几位大爷大妈；一时，是顾长顺装作不在意，却又好巧不巧地踱了过来；一时，又是参与了A轮融资的吴昌平老人，在工地附近溜达。

至于说顾长庆，他倒没直接出面，但女接待邹芳的一双秋波明眸，也有意无意地往工地瞟。

唯一让沐川、顾小喜松口气的是，政府相关部门很少干预这个项目，不然，他们可有得忙。

暗地里，沐川也没少向顾小喜吐槽：“我这是草台班子吗？莫说鑫源房产这种老牌建筑公司，单说我这个又帅又专业的投资经理，也该让人放心不是？一大堆监工，看得我头疼。信不过人吗，这是？”

顾小喜捂嘴笑：“担心你把偷偷把老厂房拆了。”

“不是吧？”

“肯定是。”顾小喜笃定。

“那也不对啊。我问你啊，咱爸，咱叔跑来当监工，我都能理解。胡大爷、张大妈、耿老爷子他们，是几个意思？”

顾小喜琢磨了一下：“我猜，是因为担心粉尘污染什么的。你知道的，胡大爷他也反对修建超市。一旦修建超市，所有建筑都要被推翻，平地起高楼，周围的环境不会好的。他们嘛，就是不想折腾。”

改建期间，糖厂里部分车间仍然在生产。为了照顾生产安全、产品品质，施工队很贴心地筑了一道高墙，才开始动工。因着早已拟好的协议，施工队并未拆毁任何老建筑，而是“因地制宜”地进行改建，譬如增加照明设备，加固钢架廊桥，种植爬山虎之类的。

让所有人都拍手称好的“非遗名录地砖”，则要等到工程最后，才会逐一铺上去。

“原来如此。”沐川颔首，忽而又觉郁闷，“我可是言而有信的人。自打做了这个项目，我推掉了其他的业务，只答应帮奶啤公司进行下一轮操作。结果，唉……”

顾小喜拍拍他肩：“理解一下，小沐同志。他们不放心，也只是暂时的。那什么，路遥知马力日久见人心嘛，对不对？”

“这不是有你在吗？我还能说话不算话？”

“可能是担心我胳膊肘往外拐吧。”

“这话我不爱听，‘外’什么‘外’啊，我怎么就‘外’了？”沐川把脑袋往顾小喜肩上一搁，慵懒地说，“要不，咱俩早点……嗯，那啥？”

“哪啥？”顾小喜装傻。

眼见沐川启唇，她生怕她说出那话，自己不好下台，忙止住了这番打情骂俏：“不跟你瞎扯了，我有正经事要说。”

“说。”

“那你先坐好。”顾小喜抖抖肩膀，不远处工人们歇息时投来的注目礼，让她很是羞赧，“嗯，就陈爽啊，她前几天不是帮我们出了不少主意吗？”

“嗯，专业人士，很多建议都很不错，我也在和钟队长商谈。”

“她这几天暂时不过来了。”

“单位里有事？”

“她被同事针对了。”

2

烈日杲杲，每一寸空气都烫得逼人。

守在新楼盘下，等待向房主推荐装修业务的陈爽，再次问候了派她出来跑业务的熊经理。对，只是熊经理本人，所谓“冤有头债有主”，陈爽不打算问候对方的十八代祖宗。

本来，曾总就已经特许陈爽跟进非遗文创园的业务。谁知道，曾总刚出差去，熊经理就玩起了“山中无老虎猴子称大王”的把戏，声称A组缺人，无法顺利完成夏季业绩，需要从B组派同事来支援一下。

熊经理并没说要指派谁，曾仕明也没多想，只让她看情况定夺。

这下可好了，陈爽直接被熊经理拉到了A组帮忙。

摸鱼的日子就这样结束了。隔着太阳伞，陈爽仍能感受到“流金铄石”是个什么概念。她从小就怕热，现在只觉热得快眩晕过去了。

但她不能眩晕，冰镇四果汤是唯一的救命还魂丹。要是她坚持不住倒了下去，撒点孜然、盐巴就能成烧烤了吧。

好在，今天的运气还不错，遇上了一个慈眉善目的老人，看陈爽被热得一脸通红，还执着地推销装修，答应跟她去华美公司详谈。

下了的士，踏进公司的那一刻，陈爽彻底活过来了。要不是有客户要伺候，她真想抱着办公室的空调不撒手。

凭借三寸不烂之舌，仅花了半个小时，陈爽便做好了初步估价，讨了老人的欢心，拿下了一笔诚意金。

同事们有的羡，有的妒，陈爽更不敢高调，便敲了熊经理的门，对她汇报了业绩。说罢，还掩着胸口，做出“西施捧心”的模样：“熊经理，我……我有点喘，我想问问您，我明天能不能请假？”

咳咳，当然喘了。

为了做戏，陈爽故意挑没人的时候去了卫生间，在里面跳了十分钟的高抬腿，心率不快才怪了。虽说这是个“girl help girl”的世界，但在职场上，总有女人要难为女人，真不知道她们怎么想的。

在陈爽的世界观里，只要能优质高效地完成任务，余下的时间就该休息。谁爱当“牛马”谁当去，反正她不想当。

“是吗？”熊经理瞟瞟她，表示不信。

“您摸摸脉吧。”陈爽伸出手。

熊经理挑挑眉，从办公桌抽屉里拿出一个指甲血氧仪，扔在她手上：“测一下脉搏，我，我看看。”

陈爽当然不发怵，食指夹进去一试，竟有一百零三。

“你看嘛……”她扁扁嘴，一副泫然欲泣的模样。

熊经理也被她吓了一跳，只得给她批了两天假，让她去看医生，又鼓励她再接再厉，再创辉煌，多拿订单。

陈爽千恩万谢地去了，等出了公司，上了公交小白，才回蔚蓝的微信：有时间的，我明天有时间，可以帮你一起润色歌词。

微信要发出去之前，又把“你”字改为“您”。

这一支歌，还是以刺桐为写作对象，专为刺桐申遗而作，比起《半城烟火半城仙》更有针对性。海洋文化，将是歌曲中唯一的主题。

想想明日的网络会议，陈爽只觉燥热的空气里溢满了香甜的气息。

3

瑞华资本，任总办公室里，颇有些热闹。

纵是沐川戏精附体，也觉得尴尬得无以复加，不知该用什么表情才好。

就在先前，沐川回了一趟公司，打算向任总汇报改建进度和一些细节调整的事项。哪知，敲门之后，任瑞华沙哑的声音从里面透了出来：“等会儿再进。”

沐川爽然应道：“好的，任总。”

还没转身，门却开了，饶玉仰着头看着沐川：“我就知道是你，你可以进。”

对于自己在饶玉眼中的特殊化，沐川显然有些受宠若惊，但见任瑞华也没反对，才微笑地挪步进门。进了门，毫不意外地看到庄庄，沐川礼节性地点点头。

“你在这儿就最好不过了，我想让你做个见证，免得别人扯闲篇。”

“哦，哦，我在，我在。”

问也不能多问，只能选择做听众。

“坐，坐吧。”任瑞华也开了口，悠悠地吸了一口香烟。

沐川像小学生一样，乖乖地垂首，规矩地坐在靠近门边的沙发上。

关于饶玉和任总的关系，顾小喜曾问沐川如何看待。他说妄自去揣度别人的关系，不是他的作风。

眼下，看饶玉美眸泛红，沐川也有点犹疑了，心说，难道网上的传言是真的？我可不想见证历史啊！

其实，饶玉今天之所以来任总办公室，为的正是网上的传言。

在这之前，网上已有零星的传言，公司里也有人说饶玉和任瑞华的闲话，但不成气候，也没人真当一回事，若过多解释只怕会越描越黑。

但就在前天，微博里出现一个词条为“瑞华老总和R女星的二三事”，很快就上升到了热搜第三。此事显然有人带节奏，把一些“有的没的”捕风捉影的事，添油加醋地说了一大堆，显得煞有介事，激起大量的点评和转发。

其中不乏尖刻之语，饶玉在美妆场上的竞争对手伊依，也在带货时笑嘻嘻地说，此事绝对子虚乌有，她绝对相信饶玉的为人。说是相信，那口吻却“茶”得很，分明是在说反话。

饶玉气得食不下咽，差点连碗筷都摔了。

早先，饶玉已经有了自己的团队，要想控评不是难事，但真正能平息谣言的方法，只有事实。

事实，饶玉今天来任瑞华这里，要的就是一个事实。

“任总，我知道您很赏识我，但我一直没好意思问，您为何对我这么好？”饶玉说，“否则，我这次是跳进洛阳江也洗不清了。”

洛阳江是刺桐市的一条河流，得名与西晋百姓南渡有关。位列申遗名录的洛阳桥，便修筑在洛阳江与大海之间。

饶玉撇了“黄河”说“洛阳河”，沐川暗觉有趣，但仍端坐不动，一声不吭。

“你真的想知道？”任瑞华打量她一时，才徐徐吐出烟圈。

“是的，任总。我不想被人误会，虽然……虽然我已经和男友分手了……”

分手？沐川心里咯噔一声，定定地看着饶玉。

余光瞥见任瑞华，他也神色一动，很是意外。

饶玉正色道：“是的，分手了，但也不想被人嚼舌根。我感谢您对我的赏识，但如果您对我有非……不是，我不知道怎么说，总之，我今天鼓起勇气，就是想听您说，您不喜欢我。”

4

太尴尬了！

要是得知老总的秘密，沐川还要不要在这职场混了！

真后悔今天来敲老总的门。

沐川抬了抬屁股，正酝酿着“走为上计”，任瑞华却冲他摆摆手，示意他继续旁听。

“既然你想知道，那我就直说了。也对，事无不可对人言。”

庄庄连忙接口：“是啊，是啊，任总不就是看出我们玉姐有潜力嘛。哪有别的心思！”

今天早上，饶玉跟庄庄说，她想跟任总谈点事。庄庄以为，她跟着饶玉过来，绝不会出什么乱子。哪知，饶玉刚寒暄了几句，便问起网传绯闻的事，接着还要让任总说实话。

庄庄只觉脑子嗡嗡，两耳嗡嗡，都不知该怎么调和现场氛围了。

为今之计，大抵就是引导，引导，再引导。

任瑞华就算是喜欢饶玉，总不好直接承认吧。

万想不到，任瑞华吸了口烟，轻松如话家常一般："我是喜欢小饶没错……咳……"

在场每一个人都惊住了，沐川装聋作哑，手指却忍不住抠大腿。

饶玉还没启齿，任瑞华又接着往下说："抱歉，刚被烟呛着了。我的意思是，我喜欢小饶，是像长辈喜欢晚辈那样的喜欢。嗯，或者说，我本来就是她的长辈。"

这是……有血缘关系？八点档狗血剧？

沐川一脸好奇，凝神听任瑞华追忆当年："我和你母亲，是很好的……唉，叔叔就直说了，我和你妈妈是彼此的初恋。后来，我们分开了。你母亲去了法国瑟堡，好像嫁了个华侨。有一次，我在网上刷健身直播，没注意戳进了美妆直播里。我本来想马上退出来，结果看见小饶在做直播。咳，你应该知道，你和你母亲长得很像。当然，我知道你不是她，我老了，你母亲也老了嘛……但我知道你和她肯定有关系，你用了她的姓氏。"

是了，这便是了。

饶玉知道任瑞华说得大差不差，她和母亲饶凤鸣长得有七分相似。她也确实用着母姓，这让她从小就和别的孩子不一样。

任瑞华见饶玉沉默不言，摸不准她心思，难免心中不安："叔叔说的都是真的，你可以问问你母亲，问她认不认识任瑞华。"

咬住唇，饶玉仍然不言，庄庄只能代她回答："任总您别多心，玉姐只是觉得意外，一时不知怎么回应。”

“嗯。”

“您的意思是，正因为您和玉姐母亲的渊源，所以您才想把手头的好资源，送给玉姐……是这样吗？”

“是。”盯住饶玉煞白的脸，任瑞华说，“去年，沐经理打算投一个短剧的资源，我觉得不错。刚好，我又刷到了小饶的直播。所以……嗐！自家人，自然是‘肥水不流外人田’。小饶呢，表现也非常好，没有辜负康导的一番栽……”

话音未落，饶玉已捂着脸往门外冲。

这番变故，骇了庄庄一跳，一声“不好意思”刚出口，她的脚步已迈出了办公室门。

只余沐川、任瑞华在原地，相视无言，一阵尬笑。

5

和往常一样，非遗文创园里，时常会有各色“监工”入内，但和以前不同的是，他们眼里的不放心慢慢淡了许多，溜达的次数也明显比以前少了。

刚入冬的时候，外部改建基本成型，红砖古厝、燕尾脊的格局尽数保留，与增修的花园凉亭相得益彰。以前最古的三面老墙，也被特意保留下来。

照原定计划，老墙上还将挂上一些富有文艺气息的小木牌，写上宣传刺桐文化的清新小句，这很符合年轻人的审美偏好。

但这还不是重头戏。为了把重头戏做好，顾小喜特意请谭清清来帮忙。

备好作画工具后，顾小喜和谭清清站在老墙前，写写画画，光是草图就画了好几张，但总觉得不太满意。

倒是沐川这个门外汉的一句话，带给了她俩灵感。

“既然有三面墙，能不能每一面墙表现一个主题，但又彼此之间互有关联呢?”

“好像有点道理。”顾小喜征询谭清清的意见，“要不，咱们再梳理一下?”

梳理之下，两面墙的主题已经定下来了。一是世遗文化，二是非遗文化。

刺桐二度冲刺“世遗”，打出的名号是海丝文化。这也是文创园一开始的创意，只不过，因这创意与市里规划的海丝文化博览园相重复，后来才改为非遗主题。

但无论是世遗，还是非遗，都是刺桐市的文化名片，将这二者用墙绘的方式表现出来，既合情合理，又极富文化内涵。

至于第三面墙，顾小喜和谭清清达成的共同意见，是反映当下生活，要有时代元素。至于用何种方式来表达，二人还没有明确的思路，便暂时把它抛到一边，先画起世遗、非遗文化的草图。

三天后，草图画好了。

谭清清负责的世遗文化墙，以红蓝主色的交错来达成视觉的冲击，同时又以海船和沉船互为镜像，其意境与唐人刘禹锡所说的“沉舟侧畔千帆过”颇有异曲同工之处。

顾小喜负责的非遗文化墙，用色却很淡雅，以提线木偶为主要元素。有趣的是，画中人物手里所提的，并非只是木偶，还有一幅幅刺桐非遗画卷。

两人的构思都很巧妙，见了面免不了一顿“友情互夸”。

一个说：“人们在慨叹沉船的沧桑历史时，也为海上丝绸之路的开辟而自豪。毕竟，像南海一号这样的沉船是少数，而‘苍官影里三洲路，涨海声中万国商’的商业繁华，才是主流。

嗯，画得好！”

一个又说：“我还说，那么多的非遗名目，你该怎么放上去。没想到，你竟用这么巧妙的方式把它们串在一起，可以说是匠心独运了。”

被闺密夸了“匠心独运”，顾小喜笑得快合不拢嘴，但听谭清清又点评道：“但我想听你说，你为什么选提线木偶作为主要元素呢？”

若说量级，和提线木偶一样，属世界级的文化遗产都还有五项呢！

“因为，它和别的非遗文化不一样。比如说，我们不主打南音。南音是‘中国音乐史上的活化石’，十分珍罕，但‘刺桐音乐文创园’把它作为重点项目，我们就不用再重复了。”

“哦，明白了，我这里表现了海丝文化，你也就不再以水密隔舱福船制造技艺为重点了。”

“没错。最后，我在传统木结构建筑营造技艺和提线木偶中犹豫了一下，但最后选择了提线木偶，这还多亏了沐……”

一语未了，沐川清凉的声音，便从顾小喜所站的老墙后透了出来：“哇，过分了啊，夸人为什么要背着夸。”

话音刚落，人已走近，笑呵呵地望着顾小喜、谭清清：“美女们，下午好。”

谭清清噙笑点头，当是回应。

顾小喜见他，也有几分薄嗔带喜：“那你自己说吧。”

“说就说。”沐川笑道，“我说，文创园里的闽派建筑，本来就近在眼前，完全没必要用墙绘来表现。画得再好，能好过活物？”

谭清清颔首：“有道理。”

沐川把手臂搭在顾小喜肩上，转而夸她：“我知道，小喜会用提线木偶做主元素，却想不到，她竟然有那样的构思。你想，丝丝缕缕，缕缕丝丝，这不正象征着一项项非遗文化之间，那千丝万缕的联系？”

“对啊！妙！妙啊！”听到兴头上，谭清清忍不住拊掌大笑，“比如说，刺桐花灯，就将剪纸、雕刻等技法融入进去了。这可不是就是‘千丝万缕的联系’？”

“对，就是妙！其实吧，我家小喜在其他方面都挺……那啥的，”沐川打趣道，“咳咳，但在艺术造诣上没的说。”

顾小喜翻了个白眼：“我也发现你的优点了。”

“什么优点？”

“眼光好，”顾小喜似笑非笑，眉梢一挑，“所以才挑到我这么有艺术造诣的女朋友。”

谭清清听得起了鸡皮疙瘩，作嫌弃状：“你俩平时说话都这风格吗？”

沐川把顾小喜往怀里一搂：“对，就这风格。”

闻言，谭清清不由得啧啧两声：“你变了。”

“啊？”顾小喜瞪圆了眼。

“你以前不是这样的。”谭清清说，“以前话不多，也不爱开玩笑，有时候看着还……”

话说至此，突然吞回后面的话：有时候看着还有点抑郁。

是的，顾小喜患过抑郁症，病好之后也只回到以往的状态，但这一年来，她明显比以往爱说爱笑，每天都开朗得如受到阳光照拂。

有首歌怎么唱的来着？“其实爱对了人，情人节每天都过。”

再想想自己和曾仕明，谭清清也忍不住唇角上扬。

下一秒，但听沐川好奇地问：“有时候怎么？”

“没什么。”谭清清笑了笑，“说正事吧，这方案，我们就算定下来了。那第三面墙呢?”

顾小喜没有回答，不知在想些什么，沐川便按按她胳膊：“想不出就想不出，这两面墙都够你们画呢。等画好了再想不迟啊！不嫌弃的话，我给你们打下手。”

6

明月之下，沐川和顾小喜相倚而坐，轻声耳语。

老榕树像是他俩的朋友，默默无声却又贴心地挡去渐冷的冬风。

猫咪橘子也悠闲地躺在活动猫窝里，半眯着眼陪主人，尾巴不时地晃晃。

他们聊起很多人，很多事。

譬如，顾小欢和周舟毕业后，还读了一个金融课程，要到过年才能彻底回来；譬如，蔚蓝发布了《半城烟火半城仙》专辑，其中单曲《涨海声，万国商》由陈爽作词，大受好评，蔚蓝顺势高调向陈爽求爱；再譬如，饶玉在盛夏时节，就终止了与瑞华资本的合作，但不知为何她又将任总认作干爹，继续跟他合作……

二人只管闲风散月地聊，想到哪儿说到哪儿，蓦然发现，他俩的“绑定”竟然还挺深的，那么多人和事都成了他们的共同话题。

“你说，陈爽会不会答应蔚蓝?”顾小喜突然问。

实话说，这一次，她不太明白陈爽的心思。

“暂时不会。”笃定的回答。

“为什么？她不是喜欢他吗？不是这种喜欢，是那种喜欢。”

听她这么说，沐川扑哧一声笑出来：“我以为你不懂呢。原来你装傻啊？”

数月前，陈爽对蔚蓝是“这种喜欢，还是那种喜欢”的谑语，沐川记忆犹新。

“哎呀，我问你呢。”

“我还问你呢。你不也知道我喜欢你嘛，为什么一直逃避？”

“这能一样吗？陈爽本来就是蔚蓝的女友粉，这次她却表现得那么淡定，不仅不答应蔚蓝，还有意保持距离，这很令人费解啊！”

“那你呢？不也让人费解？”

“我怎么一样？我又不想做你……”顾小喜睇见沐川皱眉，忙换了句话，“我又不想坠入爱河……”

“哦，这样啊，我懂了。”

“你懂什么了？”

“你家爽妹子，玩的是欲擒故纵；而你呢，连擒都不想擒！”沐川故意唉声叹气。

他说得着实有趣，但顾小喜只咧嘴笑了一下，就怀疑他生了气，便伸长手摸摸他头：“你别多心，我当时只是不想谈恋爱罢了。后来，我又想谈了。你看，我都没考虑别人，只考虑……哎，哎，疼，疼……”

听她呼疼，沐川拧她胳膊的手才松开：“你倒是说说，‘别人’是谁？哼，原来我还不是你唯一的选择。”

“不，你是，”顾小喜定定看他，眸中映着他的眼，“一直都是。”

“一直？”

“从你出现在我身边开始，一直……一直只有你。”

沐川轻哼一声，表示不信，顾小喜才解释道：“我不是入了本地的书画协会吗？里面也有几个，嗯，单身男青年……但我……”

沐川眉头一拧，飞速拿嘴堵她的话：“以后不准去了。”

“啊，这……”

“不准。”醋坛子又堵了她一次。

顾小喜只能说：“行，行，都听你的。你看我多坦诚，有什么话都跟你说……”

见沐川露出灿烂笑意，想起谭清清差点说漏嘴的事，她又觉得有几分心虚，咬咬牙，打算豁出去：“其实，我还有一件事想跟你说。”

7

沐川搂住她，又用穿拖鞋的脚，挠挠已打呼噜的猫咪。

“我之前不想谈恋爱，是因为我怕受伤。”顾小喜唇边逸出一丝苦涩笑意，目光也幽深如昨，“你不知道，我那时得了抑郁症，吃药都吃了一两年。再加上，我又刚刚在职场失意……双重打击吧……呵呵……”

沐川曾听李聪说起顾小喜做导演助理的事。

那时，顾小喜负责的是为剧本和分镜脚本准备物料，整理台词本。而另外两位助理，一个负责组织配音和表演演员的挑选工作；一个组织彩排，培训演员穿戴设备注意事项。

虽然拿着同样的薪水，但顾小喜的工作量要大很多。不过，为了自己喜欢的编导工作，顾小喜也甘之如饴。

跑了两年下来，得到了很多锻炼，顾小喜对这种生活十分满意。

但她意想不到，其他两位助理，会对她诸多挑剔、排挤，甚至是往她身上泼脏水。

原因很是可笑，他们在工作中出了一些差错，被导演臭骂了一顿，所以，当他们看见平时只顾干活，还从不出错的顾小喜，就生出了嫉恨心。

起初，导演正是看重顾小喜安静本分，又能写会画的本事，才为她安排了能发挥专长的活计，没承想，顾小喜与生俱来的沉默个性，会被两位同事当作是高冷和目中无人。

所谓“三人成虎”，两位同事既有心算计顾小喜，她又哪能避得开呢？就连做事也精神恍惚起来，变得畏畏缩缩，生怕招惹同事不满。

日子一久，导演也对顾小喜的状态非常不满，经常赏她冷眼。

顾小喜最终被逼得辞职走人……

这些事，沐川听李聪说过的，彼时也觉心疼，但现在听顾小喜亲口说起，沐川才有了一种憋屈到极致的痛感。

从小到大，沐川在学业、事业上都很顺遂，再加上天生的高情商，让他轻而易举地赢得了领导的信任，同事的亲近。正因如此，沐川很难想象，一个踏实、努力、人畜无害的女生，竟然能被同事嫉恨至此。

“辞职之后，我想，我不还有男朋友嘛，我可以找他诉苦啊，”顾小喜回忆道，“本来，我打算先吃一顿大餐，发泄一下，但没想到，我刚吃完三百块的牛排套餐，就看见孟洋带着她，坐在另一个角落里碰杯……看着像是很贵的红酒……”

红酒色醇，在那一瞬，有些像是心头的血。

“我要是你的话，我一定拿那红酒泼那负心汉。”沐川完全被顾小喜的情绪代入了，愤愤不平地捏紧了拳头，“你虽然力气大，但未必打得过男人，不过泼酒解气总是可以的！”

“你怎么知道？”顾小喜哭笑不得，“我就是泼他了……”

“……”沐川噎住了。

“怎么了?”

“没事，嘿，没事，只是重新定义了你的‘好脾气’。”

沐川终于明白，兔子急了会咬人，小喜怒了会泼酒。

8

以墙面为介质，以油彩、丙烯、油漆等颜料为材料作画，是为墙绘。

若要溯源的话，传统的壁画，也算是墙绘的前身。

早在原始社会，人类就已经习惯于洞壁之上刻记图案，这可算作是壁画的雏形。到了汉晋隋唐时期，寺观壁画、墓葬壁画的大量涌现，直接助推了壁画工艺的发展。唐人便曾感叹道:“惜哉壁画世未殚，后人新画何汗漫!”

至于现当代，人们把壁画这种表现形式搬进生活里，无论城乡，只要你留心去看，那些大小建筑、墙根、树桩上，或多或少地留下了墙绘师们的杰作。

“也不止如此。”陈爽摸着英子毛茸茸的小脑袋，笑眯眯地说，“你知道，姐姐是做家装的哟，这几年来，居家装饰兴起了一股潮……”

“不对,”英子扯扯陈爽的袖子，打断了她的话，“您是‘陈阿姨’，不是‘爽姐姐’。”

女人最怕被人说老，陈爽当然不依。

瞄着正在老墙前认真作画的顾小喜，和在一旁打下手的沐川，陈爽放低声音:“你刚刚不是叫‘小喜姐’‘小川哥’吗? 怎么到我这儿就成阿姨了。唔，不对，前几天你还叫我姐姐呢。”

“瓦公说了，对人要有礼貌，可我分不清大人小孩的辈分啊。昨天，我在巷子里遇到一个比我大一岁的姐姐，可我瓦公说，按辈分应该叫她‘阿妈’。”

英子说的“瓦公”，就是外公，顾小喜口中的胡大爷。

前阵子，英子跟着母亲回家省亲，就回了三公巷，住回了娘家。英子怎么也没想到，比她大一岁的“姐姐”，竟然高她两辈。

“瓦公就跟我说了很多，其他的我没记住，但是……”英子指了指陈爽左手无名指，“您戴了订婚戒指，您结婚了，所以您是‘陈阿姨’，不是‘爽姐姐’。”

陈爽郁闷了。凭借“以退为进”的爱情秘籍，她不仅俘获了蔚蓝的心，还戴上了订婚戒指，这本来是好事，但没想到她也因此晋升为“阿姨”了！

到如今，她只能感叹一句“有得必有失”，今天她就不该在英子看热闹的时候，给她当义务讲解员。

从前天开始，顾小喜就在老墙上作画了。一开始，她还有些忐忑。毕竟，民宿里的那幅墙绘，不如这面老墙面积大。平日里，顾小喜常画的，也只是小尺幅的作品。说起来，想法虽好，但经验稍显不足。

陈爽也看出这一点。得空的时候，她也会来瞅一瞅。

一是给顾小喜打气，二是观摩学习。

正如她所说，墙绘已经成了家装的潮流，甚或能取代墙纸或其他装饰材料。不过，虽为家装设计师，但陈爽并不擅长墙绘，所以前来取经学习，也很是应该。

“陈阿姨，您继续讲吧，英子想听。”英子诚恳地牵住陈爽的大衣袖子。

“好吧，好吧。”被升了辈分的陈爽无奈地应声，“阿姨继续跟你讲啊。嗯，为什么说墙绘会成为家装的潮流呢，首先啊，是因为它不仅美，而且独特……”

第十一章 欢喜妹萌萌哒

1

“你好意思笑我像花猫，你围腰上不也沾上了？”

“那就得怪你了，我只是个打下手的，还不是你拿颜料涮的……”

两个小情侣，一个脸上花糊糊，一个围腰脏兮兮，提着空空的颜料桶，在巷子里斗嘴。

边斗嘴，边洒下一串笑声。

胡大爷听到这串笑声，也带着外孙女英子出了三公祠的门，笑吟吟招呼道：“今天结束啦？画得咋样了？”

英子先前回来的时候跟她外公说，小喜姐姐的墙绘画得很好看，但胡大爷忙着接待游客，便没去现场看。这时听到小情侣的笑闹声，刚好他又得了闲，哪里还坐得住？

入冬之后，临近过年，外地游客比以往多了不少。三公巷名声在外，自然也成了热门景点之一，胡大爷相信，等到非遗文创园建好之后，三公巷会成为刺桐市的流量担当。

“已经上了底色。您看，”顾小喜把颜料桶扬了一下，“都用完了。”

胡大爷却困惑了，口里没说啥，眼风却落在颜料桶上。

沐川马上解释道：“回去把桶壁刮一刮，还能刮一点下来，刚好能把小欢哥的匣子补补色。”

顾小欢有一个视若珍宝的木匣子，里面装着音乐盒。

这是他考上重点高中时，母亲送他的礼物。时间一长，木匣子上面的颜料有点掉色，顾小欢早就说要把匣子补补色，却没敢轻易下手调色。多年不曾作画，他对自己的手艺也不放心。

“哦哦哦，这样啊，嗯，不错不错，这么会过日子的年轻人不多啦。”胡大爷竖起大拇指，英子有样学样，也竖起大拇指：“哥哥、姐姐好棒！”

沐川、顾小喜相视一笑，心甜如蜜。

但听胡大爷问及顾小欢过年回家与否，转而又提起顾小欢幼时的趣事。

末了，胡大爷感叹道：“那时，我都还年轻着呢。一不留神，我也有外孙女啦！你们也都长这么大，要谈婚论嫁啦！”

沐川挑挑眉，一脸坏笑地盯住顾小喜。

顾小喜只作未觉，继续跟胡大爷聊天。聊着聊着，话题就说到顾小欢、顾小喜的名字来。

“小欢、小喜，多好的名字，够直白，也够喜庆。一个人，图的不就是欢欢喜喜。你看，上班族们平常说的都是‘欢欢喜喜上班，快快乐乐工作’；过个年，我们也说‘欢欢喜喜过大年’。所以说，李老师就是水平高，不愧是……”

话音未落，顾小喜如被电流击中一般，冲口而出：“对不起，胡大爷，我突然有事，下次再跟您聊。”

她只顾急匆匆往前走，似乎是怕走得慢了，会把重要的东西遗忘似的。

沐川也说了一声抱歉，才连忙追了上去。

从三公祠到二吾民宿，也就三分钟脚程，但顾小喜一路疾冲，嘴里还不停咕哝。沐川虽然追了上去，却一句嬉笑的话也不敢说。

他没猜错的话，顾小喜一定是从胡大爷的话语中，得到什么创作灵感了。

搞艺术的人嘛，就这样，他懂，他都懂。

2

果然，刚进民宿大门，顾小喜便径直上楼扎进闺房里。

因为跑得太快，她险些在门槛上绊一下，幸好沐川在背后拉她一把。

拉她的时候，沐川也没敢说话，只在心里损她：平常你总说自己淡定，看看，看看，有灵感了，要搞创作了，就一点都不淡定了。跟那谁差不多，嗯，跟谢安差不多。

东晋名宰相谢安，一贯以淡定形象示人。就连他得知，孩辈们在淝水之战中击败了前秦苻坚，创造了“以少胜多”的战绩时，也只轻描淡写地提了提。

可他真的那么淡定吗？并不。要回室内时，谢安再也抑制不住狂喜的心情，一脚跨过门槛，连木屐底下的木齿都被碰断了。

就在顾小喜冲上楼梯的时候，李聪正在院里陪公公顾安仁说话。见着女儿“目中无人”，竟然不喊她安公，李聪难免有些生气，正要开口唤女儿，沐川忙对李聪打了个眼色，走近后，他才轻声解释了一通。

李聪“哦”了一声，道：“那我不打扰她了。不过，快到晚饭时间了。”中午饭就是让顾长顺送过去的，吃得也有些潦草，要是晚饭也不按时吃，坏了身体可怎么好？

这么一想，她又有些踌躇：“还是要按时吃饭才好。”

顾安仁却不以为然，摆手示意她别添乱：“我写东西的时候，就不喜欢别人打扰。画画的人，不也是这样？儿媳妇，你就别添乱了。一两顿吃晚点，不打紧的。”

李聪连连点头，心里却也很不以为然，暗道：您老人家胃不好，知道为什么原因吗？年轻时不好好吃饭。咳，写东西……一天下来最多能写三四百字，写了删，删了写，都两年了还没写完回忆录。要我写的话，不出三个月就能……

“李阿姨，这样吧，我一会儿再陪小喜吃饭。”沐川不知李聪的内心戏，突然出言，“你们先吃，不用等我们。”

“好，好。”

沐川和顾安仁、李聪道了别，才缓步走路、爬楼，生怕惊扰了顾小喜。

走进自己房间，躺了一小会儿，沐川只觉无聊，便爬起身来打开窗户，想与顾小喜来个浪漫的对望，未料一心投入创作中的女朋友，连窗户都不开，把自己闷在房间里。

沐川撸着猫，无聊得让猫咪橘子喊他“爸爸”。

教了半天，橘子也只会喵喵喵、嗷嗷嗷，偶尔那么一声，听起来有点像是在喊妈。

沐川被这小家伙逗得哈哈大笑，马上对它来了一个“亲亲抱抱举高高”。一顿操作后，橘子开心地躺在主人怀里，摇摇蓬松的尾巴，大眼睛也眨了眨。

看起来，倒有些像人类幼崽。

念及此，沐川不禁有些“恨娶”：什么时候才能跟她谈婚论嫁呢？

抱着橘子往对面望去，窗户好像开了一条缝，隐隐透出光亮来，大抵是她也嫌屋里不透气吧。

看着暮色中的一线通明，沐川的“恨娶”情结霎时间升华，心说：只要她答应，入赘也是可以的嘛……

3

浓浓的“恨娶”情结，如同怎么也铲不走的莎草一般。

沐川再也抑它不住，铺开几张毛边纸就练起了书法。

字曰：摽有梅，其实七兮！求我庶士，迨其吉兮！摽有梅，其实三兮！求我庶士，迨其今兮！摽有梅，顷筐塈之！求我庶士，迨其谓之！

字又曰：门前一枝枣，岁岁不知老。阿婆不嫁女，哪得孙儿抱。

字还曰：春日游，杏花吹满头。陌上谁家年少，足风流。妾拟将身嫁与，一生休。纵被无情弃，不能……

正写得起劲，一个“羞”字还没落下，倏然间，肩上被人猛拍一下。

沐川条件反射地打了个激灵，扭头见是顾小喜，便把她一把拉进怀里，整个儿搂在他腿上，亲亲她脸颊。这一年来，她长胖了些，身子也有些沉，但不知为何这种重量让他觉得踏实。

“画好了？饿了没？”

“你怎么知道？”顾小喜记得，她一句交代的话也没给。

“我还能不知道你？”沐川觉得又好气又好笑，“颜料桶放好了吧？”

她点点头。

他又刮刮她鼻头、脸颊："花猫脸就忘了洗。"

"哎，我还真忘了。"瞥见桌上有大盒装的湿巾，她忙抽了两张出来，递给沐川。

沐川乐意之至，定睛看着她，一点一点地给她擦。力道不疾不重，还挺受用。看她微眯的神情，沐川有理由怀疑，如果她是一只猫，这时应该已经打呼噜了。

"咳，其实我手也挺脏的，也该擦一擦。"沐川暗示道。

死心眼的顾小喜，果然去看他的手。

"还好吧。"

"我刚刚在练字，你看我写得怎么样？"暗示不成，沐川打算明示。

顾小喜这才注意到他写的字，起身认真看了会儿，点评道："写得真好，我就不会写行书，我没那种潇洒的……"

"小喜，"沐川撇撇嘴，"抓重点。"

"什么重点？"

"看我写的内容。"

"唔，"顾小喜再次认真地看了一遍，"三首诗。第一首、第三首，我知道，《诗经·召南·摽有梅》和韦庄的小令《思帝乡》，第二首是……"

质询的目光，求真的精神，快把沐川惹毛了。

他从鼻孔里重重哼了一声，叉了腰，不想直视她。

"我……我记错了吗？"顾小喜打算看第三遍，刚俯身去看，便被沐川扯进怀里，咬了一口。端端咬在唇上，不偏不倚。

他显然被气得狠了，气咻咻地喘气，就像一只奓毛的猫。

"嘶……"顾小喜吃了痛，骂道，"神经病啊！"

"就是神经病！被你气的。"沐川恨恨地一拳砸在自己掌中。

他也吃了痛，这才冷静下来，瞅瞅顾小喜的唇。

中心的部分颜色更红，那是被他咬过的地方。而她茫然无措，竟不知自己做错了什么。

沐川顿时就泄了气，把自己的脸扯成猪脸："对不起，我不该跟你发火的。"

顾小喜摇摇头："没事。"

"我只是……"沐川把第二首诗放在最上面，"这一首是北朝民歌，叫《折杨柳枝歌》。诗里，女孩抱怨起母亲：门前枣树都老了，妈你怎么还不把我嫁出去？不嫁出去，会有孙儿抱吗？"

话说到这儿，顾小喜要真不明白，就是呆瓜了。

先前，她也只是没往那方面想而已。

她不作声，那便是悟了，但沐川今天成心捅破窗户纸，便再加了一把火："你说，李阿姨要是一直不让我娶你，她怎么做安嬷？"

4

一刹那，屋里静如深山。

二人对坐而视，顾小喜眼神微微一躲。

他说得那么直白，她并不觉得意外，但她沉思片刻，才应道："谈婚论嫁，不急于一时嘛。我想考虑一下，可以吗？"

她本来想用"没有仪式感"来搪塞，但又觉得这恐怕会被对方误认为是，要买花、买钻戒，甚至是房子。

最终还是没那么说。

其实，她知道她有点恐婚。

在她所见的夫妻之中，爸妈堪称幸福伴侣，爷爷奶奶也是相濡以沫的代表，但不幸的人似乎更多，比如，二叔和肖园，蒋师傅和他的前妻……

至于说沐川……

顾小喜懂得他的情意，也明了自己的心意，可有句话不是说“乍见之欢不如久处不厌”吗？和一个只谈了一年恋爱的人谈婚论嫁，是不是太草率了？

况且说，他小她两岁，长得阳光帅气，人也活泼开朗，是人群中耀眼的存在，而她大多数时候是个闷葫芦……所以，这样的人能甘心一辈子守着她吗？

这么一想，顾小喜承认她自卑了。

可是，就在顾小喜说要考虑之时，沐川的脸色就黯淡许多，她只能拿别的话来找补：“你说，要我妈做安嬷，这不合适。你要考虑考虑，我也要考虑考虑。”

沐川便说，他愿意入赘。

顾小喜顺势说：“你没有兄弟姊妹，这事得问你爸的意见。”

哪知沐川听到这话，脸色一沉，又险些要爹毛：“我的事，从来就不需要问他。”

交往以来，沐川从未提到过他父亲，顾小喜也觉得很奇怪。

古人说，“老吾老以及人之老”，既然沐川对身边的老人都很好，怎么会连父亲都不愿提及呢？但她不敢问，只试探他的口风：“那你妈妈方便的时候，我们可以先见见她。好不好？”

沐川的脸色方才转霁：“今年她要回来过年的，正好让你们见见面。”

吃完饭，顾小喜把自己画的草图拿给沐川看。

整幅画面呈现出浓浓的卡通风格，与那两幅较为写实的墙绘不同。

背景是碧海、小岛和几架风车。一个美丽姑娘，戴着簪花围，穿着红彤彤的新衣，光着脚丫，看起来软萌可爱，俏皮得很。

而她摊开的手掌上，贝壳、海胆、海星，也都显出胖乎乎的可爱来。

构图、色调无疑都是美的，浪漫而富情调的风车岛，以及簪花围这种特有的发饰，都极具刺桐特色。沐川点评了一番。

但他又问："可是，这个构思和胡大爷的话，没什么关联吧？"

他还以为，顾小喜是被胡大爷启发出了灵感。

"必须有关系，"顾小喜说到这个就来了兴致，"我给这个卡通女娃取名叫'欢喜妹'！怎么样，好听吧？"

难怪！一霎时，胡大爷说的那句话飘到了耳边："小欢、小喜，多好的名字，够直白，也够喜庆。一个人，图的不就是欢欢喜喜。"

曾听顾小喜说，有时候，她作画的灵感，来自别人给她的支点。当时，沐川还开她的玩笑，说她莫不是想撬动地球。

如今，沐川是真的体会到了"支点"的重要性。

一个欢欢喜喜的地方，一位欢欢喜喜的姑娘，一种欢欢喜喜的生活，真是好！

沐川又诚恳地夸了顾小喜一回，并说："你赶紧和谭清清分享一下吧。看看她怎么说。毕竟，我不是专业人士。顺便问问她好些了没。"谭清清今天没来画画，说她感冒严重需要休息。

电话打了三次，谭清清终于接了起来。

声音有点哑，也有点伤感。

顾小喜忙问："清清，你感冒还没好吗？"

电话那头吸了吸鼻子："脑子嗡嗡地疼，可是心更疼。"

"啊？发生什么事了？"

"我分手了。"

5

西街，“清生活”画室。

谭清清放下画笔，和坐在身旁的顾小喜说话解闷。

“成年男女之间的爱情，本来就不那么简单。嗯，你听说过一句话吗？说‘结婚不是两个人的事，是两个家庭的事’。”

“没听过，但听着似乎有道理。”

“这是我喜欢的一位女歌手说的，她保持单身很多年，直到2011年才结婚。四十一岁。”

“那咱们的时间很多啊，不用急。”顾小喜宽慰道。

她知道，谭清清并不急于嫁人，分手也是她主动提出来的，但遇到那种尴尬的情况，也仍然让她郁闷消沉。

问题不是出在她和曾仕明身上，而是他和亡妻的女儿曾小染身上。就在谭清清、曾仕明认为可以公开关系，让女儿适应谭清清从“美术老师”到“妈妈”身份的转变时，小姑娘生气了。

生气得离家出走，夙夜不归。

十二三岁的女孩子，急坏了曾仕明。谭清清一宿没睡，也帮着找曾小染，一度跑得背心出汗，患了感冒。

可谁都想不到，曾小染竟然在谭清清出门找她之后，拿着蒲团坐在画室门口。

从晚上八九点，坐到第二天早上六点半。

西街的客流量本就很大，曾小染的怪异举动，自然惹来不少疑惑与担忧。有人把小视频发到网上，经过一夜的转发，出现了七八个谣言版本，闹得谭清清尴尬至极。

基本上算是社死了。

而后，谭清清故作潇洒地对曾仕明说分手。

找了一晚上女儿，曾仕明急得焦头烂额，但在电话里还是好脾气地劝谭清清给他一点时间。可谭清清不愿意，马上取下耳环，让“闪送”把耳环寄给曾仕明。这是他送她的定情信物。

这做法，像是在生曾小染的气，也像是在威逼曾仕明，但谭清清不想多解释。很多事，都是越描越黑，还不如置身事外。

昨天早上，发现曾小染的时候，她已经睡着了，栽倒在地，蜷缩成一团。

早上人少，没有人发现这只小可怜。

摸摸额头，她还有些发烧，含糊地喊“妈妈”。谭清清马上把她抱起。

就在这时，曾小染突然醒来，紧盯着谭清清的眼睛。一分钟的对视后，她决然起身，歪歪倒倒地跑了，把一脸凌乱、同样也发着烧的谭清清扔在原地。

就这样，一言不发的小女孩，用实际行动，中止了一个女人想当她妈妈的念头。本来，谭清清已经做好了平稳度过磨合期的心理建设。如今看来，却是不用了。

一声苦笑，谭清清头往顾小喜肩上一靠：“其实，我能理解她。她一定很爱她的妈妈，所以她不允许任何一个女人得到她爸爸。”

“但是……”顾小喜说，“你的感受不重要吗？老曾的感受不重要吗？一对本来相恋相知、想走进婚姻的人，就这样被人拆散了。可惜不可惜？遗憾不遗憾？”

谭清清犹豫了一下，又重复那句爱情婚姻的箴言：“结婚不是两个人的事，是两个家庭的事。”

“你怎么就那么犟呢？”顾小喜急了，“我觉得，结婚更是两个人的事。像我爸我妈，当年执意要在一起，我安嬷虽然说她‘牙尖嘴利’，最后还是妥协了。你看，这么多年来，我爸我妈的感情也很稳定吧。”

“稳定？”谭清清诧异道，“你不知道他们闹过矛盾吗？你哥他……”

“我知道，但这只是小插曲，我妈只是过不了心里的坎，所以，我更像是我那个姐姐的替代品，用了她的名字嘛！”

“对不起，对不起，我不是故意提这事的。每一对夫妻都有自己的相处方式，外人都没法置喙的。只是，在我而言，我很在乎自己的感受。如果让我生活在一个冰冷、敌对的家庭氛围里，我会崩溃的。”

顿了顿，谭清清自嘲地笑了：“我想，我更爱我自己。”

但人更爱自己，难道有错吗？

顾小喜摇摇头，人须先自爱，才有余力去爱人。

6

忙碌几天后，顾小喜准备给自己放个周末假。

她和谭清清都投入墙绘之中，累则累矣，却不觉时光飞逝，畅快至极。

周六那日，沐川买了三张电影票，也邀请了谭清清去看。看完电影，谭清清执意要一个人去广场散步，顾小喜也没挽留，拉着沐川的手就去吃晚饭。

过度的好意，更像是怜悯，反而伤人自尊。

走在路上，顾小喜对沐川如是说。

她看得出来，先前沐川还想请谭清清和他们一起吃饭。

“她会好的，自己调节好状态，比什么都强。”顾小喜又说，“我们就别瞎操心了。”

沐川颔首：“听你的。”

可能是因最近长时间站着作墙绘，耗费了太多体力，顾小喜觉得肚子里空空如也，释放出强烈的信号：我想吃肉。

商量了一下，二人决定去东北饺子馆。

牛肉香菜的饺子尚在其次，解不了馋，但酱汁淋漓的酱大骨嘛……

顾小喜咂咂嘴，光是想想都觉得好满足。

只是，才走到店门口，她就有点犹豫了。这人，也太多了！

一眼望去，几乎看不到一张空桌，但顾小喜不想打退堂鼓，越不容易吃到，就越想吃。

沐川陪她坐在门口凳子上等喊号，直笑话她今天是跟酱大骨较上劲了。

顾小喜笑道："人就是这么奇怪，为一件事付出一些精力，一段路程，就不愿意轻易撒手。"

她又在心里说，感情也是一样的，如果用情至深，也不会轻言放弃。

如此这般，谭清清潇洒从容的状态，很不合理。之前说不担心，是假的。

正胡思乱想着，一位服务员近前说："那边有一张桌子，只有两个人。请问，你们是否愿意搭桌？"

进了里间，沐川、顾小喜看见那张只坐了两人的四人餐桌，齐齐一怔。

感受到沐川在刻意捏她手指，顾小喜心领神会，扣着他的掌心，三两步走过去。

"好巧啊，小蝶。"顾小喜热情地打招呼。

冤家路窄，坐在这儿的不是别人，正是孟洋和花小蝶。

孟洋正十分细心地帮花小蝶脱下一次性手套，一脸讨好的笑。傻瓜都看得出来，他和她成了一对。怪不得，那日孟洋拿着玫瑰花，鬼魅似的冒出来。

等等，好像哪里不对……

唔，那个时候，孟洋还没和饶玉分手吧？

一瞬间，顾小喜就和饶玉共情了：这个渣男！

花小蝶也没想到会偶遇顾小喜，忙招呼她坐下，又说："吃点什么？我请客！"

说着，看了孟洋一眼。

孟洋本来盯着沐川，正在用双眼发射"小李飞刀"，忽而反应过来："好，我请客！"

为表诚意，他顺手对路过身边的服务员说："这一桌，我买单。"

对于孟洋的表现，花小蝶很是满意，攀住他胳膊，嗲声嗲气地说："小喜，我来介绍一下哦，这是我男朋友孟洋。"

"幸会幸会。"顾小喜嘿嘿一笑。

"久仰久仰。"沐川也嘿嘿一笑，还添上一句，"我是顾小喜的未婚夫沐川。你好，你好！"

顾小喜用微笑回应他，还点头"嗯"了一声。

孟洋暗暗冷笑一声，伸出手去："久仰久仰。"

两只大手握在一起，各自发力。

手背上，倏然间青筋暴起，引人注目。

7

三公巷里，沐川、顾小喜一前一后缓行。

走在前面的是顾小喜，她斜睨着沐川发窘的样子，就觉得好笑。

就在一个小时之前，两个男人在饭桌上扳起了手腕。

顾小喜不禁愕然：这是在干吗？他们连情敌都算不上。

更搞笑的是，沐川力有不逮，稍逊一筹。

眼见他就要败下阵来，顾小喜便笑说，自己也爱玩扳手腕，并落落大方地伸出手去。

孟洋暗暗心惊，但不得不硬着头皮接招。谈了几年恋爱，他当然知道顾小喜力气很大，非寻常女子，甚至是男子可比。

果然，孟洋输了，还输得很难看。

花小蝶没见过这场面，被逗得咯咯直笑，取笑了一回孟洋，又怒赞了顾小喜一顿。

因为工作原因，顾小喜和花小蝶本来就相熟，加上她俩好久不见，花小蝶又能说会道，二人的话题，便从文创园的大小诸事，聊到了美妆美甲。

顾小喜还故意说她喜欢看美妆直播，骇得孟洋打了个激灵，一直如坐针毡。但顾小喜见好就收，并未再继续往下说。

沐川忍着笑，一边啃酱大骨，一边观察孟洋的神色。

不自在是肯定的，额头都像是渗了一层薄汗，但更有意思的是，他换了左手吃饭。

吃完饭，道了别。顾小喜像一只打了胜仗的公鸡似的，挽住沐川的手就走。

沐川却瘪着嘴，闷闷地走了一路。

“怎么了啊？我不是替你扳回一局嘛，不丢人，不丢人！”顾小喜退后两步，像搂哥们一样，踮脚搂住沐川的肩颈。

沐川却抱臂仰头，看着路灯：“你再笑话我，我就不回了。”

“不回家，难道睡巷子里？”顾小喜揶揄道。

“也不是不行。”沐川开启斗嘴模式。

“睡巷子里多没意思，有本事你就在巷子里唱歌，弹唱，通宵达旦的。你敢不敢？”

“哟哟哟，我怎么就不敢了？”沐川戏精瘾又犯了，“这样啊，去把你哥的吉他拿来，我马上给你兑现。”

“你……”顾小喜被噎住了。他不要脸，她还要呢！

沐川就地而坐，双手托腮：“我就坐在这儿，给巷里的老老小小来个现场表演。”

“我……沐川，你今天没喝酒吧？”顾小喜瞪住他。

“我跟你讲个典故。那谁，嗯，杨升庵，《三国演义》开场诗的那位，你知道吧？”

嗯，沐老师开课了。

出于被学霸支配的恐惧，顾小喜只能乖乖当学生。

“这位年轻状元郎，擅长弹琵琶，可以说是唱作俱佳，搁今天要出道也是分分钟的事。考取状元后，他经常和朋友们一起喝酒、K歌，边弹边唱，直到东方既白。咳，简直是帅呆了、酷毙了！”

“真的假的？”

“当然是真的。我还能背出来呢。陈继儒在《杨升庵先生廿一史弹词序》里写道：‘予得之蜀人士，传先生少时善琵琶，每自为新声度之。及第后，犹于暑月夜，绾两角髻，着单纱半臂，背负琵……’”

“小川哥哥，你在干吗呢？”不远处，英子的声音响起。含着棒棒糖，一脸天真无邪。

“哥哥在给你小喜姐姐讲故事呢。你听不听？”

“我也要听。”英子有样学样，也席地而坐。

“别闹了，快跟我回去。”顾小喜哭笑不得，忙去揪他衣领，“你好重，烦死了。”

“你不是有劲吗？”沐川反问。

我去！蹬鼻子上脸了！

他不会是因为她和孟洋“握了手”而吃飞醋吧！有没有

搞错！

顾小喜黑着脸，眼见就要发作。

英子察言观色，马上从地上弹起来，拍拍屁股："我先回去了，明天再听哥哥讲故事。"

"是叔叔！"沐川纠正道。

"哦，哦，知道了。"英子一溜烟跑了。

沐川才笑嘻嘻地把手臂往前一伸，撒起娇来："哎呀，头也痛，腰也酸，腿也疼，走不动了，要背一个。"

顾小喜松了口气，原来如此，搁这儿调戏她呢？

但被这家伙弄得一惊一乍，她也有了脾气："背人我是不会的，但泼酒呢，扳手腕呢，我倒是一把好手。"

话音一落，沐川一个鲤鱼打挺，就站好了。

一瞬间，头也不痛了，腰也不酸了，腿也不疼了。

"啧，医学奇迹！厉害，厉害！"顾小喜使劲憋笑，转身就走。

身后，沐川不知在嘀咕什么，总之是慢慢跟了上去，不敢再耍赖了。

8

周日的早上，晨光熹微，空气里掺杂着几丝冷气。

提上大包小包的礼物，走出三公巷，顾小喜来到沐川停车的地方。上了车，两人直奔海潮养老院。

在刺桐安顿下来后，沐川也坚持在养老院做志愿者，一个月来一两次。

和沐川确定恋爱关系后，顾小喜和他一起，加入志愿者的行列。

开着车，沐川突然问："为什么我每次开车，你都不坐家属专座?"

他看了看右边的空座位。

"不想系安全带呗。"脑后传来顾小喜浑不在意的声音。

"可是，你不坐在那儿，我怎么晒?"

"晒?"顾小喜看看车窗外，哪有太阳?

"晒女朋友啊。"

顾小喜被他逗乐了："好嘛，满足你一次，今天回来的时候，我坐副驾。"

来到养老院，停好车，二人先去行政部报道。

接待他俩的是冉丹。

顾安仁回到家，不再需要护工。冉丹便结束了外派生涯，重新回到海潮养老院。因为院里的护工已经够用了，冉丹便被转到了行政部，负责宣传、联谊等组织工作。

"今天，医院的人要过来义诊，你们要不要在这儿帮忙?"冉丹说。

沐川忙问顾小喜的意见："你说。"

"要不，兵分两路?你去陪老人下棋、聊天、打拳，我去帮医生做义诊，顺便学点医学知识。"

"OK!"沐川应声。

顾小喜并不十分擅长和人打交道，他知道。她有时也在巷里做义务讲解员，像她妈妈那样，看起来也能说会道。但说到底，她是个慢热的人，需要不少时间才能跟人熟络起来。

这不是什么优点，但沐川并不想改造她这一点。

天生万物，各有其性，顺其自然才好。

"那好!"冉丹交代道，"你领一下工作服吧。"

穿上工作服，顾小喜对冉丹、沐川做了个拜拜手势，出了行政办公室的门。

沐川一脸宠溺的笑，目送她离开，忽听得冉丹笑："你俩感情真好。我就知道，你会追到顾小喜的。恭喜啊。"

她刚陪顾安仁回来的时候，他俩还没谈恋爱，但沐川眼里装着顾小喜，是一目了然的事。

沐川正要回她，电话突然响了。是个陌生号码。

接起电话，他往窗边走了两步，低声应答，心不在焉。

冉丹坐回办公椅中，觉得有些硌人，定睛一看，才发现是顾小喜背的小方包，应该是她报到、填表的时候掉在这里的。

冉丹便把方包放在办公桌右侧，方便照看。

猛然间，低音拔高，沐川表情抽搐："你再说一遍？啊？我都跟我妈说好了，她要跟我一起过年！你为什么把我妈扣在那儿？"

那头不知在说什么，冉丹眼风扫了扫沐川。

记忆里，他那么阳光，那么温和，从没跟人发过脾气。

"总之，你别再用陌生号码打给我了。没必要！"沐川愤愤地挂掉电话，忍住想打人的冲动，胸口剧烈起伏。

过了一会儿，看见冉丹担心的眼色，他才吁了一口气："对不起，吵到你了。"

他又拿好手机，打算设定"拒接陌生号码"模式。

冉丹看出他这用意，便微笑着劝："小沐，你还是冷静一下，拒接模式不要随便开启。你做业务，肯定会接到很多陌生电话的，对吧？"

她说得在理，沐川便终止了冲动行为："丹姐说得对。"

"就凭你喊我一声丹姐，丹姐也想关心关心你。我从没见过你这么情绪失控。你和电话里的那个人在吵架吗？他是你的……"

“他是我爸，哼，如果可以选择的话，我绝对不会接受这么一个爸爸。”

冉丹没有插言，只等他继续说下去。

也许是和老人们相处久了，她已经习惯听别人叨叨念念。很多时候，与其宽慰别人，不如任他发泄情绪。

“我是我安公带大的，”沐川神色黯然，“为了我不受爸妈的影响。”

冉丹点点头，表示她在听。

“他们总是吵，吵得我耳朵疼，睡不好觉。所以，我只能在上课的时候补觉。有一天，老师拍醒了我，我就和老师吵起来了。吵着吵着，我突然晕了，把老师吓坏了。

“老师给我爸妈打电话，他们都没接。事后我才知道，他们都在打牌。后来，老师通知了我安公。安公把我抱到医院里，查出我有轻度的神经衰弱症。那时，我才九岁。

“安公心疼我，说什么都不让我爸妈再带我了。我在安公这里长到了十八岁，平平安安，无病无灾。他喜欢听梨园戏，唱梨园戏，我也跟他学，学得有模有样。

“可惜，我总是要离开安公的，我要去外地上大学。那时，我想不到，那是我最后一次看到我安公。我爸明明知道，安公因为意外，来不及吃哮喘药导致猝死，可他根本不通知我。一学期结束了，我提着好多礼物去看安公，结果只看到他的灵位。

“我不会原谅那个人，甚至，我还怀疑……”

行政办公室门口轻轻一响，沐川从回忆中惊醒。

四目相对，顾小喜神色凄然，显然听到了沐川说的话，只不知，她在门边倚了多久。

第十二章 信任我，你值得！

1

回程的路上，一路沉默。

顾小喜坐在副驾——传说中的家属专座，但冷着一张脸，一声不应。

好几次，沐川借故跟她说话，她都没有作声，一双眼只瞅着车上的摆件发呆。

一对橘猫摆件，像是以他的爱猫橘子为原型所制的。

沐川自认为察言观色是他的强项，此时却摸不准顾小喜到底在想什么。这简直令他抓狂难忍，急忙踩了脚刹，把车停在路边。

“怎么了？”沐川把手往她肩上一搭，语声软绵，一副讨好的模样。

“没怎么。”

“你！”

顾小喜冷声道：“我说话算话，已经坐在副驾了。”

说时，耸耸肩，像是烦厌他的动作。

“你们女生到底为啥生气啊……我搞不懂了！”沐川抽回手，抱臂看着车头玻璃，“明明是我需要安慰，好不好？”

“呵呵！”

“你呵呵什么呵呵？不知道这是交际中需要避免的词汇吗？”

“我没什么好说的。”

“女！人！心！海！底！针！”沐川咬咬唇，一字一顿。

他不明白，真的不明白，明明她听到他所说的事，神色凄然，是在为他伤心；明明她在义诊活动中，微笑可亲，犹如天使一般；明明她在上车之前，与老人们作别之时，也保持着那种亲切……

可她一上车，车驶出了众人的视线，她就变了！

哼！川剧变脸都不带这样的！

沐川郁闷至极。

“是啊，我们女人就这样，所以，你干吗要交女友？”

一听副驾那位开启了斗嘴模式，沐川也发了恼：“我要早知道你会没来由地生气，我就不追你了。”

“后悔了？那你追别人去啊。”

“顾小喜！”沐川恨恨，“你再这么说，我就去追第二个女朋友了！”

事后，沐川想起自己吵架的样子就好笑，觉得他俩化身两只“小学鸡”，幼稚得不能再幼稚了。但此时此刻，他只觉得好气好气，再不发泄一通，会被顾小喜给气炸。

“第二个？”顾小喜眉心一皱，抓住了重点。

沐川顿时语塞——心里那个恨啊！他怎么就说漏嘴了呢？

有一次，两人一起在手机上看电影，刷到了一部《前任3》。

看着看着，顾小喜好奇地问沐川，他的前任是怎样的人。

毕竟，在传大读书期间，“传大彭于晏”的美名连外校的学生都知道。长得好，穿得好，学习好，运动还好……

典型的“男人看了流泪，女人看了心碎”。比如说，顾小喜的一个女舍友，在告白失败之后，哭得眼睛都肿了。

所以，不缺人追的沐川，理所应当地有他的对象啊，但不知，是哪家的姑娘才能够得到他的青睐。顾小喜把自己排除在外，认为他只是一时荷尔蒙发作……

关于前任，沐川故作神秘地一笑，告诉顾小喜，大四的时候谈过一个，但性格不合，毕业就分手了。下一个，就是顾小喜了。

顾小喜信以为真。

而现在……

完蛋了，暴露了。

沐川把脸一扬，颇有点死猪不怕开水烫的架势。

“对，我就只有你怎么了？谁说帅哥一定有丰富的恋爱史？这是世俗的偏见！”

2

为什么要撒谎骗人？

他原本也不想，都怪顾小喜傻气冒泡地问他。

咳，要是说自己连恋爱都没谈过，是不是有点丢人？

丢面子的事，绝不能做。他记得，室友曾说，男人并不以纯情为美，老司机才受人欢迎。沐川当时嗤之以鼻，他可是有洁癖的人，不能随便谈恋爱，要谈恋爱就一定要结婚。

有句话怎么说的来着？不以结婚为目的的恋爱，是在耍流氓。

话是这么说，想是这么想。等到了实战环节，他却不知怎么的，就收回“我没有前任”这句话。吹牛完毕，沐川有点心虚，不知下一次该怎么收场。

现如今，明明是沐川在撒谎，却装得理直气壮，惹得顾小喜一声嗤笑。

变故太快，沐川只觉心里委屈。

扭过头看她，气呼呼地咬唇，眼睛还有些湿漉漉的。

这模样……有点像那啥？

以前，顾小喜不想坠入爱河，但陈爽卧室里的言情小说，她大多读过。除此之外，陈爽还跟她科普过，现在狼狗系的男友已经不吃香了，小奶狗才是最可爱的。

“你想想，有那么一条小小的奶狗，整天对你摇尾巴啊，蹭小腿啊，要摸摸要抱抱，两只眼睛里都是你，你动心不？”

“那为什么不叫小奶猫？”

“笨，小奶猫只会萌萌哒，但小奶狗就厉害了，如果别人欺负你，它会咬人的。”

念及此，顾小喜愣愣地开口：“你好像一条狗。”

说完，才发现自己少说了一个“奶”字，意思全变了。

“对不起，我，”睇见沐川扭曲的神色，顾小喜连忙道歉，但又觉得好笑，“我嘴巴比脑子快，我是想说小奶……哈哈哈！哈哈哈哈哈！”

话没说完，已经笑得直不起腰了。

沐川咬牙切齿，马上解开安全带，而后，抓小鸡仔似的抓过顾小喜的肩。

轻呼声中，他一头拱在她怀里，拱了几拱，又在她脖子上使劲地蹭。

“小奶狗，哼，小奶狗，这才像小奶狗。你看我像吗？像吗？”

对！不像，有点像猪，拱圈猪。

哦，不对，他要是拱圈猪，那自己岂不是成了……

顾小喜打了个寒噤，在心里收回这个贴切的比喻句。

蹭得累了，沐川倒在顾小喜怀里，满腹幽怨地叨叨：“人家第一次谈恋爱，什么都给你了，还要被你取笑是条狗。你太过分了！”

“谁让你吹牛来着。”顾小喜耸耸鼻子。

“我……我只不过是为了……这个……”沐川戳戳自己的脸颊。

顾小喜又好气又好笑，嗔责起来：“你是想笑死我，好继承我的花……”

他忙打断她，一本正经：“我想继承也没那个权力啊。我是你什么人？男朋友？没听说男友能继承女友财物的。哎哎哎，亏大了，亏大了！”

“沐川！”顾小喜板着脸，“又想逼婚了不是？”

“没有！”沐川矢口否认。

“目的还不纯！”

“绝对没有！”头摇成拨浪鼓。

“你就是，你就……”

嘭嘭嘭——

车窗上的动静打破了小情侣的打情骂俏。

透过窗玻璃，可以看见交警不满而惊诧的脸。

躺在顾小喜怀里的沐川也很惊诧：这个地方可以停车的吧？他虽然冲动踩脚刹，但不至于乱停乱放。

“我看你们停了那么久，驾驶座上又没人，所以……”交警讷讷地摸摸头，神色尴尬，“你们继续，继续……”

说罢，比小情侣还年轻的交警，三两步就跑开了。

沐川看看车窗外，再看看顾小喜，长睫毛一眨一眨的，眼里亮晶晶的。

顾小喜被他看得不自在，便扭扭身："丢人啊，快起来，起来啊！"

"我不起来，哼！"

"起来！"

"小奶狗就是要赖在姐姐怀里，不起来！"

"沐川！"顾小喜恼了，"我不想上新闻头条！"

"那成，要是你告诉我，你刚刚到底在生什么气，我就起来！"

"嗬，"顾小喜的情绪又被扯回去了，脸色一沉，"你真是没觉悟！"

3

空气安静下来，呼吸近在耳边。

沐川从顾小喜怀里起来，收起嬉笑之色，一瞬不瞬地盯住她："你说，我听。"

谈恋爱也快一年了，沐川从未经历这场面，也知事态严重。

见他真不明白，顾小喜只得叹口气："那我直说了。作为你的女朋友，我希望，你能信任我，你愿意把你所有的愁闷，所有的不痛快都告诉我。"

沐川若有所思，她继续说："我知道你一直想把你阳光积极的那一面给我看，但我知道这不是你的全部。我不是说，我要窥探你的隐私，而是，我认为，你我之间不应该只是同沐阳光，也应该共担风雨。可是……"

顾小喜失望地低下头，语声也低下去："可是你什么都不愿意跟我说。直到，我刚刚从别人那里听到……"

吁着气，她又说："你知道我当时在想什么吗？一方面，我为你的那些遭遇感觉到难过；但另一方面，我又觉得，你宁愿对别人说，也不愿意对我说，是把我当成外人了。"

"不是的，不是这样的……"沐川解释道，"我并不觉得她比你更值得信任，而是……当时，我爸用陌生号码打电话过来，我和他吵了起来。"

沐川按实情描述了一遍，才真诚地说："我说的是真的，我没想故意瞒着你。如果当时是你在我身边的话，你问我，我同样会说的。哦不，更有可能的是，我会主动告诉你。我也需要人安慰啊。"

见顾小喜噘嘴，似乎不信，沐川便直接搂住她的肩，定定地看她："你信我。"

顾小喜不作声，只默默与他对视。

"我之前不想告诉你，是因为我觉得时机还不到。我想等到你见我妈的时候，我再把这件事告诉你。"沐川说，"本来，我跟我妈已经约好了，她过年的时候，就会从四川老家赶回来。可我爸说，他去了我妈那里，要和她谈事情，我妈就不过来了。我当时很生气，和他吵了起来，都想骂人了。"

沐川的教养很好，顾小喜知道。

当时必是急火攻心，才会有骂人的冲动。

此时，此地，他也着急，却是因为，害怕和她解不开心结，破不了隔阂。

顾小喜的心倏然软了下来，甚至觉得自己过于敏感，有些蛮不讲理了。

在车里，二人呼吸可闻，沐川脸上满是懊丧情绪："纸上得来终觉浅。我以前没谈过恋爱，也不能体察到女生的所有情绪波动。所以……你能原谅我吗？"

轻轻摩挲着他的肩，她也道了一声歉："该道歉的是我。明知道你需要安慰，我还……"

沐川突然俯身，在她眉心烙上一吻："我不怪你，我只是害怕你不理我。你不理我，我就没有家了。"

家？顾小喜心里一动，再是一痛，把他搂在怀里。

也许，当初他搬到民宿来长住，为的并不只是"近水楼台先得月"，而是一种家的氛围。

三公巷不大，二吾民宿也不大，但在小小的一方天地里，每个人都自得其乐，每一段相处都其乐融融。

这不正是沐川一直可望而不可即的幸福吗？

怀里那人低低地说："你信我，我什么都不怕，只怕你不理我。"

"嗯，我信。"顾小喜说，"可是，你也要信我，把你的悲欢喜乐都告诉我。"

"嗯。"他点点头。

"信任我，你值得！"摸摸他的头，她也靠了上去。

"嗯。"声若呓语，引人沉溺。

清爽的寸头里，沁出淡淡的洗发水的香气。她溺在那里，想着自己的过往，也想着他俩的未来。

4

正值小年，裕华小区，花园别墅。

苏岚把客厅地板打扫了一遍，确认光亮如新，才在茶台上悠悠闲闲地煮起茶来。

看了看墙上挂钟，已经十点钟了，她又一边择菜，一边静待门铃声响。

约莫一刻钟后，门铃响了。苏岚在猫眼里望了一眼，便美滋滋地开了门。

来人正是沐川、顾小喜，手里各提了一个礼盒。

“妈!”

“阿姨好!”

“快进来！先进屋来!”苏岚见出顾小喜有些拘谨，也不多打量她，忙把他俩往屋里引。

别墅有三层，内置电梯，装修豪华，泳池、花园也一应俱全。

夏日里，沐川带顾小喜来过一次，当时她被惊得咋舌，以后就再也不来了。

沐川还记得她说：“你放着几百平的别墅不住，非得来民宿里跟人挤，是怎么想的啊?”

他笑答：“因为这里空啊，我喜欢热闹。其实，这房子是我妈给我买的，我只是在啃老。她老人家的版税，都够我和她过完下半辈子了。”

进了客厅，顾小喜仍然有些拘谨，但照着闽人的习惯，他们是要坐在茶桌边闲聊的，话题也不难找。

哪里的水最好，哪里的茶最香，哪里的茶文化富有特色……苏岚都能一一说来，说得绘声绘色。顾小喜顿然就觉出了几分亲近。

过来之前，沐川已经给顾小喜做好了功课。他的母亲叫苏岚，结婚生下他后，做了五年全职妈妈。

某一天，出于对沐峰忙于应酬、家庭缺位的气愤，二人吵了起来。沐峰一怒之下，将她推搡在地，磕破了额角。

苏岚当即决定离婚。

和很多家庭一样，因为亲朋的劝阻，二人到底还是没离成。

苏岚便终日在外打麻将，对家里不管不问。

为了赌气，沐峰也不管孩子，只请了两个保姆来带，一个负责生活，一个负责学习。

又在某一天里，苏岚临时回家，发现负责沐川学习的保姆，对沐峰秋波暗送，夫妻俩又因此大吵一架，若不是沐川被吓得大哭，二人险些干起仗来。

辞退保姆后，为了带孩子，苏岚在家的时间增多了，沐峰也有意识地避开苏岚的作息时间，二人就像歌里唱的，“白天不懂夜的黑”。

本来，生活在同一屋檐下的人，若不再起冲突，倒也不错，但苏岚慢慢发现，沐峰和那个女保姆仍然暗中往来。

家庭大战，势不可免，沐川也每每被吵架的声波攻击，被逼出了神经衰弱症……

拯救沐川的，是他的爷爷。

爷爷沐恩是冰凌啤酒的厂长，做事雷厉风行，恩威并重，全家人都对他又敬又畏。苏岚见老爷子把孙儿带得很好，自己也生出了几分愧心。

只是，她再怎么悔，也很难再要回孩子的抚养权。倒是沐恩给她指了一条路：他永远认她这个儿媳妇，她可以选择去做自己喜欢的事，等到孩子成年以后，再来领回不迟。

苏岚最后选择，从老爷子那里拿一笔启动资金，开始了异国之旅。她还没忘记，在她还是少女的时候，她想做一位旅行作家。

长年在外游走，苏岚人也开朗了，心态也年轻了，回想起往事只觉如烟似风，抓不住，也不必抓。

凭借说走就走的勇气，和非比寻常的才华，苏岚不仅实现了梦想，还常年霸榜，成为畅销书作者，很多作品都被搬上了屏幕，成为热播剧。

书红，剧红，人自然也红起来了。

但苏岚从不允许记者在采访稿中发她的照片。这种保持神秘人设的做法，无疑是聪明的。人们总是对难知全貌的人与事，保持着更持久的兴趣。

顾小喜自然也对此很感兴趣，来这之前，她曾想象过苏岚的美貌与风韵，但接触到真人，才发现，世上真有一种美，如越陈越香的酒，能一直散发知性与优雅。

5

苏岚见顾小喜偷偷睇她，目露惊艳之色，也猜到了她心中所想，却看破不说破，只莞尔一笑："几个月前，我听小川说过你，那时我就想回来看你了。只不过，我正在中亚旅行，手里还有一份约稿，实在没办法仓促结束。"

和颜悦色地看着儿子，苏岚又说："回国之后，我就回了老家。老家的土地被征用了，我作为一家之长，总要回去处理一下。毕竟，你舅舅他……"

沐川点点头："舅妈还好吗？"

"还好的，她自己养了蜂，有的忙。"

母子俩说的话，顾小喜还是能听明白的。前次吵架之后，沐川就把爸妈两头的家庭情况都介绍了一遍，其中也包括她妈妈唯一的弟弟出了车祸，留下遗孀的事。

顾小喜不无感慨，沐川的外公外婆，在丧子的处境下，能体贴女儿的心情，默许她长年累月在外游走，打拼自己的事业，殊为不易。

"我把老家的事处理好了之后，本来就要动身来刺桐，可你爸突然找过来了。”说的是沐川的父亲，苏岚却看着顾小喜，分明是在向她解释，“因为签署离婚协议的事，他把我困在那里，我差点就没办法过来了。”

沐恩说过，他只认苏岚这个媳妇，但沐峰并不这么想。

老爷子过世之后，沐峰也尝试去找苏岚签离婚协议，但苏岚总是神龙见首不见尾，而沐川不但没住别墅，连他的电话号码都拉黑了。

由于沐川的刻意疏远，沐峰甚至不知道，沐川在辞去铁饭碗工作后，到底在哪行哪业发展。

这让沐峰觉得十分挫败。父子俩生活在同一个城市，顶着同一片星空，却不相往来，形同陌路，简直是荒谬至极。

最近，沐峰偶然间打听到，苏岚要回老家，便去了四川堵她。

苏岚早就对沐峰没感情，对于婚姻更无半分执着之心，签字不过是分分钟的事，但戏剧性的一幕出现了。

沐峰突然得知，当红作者苏珊娜竟然就是苏岚。在那一刻，沐峰犹豫了。

作为沐恩的独生子，在沐恩过世之后，顺理成章地从冰凌啤酒的二把手晋升为一把手。

和父亲一样，沐峰的经商才能也很不俗，啤酒厂还成功上市，但最近两年，在果酒等新兴酒的冲击下，厂里的经营状况江河日下，一日不如一日，资金链条极为薄弱，融资屡屡碰壁。

沐峰为此焦虑不安。

为了啤酒厂的发展，沐峰临阵变卦，不愿签字。原因无他，夫妻共同财产，就是沐峰心中所图。

这件事，苏岚不愿让沐川知道。毕竟，父子俩的仇怨很深，她不想让沐川再为此伤神。

“阿姨这一趟不容易。”顾小喜说，“其实您不用急着赶过来，太辛苦啦！”

“不辛苦！答应了小川，就一定要做到啊。以前，我不是个合格的妈妈，带给小川那么多痛苦的回忆。但现在，我绝不能失信。”

苏岚轻言慢语，不觉握住沐川的手，眼底有泪意涌动。

沐川回握住她的手，又把顾小喜纤薄的手掌揉进来，笑道：“妈，以前的事都过去了，我们不提了。我们往前看。我们，你，我，小喜。”

苏岚也笑起来：“女朋友很好，妈妈很喜欢。对了……”

苏岚抽出手，从沙发上拿起一个礼盒：“阿姨准备了一份见面礼，快收下吧。”

顾小喜道了谢，在沐川的催促下打开盒子，霎时被刺得两眼发蒙。

很多钻石，很多蓝宝石，很多碧玺，被镶嵌在白金的玫瑰花形包上。

奢华得难以形容，估计是国际大牌。

顾小喜脸色乍变，诚惶诚恐地起身：“阿姨，这包我不能收，太贵重了。”

“贵重，的确是贵重的。”沐川好整以暇地说，“一千零一十六颗钻石、一千一百六十九颗蓝宝石、八百颗碧玺，18K白金的包。这是雷伯的一个玫瑰花手袋，售价九万两千元。”

顾小喜脑子嗡嗡直响，结巴道：“美……美元吗？”

“嗯。”轻描淡写，似乎习以为常。

顾小喜轻轻把包放回礼盒里，鞠了一躬：“阿姨，我真不能收。您的好意我心领了。”

“这……阿姨也没来得及准备红包，”苏岚摇头叹息，“你都大包小包地提过来，阿姨又怎么好意思。”

顾小喜忙摆手：“我送您的，是我爸厂里做的闽派甜品，一份小小心意。”

苏岚还想坚持，顾小喜便灵机一动：“要不这样吧，阿姨您招待我一顿美食，如何？”

迎上苏岚颇有兴味的眼色，她解释道：“沐川说您厨艺很好，平时我也没吃过地道的川菜……所以……”

听了这话，苏岚笑得直点头：“那行，阿姨这就安排。你们聊着！”

“谢谢阿姨！我打下手吧？”

“不了，阿姨今天就给你们展示一下真正的技术。”

沐川捏捏顾小喜的手：“跟我去花园除草吧。”

看出她的局促，再不带她透透气，只怕她都不想做这儿的女主人了。

6

花园里，沐川从工具柜里拿出花锄，递给顾小喜，挑挑眉。

意思是，看你发挥，这是你的主场。

顾小喜见花圃里的花草疏密有致，各臻其美，便摊摊手：“我好像没有除草的必要。”

“嗯，好像也是。每周都有花匠过来料理的。”说着，沐川随性地往躺椅里一卧。

“所以，你这不是消遣我吗？”顾小喜无奈道，“再说了，这里的花草可不便宜，万一弄坏了，我哪儿赔得起？”

闻言，沐川小声嘀咕：“那就把你赔给我呗。”

这话却不敢说大声了，免得顾小喜又说他在逼婚。

他便换了一句话："不知是谁说的，咳咳，沐川学弟啊，'你又不会。弄坏了你可赔不起'。"

一句话，拿腔拿调，刻意模仿顾小喜的口吻。

顾小喜的记忆，霎时闪回到去年秋日的那个早上。

他刚来民宿，想要捂住她的眼搞恶作剧，结果被她撞破。彼时，她正拿着花锄在后院干活，还哼着小曲儿。她的额头直接撞在沐川手心里。

沐川调侃道："你不知道，你的额头撞在我手心里，我那一天都没舍得洗手。"

"扯吧你。难道你不去五谷轮回之地？"

"没去，忍着。"

顾小喜扑哧一笑，走到他跟前，把手伸过去逗他："现在，我是你女朋友了，你可以行使男朋友的权利。"

她的本意是沐川可以拉她的手，却不防他就势一拉，把她扯进怀里，按在胸膛前。

轻呼一声后，她开始"认栽"，放弃反抗。

"乖——"沐川把她按在胸膛前，"躺一会儿，就一小会儿。"

有节律的心跳声，在她耳下扑扑地跳。

"一二三四……"

"你干吗？"

"数心跳。"

"嗯，数吧。"

一分钟后，顾小喜说："差不多七十下，挺好，挺健康的。"

"那……我也来当一回医生？"

"滚。"

"干吗让我滚。"

“男女有别。”

“嘁！”沐川不以为然，“什么老古董！难怪那两只老鼠要吐槽。”

“什么？”顾小喜思维没跟上。

“童话啊，”沐川说，“大概是说，这两只老鼠在吐槽，人类挺怪的，把一样的地方露出来，把不一样的地方藏起来。他们的话，就反其道而行之，这样才叫扬长避短。嗯，我还记得，有句对话，‘还是咱们动物省心，一样不一样全……’”

“沐川！”顾小喜打断他，“你简直不要face。”

“什么叫face？”他装傻。

顾小喜戳戳他脸：“这个。”

“嗯，不要就不要吧。这书又不是我写的。怎么？只许人写，不许我说啊。”

“当然。”顾小喜说，“还童话呢，我妈要是看到这书，非得把它列为禁书不可。”

“可怜，感觉你都没看过什么好东西，”沐川啧啧两声，“我就不同了，野蛮生长，博采众长……”

顾小喜扶额，这人越来越不要脸了，以后可不能让他带孩子。

这么一想，脸颊又红起来，寻思道：我在想啥呢？都还没结婚呢。

正红着脸，但听沐川轻咳两声：“从我的成长经历来看，孩子就应该……喂！”

他还没发完哲言，顾小喜已经起身，堵着耳朵往花圃里走。

“不是说，怕弄坏吗？”

“我乐意。”

“你赔不起。”

“男朋友赔。”

沐川要不成赖，便起身走到花圃边：“是真的没必要锄草。水也不用浇，我妈浇水了呢。哦，对了，我倒是有个好东西给你看。差点忘了。”

从花圃外围，走到临近墙根的一带，沐川对顾小喜招招手：“过来，快过来！”

见他恢复常态，顾小喜还是很乐意和他说话的：“是什么？”

“走近啊，我又不能把它连根拔起。”

7

入目处，只见一个枯死已久的树桩，可怜兮兮地蹲在墙角，像是被遗弃的孩子。

“这是什么树桩？为什么死了？”

“樱桃树。我小时候可喜欢樱桃树了，每次回四川都爱在樱桃树下玩。买下这幢别墅后，我妈就托托运公司，把老家的樱桃树搬过来了。可怜啊，才不到一年时间，就呜呼哀哉了。”

顾小喜表示遗憾。又是一个淮南之橘的故事。

“你为什么喜欢樱桃树？”

“你猜？”

“喜欢吃？”

“我哪有那么肤浅，再猜？”

“你该不会是看了华盛顿的故事吧？”

“亏你想得出。我喜欢樱桃这个意象。”

“那我就……对了！”顾小喜拍拍脑袋，“我知道了！你好像提过，你喜欢蒋竹山，他不就是‘樱桃进士’？”

“对喽，这回总算对了。你会背吗？”

"会吧。"

她凝神回忆时，他已轻声吟哦："一片春愁待酒浇。江上舟摇，楼上帘招。秋娘渡与泰娘桥。风又飘飘，雨又萧萧。何日归家洗客袍。银字笙调，心字香烧。流光容易把人抛。红了樱桃，绿了芭蕉。"

"真美。"

"嗯，不过我最喜欢的还不是这首《一剪梅》。我最喜欢的是，《梅花引》。嗯，怎么说呢？有一种被魔法击中的感觉，但这魔法很软很轻。唔，我完全被他圈粉了。"

顾小喜一瞬不瞬地望着他，等他吟诵。

"白鸥问我泊孤舟，是身留，是心留？心若留时，何事锁眉头？风拍小帘灯晕舞，对闲影，冷清清，忆旧游。旧游旧游今在否？"

吟着吟着，沐川眼底慢慢蓄起了泪。

高中时，偶然读到这首词，无来由地，就想起他那闹心的童年。耳边很吵，但心里很冷，冷得只想一个人出走，一个人浪迹天涯。他和蒋竹山的境遇当然不同，人与人的情感却可以产生共振。

顾小喜问了百度，也搜到了词的下阕，轻声和上他的节拍："花外楼，柳下舟。梦也梦也，梦不到，寒水空流。漠漠黄云，湿透木棉裘。都道无人愁似我，今夜雪，有梅花，似我愁。"

诗词，其实是无须翻译的，沐川只淡淡提了一下写作背景，词中孤寂惆怅、以虚写实的情境，已然深镌于心中。

"他很孤独，孤独到，要和白鸥言情，要和梅花谈心。"沐川轻叹，这一声，似烟波浩渺，无以捉摸。

回味了一番词境，顾小喜忽而一笑："我想送你个礼物，但又不想让你提前知道，怎么办？"

“那好办。中午吃了饭，我和我妈去买年货。你来做半天女主人，怎么样？”沐川仰脸看她，笑问。

“嗯，行吧，”顾小喜说，“车钥匙给我一下，我去后备箱拿点东西。”

天擦黑的时候，沐川和苏岚提着一堆年货回来。

沐川顾不得吃饭，就去花圃里寻顾小喜。

墙边原本有灯盏，暖光映得她眉目温柔，连围腰上的颜料都显出可爱来。

她踮踮脚，把沐川的眼睛一遮：“灯光太暖，环境色都变了。要不，你还是明早再看吧。”

沐川摇头：“不行，已经迫不及待了。”

他能猜到，顾小喜有作画灵感了，但她到底画了什么，他还不确定。

“哪能？”

“真的呢，就跟过年时长辈发红包一样。你告诉我，小川川啊，顾阿姨的红包已经准备好了，不过要明天才能给你。你说，我什么心情？”

“去你的，你才阿姨呢。”就着遮眼的手，顺势拧拧他脸皮，“还小川川……”

沐川也不喊疼，泥鳅似的从她手下滑走，一脚杀到树桩前。

哎？这是树桩？这能是树桩？这分明是艺术品！独一无二的艺术品！

但更重要的是……

沐川眼底的泪又蓄积起来。

树桩已被打磨平整，变成一幅边角不规则的画。画上，寒水如烟，男子孤舟独坐，现出一抹寂寥的背影。唯有一只从舟边飞过的白鸥，正张着嘴回首看他，看得那么专注，那么深情。

这一刻，他是它的知己，它也是他的知己。

墙绘无声，但在人与物的顾盼之间，“白鸥问我泊孤舟”之境全出，竟不比国画差上分毫。沐川曾见过一幅同题材的山水画，水墨之意是足了，但人物形象从正面刻画，与沐川想象的寥落之意相去甚远。

“喜欢吗?”

身后，顾小喜的声音飘进耳里，温柔而又明媚。

不知为何，他明明想说“喜欢”，唇上却似缄了糨糊，发出怪异的喉音。

倏然转身，他只抱住她，把头埋在她颈上，微微点头。

这份礼物，来得太珍贵。

珍贵到，沐川觉得自己让母亲送她玫瑰手袋的做法，LOW爆了。

还好，他要的那个人，一直是她。

8

这一晚，顾小喜没有回家。

顾长顺接到女儿的电话后，不置可否，却背着手，在卧室里走了一趟又一趟。

李聪被他晃得有点烦，少不得说他矫情。

顾长顺却翻了翻眼皮，敲着桌面一本书，说：“某位老师，我可是记得你打过的比方哟。你怎么不记得了?”

“啥比方?”突然被这么一问，李聪瞬间变成了丈二和尚。

“以前，有人问你借了一本大部头，你很不情愿。嗐，人家只不过借了一周，你看你那一周急成啥样了？当时我笑话你，你怎么说的来着?”

李聪想了想，道："我说，把书借给别人，就像是等待夜不归宿的女儿？原话我忘了，我也是在书上看来的。"

"对嘛！这不就是了！"顾长顺拍拍桌子，"反过来说，我女儿夜不归宿，我要不要担心，该不该担心？"

"嗯？"

"嗯什么嗯？我知道，你要说，现在的年轻人，都习惯这样了。可……"顾长顺踱到李聪身边，"他们还没订婚呢！万一……万一……"

"没有万一。"李聪笃定道。

"你又不是不知道那小子家境。没订婚我就不放心。"

李聪被他气笑了，便打趣道："家境好，还不好？钓了个金龟婿，几个人盼得来？"

最近，顾小喜跟父母汇报，他们要在小年这天拜访沐川的母亲。一说沐川家所在小区，顾长顺就被骇了一跳。那一片几乎都是高档别墅，坊间送其"富人区"的称号。

再一问，顾小喜才交代，沐川家境不俗，可以说是富二代。

顾长顺很吃惊。周舟家境很好，他是知道的，她的穿着打扮、日常用度无一不精，但沐川，吃穿都不甚讲究，手脚也很勤快，待人还很随和……

断断想不到，小欢、小喜都择了出身很好的男女朋友。

这要搁大多数家长，不知该多高兴，顾长顺却在高兴之余生出几分忧心。小欢倒也罢了，周舟不至于欺负他。而小喜，以前就被渣男伤害过，万一沐川以后待她不好，又该怎么办？毕竟，他俩在家境差别之外，还有年龄差。

念及此，顾长顺忧心更甚，反驳道："还金龟婿呢，万一这小子不靠谱，闺女以后不得受罪？也不知道他母亲好不好处。嗐，失策，失策。"

“要说失策，也该怪你。是谁出的馊主意，让他来民宿长住的？嗯，如果说，他不是金龟婿的话，那你的做法，就叫‘引狼入室’。”

“都一年了，你怎么还说这个？”顾长顺皱眉，“诚心跟我过不去。”

“没人跟你过不去。”

“我认真的，早知道沐川有这出身，我还不如劝小喜跟画协那小子交往呢。人家父母都是公务员，家风清清正正。我算过了，我们家境要好一点，以后给一份厚厚的嫁妆，小喜不怕没人撑腰。”

“老顾你……”

先前，李聪不以为意，但听此言，蓦然间怔住。

“我怎么了？”顾长顺叹口气，“我知道，你要说，爱情不能拿来称量，不能算得那么清，可我只是担心她被人欺负嘛……”

李聪也叹了口气：“我不是说这个。”

“那你……”

李聪眼神漫漶，陷入回忆：“我只是想起了我的女儿……这么多年，我一直怪你重男轻女，你知道吗？”她说的女儿，自然不是如今的顾小喜。

顾长顺点点头，又摇摇头：“都过去了，我也没当回事。”

“虽然说，今晚你的担心有些多余，但你现在能真的关心小喜，还想给她置办厚厚的嫁妆……我很高兴。”

顾长顺吸吸鼻子：“这不是为人父母的分内事嘛。”

说得如此自然，也如此真诚。

李聪也定定地看着他，笑意盈目。

“谢谢你，你是个好老公，也是个好爸爸。”

第十三章 非遗名录地砖

1

天刚蒙蒙亮，苏岚便逐一去沐川的卧室、客房，唤他二人起床。

敲了好几下，客房里没有声响，沐川便打着哈欠说："说不定下楼去了。"

从三楼坐电梯，到了一楼，沐川便对着客厅外喊："小喜，小喜——"

"我在这儿呢。"顾小喜软糯的声音从厨房飘来。

苏岚、沐川齐齐一嗅，便觉出一丝海蛎煎的味道。

苏岚急忙走进厨房，但见海蛎煎、肉粽、五香卷和凉拌的时蔬已经备好，顾小喜正从锅里舀粥，便说："都说出去吃早餐啦，你起这么早。"

"没事，阿姨，我早起惯了。"

"好勤快的姑娘。"苏岚去拿托盘盛装，由衷地夸赞道，"哪像我家那小子，起不来床。"

“妈，你今早一叫我，我就一个鲤鱼打挺翻起来了，好不好?”沐川自辩的声音从饭厅传过来。

“阿姨，小川不懒的，以往这个时候，他都起来打拳了。”

“哈哈，是吗？那挺好的。”

“可不嘛，再说了，昨晚是你误了我们休息。”沐川踱进厨房，嬉皮笑脸，把托盘稳稳地托在手里，三碗白粥一盘海蛎煎，放得很是妥帖。

“不是你要听妈妈唱俄语歌、法语歌的吗?”苏岚似嗔似笑，托着另一个托盘出厨房。

昨晚，沐川要顾小喜留下来，一早和她一起看自然光下的树桩画《问白鸥》。顾小喜便应了。

因为顾小喜不打牌，三人用过晚餐后，没有共同娱乐项目。沐川便央求老妈苏岚唱歌。因为周游列国的原因，苏岚掌握了多国语言，也会唱很多外国歌。

家庭影院一开，苏岚占了主场，两首外文歌都唱出了特有的风味。

沐川也没闲着，不仅自己当起了麦霸，还拉着顾小喜一起唱《铁血丹心》。对唱的时候，二人眉目里都含着笑。以前，顾小喜问沐川借《射雕英雄传》的事，历历在目。

“好吧，老妈，您赢了。”沐川先坐在餐桌旁，夹了一块海蛎煎给苏岚，“嗯，吃早饭。尝尝我们家小喜的手艺。”

苏岚抿唇一笑，当起了神助攻：“什么叫‘我们家’啊？我看你也没什么表示，诚意在哪儿?”

“那我……表示表示?”沐川笑嘻嘻地看着一旁的顾小喜。

“贫嘴。”顾小喜皱皱鼻子，“阿姨，您快尝尝，看合不合口味。”

苏岚夹了个五香卷，仔细尝了尝，一脸满足：“手艺很好，小川有口福了。”话锋一转，又嘱咐道：“不过，你也不能偷懒。饭不能总是一个人做。”

“妈，我都这么大了，您还叮嘱我啊？”沐川咬了口脆脆的五香卷，头往顾小喜那偏了偏，“小时候，我妈就跟我说，男孩子也要学会做饭，不要跟那个人学。”

那个人，大家都知道是哪个人。

“这孩子……好了，吃饭。”苏岚摇摇头，但并不打算多说。

想起沐峰不愿签字离婚之事，苏岚不由得暗想：小川要知道他爸在打我的主意，只怕又要吵起来。

2

沐川的车从车库里驶出，苏岚看见了，便指着物业亭：“我们出去上车。”

和平常较为随意的穿搭一样，沐川买的车也是国产品牌，十来万，即便是放在一般人里，也不算张扬。这在富家子弟中显得较为少见。

如此一想，顾小喜想起那个玫瑰手袋就有些发虚。

他自己都那么务实，自己怎么能收那样的包呢？

正在做自我肯定，沐川的车已经开了过来，对她说：“小喜，帮我在后备箱里拿个东西。”

顾小喜脆声应了：“好！什么东西？”

“你打开看看就知道了。”

等到车停稳之后，顾小喜打开车门。

昨天临午时，她在后备箱放了她的墙绘工具，当时里面只放着简单的几件生活物件。不知沐川后来放了什么，到底在卖什么关子。

刚掀起后备箱，一股香风冲出来，直扑唇鼻。

顾小喜心跳加速，彻底掀起后备箱，一大束鲜红欲滴的玫瑰，赫然入目。玫瑰两侧，倒是放着两三个礼盒，像是要送顾小喜爸妈的拜年礼物。

真是让人惊喜交加。

她立在后备箱边，笑意从眼底流出。

苏岚在一旁乐呵呵的："喜欢吗，小喜？"

"喜欢。"

"这里面有九百九十九朵红玫瑰，有一百朵是从花圃里摘的，其他的是从花店订的。"

"花圃……难道……"顾小喜更是惊讶，嘴唇也微颤起来，"今早我没注意，单去看树桩了。至于昨晚，昨晚我看过，玫瑰还在，难道……"

"当然啦，我半夜起来辣手摧花，你都不知道。"沐川从驾驶座伸出头来，笑得格外调皮，"不然，今早我就不会打哈欠了。"

苏岚抽出中间那一束玫瑰，递给顾小喜："这是自家种的，把这一束捧手里吧。"

一番谦让下，苏岚坐副驾，顾小喜坐后座。

沐川从后视镜里，看到顾小喜时而轻嗅玫瑰花，时而抚触嫩叶鲜花，知她心里喜欢，便和苏岚碰了个眼神，准备执行下一个计划。

3

二吾民宿门口，李聪、顾小欢像迎宾队似的，站得笔直，顾长顺却一直在门口徘徊，不时把衣帽正一正，显得有些紧张。

李聪便对儿子笑道：“你看你爸，要见未来亲家了，简直按捺不住。”

顾小欢不敢开他爸的玩笑，只能说：“爸紧张一下，也是正常的。那次，你们不也……”

想起大年初七时，两边父母因为糖厂改建的事闹的矛盾，顾小欢赶紧吞回他的话，免得惹老妈生气。

李聪何等人精，哪能不知他的意思，只解颐一笑：“这事都快过去一年了，文创园都修得七七八八了，我们就算心里有气，也都过去了。”

听得顾小欢欣喜地应了一声，李聪又说：“你和周舟感情好，可以先定下来了。要不，妈给你准备一下，你明天去拜拜长辈？”

“好，谢谢妈。”顾小欢大喜过望，“我昨天就想说的，只是我和周舟才刚回来，想等几天再说。”

“再等，再等就过大年了，人家不走亲访友啊？”

说话间，顾长顺已往巷尾走去，抛下一句“我还是接一下吧，别怠慢了人家”。

三公巷无法停车，沐川开车过来，只能停在三公巷和百工巷交界处的地下停车场。有一大半的面积，与寻常小味的厂房相平行。

想到这一点，顾小欢不禁感慨道：“妈，有时候，我会觉得，糖厂改建成文创园，像是冥冥之中自有天意似的。”

“你说说看。”

“这附近全是老巷，停车很不方便。一方面，政府很早就投放了一批小白公车；另一方面，也修了这个地下停车场。有了这个停车场，以后来非遗文创园旅游消费的游客，就不用担心停车的问题。”

李聪点点头："有道理。如果能打通停车场和文创园的通道，游客能便捷地来到地面，就更好了。"

"这一点，小沐早就和鑫源聊好了，一早留出了位置。"

"那不错。"李聪换了个话题，"小欢，妈问你，小沐做你的妹夫，你看行不行?"

"我挺乐意的，他很不错。"顾小欢不假思索。

"那我就放心了。妈跟你说个秘密。"

"嗯。"

"小沐在民宿住了没多久，我就拿了一个小本子，一项一项给他打分。最差的一项，都有八分呢。"

顾小欢装作不知情，笑得露出了大白牙："总算不负您花的心思。"

其实，他知情。

老爸早就悄悄跟他说了，同时让他保密，免得他妈觉得跌份儿。

4

一束红玫瑰，一对俊男靓女，看起来就很吸睛。

顾长顺接到女儿一行三人后，从巷尾穿过来，一路上接受着来自左邻右舍的目送，颇有些不自在。

才作别了开便利店的老郑，刚走了几步，又碰上了胡大爷带着英子买菜回来。

因见苏岚眉目间和沐川有些神似，胡大爷顿然就悟了，偷觑了苏岚几次。

"老顾，家里来客人啦?"

"对对，买菜哦?"

“起得晚了，赶不到早市，随便买了点。嘿嘿。”

打过招呼后，顾长顺四人继续往前行。

胡大爷望着顾长顺、顾小喜的背影，笑眯眯地跟外孙女说：“你小喜姐姐，很快就要升级成阿姨了。”

英子戳戳脑门，也悟了：“我懂了，要吃喜酒了。”

孩子说话，不像大人那样懂得控制声量，倏然间飘到顾小喜耳中，她脸红了红，持玫瑰的手一晃，就撞在沐川胳膊上。

沐川被激得条件反射，往左一攘，正好又杵在她胳膊上。

顾小喜蓦地一松手，玫瑰花束悄无声息地落在地上。

一个胭脂红的首饰盒，从花束里滚落在地。

这一次，加上顾长顺，四人面面相觑，不知该如何是好。

谁都知道那里面放的什么，但……

沐川：完蛋了，这是求婚用的，怎么就滚了出来？

顾小喜：又是玫瑰花，又是戒指，难道……如果我去捡，他会不会默认我同意嫁他了？

顾长顺：这是已经接受他的求婚了？这丫头真不省事，我还没同意呢！

捏了捏手上的礼盒绸带，顾长顺也不好去帮着捡。

到底还是苏岚反应快，不动声色地捡起首饰盒，揣进自己大衣兜里：“我盒子怎么掉地上了？”

沐川这才反应过来，帮顾小喜捡起玫瑰花束，笑着赔罪：“都怪我，害得你没拿稳。”

顾小喜红着脸，脸上却含了笑，打量着沐川，似乎对他的表现很满意。

见状，顾长顺也松了口气，对这个未来亲家的临场反应极为佩服。

会了面，闲谈之后，便要吃团圆饭。

蒋师傅一贯把小欢、小喜兄妹俩当儿女看，准备起午餐来更是尽心。一桌菜，七个人，哪怕吃到十分饱，也吃不完。

吴昌平、陈爽等人以前本都在一桌吃饭，今天便不再出面，和蒋师傅搭了一张小桌，在厨房里有滋有味地吃起来，话语间很自然地说及对苏岚的印象：美丽、大方、健谈，也很和气。

说到这，蒋师傅直说顾小喜有福气。

吃了这一顿，陈爽便要和蔚蓝一起回他的老家。本来说，她昨天就要回，只为了看看小喜的未来婆婆，才多留了半天。

那一头，吃起团圆饭来，气氛更为放松。

因为顾小喜先前就给老中青三代人打了招呼，他们也特别留意，不主动提起沐川的父亲。倒是苏岚主动提及，说沐川爸爸有点忙，今天暂时来不了了，因此十分抱歉。

沐川僵硬地笑了笑，也点头默认。

来这之前，苏岚也给他打过招呼，要在外人面前给他爸保留一点情面。沐川没有吱声，心里并不乐意，但也不便违逆母命。

李聪听苏岚如此说，马上接口："什么时候来都行，以后常走动啊。"

"嗯，我也需要调整，打算在刺桐住半年，再重新出发。"

顾小喜补充道："阿姨是旅行作家，要经常出国找灵感。对了，妈，你之前不是追剧吗？你还记得《极光之吻》吗？"

"记得，女主叫艾佳，男主是个滑雪运动员，外国小伙儿，很精神。男女主在北极之门特罗姆瑟偶遇，他们一起欣赏极光，治愈内心创伤。嗯，是个很温暖的故事。这个剧，是你苏阿姨写的吗？"

"原著是我的《挪威恋歌》，"苏岚谦虚地笑，"资方改剧本的时候，改了名。改得挺好的，挪威那里呢……有雄奇的峡湾、玲珑的群岛、静谧的渔村和沉默的森林，但最美的，还是极光。

每当极光照临，所有的美好都会包蕴其间，包括人，每个人都遇见了更美好的自己。”

沐川听得入神，也笑道：“妈，你说得文绉绉的。”

“那你说点通俗的？”苏岚笑问。

“嗯，好，那儿子就献丑了，给大家介绍一下极光。特罗姆瑟是挪威的一个城市，位于北纬69°，在全球最北端，因为它在极光带的中部，所以是观测极光的绝佳位置。每年9月到第二年4月，极光都有可能在下午五点到深夜两点出现……”

5

下午三点来钟，陈爽备好了行李箱，一直在民宿门口张望。

按照先前的约定，蔚蓝会在三点来接她。

陈爽拿起电话又放下，不好催促蔚蓝。迟到虽然不好，但若是事出有因，就显得自己蛮横无理了。

正焦急地等待，蔚蓝的微信发过来：我不能来接你了，蓝精灵跟得很紧。你能出来吗？抱歉，夫人。

下一条，是一个这附近的地址。

陈爽回复之后，再对顾小喜吐槽道：“这些粉丝真的不像话。也是蔚蓝客气，这分明就是私生饭，才不是蓝精灵。”

听得顾小喜大笑：“我问你，如果你不是她女朋友，唔，未婚妻，你会怎么看待这种行为？”

“我的看法，不会因为我的立场改变，好不？”陈爽一本正经地回复。

“好，知道了。”顾小喜说，“我送你出去吧，巷子都是石板铺的，你拖着箱子也不方便。”

“好啊，好啊，有事朋友服其劳，我就不客气了。”

正好顾长顺要带沐川、苏岚去文创园，五人能同一段路，便一起出了门。

行在老巷里，青石板路显得很是古朴，不均匀的石板缝隙，不时会把苏岚的细高跟鞋卡一卡。但顾小喜穿着小白鞋，走得飞快，手里还拎着一只三十来斤的箱子。

苏岚不禁微微一讶，看向沐川的眼里写满了佩服：小喜力气这么大啊！

沐川点点头，轻声笑："小喜力气确实很大。等会儿，我给您讲一件趣事。"

顾小喜顿了顿，扭头瞪他一眼。

沐川知道她会错了意，以为他会说她跟人扳手腕的事，忙解释道："我说的不是今年那件事，是大学的那件事。"

陈爽被逗乐了，忙问："什么事啊，我能不能听？"

"哎，当然啦，话说，那是我大学入学的第一天……"

"还是我来说吧，一会儿不知被他添油加醋地说成什么样了。"

"不，我要听沐川讲。"陈爽故意搞怪。

沐川清清嗓子，用说书的口吻讲起故事来——

一直以来，顾小喜都以为，她和沐川是在迎新会上认识的。那次，沐川比顾小喜来得更早，看到她之后就表示自己对学校很熟，有事可以找他帮忙。

事实并非如此。

传大在食堂一楼临时开了新生报到处，由大二、大三的学生负责登记。顾小喜也是其中之一。当时，沐川在人群中很扎眼，很多女生都在偷偷看他，一是因为他身边没有家长随同，二是因为出色的仪表，让他鹤立鸡群。

可是，顾小喜忙着干活，偶一抬眼，眼风也从沐川身边滑过去，似乎在数数，看看有多少人在排队。那时，他排在另外一列，不在顾小喜跟前这一列。

对于顾小喜的“见美不惊”，沐川倒有些意外，也就多看了她两眼。长得很清秀，打扮很朴素，一看就是个很乖的学姐。

过了一会儿，田思敏排到了顾小喜跟前，她把一直在打量沐川的眼神撤回，开始办理登记。也就是在登记之时，顾小喜、田思敏才知道对方都是刺桐人。

办好了登记手续，田思敏要提行李箱时，才发现箱子的滚轮坏了，顾小喜把这一列剩下的学弟学妹托付给邻座的学生代表，便热心地帮田思敏提箱子走人。

箱子有点重，顾小喜提了一下，便把它顺到了肩膀上。

在场的学弟学妹们不禁发出一声惊呼。

这风采，这阵势，沐川也没见过，炽热的目光一直追着顾小喜的背影，直至她和田思敏出了食堂大门。

“哈哈哈，炽热的目光……可以的，我嗑到了。”陈爽乐得拍手大笑，“我就说嘛，小沐同学能讲得更生动。”

苏岚也听得入迷，对儿子悄悄竖了下拇指。

顾小喜赧颜：“你别听他胡说，他讲的有七分实就不错了。我当时都没看到他，谁知道他是不是编的。迎新会上，你不还把我当作大一新生，说要关照我吗？”

这事，在他俩谈恋爱之后，沐川也跟她提过一嘴，那时顾小喜没有一丝质疑，只觉得有趣且甜蜜，今天当着这么多人的面说出来，她也难免害羞。

“我那是装的，是想引起你注意。这都不明白？”

此言一出，大家都笑了。顾长顺也笑了，心说，这小子是对我家小喜一见钟情啊，看对了眼，还能保持这么久，也算长情了。

6

把陈爽送上小白公车，顾小喜重新穿回巷里，走进正在改建的非遗文创园。因为马上过年了，工程暂时中止，顾长顺三人的脚步声就很清晰。

循着脚步声，顾小喜很快就找了过去。

此时，苏岚正站在刚打了底色、画了轮廓的“欢喜妹”墙绘前，看得津津有味。

顾小喜忙把手机相册打开，给苏岚看效果图。

“阿姨，画好的效果就是这样，相当于是等比例放大。”

苏岚仔细比对了一下，连连点头：“这图真有创意。对了，‘欢喜’这两个字，是取自你和你哥哥的名字吗?”

“对。”顾小喜眼睛笑成了月牙。

“很有趣。我很期待成品哟。”

“成品已经有两幅了，一幅是小喜画的，一幅是小喜的闺密谭清清画的。”

“谭清清？这名字有点熟……”苏岚回想道，“我好像在哪里听到过。”

“她很早就办过油画展，在圈子里很有名气。”沐川解释道。

“哦，难怪……”苏岚说，“我可能看过她的画展。”

“现在，她师从永春纸织画的传人徐泽老师，正在转型。”顾小喜补充道。

苏岚笑道：“这可太巧了，那我一定要认识认识你的闺密了。看来她是一个很喜欢突破自我的人，这我喜欢。”

“行，过了年，我陪您去永春找她吧。她最近都跟着徐老师在学习。”

与曾仕明分手之后，谭清清完成了墙绘，便把画室转让出去，再去徐泽那里学永春纸织画。

说笑间，几人下了一道玻璃廊桥，走到了顾小喜画的墙绘前。

沐川准备卖关子："妈，你猜，这幅墙绘是小喜还是清清画的?"

苏岚凝神细视，才笃定道："这是小喜画的。"

"答对了，加十分。"沐川按着她肩膀，"您是怎么看出来的?"

"我说是感觉，你信吗?"

"不信。"

"哈哈，很简单。民宿的墙上不是有小喜画的墙绘吗？还有，樱桃树桩上的那幅画。我看这两幅画都极具古韵，和这幅非遗墙的画风很相似。"

"这倒是。还是我妈目光如炬。"

"嘿，其实也不全是，小喜是你的……女朋友，你自然是要先带我来看她的作品，对不对？这是潜意识行为。"

"您还学心理学啊，妈。"

"那肯定，一部文学作品，就是一个社会百态的万花筒，妈妈既然要当作家，那就必须观察生活，尽可能多地学习各种知识。"

"给您点赞！"沐川笑道，"这幅成品怎么样，您觉得?"

"很有意思，从视觉效果来说，很吸睛，创意也是满分。"

沐川挑眉看着顾小喜："我妈夸你呢。"

顾小喜含了笑，正要说话，苏岚突然问："对了，画在树上的也算是墙绘吗?"

"说是墙绘也可以，准确地说，也可以叫树绘。"

“嗯，说起树绘，我在国外、国内都见过一些。有些树绘作品就直接画在树干上。我觉得这不好，不环保。像你这样，把图案画在已经死去的树桩上，就很不错，像是一种起死回生的魔法。”

“阿姨，您说得真好，我……”顾小喜蓦地兴奋起来，手指着玻璃廊桥，“我突然有一个想法。”

这个全新的点子，一经顾小喜道出，就得到了回应，莫说是苏岚、沐川，就连顾长顺也拊掌大笑，连声称好。

打定主意后，几人又欣赏了谭清清所画的墙绘作品，来到了刚铺设了地砖的一段路边。地砖铺了三十来块，五十厘米见方，灰底蓝字，分别印着“南音”“高甲戏”“永春纸织画”“德化瓷”“五祖拳”等行书字样，各不相同，无一重复。

沐川见苏岚看得出神，便解释道：“‘非遗名录地砖’是小喜的一个创意，一早就被采纳了。我们这不是非遗主题的文创园嘛，为了增强氛围感，我们就打算在地砖上做文章。过完年，收工以后，师傅们会继续铺砖，直到铺完整个园区。每块砖上的字，都是请书法名家写的，很花了些功夫。”

苏岚听得激动起来，免不了又夸了顾小喜一次。

最后，她说：“这种设计，造价会比其他地砖高一些，但很有意思，也很有意义。你们年轻人，真的很有想法，也很有心思，妈妈为你们骄傲！”

沐川也很振奋，正色道：“非遗文创园面积有限，我们不可能把一千多项非遗都引入商铺，但我们可以想办法，让所有的非遗项目都有名字。”

一个小时后，目送沐川和苏岚上车，顾小喜一直在想，“有意思”和“有意义”，仅一字之差，却有很大的区别。前者，说的是一种趣味；后者，说的是一种价值。

她并不知，就在她沉入哲思之时，沐川和苏岚正在车上说起一个很现实的问题。

7

车里放着田园轻音乐，是苏岚喜欢的风格。

沐川把车速降到了最低，方便谈话。

“妈，戒指您没给我。今天不求婚了？”

“嗯，今天不合适。”

“为什么？”

“突然就掉到了地上，我担心老顾家里会觉得不吉利。你看，他家里老中青三代同住，古厝也保护得很好，从谈话里也不难看出，老顾还是很传统的一个人。”

“嗯，好吧，那就换个时间吧。哎，这都怪我，我干吗要把戒指放在花束里，惊喜都变成惊吓了。”沐川自嘲道。

“再说，你爸没来，这不像是提亲的样子。”

“妈，我只是要订婚，不是要结婚。再说了，他要是知道这件事，恐怕不会答应。”

苏岚怔了怔：“我们家虽有困难，但也不需要去和谁联姻，他怎会不答应？小喜这姑娘多好。”

沐川捕捉到“困难”二字，眉头一锁：“困难？什么困难？”

无意间说漏了嘴，苏岚便想掩过去，只揪着“不会答应”这几个字一直问。

沐川被问得烦了，便说：“我想入赘。你说老沐会同意吗？”

“什么？”苏岚被这话镇住了。

“我说，”沐川一字一顿，“我！想！入！赘！”

“你……你停下！”苏岚语声虽柔，但几乎是在下命令。

稳稳地把车停在路边，沐川乖顺的眼里透出一丝倔强："我停下了。您说。"

"这事我不能答应。"苏岚说，"顾家也不是没儿子，你爸也只有你这一个儿子。你这是闹的哪一出？"

"从心所欲罢了。如果结婚，我想一直住在小喜家里。我跟她的孩子，就姓顾。"

"那，这边呢？三层楼的别墅，你就让它空着？"

"这边……这边，偶尔过来住住。"

苏岚被沐川气笑了，声音也开始发颤："小川，妈挣钱也不容易，但我想补偿你，所以我从版权费里拿出了一大笔，给你买了这样的房子。你怎么一点都不爱惜呢？"

"我想天天看见小喜，方便我追她。"见苏岚生了气，沐川只得软声安慰，"我又不是不识好歹，我知道妈疼我。"

"可事实是，你把房子空着，要不是有家政来打扫，只怕都变成盘丝洞了吧？"

"我们能不说房子的事吗？"

"能。"苏岚语重心长地说，"结婚后，你要住哪儿姑且不论，但你不能入赘。"

"这是我决定的事。"沐川语气冷下来，颇为不耐，"妈，您就别管了。总之，我不想和那个人扯上联系。我安公是怎么死的，还不好说。"

"你为什么把他想成这样？"

"他难道不是唯利是图的人吗？"沐川反问，"很小的时候，我就听他跟安公吵架，说要做啤酒厂的一把手。"

"你爸，不是好人，也不是好老公，但不至于……小川你……"

"妈，您周游列国，见识了那么多的山川风物、人情乡俗，我本以为，您不会反对。出走半生，您怎么思想还那么保守？”

苏岚扶额：“看来，我不了解你和你不了解我的程度是一样的。”

8

“什么意思？”沐川纳闷了。

“你不是自诩聪明、双商过人吗？”苏岚打趣道，“你猜猜我的话是什么意思。先声明，我不是因为保守。”

“我怎么知道？你们女人的心思……我猜不了。”

“那我提示你一下。你……静下来的时候，不妨想一想，你和小喜的相处模式，有没有问题？”

“相处模式……”沐川的手指敲着方向盘，“虽然我比她小两岁，但她这个人很钝，也很单纯。而我毕竟游走在投资市场，说起来要比她还要老成一些。很多时候，我都像是在保护她。我很享受这种感觉。”

“我说的是这个吗？”

“嗯？”沐川更纳闷了。

“我观察这么两天，我也发现你很疼她，很宠她，但更多的时候，像是在刻意讨好她，生怕她不开心，有点像是现在流行的……”

“我知道，你是说‘小奶狗’。”

“小奶狗？”苏岚惊愕。

“对啊，我也挺享受这种模式。黏黏糊糊，才是爱情的样子。”沐川不以为意，言语里还透出几分得意。可不嘛，喜欢一个人，自然是要天天黏在一起。

“什么小奶狗？你是被谁误导了！要说像狗，那也是

‘舔狗’。”

苏岚一针见血，沐川顿时感觉很受伤。

“妈！我生气了！”他抗议。

苏岚哭笑不得：“你也知道这词儿不好听吧，但事实就是这样。只不过，你是局内人，‘不识庐山真面目’罢了。”

沐川向来口齿伶俐，此时却不知如何应答，只闷着不吭声，听苏岚继续剖解他。

“我是真喜欢小喜，也希望你俩能好好过一辈子，不像我和你爸那样，把一段好好的婚姻糟践没了。作为过来人，妈必须跟你说说我和我接触到的人、踩过的坑、吃过的亏……

“很多时候，人越是患得患失，越容易被情绪左右。这一次，你先让我送玫瑰手袋，之后又策划求婚，为的都是让她高兴。可我总觉得，她虽然高兴，但也有些诚惶诚恐，就连戒指掉在地上也不肯捡。我猜，这是因为，她对结婚这件事，是有些犹豫的。

“是的，她比你大两岁，女孩子最佳的婚育年龄也到了，但如你所说，她生活的范围很小，为人也很单纯，所以，她的心智比你还小。你想想看，结婚这件事她都没信心，你还要送她一份‘大礼’，嚷嚷着要入赘。她会同意吗？她不会觉得惶恐吗？”

“妈，您在我身上装监控了吧？”沐川骤然打断苏岚的话。

“少贫嘴，妈说的都是可能发生的事。”

不是“可能”，是“肯定”，沐川在心里说。

他还记得，他在卧室里写了三幅字，每一幅都满是“恨嫁”之意。那天，他说他想入赘，顾小喜便说要问她爸的意见。这是一种婉拒，沐川心里明白。

沐川幽幽一叹：“妈，我有句话一直想和您说，但我怕您不高兴。”

“我知道，你想说，你急着结婚，是因为你渴望一个家，对不对？”

“是！我想要一个家，这个家里，有我爱的人，也有爱我的人。”沐川脸色一肃，目光渐渐幽深，“家里的每个人都相处得很和睦，能一起吃饭，一起喝茶，一起打牌，一起守岁烧元宝……”

苏岚吸了口气，良久，才低低地问：“你……妈妈在你的计划里吗？”

脑里霎时闪过很多片段：他和她一起烧元宝，他和她一起赏灯，他帮她的妈妈修电路，他帮她的爸爸打麻将，他陪吴爷爷打拳……

甚至，因为她的原因，他还帮陈爽做PPT……

潜于心的意识，无比忠诚地告诉沐川，谁才是他的家人，他快乐的记忆。

沉默了片刻，沐川应道：“妈，您有您的人生。”

原来，这两天的母慈子孝，都是演出来的？苏岚捂住脸，只觉得眼酸。

“你为什么要演戏给我看？我以为你已经原谅我了……”

“妈，我没有怪您，也没有不把您当一家人。只是，我十岁之后的快乐记忆，不足以覆盖十岁前痛苦的记忆。特别是，我想起我爸，我……我，我就控制不住我自己，我会觉得我两只耳朵都在嗡嗡作响。”

沐川两手交握、捏紧，青筋暴出。

“其实，我知道，在你们那段婚姻里，您是很无辜的。所以，我可以原谅您，但……不对，也不是‘原谅’，而是因为‘算了’。”

“算了？”苏岚放开手，一任眼泪流泻。

沐川不忍地转头，看向车窗外。

一辆越野车从旁而过，遮挡了白日的光线，窗玻璃上映出苏岚绝望的眼神。

拭去眼角的泪，沐川说：“我对您的感情是真的，只是，我不知道该怎么和您相处。我想，把一切都交给时间，好不好？”

苏岚点点头，眼里又燃起一簇光亮：“你能回家住一段时间吗？”

沐川轻轻一叹，没有作声。

她斟酌着言辞，又说：“我不是要和小喜抢你。小川，你今天跟妈妈说了心里话，妈妈其实是高兴的。只是，我也想跟你说说我的心里话。嗯，先前的话，还没说完。”

沐川点点头：“您说。”

“如果你不能保证，你能永远在她身边，为她鞍前马后；如果你不能保证，你照顾不到她的时候，她不会有一丝心理落差，你的情感模式可以继续保持。”

沐川再次沉默。这一次，脑海里却闪出苏岚和沐峰吵架的片段。

她说：“以前你求婚的时候，我爸说你看起来就很浮浪，怎么都不同意。为了让我爸同意，你花了一年的时间，为我家人鞍前马后……结果，你现在连家都不回。”

而他说：“我都后悔，我把我自己看得那么卑贱，非得要娶你。结果娶到了你，我要天天忍受你唠叨！”

不觉间，耳朵里也起了声响。沐川捂住耳朵，不想听到那些年的回响。

但苏岚的话无比清晰地钻进耳里，钻进心里。

“孩子，你记住，她不是你的避风港，你也不是她的小跟班。你们都有自己的人生。”

第十四章 吾妻小喜，平安喜乐

1

“‘凉凉夜色为你思念成河……’听众朋友们，听众朋友们，这里是‘刺桐之声’音乐电台，下面插播一条令人振奋的消息!”

小白公车穿梭在大街小巷，几位乘客本来被7月的热浪熏得恹恹欲睡，一听有好消息，便有人竖起了耳朵。

沐川枕在顾小喜的肩上，也被她摇了两下：“听电台——”

小白司机有意开大了音量，乐呵呵地说：“我猜一定是申遗的事!”

果然，电台女主播激动得声音发颤：“亲爱的市民朋友们，今天是7月25日，在第四十四届世界遗产大会上，‘宋元中国的世界海洋商贸中心’顺利通过大会审议，成功列入《世界遗产名录》！此时此刻，我……”

电台里传出隐约的泣声，是喜极而泣。

车上的乘客都被这种情绪感染了，纷纷憋足了劲鼓掌，过了一时，顾小喜觉得手疼，才发觉手掌都红起来了。

“刺桐，这座有着千年历史的古城，就此迎来了世界文明舞台上的‘高光时刻’……”

女主播又说了一些振奋人心的话，最后播放了一首蔚蓝演唱的《半城烟火半城仙》，顾小喜、沐川也轻声地应和，直到小白公车开到了三公巷口。

“谢谢师傅！”沐川拉着顾小喜下车。

顾小喜高兴得要跳起来：“爸妈他们肯定也知道了。今天真是双喜临门！快，快，回家去！”

司机笑眯眯地看着小情侣，哼起《半城烟火半城仙》的副歌，把剩下的乘客载走了。

沐川目送着司机离开，笑道：“司机也很兴奋，不过首先得开好车。”

走进巷子，不时遇到相熟的邻人，个个都喜上眉梢，高声议论。还有几个老人，牵着自己的孙儿，要他们背出那二十二处世遗名称。

用他们的话来说就是：乖仔连这都背不完，能说自己是刺桐人吗？

顾小喜不禁想起英子：“要是英子在这儿，胡大爷肯定也会让她背下来。”

前阵子，英子又跟她妈妈回婆家了。因为看病的原因，英子妈妈在这里停留了很长一段时间，英子也在刺桐读了快一年的书。

沐川便宽慰她：“她还小，学习也不紧张，说不定，等到我们……”顿了顿，续道，“等到我们文创园正式经营的那天，她会来凑热闹。”

刚刚“中途易辙”，也属无奈，他本来想说的话是“等到我们办婚礼”。一想到顾小喜恐婚的事，沐川还是不敢主动提这茬儿。

这半年以来，沐川一直谨记着母亲的话，有意调整他和顾小喜的情感模式，也不再整天琢磨求婚的事，把主要的精力放在了工作上。

同事兼好友赵兴知道这件事，还取笑他是“沐川求婚未半而中道发怂”。

对此，沐川装作一点都不在意的样子，嗤之以鼻：“我可是事业咖！”

引得赵兴又一阵笑：“那谁，事业咖，你可得赶紧跟上我。不然年底绩效就被我反超了。”

文创园的单子大，但赵兴的单子多，凑起来比他的要好看一些。再说，文创园毕竟是去年拿下的项目，今年上半年，沐川因为要兼顾文创园的事情，只做成了两单业务。

换作别人，只怕要悄悄看沐川的笑话，赵兴言辞虽然损了些，却是真心为他好。沐川哪能不领情！

2

刚走到二吾民宿门口，顾长顺的声音就从门内飞了出来。

“哈哈哈，今天中午就在哥这儿吃饭！”

沐川、顾小喜相视而笑：一定是二叔过来了。

顾小喜快步走进去，果然看到二叔顾长庆在和顾长顺一起搭桌。

招呼了顾长庆，顾长顺问道：“办得怎么样了？”

顾小喜忙应道：“我哥说，一切顺利，下午再和周叔谈细节。我们呢，也很顺利，小川说一定能拿下这笔投资。”

原来，开年之后，非遗文创园继续施工，截至7月临近竣工，现在已开始招商引资。在非遗文创园里，顾长庆担任法人代表，实际工作主要由顾小欢、顾小喜负责，而沐川作为负责项目的投资经理，也有相当程度的决策权。

在运营理念上，三个人各有主张。

出于投资回报率的考虑，政府打算引入一定比例的商务办公。如此一来，文创园里文化休闲、创意空间对分的格局被打破。

对于文化休闲、创意空间、商务办公的占比，沐川、顾小欢倾向于均分，顾小喜则认为商务办公占比应更小，以免影响非遗文化氛围的营造。

一个求稳，一个求艺。出于现实考虑，顾小喜最终做了妥协。

现如今，B轮融资正在进行中，顾小欢一早就去拜访未来岳丈周明礼，邀请他进行投资。得知商务办公的占比，周明礼也点头称许，便把顾小欢留下吃午饭、谈细节。

另一头，沐川、顾小喜在吴昌平的介绍下，和住在华侨村的两位老人谈合作。老人也对非遗文创园项目表示出浓厚的兴趣，约他俩过几日喝茶详谈。

从华侨村出来，顾小喜就接到了顾小欢的短信，高兴之余，顾小喜拉着沐川坐上了小白公车，绕着老城区游逛了好久。

偏就这么巧，坐车时他俩又听到了刺桐申遗成功的消息。双喜临门，顾小喜差点唱起“咱老百姓今儿真高兴”。

听得顾小喜报喜，顾长庆更觉得干劲十足，乐呵呵道：“那就好，那就好！我中午要好好喝几杯了。”

顿了顿，他笑得更欢：“小沐能喝酒吧？不能喝也没关系，喝酒不开车嘛！”

印象里，沐川不怎么喝酒。

沐川心里正乐着，出语就更是动听："不能喝也要喝啊！要好好陪二叔喝！话说回来，连我的车都那么知情识趣，偏偏就在昨天拿去做保养了，此时不喝，更待何时？"

一席话，说得在场的人都忍俊不禁。

事实证明，蒋师傅的菜好吃，沐川的酒量却不怎么好，几杯下肚，连舌头都不灵光了。

"二都（叔），失陪了哈，我去惜（歇）会儿……"

在被顾小喜搀走之前，沐川大着舌头，打着酒嗝。

顾小喜哭笑不得，但庆幸他不发酒疯，不然可就糗大了。

进了房间，橘子跳过来迎接主人，倏然跳上沐川的肩头，但敏锐的嗅觉使它迅速撤离，喵喵叫了两声，就跳到书架上趴下，舔起毛来。

倒像是在嫌弃那酒味冲了它一般。

3

顾小喜看得有趣，便取笑沐川："你看，连橘子都嫌弃你一身酒味。"

"嫌弃就嫌弃，它又不是我老蒲（婆），怕什么！"沐川栽倒在床上，满不在乎地摇摇头，跟着就条件反射般地去扯他盖的凉被。

凉被刚晒过，还残留着阳光的味道。

沐川深深地嗅了一口，嘟囔道："谢谢小喜。"

这四个字发音倒挺准的。

"谢我什么？"

"被子啊，小喜洗的，小喜帅（晒）的。"沐川把凉被盖上，笑得一脸满足。白白的脚趾头暴露在凉被外，煞是显眼。

顾小喜怕他着凉，就给他盖住，他又似不领情，又即刻抖开。

这般拉锯几次，她也不想管他了，便坐在他身边看他入睡。

哪知，沐川虽然醉酒，但没有很快睡着，口里不知在嘀咕什么。

顾小喜听不太清，便凑近了听，好一时才辨出“老婆”两个字。

想起他刚刚吐槽橘子的那句话，顾小喜心里有说不出的甜蜜，失神地想：原来你怕老婆啊，那你以后会怕我吗？

这么一想，心潮就难以平复了。

我为何这么想？我真的要和他结婚吗？

唔，似乎也没什么不好的。以往，他追得愈是厉害，她就愈是心慌；而现在，他不再整日黏着念着，她反而想和他说话、亲热，这是为什么？

是我更爱他了，还是距离产生美？

神思一转，顾小喜不禁想起在自媒体上看来的一个故事。

一个女生和她的男友，因为是同校同系的关系，所以读大学时腻在一起，工作了也在同一个单位同一个岗位。人事部的主管，好心地把他们安排在同一个办公室，结果……一两年过去了，女生有点郁闷。

每天一起上下班，一起工作，一起吃饭，一起睡觉……

她自嘲，自己除了上厕所、洗澡，天天都和这个男人在一块儿，简直一点自己的空间都没有了。

为此，女生买了一个小帐篷，睡觉的时候把自己框在帐篷里，想保持一点距离。可男生半夜睡醒后，发现小帐篷的存在，便撒娇说女生不爱他了。

这个故事的跟帖有很多，大多是表示自己吃够了狗粮，求楼主不要再秀恩爱。顾小喜却颇能与这个女生共情，心想，无论如何，每个人都要有自己的私人空间。

一声“老婆”打断了顾小喜的沉思，她轻轻拍着沐川的脑袋，一边夸他酒品好，一边哄他睡觉。

没一会儿，沐川果然睡着了，发出很低的鼾声。

顾小喜刚要起身，便听见橘子叫唤一声，她便走到书架边，揉揉橘子的脑袋：“小声点哟，你爸爸睡着了，不要吵醒他。”

橘子睁着圆眼睛，尾巴扫了扫，一骨碌就把一件物什扫在地上。

胭脂红的首饰盒，毫无征兆地躺在地上，撞入顾小喜眼中。

没来由地，心跳加速。明明不是自己所为。

可是，可是，她也很好奇，很想看……

顾小喜心虚地瞟了沐川一眼，见他还在酣睡，便大着胆子捡起首饰盒，沉住呼吸，轻轻打开它。

果然是金戒指，玫瑰花形的戒面，运用花丝工艺的指环，无一不彰显着匠人的用心和不菲的价格。

当然，最重要的是，沐川的诚意。

似心有灵犀一般，顾小喜看向指环内侧，只见纯度标志之外，还镌刻着“吾妻小喜，平安喜乐”这八字。

霎时，顾小喜眼底一热，险些哭出声来。这个男人啊！

很多人，对婚姻的看法是功利的，所以，从古至今都有那么多的“贞妇烈女”；也有很多人，对女人的看法是轻慢的，得到之后便不再珍惜。

但他不是，他所求的，只是她的“平安喜乐”，他甚至不讲什么“一生一世一双人”，什么“我心永恒”……可这才是最无私，也最坦荡的爱。

她捂着嘴，极力掩住自己的声音，戒指却从手中滑出，掉在地上。

她忙躬身去捡，手指却颤得厉害，戒指险些再度滑落。

顾小喜索性把戒指戴在手上，像是量身定做。

忽然间，顾小喜有吻他的冲动。

刚走到床前，便听得蒋师傅在门外唤："小喜，解酒汤。"

顾小喜开了门，接过汤碗，听蒋师傅叮嘱道："有点烫，但不要凉太久了。"说着，往里看了一眼，目光又落在她手指上。

顾小喜应声言谢，蒋师傅却似没有离开的意思，只温和地盯着她的无名指，意味深长地说："小喜啊，听叔叔一句话，花开堪折直须折。"

她羞怯地把手背过去，蒋师傅便笑道："好了，叔叔不说了。"

说罢，便往楼下走去。

蒋师傅就是这样一个人，明明自己不圆满，但总盼着他看见的人都幸福美满。顾小喜目送蒋师傅离开，痴痴地看了沐川一时，唇角绽出笑意。

4

昏昏沉沉地睡到夕阳西下，沐川揉揉发胀的脑袋，睁开了眼。

依稀记得，他是被顾小喜扶进来的，也是被她灌的醒酒汤。

汤碗还放在床头柜上，一旁立着一个相框，相框里插着他和顾小喜抱着橘子照的合照，像极了一家三口。

沐川抿唇笑了笑。

掀被下床，便要去找顾小喜。

经过书架时，发现顶层略显凌乱。扫视之下，分明可见首饰盒被人动过。沐川忙打开盒子。

里面的戒指不翼而飞。

沐川心里升起一个想法，但又不敢确认，忙倚在窗前拨打顾小喜的电话，想象着她推窗与自己甜蜜对视的样子。

也许，她还会扬起中指给他看。

然而，等了一会儿，她没接电话。

沐川只得下楼，逮着正在院子里消夏的吴昌平问："吴爷爷，您看到小喜了吗?"

摇着蒲扇，吴昌平说："她应该在厨房做四果汤吧。"

冲到厨房外，果然看见顾小喜忙碌的背影。

天气太热，做甜品也不沾油，她便没有戴围腰，浅绿色的改良褙子，勾勒出窈窕的身形，看得沐川心里一荡。

再一看，手机放在一旁的小桌上，安静地躺着。

沐川蹑手蹑脚地走过去，从身后抱住她的纤腰，把头靠在她肩上。

顾小喜知道是他，语带薄嗔："干吗啊？你碍着我了。"

小狗般摇摇头，再蹭蹭她脖子，沐川语气黏糊糊："第二句话，多说了两个字。"

"嗯?"

"把第三个字和最后一个语气词去掉。"

他有意往她左手上瞄了一眼，没看见戒指。

"你碍着我了，"顾小喜慢悠悠说，"你碍我?"

沐川顿然来了精神，借着身高优势仰脸亲了她脸颊："我爱你。"

"讨厌!"她骂他，脸上却带着笑。

"讨厌约等于喜欢。"

“才没有呢。”顾小喜指着备好的一碟碟配料，“你要吃哪些果子？”

四果汤，刺桐人酷爱的消暑圣品之一。先把石花膏刮成细条盛在碗里，再把红豆沙或芋泥放进去，煮好的莲子、绿豆、薏米、银耳、西瓜、菠萝可依口味添加。

沐川想了想，说：“小孩子才做选择呢，我是个大人，当然全都要。”

“你吃得下？”

“好吧，那你看着办吧。”

顾小喜正要说话，忽听陈爽的笑声从门外撞进来：“小喜，我要报名，我也要吃四果……哎呀，对不起，我自戳双目，我什么都没看见！”

“你先松开。”顾小喜急了。

沐川听话地松开手，回头咧嘴一笑：“下班了啊？”

陈爽嘿嘿一笑：“刚下，刚下。这不是天热嘛，我就直接奔厨房来了。”

走近一些，陈爽又对顾小喜说：“我打你电话，你也不接呢。”

顾小喜忙拿起手机调整模式：“先前，沐川在睡觉，我就调了静音。”

“哦，这样啊。明白了。”陈爽怪腔怪调起来。

“啊，不是，不是那个意思。”知她会错了意，顾小喜忙解释道，“沐川刚刚也打电话了，我一直在这儿准备四果汤呢，你可以问他。”

“哦，是吧。我喝醉了，我也不知道。”沐川懒洋洋道，存心捉弄顾小喜。乜斜着眼看她，脸上果然又是一片红霞。

“你们够了哈，我只是想吃一碗四果汤，为什么要附赠一碗狗粮呢？”陈爽嚷嚷，“那个啥，这些配料，我全都要。”

顾小喜哧的一声笑：“都不是好人。”

陈爽眼里满是困惑：说谁呢？

甭管说谁，浇上蜂蜜的四果汤一到位，陈爽、沐川就坐在小桌边开吃了。

只不过，沐川没有陈爽吃得那么痛快，不时盯着她的订婚戒指发呆。

过了一会儿，陈爽突然笑了：“小川啊！”

“怎么？”

“我要是不认识你，我要是不知道你是富二代本尊，我还以为你看上我——的戒指，图谋不轨呢。哈哈哈！”

沐川尴尬地笑了一声：“我只是觉得挺好看的。”

“嗯，以后小喜戴的时候，也会很好看的。”

“希望吧。”沐川无奈一叹。

话音刚落，陈爽便看着灶台方向，瞪圆了眼，惊喜中带着吃瓜之色。

沐川猛地转头，只见顾小喜也拿了一碗四果汤走过来，她的左手中指上，还戴着闪闪发亮的金戒指！

一瞬不瞬地看着她，沐川心里狂跳不止，有如擂鼓。

顾小喜被他和陈爽看得不自在，便轻笑道：“你们再这样看我，我就换个地方吃了。”

两人马上做出反应，一个说“我不看了，我自戳双目”，一个没说话，只帮她搭小板凳。

三人静静地享受四果汤的清凉美味，但陈爽还是忍不住往那戒指上看两眼。跟着，沐川想起陈爽刚刚逗趣的话，也绷不住笑了。

他一笑，两个女生怔了怔，也忍不住笑了。

一串笑声，马上引来了走进厨房的吴老先生。

“哇，你们年轻人真是，好开心啊！”吴昌平摇着扇子走进来，“说来我老头子听一听。”

陈爽吐吐舌头：“我不敢说，哈哈，哈哈哈。”

顾小喜忙起身：“吴爷爷，我给您盛一碗。还是那几样？”

“好，好，谢谢啊，谢谢。”吴昌平坐在顾小喜坐的位置。

沐川连忙起身，随顾小喜过去：“你跟我说，我来学，要西瓜不要菠萝，对吧？”

“这有什么可学的。蜂蜜别放多了。”顾小喜嘱咐道。

如电闪似的，他顺势捏了捏她戴戒指的手指，低声道：“我很开心。”

“你别怪我不问自取就好。”顾小喜抿嘴一笑。

“怎么会？我都是你的，随便取。”

顾小喜瞪他一眼，还没说话，那一头，陈爽已经叹上了：“哎，这该死的酸臭的爱情！”

5

吃完四果汤，吴昌平、陈爽都散去了。

沐川便拉着顾小喜的手，去三公巷里散步。

八点来钟，天还没黑，巷子里还没有上灯，不时有街坊邻居从旁走过，见这一对情侣携手缓行，却默契地不发一语，更像是一对璧人。

良久，沐川才说话：“今天，我很开心。”

“为什么？”

“因为放周末。”

“哼！”

“因为投资谈成了。”

“你……”

“哦，因为申遗成功！”

“不跟你说了。”

“哎，我说错了，因为你答应我了啊！”

他停下脚步，定定地看她，目中流溢的那点热，与这天气相仿佛。

顾小喜大胆地迎上他的目光，仰起脸，唇角满是笑意，像是在鼓励他，可以亲吻他的未婚妻。

沐川不自禁往前倾身，却被她的拳头抵在胸前：“天还没黑呢。”

“那就等到月黑风高吧。”他撤回身体倾斜的角度，微微笑。

顾小喜忍着笑：“不知道的还以为你要当侠士呢。”

“侠士吗，也挺好，但侠士有了红拂，也百炼钢变成绕指柔了呢！我沐川只凡夫俗子，嗐，嗐，哪受得了蛊惑？”

说笑间，两人不知在巷子里踱了几个来回，倏然发现，天幕全然黑了。

沐川怔了一下，便把顾小喜扯进怀里，热烈地亲吻。

她也主动地回应，与他碰撞生命的火花。

直至，夜灯亮起，才依依不舍地挣脱他怀抱，轻笑：“我们回家。”

6

入夜，刺桐音乐文化创意园，愈发流光溢彩。

几大展馆临时开了夜场，引来大量游客；而文创园里的大小路道，不是偎依着前来打卡留念的情侣爱人，就是汇聚着野生音乐家的即兴表演。

为了庆祝申遗成功，音乐文创园开设三天的免费夜场，市民、游客只要在微信朋友圈里转发公号推文，并附上“我想去玩音乐”的字样，前一千名就能拿到一张免费的邀请券。

“沐川，这个……唱得很好听，很空灵的感觉。”顾小喜轻轻拉住沐川的手，指着前方水井边一位弹唱者，但见他自弹自唱，神情迷醉，周围簇拥的几个人都听得痴了，完全不敢鼓掌，生怕搅扰他的兴致。

“嗯，好听。”

“为什么叫‘野生音乐家’？”顾小喜悄悄问。

循她的目光看去，可以看见弹唱者的身边立着一块牌子，用艺术字体写着“野生音乐家小盟”。

“野生音乐家，是他们的自称，你可别这么喊人家。”沐川捏捏她手。

“我没那么傻，我都是悄悄问你。”顾小喜笑，但压低了声音，“这口吻很有意思，就像是……嗯，我妈课本里有一篇《记梁任公先生的一次演讲》，里面写道，‘他的极简短的开场白，一共只有两句，头一句是：“启超没有什么学问——”眼睛向上一翻，轻轻点一下头：“可是也有一点喽！”’你说，像不像？”

“像，哈哈。”

“可不嘛，又谦逊同时又这样自负。”

“可是他很有实力，自负就自负吧。”沐川表示肯定。

“他会有更好的前程，”顾小喜突然有些激动，不禁向他那个方向握起拳头，为他打气，“年轻人，加油！”

不期然间，这个叫小盟的男生抬眼看见她的举动，懵怔怔地停了三秒钟。

然后，他也颔首微笑，握起拳头。

明明隔得很远，但来自陌生人的互相鼓励，让顾小喜觉得很暖。

沐川也笑着戳戳她脸："加油，年轻人！"

是，他们要加油。今天晚上，与其说是来游玩，不如说是来取经。

现在他们所在的音乐文创园，是刺桐市同行业中的佼佼者，每年都能为GDP做出不俗的贡献。但更重要的是，它也是刺桐市的一张文化名片。

顾小喜承了这份鼓励，也像打了鸡血似的："有朝一日，我们非遗文创园，也会成为刺桐的文化名片。"

沐川摇摇头："我觉得你的话，还不够自信。"

"那该怎么说？"

"有朝一日，我们非遗文创园，会成为刺桐独一无二的文化名片。"

"目标这么大啊？"

"那必须。要么不做，要么就做到最好。"沐川笑得笃定，"今晚溜达这么一圈，我很有收获，回去就给你写报告。"

"怎么是给我写报告？"

"当然，我们一起做事业，那不得……"

一语未毕，有人在背上敲了顾小喜一下："你来了，也不说一声。"

是花小蝶。嗯，还有伴在她身边的孟洋。

沐川、顾小喜对望了一眼，彼此眼中都装着一句话：一年过去了，居然还没分手。

出于对朋友的义气，顾小喜曾在一次私下会面中，对花小蝶提了孟洋的二三事，免得她被辜负。

但没想到，花小蝶笑说，那次孟洋被迫扳手腕，差点扭伤了韧带，她便猜到顾小喜和他一定有过节。架不住花小蝶的“威逼利诱”，孟洋竟然把两个前女友都招了。

花小蝶并没说及细节，顾小喜也不知孟洋是否都说了实话，但朋友之谊已经尽到，也就不觉负了自己的良心。

此后，她们很少谈及孟洋，但业务和日常分享都没落下，也算是密友了。

“我想试试手气，看我能不能抢到前一千个席位。”顾小喜笑道，又对孟洋打招呼，“你好啊！”

孟洋愣了一下，僵硬地笑笑。

“来都来了，不如由我做东，好好庆祝一下！”

“好，庆祝刺桐申遗！”

“也庆祝非遗文创园开幕！”

“哈哈，还早，还早。”

“预热一下，走，去前面的露天音乐酒吧坐坐。”

一晚下来，沐川都没怎么喝酒，花小蝶也不劝酒，只一个劲地高兴，甚至还抽了一支烟，拉着孟洋下舞池跳了一支舞。

沐川若有所思，悄声对顾小喜说：“我觉得她和你们都不一样。”

不知怎的，顾小喜没读出一点歧义，不自觉地点点头：“我是个很钝又很倔的人，她是个温良如小兔的人，而她……”

顾小喜用欣赏的目光打量着花小蝶的舞姿：“她就像是热烈的玫瑰，或是蔷薇，很有野心，也很大气……也许，那个家伙和她才是最合适的搭配。”

“合适吗？”

“也许吧。嗯，怎么说呢？看对眼的人，才能在一起；合适的人，才能一直在一起。劈腿固然有错，但希望他是真的找到了适合他的那个人。”

沐川显然也听懂了顾小喜说的“她”“他”和“那个家伙”，陡然间听到未婚妻如此豁达的言论，一时间喜不自胜，把她揽在怀里：“你可终于想开了啊！”

“有这么好的未婚夫，我有什么想不开的？”倚在他怀，她扯扯他鼻子。

“那是——”沐川得意地仰首，又蹭蹭她的头。

辞职之后，回到父母身边，她一边用墙绘来疗愈心病，一边帮父母打理民宿，宣传刺桐市的街巷文化。本以为，日子如静水般波澜不惊，寻常巷陌里，也没有更多令人惊喜的故事，哪知道，她会遇到他……

“遇到你真好。”最后，她说。

7

随着加盟非遗项目，商家入驻，华美装饰公司的订单飞速增长。

这里面少不了陈爽的一番搭桥。不只曾总、同事看着陈爽笑呵呵，就连一贯喜欢挑刺的熊经理，都说不出陈爽一句坏话。

不过，好景不长，没多久，陈爽便对顾小喜说起她的苦恼。

当前，一共有五家装修公司在为文创园的两百多家店铺做装修。考虑到每家公司的装修理念不一致，甚至还有可能干扰到其他店铺的设计方案，文创园早就拟定了“统一打造”的方案，要求装修公司各出两套方案，再从中择优使用。对于选中的那套方案，文创园会有一定的设计经费奖励。

这个主意本来挺好的。但问题来了，玉龙装修公司的员工为了抢工期，竟然骗一个非遗手艺人，与他家单独签了一份合同，已经开始动工了。

因为装修方案尚未选出，熊经理认为此玉龙公司举不妥，就和那边的冯经理提意见。没想到，这人一见到熊经理便阴阳怪气，说他们仗着自己与文创园的负责人相熟，拿到了不少好处，这次选方案自然也就是走个过场。与其如此，还不如不做这个面子。

熊经理被冯经理气笑了，直接质问他，是不是想抢了进度，来一个“木已成舟”，让文创园不得不采用他家的设计方案。

冯经理自然不认，说话却十分难听，甚至问候了熊经理的祖上。

陈爽叹着气，说：“熊经理被气得七窍冒烟，我看着都难受。不过，熊经理的威吓还是有用的，冯经理也担心万一文创园不买账，强行让他们拆除，到时候就亏大了。”

“我哥他们去处理了，总有办法的，毕竟决策权在他们。”顾小喜说，“其实，在你们交的方案里，我们都没有特别中意哪一个。”

“那不就是了啊！大家都是在公平竞争，可玉龙公司无端怀疑我们，这不就是看咱们关系好，犯了眼红病吗？”

陈爽想到熊经理生气的样子，更是啼笑皆非，搂着顾小喜的脖子，悄悄说：“你不知道，其实我对熊经理是敢怒不敢言，所以这次算不算是有人帮我出气了？”

“嗯，怎么不算呢？”

此时，两人坐在一条木质长凳上，头上是移栽过来的刺桐花，正对着那面欢喜妹墙画。

陈爽看着欢喜妹甜美的笑容，却笑不起来了：“但我又想了想，觉得我不应该这么想，显得我格局不大。一码归一码。这一次，她是因为工作，因为文创园，才去跟那位业内毒舌冯谈事的。”

她想了想，又说：“她不应该被那样侮辱。这不公平。”

顾小喜也点点头：“你说得对，那我专门去看看熊经理？代表文创园。”

“还是别了吧，”陈爽连连摇头，“她那个人性格硬，要让她知道，我跟你讲她遭了罪，没准儿还要怪我多事呢！”

“好吧，那这样，调和装修公司矛盾的事，就让他们去做，你跟我一起想想新的装修方案，好不好？”

“好！”陈爽从背包里拿出平板，打开一个相册，“这些都是我们公司以前做过的店铺装修设计，你看一下，如果有看到喜欢的风格，就说一声。”

见相册有六百张之多，顾小喜不由得咂舌：“你们公司的设计师好厉害啊，这么多不重样的？”

“哈哈，我自己的不多，也就三四十个方案吧。还有同事们的方案。”

“很厉害了，我知道你的脑洞。”

“也不是脑洞的问题，所谓的脑洞是被逼出来的。”陈爽一张一张地移动图片，“因为商家们都有不同的要求，有的要求还很古怪。如果不能让他们满意，这单子多半要黄。”

“嗯，我知道。网上不是有很多设计师都吐槽嘛！有一次，我和沐川看到一个帖子，楼主说，他明明花了很多心思做第一稿，可客户总不会爽快地接受，然后就改第二稿、第三稿，甚至更多。”

“你别说，你别说，我来说，我来吐槽！”陈爽截住顾小喜的话，模仿客户的大爷口吻，“咳！其实呢，看了这几稿，我还是觉得原来的第一稿最好。你改回去吧！”

又认真严肃，又带着一点蓄意刁难。

陈爽把这口吻模仿得惟妙惟肖，逗得顾小喜笑得眼泪都要流出来了。

“你就说，我学得像不像？”

“像！像！像！”顾小喜打趣道，“还说沐川戏精呢，我看你的演技也是不相上下。”

陈爽瞄她一眼，嘿嘿笑两声，却不说话，看得顾小喜心里发麻。

“你干吗？”

“你啊，不是我说你……”

“我怎么了？”顾小喜摸摸脸，再看看手指，“没脏东西啊！”

“我是想说，你别整天整天‘沐川’‘沐川’的好不好，三句话有两句能带上他！”

顾小西不服气：“哪有？”

“没有吗？以前，他成天黏着你，你要吃个苹果，他也赶紧削皮去仁递到你手里。现在，人家忙起来了，你俩反而多了些私密空间，这本来挺好的，可你偏偏又黏糊上了。”

陈爽突然语重心长，像长辈似的：“这样不好，有首老歌唱得好，叫《半糖主义》。”

清清嗓子，她唱起来：“我要对爱坚持半糖主义，永远让你觉得意犹未尽，若有似无的甜才不会觉得腻；我要对爱坚持半糖主义，真心不用天天黏在一起，爱得来不易，要留一点空隙彼此才能呼吸……”

旋律优美，歌声清甜，顾小喜忍不住鼓掌：“好听，好听！”

“死脑筋，让你学精髓。你看我，蔚蓝常年不在身边，我也不爱提他。他打电话找我，我也不会接那么快。”

“哦……”

“哦什么哦，我在教你呢！男人，就像风筝，我们只要把线攥在自己手里就行，不用一直盯着、念着。知道了吗？”

顾小喜扶额："知道了，你这理论一套一套的。"

口里说知道，心里却想起，在准备接受订婚戒指时所念之事。顾小喜只觉心里一阵恍惚。

她也知道，她不想做那个每天和老公相处二十三小时，被逼得要在床上支帐篷的女生。可为什么，她控制不住她自己，总是想着他，念着他，提起他呢？

正惘惑不解，忽然被陈爽撞了撞胳膊："我们刚刚说到哪儿了？"

"哦，说到客户要求改回第一稿。"

"对！对！真的！那些客户能把我们设计师气死！可怜哟，我的小心脏！你要是干我这行，玻璃心一定受不了。"

顾小喜抿嘴一笑："当然，我才不干这个。要干，我也是，嗯，做专业的墙绘师。"

"啧，你还不专业啊？"陈爽指着欢喜妹墙画，"哪点比专业的差了？要说的话，也只是名头不够响。"

"那你给我来一个？"

"这个啊，你让我想想，"陈爽摸着下巴，作沉思状，"有了，你要是印名片啥的，就在那上面写'新锐墙绘师'！"

"这个好，不过，会不会太招摇了？"

"NO！NO！NO！刚刚好，很飒，也很酷！"陈爽又看了一眼墙绘，目露欣赏之意，"真的，欢喜妹真的太可爱了，我要是游客……哎，我要是游客……哈！有了！我有了！"

陈爽猛拍大腿，兴奋地起身："我有新方案了！"

第十五章 一起打造大IP

1

夕阳西下，沐川回到民宿后，径直来到顾小喜的卧室。

门虚掩着，她伏在书桌上，正在专注地画画。沐川不想打扰她，便屏着呼吸轻手轻脚地走到她身后，看她画画。

大概是顾小喜分了下心，觉出身后有人，扭头见是沐川，便笑问："那边处理得怎么样?"

"处理好了，你放心。玉龙那边完全停工了。没看出来，你哥平时一副好脾气，训斥起人来还有模有样的。冯经理大气都不敢出。"

"那挺好的啊，以后他总是要接管厂子和文创园的，管理者是得有姿态。"

顾长庆没有孩子，早就把顾小欢视为培养对象，让他先担任技术部主任。

沐川点点头："对，必须树立威信。不过，只批评人还不行，彼此之间有了芥蒂，以后就不好合作了。"

“什么意思？一个巴掌一颗枣？”

“算是吧。冯经理认错之后，我就跟他说，已经做好的那部分暂时不用拆除，等到装修方案定下来再说。听了这话，他那个千恩万谢啊！”

顾小喜撇撇嘴：“你净当好人了，坏人还是我哥来当。”

“你听我说完呗。就在冯经理对我感激涕零之时，我又跟他说，”沐川拿腔拿调，“‘您看，我都为您着想，您是不是该为我着想？人家熊经理，到底是个女孩子，你把她都要骂哭了，这以后的工作还怎么开展呢？’冯经理马上说，他这就去跟熊经理道歉。哈哈哈！”

顾小喜惊呆了，心说，你这家伙还玩起了欲抑先扬啊？

沐川得意地勾勾顾小喜下巴：“咱就是说，你老公我办事还靠谱吧？”

顾小喜纠正道：“是未婚夫。”

“好吧，”沐川眼风在卧室里扫了一圈，落在高床软枕上，“总要结婚的。”

她翻了个白眼，急忙把他的歪歪心思掰回来：“来看看我的设计图。这才是重点。”

她扬起设计草图，沐川定睛一看，只见草图上有两个卡通版的玩偶，一个是站立的，眼睛大大，笑得很灿烂的姑娘；一个是盘坐的，眯着眼，似乎在做瑜伽的姑娘。

这两个卡通姑娘和墙绘上的欢喜妹造型完全不同，但能明显看出，是同一个形象。只不过，玩偶是立体的，墙绘是平面的。

“你不是跟我说，陈爽想到了新的装修方案吗？你这是……陈爽人呢？”沐川大惑不解。

“你先说好看不？可爱不？”顾小喜打定主意卖关子。

"好看，可爱。"

"你别敷衍我。"她皱皱眉。

"我说真的。"

"那……如果我在文创园开幕当天，放送很多这样的玩偶，你会喜欢吗？这两款你喜欢哪个？"

"你是想打造欢喜妹的IP吧？是想用这个来引流？"沐川盯住她，一副"看穿你"的严肃表情。

"你猜到了啊？"顾小喜摸不准他的态度，不免有几分犹豫，"这个主意不好吗？"

"我没说不好啊！我是想要夸奖你，想出这么棒的点子！"

"真的假的？"

"真的！我说，你别老是怀疑我说反话好不？现在我们在说正经事。"

"哦。可是你还没回答我，你更喜欢哪一个？更想要哪一个？"

"说实话，两个都喜欢，都想要。"沐川怕她再误会自己，忙端正了容色，"但我觉得，不必一次性放送两款玩偶。一呢，是为节省成本，两款玩偶就需要两次打版，造价太高；二呢，我是想为下一次活动做准备。"

"下一次？每次都送，会砸不少钱进去，大家能同意吗？"

文创园的融资，面向全社会与海外，大小股东数目不少。顾小喜的担心自有道理。

沐川却眨眨眼："谁跟你说第二款玩偶是要送的？我不可以卖吗？"

"卖？"顾小喜微讶，"玩偶只是为了引流，而不是为了赚钱，我们这个可是非遗文创园啊！"

"我问你，你是担心卖不出去，还是担心别人说我们推广非遗文化的动机不纯?”

“当然是前者。玩偶也是文创产品，放在文创园里出售，也没有强买强卖，别人能说什么?我是想说，游客们来这里，是想购买非遗产品的，未必会真的对玩偶感兴趣，更何况，还要掏钱买。”

“那就要看，我们的小喜设计师能不能画出好看的造型了。”沐川成竹在胸，笑得格外自信，“你只管画，到时候，我不仅要卖第二款欢喜妹，还要卖第三、第四、第五……”

顾小喜连忙打断他：“这些事以后再说，我没想那么多。”

“非也，非也，一旦决定做一个大IP，就必须进行全方位的打造。你知道大唐不夜城吗?”

“当然知道。嗯?你是想说那个不倒翁小姐姐吗?”

“对!我再问你，提到陕西历史博物馆的大IP，你会想到哪个形象?”

顾小喜一口答出来：“唐妞!唐妞的形象运用得很广，我印象最深的就是文创产品和书籍。”

“对!没错!你看，这就叫IP，这才叫IP!有那么多的成功经验可以借鉴，我们做的欢喜妹，也可以成为文创园的招牌!你看，你设计的欢喜妹造型，既可以做墙绘，又可以做玩偶，当然也可以做其他用途。”

说到这儿，顾小喜的思路顿然打开了，边想边说：“我觉得，我们可以在公众号上写个推文，嗯，就像音乐文创园那样，开幕当天前一百名游客，可以获赠大号欢喜妹玩偶一个；前五百名游客，可以获赠小号欢喜妹玩偶一个；其他游客，可以获赠欢喜妹钥匙链一个。”

“不错!你总算开悟了!”沐川目中满是赞许之意，“玩偶要是送得太多，成本就不可控了。”

“是啊。我在想，我们刺桐好玩的地方那么多，游客肯来这儿，就是给面子，我们总不能让他们空手而归。”

“小喜。”见她兴奋得直搓手，沐川只觉心里一荡，猛地唤她一声。

“说。”

“我突然想到一句话。有人说，我有一个苹果，你有一个苹果。咱俩交换一下，每个人还是只有一个苹果。”

顾小喜莞尔一笑，接口道：“可是你有一种思想，我有一种思想。咱俩交换一下，每个人就有两种思想。”

“对，两种思想。”沐川揉揉她脑袋，笑得宠溺而欢喜。

2

熬到半夜，陈爽终于做好了设计方案。实在困得睁不开眼，就匆忙擦了一把脸，脱了T恤衫，把自己塞进被子里。

一觉睡到大天亮，做的梦大多忘了，只记得她和蔚蓝一起逛文创园，被他的粉丝发现，一口一个“蓝嫂”地喊，喊得煞是亲热。

醒来后，陈爽蓦地坐起，心里有些打鼓，都说梦是反的，她该不会这几天要被粉丝围攻吧？

那个圈子里，有一种很坏的风气。对于男明星，很多女粉丝都暗戳戳地以女友粉自居，于是，当她们得知她们的“哥哥”竟然谈恋爱了，结婚了，就有可能会对那女生百般挑剔，甚至是对男明星脱粉回踩。

最厉害的时候，可能会发起网暴攻势。陈爽有时不免对顾小喜抱怨，她跟蔚蓝哪像一对未婚夫妻，都不敢牵着手走在太阳下。

读书的时候，陈爽特别喜欢一句话：“你来一趟人间，应该看看太阳，和心爱的人牵手走在街上。”

她总觉得，这是一种极致的浪漫。那时，她还不知道蔚蓝这个人，也想象不到，未来会和什么人在一起，但这样的画面想想就让人心跳怦然。

到现在，她也是这样。多年被言情小说的熏染，自诩为爱情专家，懂得收放自如，深谙各种门道，可她依然担心，他们走不到最后。

“阿嚏——”

一个喷嚏打下来，陈爽被自己吓了一跳，才想起她只穿了吊带衫。

陈爽忙收回那些纷乱的心思。

整理仪容后，陈爽拿起电脑包就往楼下走。昨天，她对顾小喜提到新的构思，之后她俩便各回各屋，一个在笔记本上画设计图，一个在纸上画IP形象。

这期间，谁也不打扰谁。

现在，是时候亮出自己的成果了。

陈爽刚下楼，正要扯开嗓子喊顾小喜，便听见她的声音从厨房那边传来，由远及近。

“陈爽，你画好了没？我都弄好啦！但还需要微调！”

她含着笑，手里端着托盘，托盘上放着几枚满煎糕。沐川手里的托盘则托着三碗粥。

“你们在等我吃饭吗？”陈爽拍拍电脑包，看向沐川，“我也画好了。等领导检阅！嘿嘿！”

“我算哪门子领导？哈哈！先吃饭！吃饱了再说！”

三个人，一人一碗粥，一块满煎糕，吃得很是满足。

吃完后，陈爽摸摸肚皮，神情愉悦：“满煎糕真好吃，不过，我还是喜欢用豆浆来搭配。”

满煎糕也是刺桐的特色甜品。制作的时候，以面粉、蔗糖和花生仁为主料，佐以苏打粉、泡打粉和白芝麻，吃起来松软香甜。

顾小喜说：“豆浆机坏了，没办法。改天给你配一套，犒劳犒劳你。”

“我还是喜欢鸳鸯饼，双重口味。这个……我觉得比较单一。”沐川发表意见。

“可是，满煎糕历史更悠久。”陈爽不赞同，“吃美食，也是在品历史呢。”

“对！我附议！”顾小喜说。

沐川便笑问：“那我考考你满煎糕的历史。你可是‘寻常小味’的女公子，不能说你不会。”

“嘿，我还真会！”顾小喜扬扬得意，一口道出，“根据宋人的记载，宋宁宗时期，每到正月孟春，杭州人就会举行一场名为‘人日煎饼会’的活动。在活动里，出现了一种野炊煎饼。人们普遍认为，这就是‘满煎糕’的雏形。口味的话，应该是咸的。”

“嗯，我听着呢，继续说。”

“到了清代咸丰年间，太平军入闽，左宗棠在马尾创建造船厂。当时，左宗棠让沈葆桢主持工作。沈葆桢主张改善伙食，就对传统煎饼进行了改造，把闽地生产的蔗糖、花生仁碾碎，拌在经过发酵的煎饼卷里。这样的满煎糕，口感香甜，且便于携带，在军中大受欢迎。再之后，因为左宗棠派遣部下潜入台湾，满煎糕的做法也传了出去。”

话音刚落，顾小欢便哈欠连天走过来：“你们在说闽派甜品啊？”

“说满煎糕呢，哥。”顾小喜指指托盘里剩的那块，“还有一块，粥在锅里。”

说话间，沐川已起身去厨房盛粥了。除了文创园的事，顾小欢还在打理糖厂的事，昨晚回得很晚。

等沐川回来的时候，顾小欢已经在讲魏文帝曹丕看着园子的甘蔗，写下《感物赋》的掌故。

就着粥和满煎糕，顾小欢又说：“我们今天能吃到各种甜品，会觉得习以为常。其实，在唐代的时候，砂糖都还很稀罕。我们的制糖技术，主要是跟印度学的。”

“啊？这样的啊，”陈爽对此闻所未闻，“不就是拿甘蔗制糖的嘛，这么难？”

“对，要做成凝固状态的糖是很难的。嗯，先不忙着说技术，只是说原料。今天到处都能看见的甘蔗，在魏晋隋唐时期，都不多见，以至于……”

顾小欢笑起来：“说出来你们可能不信。唐朝的中兴名将郭子仪，平定了安史之乱，收复了两京。唐代宗认为他对皇室有再造之功，便要论功行赏。可是，还有什么好赏他的？做官做到他这个分儿上，也不能再加官晋爵了。而且，他儿子郭暧还娶了大唐公主。想了半天，唐代宗决定赏赐郭子仪一些稀罕之物。那就是——二十条甘蔗。”

听了这故事，大家都不胜唏嘘，顾小欢又说：“糖业上最大的进步，在我看来有两次。一是明末发明的‘黄泥水淋法’，一是近现代的制糖机器。”

言及此，他又科普起黄泥水淋法的来历。末了，顾小欢嚼着满煎糕，不无感慨之意：“想想糖在古代曾为富人所专有，突然间觉得满煎糕更香甜了呢！”

3

咚咚咚——

曾仕明正打着电话，突然听到敲门声，便大声说了句“请进”。

陈爽进门后，见他容光焕发，唇上挂着笑，似乎是在和女人说话，便坐在沙发边，静等曾总通话结束。

不一时，曾仕明愉悦地说：“等会儿我去接你。”旋即挂了电话。

就这么一分钟的时间，陈爽心里已经排演出了一场大戏：曾总的第三春来了！

之前，曾小染任性出走，使小性子的事，陈爽也听顾小喜提起过。现在，也不能不好奇，到底是谁俘获了曾总的心，这一次，曾小染能答应吗？

但见曾仕明已经挂了电话，朝陈爽看过来，她忙笑着把设计图递过去：“曾总请过目。”

曾仕明一边看，一边问：“顾主任、沐经理都认可？”

“嗯，我已经跟他们汇报过了，他们只提出了一点修改意见。现在我拿给您看的，是精修之后的方案。”

设计图上，呈现的是很完备的装修方案。每个商铺的门楣上，都飘着古风盎然的彩旗，上书该非遗项目的名称。而在每个门店的入口，都有和欢喜妹墙绘造型一致的乳胶气球。

乳胶常用于制作气球，即便没添加任何填充物，其材质的强度、弹性、均匀度都很靠谱。一般来说，乳胶的气球内氦气的存留时间很长。

陈爽考虑了好几种材料，最后才定下价廉物美，又便于收捡的乳胶材质。

陈爽解释道："我们准备把欢喜妹打造成IP。比如说，会赠送游客玩偶、钥匙链。同时，这个IP体现在装修环节上，就是要让每一个顾客记住这个造型，这样的话，可以让他们对非遗文创园产生更具体而深入的印象。"

"这个做法是不错的，以前我也看过这种案例，"曾仕明正色道，"但我有一个疑问。"

"曾总请讲。"

"这样会不会显得太单调？"

"嗯，您说的这个问题，我们也有考虑。所以我们只是在入口处进行统一的要求，至于内部的装修，可以让设计师们根据非遗手艺人和商户的需求，自行安排。"

"哦，我还有一个问题。"

"您说。"

"如果不看彩旗的话，唔，你们的意思是，不要招牌，只要彩旗是吗？"

"是的。因为，文创园的一个亮点，是保持闽南风貌的老厂房，所以我们想最大程度地亮出古厝、马脊背、燕尾脊的形象，不想让招牌影响到老建筑的观感。"

"观感？"

"对！曾总，您想想看，如果做大量的招牌，风格不统一，则显得凌乱；反之，又会显得呆板。"

"问题就在这儿，"曾仕明轻笑道，"我们来做一个假设，如果起风了，彩旗都飘了起来，游客能一眼看到自己要找的那个非遗商铺吗？"

"您别说，这个问题我们还真有考虑到。"陈爽乐得捂嘴笑，笑声从手指缝里漏出，仍然很清脆。

曾仕明也注意到她中指上的订婚戒指，若有所思地笑了笑。

他好脾气地催促起来：“别笑，继续说。”

“在商铺入口，不是都有欢喜妹乳胶气球吗？在气球的身上，还有非遗项目的名称。这不也是招牌？游客不会走错的。而且，这种气球会被固定起来，不会像彩旗那样飘起来。”

“嗯，这不错，我同意。”深思熟虑后，曾仕明应道。

陈爽兴奋地捏拳说了声“yes”，看得曾仕明也笑起来：“今天怎么这么高兴？”

“采用我的方案，我能不高兴吗？”陈爽丝毫不掩兴奋之色，“文创园会给设计费的，嘿嘿！再说了，这是多有面儿的一件事！”

在职场上，像陈爽这样直接表现热衷名利的人可不多，但她在公司的人缘很好，除了熊经理，很少有人说陈爽的坏话。

也许，就像女朋友说的那样，“真诚才是必杀技”吧。

想起自己这位女朋友，曾仕明忍不住唇角又扬了起来。

陈爽捕捉到曾总的表情，脱口而出：“曾总今天的心情也很不错，我看您一直在笑。”

她有意顿了顿，看他并未有一丝不耐烦的意思，才笑着问：“有什么好事，您说出来，我开心开心。”

曾仕明佯装生气，说：“以前，有人跟我说，陈爽最爱八卦别人，我还不相信。”

言下之意是，今天可算见识到了。

陈爽心说，不就是熊经理嘛，还有人，有人，这么含蓄……

她又仰脸一笑：“曾总，你有所不知，八卦是一种生活调剂。嘿嘿！”

“那……我先八卦一下你，”曾仕明瞟着她手上的戒指，“什么时候能喝你的喜酒？”

“啊，这个，”陈爽嘿嘿笑道，“这个问题有点超纲，我不知道怎么回答您。”

“那我的八卦你就不能听了。”曾仕明心情甚好，存心开起了玩笑。

“啊，别啊。”陈爽见他已经起身，去拿衣帽架上的西装外套，也不知他是否生气，忙赔笑道，“这问题我真答不了，要问我未婚夫的负责人啦。”

“负责人？”

“哦，哎呀，就是经纪人啦！”

“经纪人……”曾仕明装作恍然大悟，“明白了，原来你要做星嫂。那没办法，是得问问经纪人。”

陈爽点点头：“可不嘛……”

她见曾仕明已经穿上了外套，便笑嘻嘻地问：“曾总，该我八卦您了。”

“哈，今天是个好日子，”曾仕明笑道，“我准备去跟女朋友求婚。”

陈爽忙说恭喜，心想自己猜得果然不错，曾仕明又笑着说：“没意外的话，我会比你更快摆酒席。对了，你记得帮我向你家蔚蓝要一张签名照，我也喜欢他的歌。”

“曾总您……”陈爽惊了惊，“您怎么知道……”

“清清跟我说的啊！”

“啊！你们……复……复合了？”陡然听得此话，陈爽不免惊喜交加，兴奋得要跳起来。

是了，这就对了。陈爽跟蔚蓝订婚的事，只有那个圈子里的一些人知道，至于身边人，只有顾小喜和谭清清知道。顾小喜曾把谭清清介绍给陈爽，几次接触下来，她俩也成了好友。

“呵呵，是啊，我前几天去了趟永春……这么久了，我还是放不下，还好，她还肯给我机会。”曾仕明说，“她本来说，明天吃饭的时候再告诉你们的，现在就算是我剧透了吧。”

4

从西街出来，拐进一条小巷，走进一户名为“洛阳私房菜”的古厝，便是今天曾仕明请客的地方。

沐川、顾小喜刚赶到古厝，就被热情的老板迎进去，带到一个雅间。一进门，便能看见墙纸上印的一首诗：烟悉雨啸黍华生，宫阙簪裳旧帝京。若问古今兴废事，请君只看洛阳城。

顾小喜认得，这正是司马光所写的《过故洛阳城》。这家私房菜馆，主打洛阳菜，所以，把这首诗印在这儿，也算恰切。

曾仕明见最后两位客人也来了，忙招呼道：“快坐，快坐。马上上菜了。”

陈爽便跟着起哄，嚷嚷着要罚沐川酒三杯。沐川先是诚恳地承认他和顾小喜来得最晚，再耍起滑头，说：“我不怎么会喝酒，小喜知道的，要不她代表我好了。”

陈爽倒也知道，小喜酒量不俗，能喝七八两酒，但陈爽哪会灌小喜的酒呢，便换了口风：“那就……罚你给大家布菜。”

“OK，没问题。”沐川一口应下。

正好服务员开始上菜，沐川便殷勤地为一桌人布菜。一圈走下来，六个人碗里都堆上了喜欢的菜品。

席上，徐泽被曾仕明奉在主位，谭清清则坐在她老师身边。她剪了齐耳短发，人看起来比往日还要清爽，脸上清冷的气息荡然无存，看起来颇有温柔亲和之气。

自她去永春学艺之后，顾小喜也是第一次见到她。没想到谭清清竟有这么大的变化，顾小喜挨她坐下，一时竟不知从何问起。

最终，顾小喜还是装作生气的样子，撇撇嘴："你和曾总和好了，也不跟我说一声。"

"这不，我跟师傅回来了嘛，我想当面跟你说，好让你惊喜一下。谁知道，他……"

谭清清抿唇一笑，看向陈爽。

陈爽忙举手投降："我剧透，我错了，自罚一杯！"

一口饮下，白酒绵软清洌，并不辣喉，陈爽把杯底亮了亮，豪气尽显。

见状，曾仕明便打趣说："早知道我们的设计师这么能喝，以前见客户的时候，我就该把你带上帮我挡酒的。"

"别了，别了，领导，饶了我吧。"陈爽忙作揖求饶。

拿腔作调的样子，逗得一桌人都笑起来。有个开心果在饭局上，的确令人捧腹。

眼见气氛烘托上了，曾仕明忙躬身向徐泽老师敬酒："我和清清能和好如初，还多亏了徐老师成全。学生在此感谢徐老师，祝您身康体健，广收弟子，传承非遗文明！"

这敬酒词十分独特，徐泽听了很是受用，便乐呵呵地和他碰杯，说："你能重新追回清清，不是靠我的成全，而是靠你的真诚！"

原来，曾仕明一个月前去了永春，明面上是去谈一笔生意，实则是专程找谭清清复合的。在家里，他花了很多时间，很多功夫，终于做通女儿的思想工作，愿意接受后妈。

这之后，曾仕明才去找谭清清。

一开始，她是不同意的，一张冷脸如浸寒霜。几番拉扯后，谭清清表示，如果曾仕明能在半个月内学会永春纸织画的制作，她便可以考虑跟他复合。

结果当然是，曾仕明付出了非比寻常的努力，竟然创造了奇迹。徐泽更惊喜地发现，曾仕明竟然天赋独具，有意要收他为徒弟。

“哦，我就说嘛，曾总为什么老不在公司，一直搞遥控指挥。这下可算明白了！”陈爽弄清前因后果，调皮地开起曾总的玩笑，“这样的话，曾总岂不是要叫清清一声‘师姐’？”

曾仕明也很知趣，马上向谭清清敬酒：“师姐，师弟敬您一杯。”

说笑间，服务员敲门进来，呈上一道特色菜品。之前摆在桌的菜，都是传统的洛阳菜式，比如牡丹燕菜、洛阳烩菜、洛阳长寿鱼、连汤肉片、横水卤肉、洛阳焦炸丸子、洛宁蒸肉……

现在送上来的菜，却是闻所未闻、见所未见，六人都目不转睛地盯住它，心想，这做成石桥造型的菜，看起来怎么这么像洛阳桥？

洛阳桥，是刺桐古代的一座跨江接海的大石桥，历来有“海内第一桥”之称，位列古代“四大名桥”。

这座落成于北宋嘉祐年间的名桥，也曾经历自然的侵蚀，炮火的凌虐，直到1996年才恢复古桥旧貌，重新开放通行。在“宋元中国的世界海洋商贸中心”世遗中，洛阳桥也占了一席。

对于食客们的反应，服务员已是见怪不怪，笑吟吟地解释，说这道菜品完全仿照洛阳桥的形制，连“筏形基础”和“种蛎固基法”这样独到的建筑设计，都有所呈现。

“筏形基础，是用白巧克力做的，大家可以先尝尝。”

见大家都不敢动筷，服务员又指着“桥墩石”，说：“或者，大家也可以先尝尝牡蛎。”

生长在海滨城市，刺桐人都没少吃过牡蛎，但这吃法还是第一次见，一时间只觉震惊，压根动不起筷来。

突然间，陈爽、顾小喜同时从震惊中醒来，拿起手机咔咔照起相来，然后，不约而同地发了朋友圈。

服务员笑道："感谢你们的宣传，我这里去向老板申请打折。"

谭清清忙表示感谢，自己也对着"洛阳桥"拍了两张照片留存。

但听服务员又说："申遗成功，全市人民都在用自己的方式庆祝。老板便亲自设计了这道菜式来表达心意。希望各位客人喜欢。请慢用。"

服务员退下之后，一桌人品赏这颜值惊艳、风味独特的美食，话题也从"种蛎固基法"这种当时的"黑科技"，说到了洛阳桥的由来。

那还是中古时代，准确地说，是在唐代之前。因为中原战乱，社会动荡不安，大量的中原人便携家带口地迁到了刺桐及闽南一带。这些人，多来自河南、河水和洛水一带。

南迁之后，他们在此定居，时间一长，便把河洛语和先进的中原文化、技术传播开去。

同时，他们也因为思念故土，而把原名为"万安桥"的石桥，改名为"洛阳桥"。

言及此，一道新创的特色菜，也被吃出了浓浓的乡土情结。

5

酒酣耳热之时，沐川、顾小喜向徐泽敬了一杯酒，言语里是十足的抱歉。

原来，徐泽之前向沐川咨询入驻优惠政策时，曾有一问："园区内的入孵商家，经专家组认定后，在享受政府提供的租金补贴之外，还能享受一些优惠政策。这里说的‘专家组认定’，是怎么操作的呢？秉持什么标准？”

沐川告诉他，大体上是看非遗项目的价值转化。此话引来徐泽对这种优惠政策的不满。

但其实，徐泽在永春纸织画的商业运营方面钻研很深，收入也较为可观，他对政策的不满，并非因为他自己。

在文化土壤深厚，非遗项目众多的刺桐市，并非每一项非遗项目都有充足的人才储备，都能赢利不断。很多非遗项目甚至因为资金困难，几乎绝了传人。

徐泽正是看到了很多非遗手艺人的困境，才认为，优惠政策应向这些人倾斜。

那次恳谈后，徐泽认真地对沐川说，他虽是为定下入驻文创园的事才来咨询沐川的，但如果政策调整后，他最终不能拿到优惠政策，他也无憾无怨。

结果，事件果然像徐泽预测的那样。经过讨论，政府对文创园入驻商家的优惠政策做出了很大的调整：对于所有需要扶持的非遗手艺人，分三批给予补贴。这三批，按照项目传承的困难度进行动态定级。

换言之，传承最困难的非遗项目要优先扶持，给予优惠政策。

毫不意外的是，永春纸织画并不在第一批扶持项目中，按目前的排位来看，很可能最后连一点优惠都拿不到。

回忆前事，徐泽听得沐川的歉语，笑得很是豁达：“小沐，这事你做得对！你能把我的一点小小意见反馈上去，就算是全了我的心愿了。”

徐泽说得如此真诚，顾小喜也被他的胸怀打动，敬佩地说：“年少的时候，我喜欢李白。现在年龄慢慢大了，我会更喜欢杜甫。徐老师，您的胸襟总让我想起他。”

徐泽还在思考她的意思，沐川已然会意，接口说："在连居住都成困难的时候，杜子美说，'安得广厦千万间，大庇天下寒士俱欢颜'，这是一种宏大的胸襟。徐老师，您也是这样的人。您的这项手艺，虽然能带来收益，但毕竟不能和大公司、大企业相比。而您在明明可以享受优惠政策的情况下，能推己及人地照顾到别的手艺人，这真的太难得了！"

的确，熙熙攘攘皆为利往，只见人嫌钱少，没见人嫌钱多，也正因如此，才愈发显得徐泽高风亮节。

晚饭后，踱步回家，沐川牵着顾小喜的手走在小巷深处。

突然间，他生出个主意，便捏捏她手："你说，我们能不能在公众号上为徐老师写一篇推文？"

"宣传永春纸织画？"

"笨，"沐川抬手敲了她一个爆栗，"当然是宣传徐老师的高风亮节。"

顾小喜这才明白过来："对啊，徐老师他主动放弃了优惠政策的照顾，是出于发展非遗事业的公心。但我们可以宣传他，这也算是为他做推广了。"

"那你准备准备，推文交给你写。不过，你要注意行文的措辞，以免被人曲解为'沽名钓誉'，那就不好了。"

"知道了，写好推文，我再拿给学霸看，让他把关！"顾小喜仰脸看着沐川。

她笑起来眉眼弯弯，唇角上扬，让人想起"笑靥如花"这词儿。沐川却没被她迷住，故意哼哼两声："什么学霸，哪个学霸？都不说清楚。"

"唔，自然是沐学霸，学霸弟弟。"

"错了。"

"哪儿错了？"

“应该叫‘学霸老公’，或者简称‘老公’。”

顾小喜捂嘴直笑：“好吧，好吧，依你，都依你。”

“那就喊一个呗。趁着现在没……”沐川环视周遭，结果发现巷里有人，忙改了口，“趁着现在有人，赶紧向他们证明一下，我就是你是如假包换的老公。”

顾小喜只撇撇嘴，踏着小碎步往前走：“回家再说。”

边走边想，我才没你脸皮厚呢，就算结婚，也不会腻腻歪歪地在大街小巷喊。

两天后，有关徐泽老师传承永春纸织画的推文，在得到沐学霸的“审批”后，发在“寻常·非遗文化创意园”公众号里，阅读、转发、点赞率达到了新高。

在推文里，顾小喜也略提了一句，徐老师关注整个非遗行业发展，提议调整优惠政策的事。因为措辞严谨，推文发出后，并未被人曲解误读。

办了这件好事，顾小喜心情也更舒畅了。翻开记事本，她看了下近两日的安排，盘算了下时间，又看了下公众号后台留言，突然间发现一句评论：这篇文章写得真好。请问，我可以加小编的私人微信吗？

自从打理公众号起，顾小喜还是第一次看到这样的请求，心里也有些打鼓。考虑再三，她还是把私人微信号发给了昵称为“甜甜的熊本熊”的网友。

通过好友后，对方二话没说，直接发表情包，一个正在啃甜甜圈的熊本熊。

第二条消息，则是九个字：你还记得我吗？老同学。

顾小喜脑中立刻出现了一个名字，忙激动地戳了过去：你是田思敏？

对方很快回复道：哈哈！好久不见啊，小喜丸子！

第十六章 今天你打卡了吗?

1

小喜丸子！果然是她——田思敏！

说起来，顾小喜和田思敏确实很有缘分。

一开始，田思敏到学校报到，是顾小喜接待的她。等到分配寝室时，田思敏又被分到了顾小喜的寝室。

寝室刚好缺一个床位，像是刻意在等她这个老乡到来。

入了同乡会，田思敏和顾小喜的关系更是“亲上加亲”。顾小喜先于田思敏毕业两年，她两人也一直保持着联系，可不知为何，两年前电联的时候，接电话的却是一个陌生人，用的是英文。

顾小喜开心地戳过去：敏敏，我打你的电话，说我打错了！我！啊！太开心了，今天联系上你了！

田思敏：这事怨我。你知道，我没有记电话号码的习惯。两年前，公司派我出国去深造，结果我手机被人偷了。然后就没有然后了。很多同学我都联系不上了。

顾小喜先表达了问候，才问她：那你什么时候回来？

田思敏：估计还有半年，我在新加坡。嘿，你猜我是怎么找到你的？

顾小喜：怎么找到的？

田思敏：公众号啊！推文作者的名字写在最下面的。

顾小喜笑了：那幸好我用的本名。不然你就找不到我了。

田思敏：这个公众号做得不错，看起来粉丝还挺多的。不然，我也不会偶然间发现这个号了。

顾小喜：其实不是公号的功劳，而是非遗文创园的宣传到位。

田思敏：这倒也是。你说巧不巧？我人在新加坡，但身边就有人在关注文创园的开幕情况。我一看，这文创园的手笔很大嘛，居然想把非遗文化做成产业！我还寻思回国之后去逛一逛。然后，我就关注文创园的公号了。

顾小喜：别光说我了，你怎么样？

田思敏：我还好吧，公司开发了很多高品质的跨境游项目，我都学两年了，还没出师。

她发了两个熊本熊表情，一个表示“无奈”，一个表示“没时间谈恋爱”。

大学毕业后，田思敏去上海闯荡，随后进入了文旅行业，到如今已经做得有些成绩了，公司也很重视她。

顾小喜看着表情包，有点怔怔的。大学时，田思敏就喜欢用熊本熊表情包，没想到，这爱好是一点没变。

顿时间，她就有了跟她“见面”的冲动，忙打字：要不，我们视频吧？

视频接通后，田思敏丰腴的脸出现在屏幕上，顾小喜轻笑着调侃：“我怎么感觉，你这生活过得挺滋润的！本来还想安慰安慰你。”

虽然两年没联系，多少有点生疏，但在视频接通的那一瞬，顾小喜不自禁地就和她熟络起来，时光似乎从不曾远去。

田思敏也笑起来：“是吧？我比以前胖了。所以呢，我也在想，还要什么男朋友呢？”

她哈哈一笑，又八卦起顾小喜来：“小喜，你呢，现在还好吗？是不是都结婚啦？”

顾小喜心里咯噔一下，脑里也乱了片刻，一时间，竟不知该怎么回她才好。

2

正踌躇着，沐川从顾小喜身后悄悄走来，蒙住她眼睛，语气里带上了几分嗲：“猜猜我是谁？”

顾小喜忙用左手去掰他：“别闹，在打电话呢！”

田思敏本来有几分怀疑，现在见顾小喜身后的男人，竟然凑到镜头跟前，露出一只眼睛，笑容顿时僵在脸上。

是沐川，居然是沐川。

顾小喜和孟洋分手的事，田思敏略知一二，但她怎么也想不到，沐川竟然成了顾小喜的现任男友。

这……着实有些尴尬。

大学的时候，顾小喜和田思敏的友情经历过一次考验，因为一个男生。

她曾经追求过他，倒追。但是，他没同意。后来，知情的同学跟她说出了原因，他喜欢顾小喜，并借着酒劲向他告白。只不过，顾小喜已经有男友了，她断然拒绝了他。

这个男生，不是别人，正是沐川。

沐川……

田思敏想不出，不喜欢他的原因，即便是，她有那么多的竞争者。

可是，不止一个人提过，沐川这人很奇怪，远远看他的时候，他是太阳；走近之后才会发现，他其实只是一枚月亮。

在拒绝女生追求的时候，沐川从不口软，直接一句“谢谢你，我不喜欢你”，就把人给打发了，一点机会都不给。

简直就是拒人于千里之外！

和很多表白遭拒的女生一样，田思敏也郁闷了很久，甚至还有意疏远顾小喜，但最终她还是和自己达成了和解，主动和顾小喜说话。

女生的和好，往往是从肯和对方说话开始的。顾小喜也知道田思敏在别扭什么，但她只装作不知，和这位小她两岁的妹妹仍然保持着亲密的关系。

不能说没有一丝芥蒂，但顾小喜对沐川完全没那心思，田思敏自然也怪她不起来。

然而，现在……

顾小喜也注意到田思敏的神色，只觉得脑子都快炸了，恨不得把沐川撵出去。

但这个死皮赖脸的家伙……

“嗨！小敏！是你吗？”阳光的笑容，看着便让人觉得亲切可喜。

田思敏马上收回失神的眼色，换上久别重逢该有的惊喜，挥挥手：“沐川？好久不见了！天哪！我今天是交了什么好运！”

一次见俩，确实够惊喜，而田思敏的表现，也是落落大方，十分稳妥。

寒暄几句后，双方留下了联系方式，便结束了视频聊天。

就在顾小喜瞪着沐川时，田思敏又丢了一个熊本熊表情包过来，上面写着“恭喜”二字。

恭喜什么，不言自明。

顾小喜反而不知该怎么回复，但听沐川叹息道：“我们都大大方方的，你还扭扭捏捏的，像什么话！”

“我哪有扭扭捏捏！”顾小喜梗着脖子分辩道，脸颊倏然间红了一片。

沐川忍着笑，戳戳她脸：“那你回复她，你不扭捏！”

此语一出，顾小喜被气坏了，拿起手机，准备打“谢谢你啊”四个字。

然而，她刚发出去聊天信息，沐川便疾声大喊：“快撤回！你发的！”

定睛一看，顾小喜都快吓傻了，她发的是什么，是什么！

是“我不扭捏”！

撤回信息后，顾小喜松了口气，拍拍胸脯：“吓死了，吓死了！”

沐川再也忍不住，指着顾小喜哈哈大笑：“我的妈呀，笑发财了！我说，你才几岁啊，怎么就痴……呃……”

顾小喜气得不得了，伸手去卡他脖子。沐川躲闪不及，直接摔了个屁股蹲儿。

他俩在顾小喜卧室打闹，旁边也没别人，顾小喜便生了邪心，今天非得做一回“野蛮女友”，顺势骑到他身上。

卡着脖子，她似笑似怒：“取笑我，叫你取笑我！还笑不笑，嗯？笑不笑？”

沐川却笑得更欢了。

她力气虽大，但压根没用力，只作势吓他罢了。小半辈子好人做惯了，演技又不咋地，现在还想装恶人，简直是……

就像是小孩强装大人，偷来衣橱的风衣一样。有点滑稽，又有点可爱……

3

笑着闹着，沐川突然想起一事，忙捉住顾小喜的手：“别闹，我有个点子。”

“别想逃脱正义的制裁！”顾小喜反将他手攥住。

“我说正事，不骗你。”沐川轻轻推她，示意她起身，“你发现田思敏发的表情包了吗？”

“怎么了？”顾小喜拉他起来，“发的熊本熊啊！”

“我知道。这些年，最流行也最有客户黏性的表情包，也就只有两种。”沐川把顾小喜扔到床上的手机递给她，示意她解锁。

用指纹解锁后，沐川又点开她微信，找到她和田思敏的聊天记录：“你看，其中一种就是熊本熊。”

顾小喜点点头：“你说的另一种，是颜草团子吧？”

“对！这两种表情包，走的都是‘萌萌哒’的路线，只不过，一个是贱萌那款的，一个是软萌范儿的。”

顾小喜被他的话逗乐，抿嘴笑道：“这叫魔性，你用词怎么那么难听呢？”

“就这意思嘛。好，我要说正事了。这之前，我们一直在说，要把欢喜妹做成大IP，现在我问你，你有没有信心？”

“有！”顾小喜答得掷地有声，霎时思路也顺畅了，“你说的点子，是不是表情包？”

“嗯。聪明。”

“这个不错啊！”顾小喜眼眸亮起来，“欢喜妹本来就是卡通形象，又俏皮又软萌。把它开发成表情包，再合适不过了。”

“没错！你想想看，如果你是使用者，每天都用着，或者看见别人用着表情包，会不会自觉不自觉想到它？”

“会！”

“那么，又会不会顺其自然地想到我们文创园呢？”

“会！”答得更是毫不犹豫。

“我要的就是这个效果。”沐川用手梳着顾小喜因打闹而弄乱的头发，“表情包上线、运营的事，你不用操心。制图的事，就交给你了。”

“可是我没经验。”顾小喜虽然很兴奋，但更有自知之明，“玩偶毕竟是静态的，我跨界并不难，但表情包……”

见她颇有些为难，沐川就说：“如果你确实没把握，可以把这个IP授权给成熟的表情包画手。你……考虑考虑。”

“不考虑了。就授权吧，文创园的事情很多，我不能什么都占着。不然，那事我就做不好了。”

4

一周后，顾小喜收到了名为“欢喜妹过春节”的表情包草稿。

画手年龄不大，但画风活泼可爱，保留了欢喜妹IP的精髓，同时又结合了闽南春节的特色，显出很强的实用性。

想起陈爽曾吐槽过的“甲方挑剔第一稿”的事，顾小喜只给画手提出了一点优化意见。对方也没想到IP原作者这么好说话，先是一诧，再是莫名感动。

这种良性的互动，使得顾小喜一整天都保持着好心情，慨叹着生活美好。

趁着夕阳斜照，顾小喜把桌上正在忙的活计暂且丢到一边，把整副雕花木窗打开，欣赏起院中的秋景来。

秋意渐浓，初冬将至，顾小喜倚在窗边，目之所及，是四季苍翠的大榕树，岁痕斑驳的天井，还有出砖入石的古厝墙。

稍远些，则是巷子对面，一水儿的燕尾脊，成片的红厝屋，美得令人惊心动魄。

在古时候，很多地方的普通民居，都是青灰一片，鲜少有亮色。毫无疑问，这是森严的等级制度所致。

可闽南不一样，刺桐不一样，寻常人家都可以拥抱鲜亮的颜色，寻常巷陌里，也处处都是绮丽之色。

极目而望，高大的烟囱映入眼底。它和往日一样，依然那么高大，但如今，装饰一新的大烟囱，已经不再是停产车间的遗憾，而是非遗文创园的地标。

生活以缓慢的速度，在一点一点地变化，一点一点地向好。

倚靠一时，暮色四合，顾小喜这才把木窗阖上大半，盘点了一下书桌上的宝贝，缓步下楼吃晚饭。

也就在此时，顾小喜才想起，今天下午她就给他发了微信，让他准时回家喝面线糊，可是他一直没回信息……

兴许是工作忙。她想。

可等到顾小喜吃完饭，巷子里也上了灯，沐川还没回来，便无端让人忧心。

正拿起电话，李鸿的电话突然打过来，急匆匆地说："是小喜吗？我是李鸿。沐川他，他，哎，你来一下惠仁医院。"

在电话里，李鸿还告诉顾小喜，沐川跟人起冲突，不知怎么的，那人就突然中风晕倒了。

李鸿不知那人的身份，但听赵兴说，那人在和沐川争执的时候，骂了他一句"不孝子"。

听了这话，顾小喜脑子发蒙，还好有顾小欢护着她，跑出巷子，冲到巷尾打车。

车水马龙，交通不畅，顾小喜差点就跳下车，跑去医院了。

还是顾小欢够冷静，急忙拦住她：“你跑得再快，能有车快？”

赶到医院三楼，顾小喜一眼便看见沐川。过道一侧，沐川颓然坐在长椅上，目光有几分呆滞。

李鸿、赵兴本来坐在沐川身边，但一见顾小喜来了，马上起身相迎。

李鸿叹了口气，说：“我赶到的时候，沐川他……那位沐老先生已经躺在地上了。这事我也说不太清楚。赵兴，你……”

赵兴忙说：“其实，这事不能怪沐川……”

“小喜，你过来。”

沐川抬起一双疲惫的眼，猛然开口。

他肯说话，李鸿、赵兴便齐齐地松了一口气。自从沐川把昏迷的沐峰送进医院后，他便一言不发，坐在过道的长凳上发呆，也不知道是在生气，还是在自责。

所以，李鸿才让赵兴守着沐川，自己走到一边，拨通了顾小喜的电话。

顾小喜和沐川交往之后，两人的亲友都成了共同的，因此李鸿早就存了顾小喜的电话。

5

顾小喜走过去，坐他身边搂住他肩膀：“你慢慢说，没事啊，我知道你不是故意的。”

虽不清楚事情的始末，但她相信，他再怎么憎恶他爸，他也不会刻意伤人。

“吃过午饭，赵兴跟我说，任总看中了一个项目，让我和他一起做，”沐川缓缓开口，双目失神，“这个厂，叫冰凌啤酒。”

顾小喜抽了口气：啤酒厂本就在刺桐，沐峰这不是因为听说沐川在投行工作，才故意找来的吧？

果然，沐川说：“我大概能猜到是怎么回事。我安公去世后，我就一直不跟我爸联系。毕业后，他知道我在文化部门上班，就来单位找我，还说他是因为不想耽误我的学业，才不告诉我安公的死讯。我觉得他很烦，真的是……不堪其扰。所以，我离开了。”

顾小喜这才明白，沐川为什么会从原来的单位离职。他所说的“无趣”并非假话，却还别有内情。

“那你……为什么不到别的城市去呢？”顾小喜问，“是因为，你从小在这儿长大吗？”

“嗯，刺桐是我的根，我不去北上广，并非不能，而是不愿。”

顾小喜知道，他说的都是实话。之前，沐川抱着院子里的榕树，还说他自己就像是榕树，扎根于地，不像很多人那样，是随风飘荡的蒲公英。

话题似乎扯远了，顾小喜又温声问：“今天，你是去了冰凌啤酒厂吗？”

“是。既然他已经知道我工作的地点，我也躲不过他，只能去完成工作任务。任总之所以让我去做项目，也是因为我曾做过奶啤的项目，有这方面的经验。

“我本来是打算公事公办的，没想到，还没说几句话，他就聊起了私事，跟赵兴说，我是他儿子，唯一的儿子。

“我有点生气，只说请他继续谈公事。这时，赵兴出办公室去接电话。可能是遇到棘手的事，赵兴很久都没进来。沐峰就……就跟我说，希望我在尽调时，能把数据弄得好看点。

“听了这话，我很不高兴。这是对我的侮辱！每一个职业投资人都不能徇私，一个项目有没有投资价值，必须据实而报。

“我这么说，他也很不高兴。他就跟我说，连我妈都知道帮他一把，我是他的儿子，居然还冷酷无情。听他这么一说，我才知道事情不寻常。

“原来，我妈为了跟他签字离婚，竟然往这个公司投了一笔钱。这算什么？这是威逼，这是胁迫。我竟然不知道，我妈受了这么大的委屈。我……”

沐川捏起拳来，精瘦的手背上青筋冒起，犹如失血的蚯蚓。

顾小喜抚着他的手背，柔声问：“所以，你就质问他，和他争吵起来，而他……因为有基础病，突发中风，是不是？”

沐川缓缓点点头，重重地叹了口气。

一旁的三个男人，对视一眼，都深感遗憾。赵兴悄悄做了个手势，李鸿、顾小欢便自觉地随他走远。

沐川正需要安慰，而他们三人，明显不能带给他最妥帖的慰藉。

顾小喜搂着沐川，把他的脑袋轻轻拨过来，靠着她：“没事的，医院会有办法的。医生怎么说？中风严重吗？”

顾小喜知道，中风只是俗称，在医学上，是一种急性脑血管疾病的统称。

病人在中风之前往往会有诸如头晕、两眼发黑、反复性眩晕、肢体发麻等前兆。若不及时就医，就可能导猝然昏倒、不省人事的症状。严重的，会伴发着口角歪斜、视物模糊、胡言乱语、半身不遂等症状。

顾小喜越想越觉得害怕，偏偏沐川没应他，她不禁有些急了，又轻声问：“医生怎么说的？”

和她头靠头的人，还是没应她。

顾小喜微微一讶，扳起他下巴一看，才发现他已经闭眼睡着了。

他这是有多累啊！

顾小喜一阵心疼，不忍再唤醒他，只轻拍他肩膀，想让他睡得更香。

不知过了多久，顾小喜也生出了困意，打了个哈欠，忽有医生走过来，盯住顾小喜。

顾小喜用另一只手做了个噤声动作，医生停顿了几秒钟后，拿出手机在记事本上打了一行字，再呈给顾小喜看。

病人的中风症状不严重，是初次发作，请按时吃药，不用担心。

看到屏幕上的这句话，顾小喜心里的石头总算落地，她忙用唇语说了声谢谢。

医生温和地笑了，转身走远，进了另一个病房。这一头，顾小喜的肩膀开始酸麻，沐川却依然酣睡不醒。

顾小喜正无奈叹气，忽听得一声耳语。仔细一辨，却是沐川的呓语。

“你们别吵了，呜，呜呜呜，爸……”

顾小喜心中一疼，顺势把他拥在怀里，一串泪水自他脸上滑落，落在大理石地砖上，瞬间无迹。

沐川醒来的时候，入目处，是顾小喜靠着墙，眯起眼打瞌睡的模样，恍惚间，有点像正在做瑜伽的欢喜妹。

而沐川枕在她的大腿上，睡得稳稳当当。突然想起病房里的那个人，沐川一瞬间有爬起来的冲动，但见顾小喜睡得沉，便用最轻最慢的速度起身，免得惊扰了她。

本想着去向医生问个究竟，未想顾小喜猛一睁眼，慢悠悠说：“你可算醒了，我腿都麻了。”

语调里，半是埋怨半是调侃。

沐川也尴尬地笑了："我居然睡着了，那他……"

"放心，医生说没事了，我看你睡得香，就没叫你。赵兴在里面呢。"

沐川握着顾小喜的手，沿着过道走到309号病房前。透过玻璃窗，可以看见沐峰倚在床头，而赵兴正在喂他吃黄桃罐头。

此情此景，看得沐川心里一紧，踌躇了一会儿，眼圈又红了起来。

顾小喜知他很难面对沐峰，便抑声说："不要勉强自己，我代你去看看他吧。"

沐川茫然地点点头，但她还没有进门，便被沐川一把拦住："他是因为跟我吵架，才突发中风的。责任在我。"

言下之意是，他自会面对，她不用惯着他，也不用保护他。

跟着沐川进了门，沐峰的眼睛就一直没离开过沐川，眼风偶尔扫过顾小喜，也是在他二人之间徘徊。

本想询问顾小喜是不是沐川的女友，但沐川不打算给他机会，只郑重地道了歉，便撂下一句"您身体养好了再谈公事吧"。

说罢，拉着顾小喜出门，不愿多停留一秒。

6

两个多月后，各方准备就绪。

经过紧锣密鼓的准备，赶在过年前，"寻常·非遗文创园"正式开幕。

市区领导对此予以极大的关注，在整个宣传期间，除了文旅局背书，行业联盟合力推介，电视台、地方官微等媒体也在以各种方式进行宣传。

一时间，宣传视频里那句“今天你打卡了吗”成了刺桐市的流行语。人们对视频里戴着簪花围、模样俏皮可爱的导游“欢喜妹”十分喜爱，甚至有不少人在非遗文创园的公众号里留言，想要购买欢喜妹的周边产品。

顾小喜忙按文创园决策层的意思，统一答复：各种周边产品，都在准备上架。为感谢大家的支持，希望大家继续转发五天公号推文，并附上“超想去”三字。连续转发五天，将会获赠五十元代金券。

因为政策扶持力度大，融资渠道拓宽，等到开幕之时，文创园入驻的非遗项目，竟有两百多个。

平时不擅营销的手艺人们也在文创园的组织和调度下，各展其才，纷纷推出各种线下文化体验项目。

其中最值得关注的一项活动，是《我和非遗面对面》实景综艺节目。

这个节目拉来了凭借“亲爱的”系列短剧和武侠电影而大爆的康捷导演来做现场指导，并邀请当红演员饶玉、阮季秋作为嘉宾。

这两人曾合作过多部作品，已被粉丝们视作一对郎才女貌的CP，只要合体出现在公众视野，必然引起广泛的关注。

再加上，二人在参加综艺活动时，眼神都在拉丝，不免让人浮想联翩。如此一来，几番热搜一上去，非遗文创园的热度就更高了。

对于这种宣传方式，康捷不置可否，只作为一个花边来镶嵌《我和非遗面对面》综艺节目，所有入驻的非遗项目，都在节目中得到了很大的曝光度。所以，再挑剔的网友，也说不出节目组的错处。

赶来打卡的本地市民也惊喜地发现，原来刺桐的非遗项目竟有这么多的品类，产品也五花八门，几乎覆盖了生活中的日常所需。

趁着开幕活动期，很多游客都拿着代金券，买了自己心仪的非遗产品，但顾小欢、顾小喜早和沐川做出了决策：这一波宣传，要为下一波宣传做铺垫。

于是，购买非遗产品的游客，无论多少，只要把购买产品的打卡图发在朋友圈里，并附上“今天你打卡了吗”这句话，便能参加欢喜妹周边产品的抽奖活动。

抽奖活动，人人有份，永不落空。在奖品中，还有一个特别环节：朋友圈点赞人数最多的三个人，会得到一份神秘礼物。

半月的连轴转，让顾小喜觉得肩周有点发紧。她把公众号的推文发出后，便反手捏了捏肩膀。

正愁手不好使，沐川走进办公室，帮她捏起了肩膀。

“刚刚发了什么内容?”他问。

顾小喜半眯着眼，打开推文：“喏，你看，是‘欢喜妹过春节’的表情包链接。”

第一批表情包以“过春节”为主题，将闽南春节的元素融入其中，很有特色。经过前期制图、修改，每个表情都活泼有趣，富于文化气息。

“嗯，表情包上线后，会有更多的人关注非遗文创园。就等着看吧。”沐川笑起来，笑容里满满的自信。

这样的沐川，让顾小喜放心不少。

在沐峰住院的那段时间，沐川没有去看望过他，却请了老熟人冉丹去照顾沐峰。

顾小喜明白，沐川不放心别人。

对于沐川的这种拧巴，她也不多说什么。“顺其自然”的道理，她知道。

不过，沐川虽然有拧巴的一面，但他身上更有令顾小喜着迷的特质。如沐川所言，对于项目他永远保持谨慎公正的态度。

经过一番尽调、背调，冰凌啤酒厂的确被论证为不适合投资。故此，瑞华资本也放弃了这个项目。

7

沐川手劲合宜，过了一阵，顾小喜肩周逐渐放松，人也轻松了不少。

忽然间就有了八卦的心思。她想了想，转身拉了沐川的手，把他按在一边的沙发里，问："我问你啊，你相信网上说的事吗？"

"哪件事？"

"说饶玉和阮季秋是真CP的事。"

"很多人都说是营销，反正吧，大家开心就好了。我看他们自己也玩得挺开心的。"沐川笑着，用手刮刮她鼻子，"你跟饶玉关系不也挺好的？你怎么不去问当事人？"

"人家是明星好吧？特别注重隐私的。她不说，我能问吗？"

"所以，你就来问我，折腾我啊？"

"你都没正面回答我。你觉得，是不是嘛，是不是嘛？认真回答。"

"依我看的话，他们应该还处在暧昧期吧。就是那种，嗯，"沐川一阵坏笑，挤眉弄眼，"你懂的，就像是你和我之前的一段时期。"

"哪段？"

"怎么说呢？就是我向你表白之前啊。除了上班，我成天都黏着你，而你也没拒绝我亲近你。嘿，对吧？”

“也许吧。”顾小喜也坏笑起来，“其实，想想那段时期还挺美好的，后来就……”

“天地良心，小喜同志，我可一直都对你温柔体贴的，好不？”沐川把头往她脖子上一蹭，流露出几分不满。

“我不是说这个啊，”顾小喜揉揉他脑瓜子，“我是说，爱情最美好的时候，就在那种‘悬而未决’，那种‘不确定性’。”

“你这是从哪儿看来的歪理邪说？”沐川皱皱眉。

“这才不是歪理邪说呢，这是爱情箴言。”顾小喜挑挑眉，“这是爱情专家陈爽小姐姐说的。”

“她啊？都修成爱情正果了，还说什么暧昧期更美好的话。那她干吗嫁给蔚蓝？”

上个月初，为了照顾腹中胎儿，陈爽搬出了二吾民宿，正式和蔚蓝住在了一起。二人还领了结婚证。就在近期，经纪人将对外宣布婚讯。

“人家愿意，你管得着吗？”顾小喜白了他一眼，“我觉得有道理！我以前看陆大人和今夏的时候，就会觉得他们处在暧昧期的情节最好看。”

“喂，我们不是在讨论他俩是不是真CP吗？亲爱的老婆大人，你是不是歪楼了？”

“是未婚妻。”她一本正经地纠正她。

“你这话我就不爱听了。”沐川嘟嘴表示不满，“人家蔚蓝同志都享受了婚后待遇，我到现在都还是一个人睡，简直是孤枕难眠。”

顾小喜又丢给他一个白眼，没理睬他。

“小喜，”沐川摇摇她胳膊，“要不咱俩也来个‘奉子成婚’嘛！”

“你想得美!”顾小喜推推他，见他叹了口气，似乎是真失望了，便软声解释道，“爸妈都在家，那么多双眼睛，我总觉得怪怪的。”

沐川表示秒懂，兴奋之情溢于言表：“明白了，下周就安排。”

顾小喜想说，他会错了意，但又怕伤了他自尊，只得半推半就：“你看着办吧。”

沐川一高兴，就在顾小喜脸上响亮地吧唧一口，美滋滋道：“老婆真好!”

但听顾小喜又说起饶玉、阮季秋很般配的话，沐川突然想起一事，便说：“饶玉和阮季秋是什么情况我说不好，但饶玉和任总的关系，我很清楚。”

“什么关系?”

“应该是亲生父女。当然，这是我猜的，不过八九不离十。”

“啊?你不是说，任总是她妈妈的初恋吗?”

“最近不是要请饶玉来参加综艺嘛，我和康导也接触了好多次。你知道的，康导和饶玉一直保持合作，关系很好。康导无意中说起，饶玉的母亲去了法国瑟堡以后，曾有过一段短暂的婚姻，是和一个法国人。那个，你……懂了吗?”

“法国人，不是华侨?”

“对，不是华侨，所以……”

饶玉的脸蛋，极具东方女性之美，没有一丝混血的模样。

答案呼之欲出，不言自明。顾小喜也被惊到了，半晌才徐徐开口：“怪不得，怪不得饶玉听了任总的话，会突然跑出去。她肯定接受不了，她妈妈一直隐藏父亲身份的事。”

是了，定是如此，所以她才不知该怎样面对任总，然后终止了与瑞华资本的合作。

但也许饶玉后来想到了折中的办法，才把任总认作干爹，继续跟他合作。

8

这也没办法。

饶玉是公众人物，曾在接受采访时说起自己没有父亲的事。要在此时告诉媒体，自己又冒出一个亲生父亲，恐怕会被有心人拿去做文章。

想到这儿，顾小喜不禁叹道："还是做普通人的好，公众人物每天都要接受大众的凝视，哪有什么自由可言？"

沐川正想说话，忽然间被三声敲门声打断。

沐川、顾小喜往门口看过去，只见一个身材苗条、风韵犹存的中年女人，含着笑，娉娉婷婷地立在门口。

"肖阿姨！"顾小喜马上招呼她，三两步就跑到门口，把她迎进门来。

沐川也顿时明白过来，眼前这位中年女士，其实是李聪的同事，和她一般大。只不过，舞蹈老师肖园更擅长保养，所以看起来比实际年龄年轻十来岁。

当然，沐川也知道，肖园还有一个身份，是顾长庆的前妻。

"肖阿姨，您喝什么茶？"

顾小喜和肖园已经坐在沙发上，沐川忙去洗茶杯。

却听肖园说："不了，不了，我这是刚回刺桐，想来看看你们打造的这个非遗文化阵地。三年没见，小喜是越发出息了。"

非遗文化阵地，多好听的词儿。

市区的宣传口，一直就拿"打造非遗文化阵地"这几个字，来给"寻常·非遗文创园"上价值，但当市民口中说出这几个字，意义就非比寻常。

至少，在顾小喜看来，是对她和沐川，以及许多奉献过才智的人的一种肯定。

肖园又打量了沐川一眼："这就是小喜的未婚夫吧？哎，小喜眼光好，这个男生很阳光帅气哟。"

得了肖园一顿夸，沐川也来了劲："谢谢肖阿姨。肖阿姨青春永驻，更是羡煞我等。"

肖园被他这转文的句子逗乐了，拉着顾小喜的手，笑道："你是有福气的孩子。要好好珍惜。"

言谈间，肖园说及这三年来她在西南旅游的趣闻。说到后来，她便说："西南那边也有一些非遗小镇，开发得很好。听你妈妈说，你画了一些好看的墙绘画，快带阿姨去看看。"

此时，正是上午十点来钟，文创园的游客并不多。三人偕行，参观了大半个园子，才来到非遗文化墙绘画之前。

又走了几步，便看见了欢喜妹墙绘画和不远处的欢喜妹雕像。和装饰过的大烟囱一样，这尊雕像也是园区的一个标志，引来不少游客打卡。

肖园也摆出造型，让顾小喜帮她和雕像合影留念。就在照相结束那一刻，肖园蓦然间瞟到雕像的右臂，不由得蹙起眉来："这是……吕什么涵到此一游？"

字迹有些潦草，肖园看不太清。

顾小喜大吃一惊，走近一看，仔细辨认道："这……"

她哭笑不得，脸上也有几分愠色，征询沐川的意见："这才半个月，就……一会儿，让工人再来漆一遍？"

原本，顾小喜以为，就算有素质不高的市民，或是不懂事的孩子，也只会去折腾墙绘画。届时，大不了再补色便是。

谁承想，竟然有人对油漆雕像"下手"了。也不知道，这个人到底是大人，还是小孩。

沐川默默看了一会儿，应道："是要刷一下，还好这个颜色不难调。不过……"

他皱皱眉："下次再遇到这种情况，该怎么办？客流量那么大，防不胜防。"

"要不，在监控室实时监控，阻止这种不文明的现象？"顾小喜说。

文创园开幕之前，已经装好了数个摄像头。要想实现实时监控，不是不可能。

沐川却摇摇头："盯不住的。再说，这种做法，容易被误读为赶客。"

言之有理，顾小喜也马上明白过来。她又看了雕像一眼，叹道："那怎么办呢？伤脑筋。"

见状，肖园拍拍顾小喜肩膀："或许，阿姨能帮你想个办法。"

第十七章 头顶的流动花园

1

肖园给顾小喜、沐川讲了一个道理："很多人都有'留痕'的爱好，不然就不会有那么多的摩崖石刻。依我之见，堵不如疏。与其找人随时盯着文创园里的一草一木，不如想办法让游客有个合适的签到处。"

这话说得在理，顾小喜、沐川瞬时如醍醐灌顶。沐川想了想，突然有了主意："烟囱下面有一带空白地，我可以去准备一块可供游客签名的电子屏。"

"电子屏？可以签名的吗？"顾小喜没听说过。

"对，不仅可以签名，还可以保留一段时间。我可以在最下方设置一个滚动条，让游客的签名滚动起来，保留很长一段时间。"

"能保持多久？客流量最大的时候，能同时容纳四千多人。到时候，游客的签名，岂不是要打架？"顾小喜表示疑问。

肖园听得笑起来："你先听小沐说完。"

沐川接着说："园区内没有民宿，游客不会在这儿待整天整夜。即便待很长一段时间，也没人有闲情逸致一直盯着屏幕。我们只需要设定每个签名滚动四五个小时，就可以了。"

说罢，沐川调皮地眨眨眼："他们只要看到签名出现过一两次，就会很开心，那种'到此一游'的愿望就能得到满足。"

"也是。"

"此外，不是每个人都有'留痕'的爱好，不至于把屏幕霸满。"

顾小喜点点头："不错，这是个办法。阿姨，您觉得呢？"

肖园也表示赞同："我只是提出了一个思考方向，小沐却马上能想到解决办法，脑子转得很快！"

"这多亏肖阿姨的提醒，不然我们只能用笨办法。"沐川难得谦虚一次。

顾小喜往人群里瞟了一眼，说："游客已经多起来了，万一再有人……沐川，要不你这就加紧去办？什么时候能把你说的电子屏签弄回来？"

"李老师曾经投有一个电子厂的项目，他们应该有这种屏幕。"

"那我陪阿姨逛文创园，你赶紧去操办。越快越好。"

沐川心说，操办哪是两个字的事，审批、拨款，都是一串事，除非他自己先垫付。但他不想扫她的兴，只能一口应下，打电话跟李鸿联系了。

顾小喜带着肖园在园里游逛，不一时来到一座廊桥下。这座廊桥是在老厂房之间新增的玻璃桥，造型优美，通体晶莹，现在已经成了文创园里的一个打卡点。

"阿姨，我带你去桥上看看。"

"哎哟，这透明的，看起来有点吓人，跟玻璃栈道差不多的感觉。”

顾小喜笑道：“每次只允许二十人上去，很安全的。而且，真正的好风景，是在桥上，而不是桥下。”

“真的？桥上有什么？”

“嗯，怎么说呢？有艺术吧。”顾小喜挽着肖园的胳膊，“您跟我来。”

小心翼翼地走上桥，发现没出什么状况，肖园扑扑直跳的心才平静了不少。但她的心跳，很快又被桥上的若干扶手逗引起来了。

这是……

肖园辨认着，好像是树桩，这是用树桩做的扶手？

是的，从下往上看，是形态各异的树桩。站在桥上，乍一看，也是树桩。但走到最近的一根树桩前面，才明白为什么顾小喜说桥上有好风景。

这个，是画的四果汤；下一个，是画的面线糊；再下一个，是画的姜母鸭……

再多看了几个，肖园发现，每一个树桩扶手的正面，都被打磨平整，画上了刺桐特色美食。

画师的画工很出色，每一道菜都画得栩栩如生，如在眼前。要是来个饿肚子的人，怕是要馋得垂涎三尺了。

肖园突然想到顾小喜在民宿里画的墙绘画，一时间惊喜交加，问道：“这是你画的？是你画的吗？”

“嗯，是我画的，所以才专程让您来看看。”

“这些，是叫墙绘吧？”

“准确说，叫树绘。”

“不容易啊，不容易。先不论画工，能想出这个主意，都是了不起的事。”

顾小喜心想，可不是吗？为了腾出时间专心画“刺桐美食廊桥”，她连欢喜妹IP表情包都授权给别人去打造了。

前几个月，几乎每天都麻烦蒋师傅做一道特色菜，上了菜，顾小喜总是要拍个照留存，再照着照片进行二度创作。

2

几天后，公众号里发出了一篇新的推介文章，标题就够吸引人：走过路过不要错过，电子屏签欢迎您。

发完推文后，顾小喜如释重负，接过沐川递来的红茶饮了一口，胃里霎时暖了。再往办公室外一看，天都快黑了，但顾小喜此时毫无睡意，很想看看公号粉丝的反应。

她和沐川靠在沙发上，有一搭没一搭地闲聊。约莫半个小时，进后台一看，直接被数据震撼到了。

居然有三万阅读量，几千的转发、点赞量，留言也有两百多条。

精选二十条留言，顾小喜和沐川边看边笑。

这个说：“电子屏签，这可是新玩意儿，我要去玩，我要去试试！”

那个说：“非遗文创园的管理者很有智慧。这么一来，就没人再在园区里乱涂乱画了。要是有人还这么干，我马上把他拎出来骂！哈哈！”

顾小喜、沐川相视一笑。沐川笑得格外狡黠。

本来，顾小喜只是用轻松幽默的口吻，提了电子屏签的事，沐川却建议她再多配一张欢喜妹看着胳膊，委屈巴巴的图。旁边还写上一行字：“爱我的人，一定要在电子屏签上留下你的名字哟！”

看样子，大家都看懂了管理者的心意。这不，跟着就有人回复那一条，“管理者确实用了心，这叫‘润物细无声’啊！”

看到这儿，沐川不打算再看，美其名曰“再看下去，我就要飘了，我要随时保持进步的动力”。

逗得顾小喜咯咯直笑。

事实证明，用电子屏签来引导游客签名留念的方式十分可取。一周下来，园区里没有出现一处乱题乱画的现象。

沐川不禁感叹：“果然，姜还是肖阿姨的辣！”

3

晚风吹拂，星光熠熠。

风车岛上，各色民宿零星地散布着，并不集中。沐川牵着顾小喜的手，步行回到一家临海的民宿。

这间房间显然不便宜，向海的两面，全是落地玻璃窗，一眼就能望见海的模样，嗅到海的气息。

因是夜晚，雾蓝色的窗帘比海的颜色更像海，似乎氤氲着一股水汽。

整个屋子里，也无处不体现着海洋主题，所有的装饰画都以海贝堆叠而成，十分别致。最醒目的地方，还摆着一个“海的女儿”的聚酯摆件。

沐浴更衣，人也清爽轻松了许多。二人只觉整个世界都静了下来，默契地不发一语，相拥坐在落地窗前。

良久，沐川才轻声问：“怎么样？找到灵感了吗？”

这话要从前两天说起。春节来临，刺桐市因申遗成功，宣传给力，迎来了大批游客，游客量同比增幅达50%之多。

刺桐的文旅行业也因此火爆出圈，屡屡登上热搜，引来更多关注。旅行博主们见有热点可追，纷纷来到刺桐过冬，并晒出各式美照，宣传这个新晋的世遗城市。

外地游客们来到刺桐之后，往往会选择三种类型的旅游攻略。

一是世遗景点，二是街巷文化，三是非遗民俗。

在这里面，开张不久的“寻常·非遗文化创意园”尤其引人注目。因为，它是唯一融合了“街巷文化”和“非遗民俗”这两个热点的旅游景点。

刺桐市的一些旅行社，早早挖掘到了这个商机，很贴心地为外地游客定制了“三公巷+百工巷+非遗文创园”的旅游团。

在旅游团的海报里，这条路线所涉的三个景点，各有其特色。

三公巷里有三公祠，王宗翰、王宗荣、王宗鲜三兄弟在历史上曾位列司马、司徒、司空。三公祠里，则有墙门、门楼、照壁、正殿、庑房、享堂等建筑，值得一看。再说“三公文化展”，规模虽小，但极具特色，连“位至三公夔凤连弧纹铜镜”这样的汉代铜镜，都被收列其中。

百工巷里，也有一个名为“百行百业”的小型博物馆，里面陈列着刺桐历史上众多行业的劳动工具。最近，从百工巷走出去的华侨还捐助了一个VR设备，游客们能在这里进行互动体验，沉浸式感受十多门手艺的魅力。

再就是“寻常·非遗文化创意园”。在旅行团的海报上，非遗文创园的亮点在于“一站式服务：好赏、好玩、好吃、好买”。

说得的确不错，至少对于外地游客而言，能一次性饱览刺桐非遗文化，并购买其产品，的确够方便。

顾小喜却表示出忧虑，对沐川说：“这个亮点提炼得并不好，好像我们这里只是一个打造得很成功的商业街区似的。”

沐川深以为然：“虽说带来了巨大的经济效益，但如果不能突出园区的文化特色，必然只流于表面，迟早会在竞争中败落下来。”

思来想去，二人暂时没挖掘到能呈现文化亮点的方式，便打算给自己换换心情，去风车岛走走。

刺桐虽为海滨城市，但老城区距离海边较远，顾小喜也很少来海边。

此番来到风车岛，骑行了小半日，逼出一身汗，像是把心情也淘洗了一遍。沐浴之后，人这身子一松乏，心思也活络起来。

听得沐川发问，顾小喜便点点头：“我还真有个点子。你记不记得，晚上我们吃的什么？”

“海鲜大拼盘？”

“嗯，菜是你点的，我问你，你为什么想点这个菜？”

“因为我吃一道菜，就能吃到很多种海产品。很划算，很方便，也很……怎么说呢？独特？”

“独特是什么意思？展开说说。”

“比如说，蛏子和海蛎组合起来，口感还挺丰富的。”沐川凝视她笑眼，大有所悟，“你是说，非遗产品可以不用单打独斗，而是……”

“没错，它们可以两两组合，甚至三三组合，一起打造一款独一无二的‘海鲜大拼盘’。比如说，我昨天就看见一位游客提着新买的花灯，偶然间走进了珠绣商铺，临时请珠绣老师在花灯上加上一组珠绣。”

沐川没有吱声，只静静地思考。

顾小喜耐不住性子，轻轻推他一下：“这个不好吗？我觉得那位游客很有想法，他要的就是独一无二的非遗产品。这种独一无二，恰恰是在跨界之中产生的。”

沐川点点头：“我明白你的意思。你这个主意也很好，但我觉得还有优化的空间。”

“你说。”

“照你刚刚说的意思，是要让非遗手艺人自行组合，研制新的产品。这个想法是好，但短期内很难实现。”

顾小喜想了想，也说：“这倒也是，一项非遗产品，能在传承的基础上进行自我更新，已经很不容易了。更何况，要和其他非遗作品相融合。”

“不容易归不容易，但这的确是一个很好的主意。我再说说另一个问题。”

“啊？”顾小喜顿时泄了气，“有这么多问题？”

“那……要不，我先不讲了？”

“还是讲吧。”

“算了，也许，你更想听到的是我的解决方案，而不是问题本身。不如，我想好了答案再跟你说问题？”

这话说得有趣，顾小喜马上有了劲：“好，一言既出驷马难追！”

“那……娘子，”沐川眼随眉动，捎上一点坏笑，“夜色已深，我们是不是该安歇了？”

顾小喜转头看了看房间门口：“你骗我说，民宿只有一间房了，我刚刚看见，还有一间……”

“别啊，”沐川摇着她浴衣袖，觍着脸，“你那天不说，平时那么多双眼睛盯着咱们，不方便嘛。现在……嘿嘿……”

被识破“奸计”，沐川索性死皮赖脸。

顾小喜脸倏然一红：“你会错意了。”

“那我不管，来都来了，不想试试‘海鲜大拼盘’的味道吗?”

“啥?”顾小喜没回过神，心说，这人的思维怎么那么跳跃?

“刚刚不说了吗? 蛏子和海蛎，它们可以两两组合，一起打造一款独一无二的‘海鲜大拼盘’。”沐川拉着她手，直挠她手心，“现在，我就是蛏子，你想不想当海蛎?”

手被挠得痒痒的，心也被撩得痒痒的，整个人似陷入半寐半醒之间。

不经意间，顾小喜好像听见自己低低“嗯”了一声，之后，身子一轻，陷入一朵棉花云里。

眼中依然可见熠熠星光，那是沐川灼灼的眼眸。

4

所谓“上元小年兜”，闹过了元宵，赏过了花灯，这个年才算过得完整。

与以往的元宵节不同，沐川、顾小喜选择在非遗文创园里过节。而从策划元宵活动到实施方案，中间还不到七天。

之前的方案由顾小欢提出，整个园区里会以“刺桐花灯”为主题，来进行打造。但当沐川、顾小喜从风车岛回来后，就提出一套改进的方案。

原因无他，只因之前的方案较为保守，很难在众多的灯会中脱颖而出，成为游客们的首选，无法为园区带来更多的经济效益。

相关的推文四天前就发了出去，文创园的工作人员也进行了紧锣密鼓的准备。为了打响知名度，每个人都加班加点，尽力完善每一个细节。

元宵节当日，傍晚五点来钟，文创园里已经挂上了精心制作的各式花灯。与此同时，在欢喜妹雕像旁边，拉起了“蟳蜅女赏花灯”的活动宣传横幅。

再往宣传横幅右侧，便是一个临时增设的簪花围非遗体验点，和元宵圆制作现场展示和售卖的摊位。

这一次，沐川、顾小喜别出心裁，把元宵灯会的宣传主题定为“蟳蜅女赏花灯”，重点在于推广刺桐花灯、簪花围和元宵圆。

在这三者里，前两个都是国家级非遗项目，一个是市级非遗项目。簪花围虽与元宵节没有直接关系，却是文创园欢喜妹IP头上所簪的花环。

考虑到游客们对这个IP十分喜爱，顾小喜便提议来一次沉浸式的花灯会。

六点一到，游客们纷纷进园。

沐川、顾小喜站在玻璃廊桥上，一直注视着人流量的变化。

一开始，人流量并不大，且以女孩居多；一个多小时后，游客逐渐增多；到了晚上十点钟时，已是人头攒动，语声鼎沸。

如顾小喜所料，没有一个女生会拒绝簪花围的诱惑。女孩子们刚一进园，就体验了簪花围，而后自动代入了蟳蜅女的角色。一时之间，几十上百个“蟳蜅女”，呼朋唤友地逛起了园区，赏起了花灯，猜起了灯谜，打卡了朋友圈……

这可比什么广告都有用。

沉浸式赏灯毕竟是稀罕玩意儿，没人不想来尝尝鲜。

游客越来越多，且表现出相当的购买力。除花灯之外，很多非遗店铺都顺带着沾了光。

见状，沐川站在桥上，搂着顾小喜夸了又夸，说她这个“元宵大拼盘”方案做得有特色。

顾小喜被夸得喜笑颜开，言语却很谦虚："我能想到这个'元宵大拼盘'，也是因为你的提示啊。"

"什么提示？"沐川仍然回味着那一夜，颇有点食髓知味的意思，"蛏子和海蛎的拼盘？"

"滚，我给你说正事。"顾小喜语带薄嗔，"你不是给我提了两个问题吗？一是非遗手艺人很难在短期内自行组合，研制新的产品。"

"嗯。"

"二呢，是非遗手艺人，大多专注于自家手艺，不善营销。他们即便是跨界组合，也未必能做出具有商业价值的产品。"

"对！所以，你给出了一个观点，我们策划人要负起这个责任，要做出周详的策划案，一定要让每一款商品，或者是每一次活动，都能挠到游客的痒痒肉。"

顾小喜笑了："那你觉得，我们这次的策划有没有挠到游客的痒痒肉？"

"当然，营造气氛，让游客们以蟳蜅女的身份沉浸式赏灯，这个点子多有意思啊！也只有我家小喜能想到。对吧？"

这个点子，是由顾小喜提出、沐川加以完善、顾小欢拍板的。想到创意的来源，在这灯月交辉之夜，顾小喜突然有点恍惚，不自禁叹了口气。

沐川忙问她怎么了，她便说："我在想，没有一门知识是白学的，没有一本书是白看的。我俩是编导专业出来的，结果我们都有些'不务正业'。你去做了投资经理；而我就闲散在家，搞墙绘，做导游。谁承想，有一天……"

"有一天，"沐川接过话题，"我们会调动自己的知识储备，开动聪明的小脑瓜子，来做园区策划。对吧？"

"对！"顾小喜正视他，眸中氤氲着水汽，"就像是在做梦一样。”

沐川把手搭在她肩膀上，认真地说：“这不是梦，这是事实。事实上，你很优秀，当年在职场受挫，恰恰是因为你太优秀。后来，你缺乏信心，不敢再进入职场，现实却推着你，一步步地从一个墙绘画手，变成了一个文化创意策划人。”

“是啊，我很忐忑。我怕做不好。”

“不用忐忑，你做得很好。一个城市，一个园区，要想把文化产业做好，必须依靠创意人才。你的所有努力，都有价值。”

说到动情处，沐川在顾小喜脸上轻轻啄了啄，再退后两步，伸手邀请她：“我觉得，工作时间结束了，亲爱的蟳蜅姑娘，我们是不是可以开始约会了？”

元宵节，是中国传统的情人节。

顾小喜会心一笑，把手递过去：“走，约会去也。”

为了应景，顾小喜也早早地做了簪花围。二人携手下桥，头上的簪花围，像极了一座流动花园，令人目不暇接。

5

“各位线上线下的朋友们，你们好。现在我们所在的位置，是‘寻常·非遗文化创意园’，我是你们的老朋友阿珍。我的身后，是一家蟳蜅文化体验店。”

记者阿珍拿着话筒，热情洋溢地做着现场直播。身边的摄影团队，也紧跟她的节奏进行直播，一丝都不敢懈怠。

“要说蟳蜅女，当然要先从蟳蜅说起。蟳埔是刺桐海上丝路起点的重要港口。以前，很多商船满载着丝绸、瓷器，从蟳埔起航，穿过海峡，把货品安全送达南洋多地。由于船舱已经卸货，舱内如果不载货，就会造成重心不稳，不利于航行，所以啊，船员们就会把散落在海边的蚵壳收集起来，装在船上压舱。嗯，说到这儿，我们的第一个有奖互动答题环节到啦！请问，那时的蟳埔人，把蚵壳拿来做什么用途？知道答案的朋友们，请在公屏上留言哟！”

阿珍的团队现在蟳埔文化体验店门口，并未进店。老板娘含着笑，一边为游客盘发，一边望望门口。

沐川、顾小喜站在围观游客中间，看着阿珍做节目，心情也无限美好。

在等待线上观众作答期间，阿珍也拿着话筒，即兴采访起现场游客：“这位帅哥，您的看法是什么呢？来告诉我们！”

被点到的那位帅哥显然还没进店去看，对蟳埔文化也不怎么了解，结巴了一会儿，才说：“是拿来做装饰品吗？我不晓得！”

帅哥是外地人，一口巴蜀口音十分醒耳。

一言既出，周围立刻有人起哄，他不禁红了脸：“总不能是拿来吃吧？不都是壳子吗？我啷个晓得！”

知道答案的人，免不了又是一顿哄笑。阿珍便笑盈盈地安慰他：“不知道没关系，帅哥马上跟我进店去一探奥秘，好不好？”

帅哥自然是求之不得，马上应道：“要得要得，我也要长知识！”

随即，阿珍领着帅哥进了店门，落落大方地和老板娘打起了招呼。不少游客也凑趣地一拥而入。文化体验店里顿时拥挤不堪，但大家都很懂仪节，不曾打扰老板娘盘发。

沐川、顾小喜没去凑那个热闹，他们对店内装修一清二楚。

老板娘本人就是一个地道的蟳埔女。为了突出蟳埔文化，她对装修设计师提出要求，一定要仿照蟳埔村的蚵壳厝，来打造这个小小的文化体验店。

设计师完全遵照她的要求，把大量的蚵壳嵌入墙饰中。

原来，船员把蚵壳运回之后，便会拿来作为房子的建筑材料。他们不用担心材料不够，因为商船不断往返，运回的蚵壳数量自然也很多，可以说是取之不尽用之不竭了。

劳动人民的智慧就体现在这里，他们善于就地取材，造出了独一无二的蚵壳厝，成为又一传统民俗文化的瑰宝。

沐川、顾小喜继续缓步前行。

而在文化体验店里，阿珍还在进行现场直播。

“好的，说完蟳蜅，说完蟳蜅特色建筑蚵壳厝，我们再来说说蟳蜅女。众所周知，蟳蜅女是闽地三大渔女之一。传说，因为阿拉伯人和当地汉人通婚，所以蟳埔人是古代阿拉伯人的后裔。正因如此，直到今天，在蟳蜅仍然能看到中亚的遗风。刚刚说到的蚵壳厝，就是一种中亚遗风。此外，这种遗风也表现在蟳埔女的头饰上。它有一个好听的名字，叫‘簪花围’。

“现在，老板娘正在给一位游客朋友做盘发。盘发之后，就会给她戴上美丽的簪花围。除了簪花围，蟳蜅女还会戴上丁香耳坠，穿一件大裾衫，一条宽脚裤。

“簪花围要戴得稳，还需要——摄影师给一下镜头——还需要插戴象牙筷。早在两宋时期，这种簪戴方式，就从中亚流传过来。

“什么？您问这头上都有什么花啊？我可说不全。这样啊，我们来问问老板娘，可以吗？”

“可以可以。”老板娘麻利地给游客梳好圆髻，慢悠悠说，“我从盘发开始说吧！”

“好的，好的！”阿珍赶紧把话筒递到老板娘嘴边。

“我们要先把长头发往脑后梳拢好，再扎上红头绳，然后盘成这样的圆髻，在中间横插上簪子。以前确实是插戴象牙簪，现在为了环保，已经改成塑料的啦。不过，如果遇到重大节庆，也可以换成金簪。”

游客中间一片惊叹：“金簪啊，好有钱！”

老板娘一边给游客插戴簪花围，一边说：“你们看，这四周戴上三串花环，这是洁白的素馨花，这是鹅黄色的含笑花，这是红色的粗糠花，有点像小球，还有茉莉花、山茶花、玉兰花、菊花、夜来香……都可以拿来做簪花围。可以照着不同的季节做调整。喏，就这样，五颜六色的，一圈一圈，你们说，好不好看？”

阿珍忙接口道：“好看，好看！花团锦簇、层层叠叠、缠缠绕绕，果然是一座流动的花园！”

“头顶上的流动花园”，是人们对簪花围的盛赞。阿珍在此时一口说出，可见先前做足了准备工作。

说话间，老板娘已经为游客做成了“小小花园”。女生起身之时，看着镜头和众多游客，还有些腼腆。

阿珍便夸赞道：“小姑娘好好看！这丁香耳坠，这大裾衫，这宽脚裤，特别地道。在簪花围的映衬下，一颦一笑，都那么楚楚动人。请问，您能给我们一个镜头吗？”

女生被阿珍夸得自信起来，笑出了标准的八颗牙。线上线下，都被她迷人的风姿打动，点赞飙升，小火箭嗖嗖直送……

关于簪花围的讨论，也在游园赏灯的小情侣口中展开。

顾小喜说：“两宋时期，人们就很喜欢簪花，甚至可以说是全民簪花。这种习俗流传至今，还保留在蟳埔村。你听过高甲戏吗？有一首《桃花搭渡》里就有一句唱词，说‘四月围花圈，一头簪两头重’。”

沐川则说：“你说得不全对。用鲜花来簪戴，早在汉代就有，而且也很流行，已经成了一种民俗事项。你去过四川博物院，或是成都博物馆吗？”

“没有。”

“那可以去看看。那里面有一些出土的簪花女俑。她们的发髻正中，插着一朵比较大的菊花和数朵小菊花。那时候，没有影像资料留下来，但我们通过这些女俑，就可以窥见当时簪花的习俗。”

顾小喜崇拜地看着沐川，摇摇他肩膀：“你带我去看！我想看！”

“这个啊，让我考虑一下。有点远啊，还要坐飞机。”

沐川故意拿乔，引得顾小喜气鼓鼓地捶他一拳。

“哎呀，好凶，小拳拳捶胸口啦。”痛自然是不痛的，但沐川的本意就是逗她，此时自是戏精上身，“我怕了，我怕了，带你去嘛！”

“好！成交！”顾小喜咧嘴一笑，给他一记飞吻。

6

逛了半个园区，顾小喜也有些饿，正好闻到元宵圆的香气，便拉着沐川往前走，一边走一边说：“我哥应该在呢。”

沐川戏谑道：“怎么？你要插队啊？”

“哪能？我是在想象，他会怎么宣传我家生产的元宵圆。”

刺桐的元宵圆和别处的汤圆有些区别。虽说馅料都是白砂糖、花生、芝麻、冬瓜糖、橘子皮等，但其制作工艺颇为不同。

汤圆是以糯米面团包裹馅料进行揉搓，而元宵圆，则需先将馅料打成圆球，再把它放进糯米粉中摇滚，使其黏附在一起，直至摇滚均匀。

2013年，刺桐小吃制作技艺元宵圆，被列入第四批市级非物质文化遗产代表性项目名录。

已近凌晨，文创园里依然人潮涌动，没有“退潮”的迹象。

小情侣好容易挤进人堆里，定睛一看，堪堪撞见周舟一家人正在排队等吃。前面还有三四人而已。

顾小喜忙甜甜地招呼：“周叔、钱阿姨、周舟！”

周舟爸妈都点头致意，周舟则笑道：“马上就该我们了。那就来五碗！你过来！”

顾小喜也不谦让：“好！”

往前走去，餐车前忙着调馅的人眼熟得很，不是顾小欢还是谁？

就在顾小喜提出要把元宵圆列入策划案作为元宵节重头戏之时，顾小欢自告奋勇地说：“元宵圆的几位传承人没有入驻文创园，那就让我来做推广吧！”

顾小喜以为他是要把“寻常小味”生产的速食元宵圆拿到现场叫卖，再一问才知道，她哥竟然是要跟糖厂师傅们现学现卖，现场制作元宵圆，不禁吃了一惊。

顾小欢对此很有信心：“滚元宵圆的手艺需要很长时间的练习，我还做不来，但调糖馅肯定是专业对口。你就放心吧！”

眼下，看顾小欢手法娴熟，顾小喜也放心了几分，学起了记者阿珍的腔调：“这位帅哥，请问您调这个馅料，有什么诀窍吗？”

顾小欢愣了一下，马上进入了被采访的角色，一本正经地胡说八道：“诀窍说简单也简单，说不简单也不简单。首先是选材要好，然后是进行精心配比，不然，有可能甜得齁人，也有可能甜度不够。所以啊，真正的诀窍就是——经验。”

顾小喜听得忍俊不禁：“说得真好。听君一席话，如听一席话!”

周舟被兄妹俩的对话逗得前仰后合，好一时才听到妈妈钱芳的唤声：“快别笑了，到我们了。”

周舟这才扬声说：“五碗，五碗！谢谢师傅!”

正在滚元宵圆的老师傅从顾小欢手里接过馅料盆，乐呵呵直笑。自从顾小欢到厂里上班之后，周舟也没少来找他，因此，大家都认得顾主任这个未婚妻。

见周舟只要了现煮的元宵圆，没照先前说的那样，购买速食的元宵圆，周明礼忙拿出手机，准备扫码：“再拿三袋速食的。一共多少钱?”

顾小欢忙摆手道：“不用，叔叔，你不用……”

周明礼却做了个嘘声的动作：“我今天是来捧场的，这钱一定要给!”

顾小欢只得如实报价，收下未来岳丈的钱。

7

热腾腾的元宵圆端过来，三个年轻人手捧着速食碗勺，站在元宵圆小摊边。

为数不多的露天座椅上，周明礼、钱芳已经吃了起来。

刚吃了一颗元宵圆，沐川就差点被旁边的小孩挤到一边去。万般无奈之下，他便提议，到海丝墙绘那边去品尝元宵圆。

海丝墙绘，距离“寻常小味”厂房只有三十多米距离，目前算是文创园里最清净的地方。

周舟给爸妈打好招呼后，跟着沐川、顾小喜来到海丝墙绘边。

一早听说这墙绘是谭清清画的，周舟吃完了元宵圆，也忍不住多看了几眼。

顾小喜吃下最后一颗元宵圆，呵呵一笑："我哥虽然说了一通废话，但这甜味确实调得不错。你觉得呢，周舟姐？"

周舟看得出神，好一时才意识到顾小喜在问她，回答得也驴唇不对马嘴："嗯，元宵圆还不错，挺Q弹的！"

顾小喜见她依然盯着墙绘，猜想她大概想起了谭清清和顾小欢是彼此初恋的事，便对她说起谭清清和曾仕明已经和好如初，并准备在下月办酒席的喜讯。

果然，周舟神情一松，半是意外半是高兴地说："要结婚了？那挺好的，曾总看起来脾气很好的样子。"

回国之后，顾小欢进了糖厂，从主任做起，为以后接任厂长做准备。周舟则在一家生物制药厂工作，负责糖衣的研制。

工作不忙的时候，周舟会来糖厂走一走，但她并不想每天跟顾小欢黏在一块，所以打从毕业开始，就没打算要来糖厂工作。

因为周明礼是地产商，平时也跟装修公司往来密切，所以周舟没少从她爸那里听说曾仕明这个人。

脾气好，有教养，讲诚信，有艺术品位……几乎都是好词儿。

后来，听说谭清清和曾仕明分手，周舟不免有几分惋惜。

同时，心里也隐隐有几分担忧。因为，不知出于什么原因，顾小欢不仅保留着当年谭清清送他的画，还把它挂在卧室显眼的位置。

偶然知道这事时，周舟心里说不出什么滋味，但又不好多说什么。

那画，画的是一艘海船，海船上站着一对少男少女，青春而又清纯。

周舟心想：和我一样，她应该也很喜欢海与船吧。眼前的这幅墙绘作品，也用了这样的元素，连构图都有几分像。

也是在此时，突然听说谭清清的喜讯，周舟突然有了诉说的勇气，便对着顾小喜一五一十说来。

最后，她问："你说，你哥为什么留着那一幅画呢？"

顾小喜却有些为难，不知该怎么回。要说哥哥对谭清清还余情未了，这不可能，这么多年来，在他口里都很少提到这个名字。可她总不能用不够笃定的话来敷衍周舟吧？

她便把疑问的目光投向沐川："你说呢？沐川，你觉得呢？"

吃了元宵圆，又吃了这个瓜，沐川蓦地有了表达的欲望："我以我男人的角度来看，小欢哥并不是因为爱情而收藏这幅画的，最多只是在纪念一段过往。举个例子。情侣间分手之后，会不会删除彼此的联系方式呢？"

"会！"顾小喜、周舟都答得斩钉截铁。

在顾小欢之前，周舟也谈过一个男朋友，因为个性不和，两人很快就闹崩了。周舟气愤之余，立刻删了那人的微信。之后，又是一次复合，加微信。再之后，彻底分手，又彻底删除。

见她二人答得那么整齐，沐川笑了起来："这不就是了！正因为心里还有这个人，才怕和他相关的一切会勾起伤怀。反过来说，如果还保留着对方的联系方式、物件，只能说明，那个人在与不在，都没有关系，都激不起心里涟漪啊！"

第十八章 职工疗休养基地

1

元宵节当晚，非遗文创园的客流量达到了新的峰值，带来的经济效益也很可观。各大媒体的记者争先报道，掀起一浪一浪的客流高潮。

有鉴于此，文创园临时决定，将“蟳蜅女赏花灯”的活动持续到正月底。

这种安排倒也说得过去，因为在刺桐人的意识里，要过完正月才算进入新的一年。

然而，正在文创园上下都为高人气、高收益而兴奋鼓舞之时，玻璃廊桥上竟然出现了安全事故，造成很不好的舆论影响。

本地新闻比较客观地报道了这件事，说是一个中年女子，因为要救助一个小孩，险些从廊桥上跌下来，拉伤了腰部韧带。事发后，文创园的保安连忙将她送到医院，文创园承担了医药费。

可在某些无良的自媒体当中，这件事情却被描述成，中年女子与一个小孩起了矛盾，互不相让，而后在推搡中伤了腰部韧带，险些掉下廊桥。他们还特意放出了一段掐头去尾的录像，来“证明”文创园存在巨大的监管漏洞。

这种无良自媒体在网上带节奏，混淆是非，博尽眼球，引起大量不明真相群众的转发。

好在现在人人一部手机，有人在混乱之中录下了实情，并发到网上，这才为文创园正了名。否则，在游人众多的情况下，监控摄像头又不能拍到全景，文创园只怕是要背锅了。

至于是否要追究造谣者的责任，顾小欢思考之后，提出让为首二人在网上发道歉信的解决方案。

另一头，顾小喜、李聪和顾长庆，正在医院里照顾那个受伤的“中年女子”肖园。

这晚，肖园和李聪一起游园赏花灯，登上了玻璃廊桥。平时，廊桥上一边守着一名保安，一次只允许二十位游客上来。

因为其中一名保安腹泻严重，刚好去了厕所，从廊桥的另一头上来了一对母子，人数就变成了二十一人。

李聪、肖园向来最守规矩，马上对他们申明规则。那个妈妈却嫌她俩多事，置之不理。淘气的小男孩更是不听劝告，一上廊桥就撒丫子乱跑了两个回合，最后竟然跌在了楼梯处。

眼见小男孩就要跌下去，肖园正好在他身边，便下意识伸手去捞他。小男孩先前见她们和自己妈妈理论，觉得她不是好人，便很不配合地扭动。

这一扭动，不仅把自己胳膊拧伤，顺带也伤到了肖园的腰部韧带，疼得她“哎哟”一声大叫。玻璃廊桥上的人们顿时慌乱一片。

园区保安尽职尽责，当即把肖园抱下楼梯，送往医院。

听顾小喜说肖园受伤，顾长庆也按捺不住，赶紧来到医院看望她。

走到病房门口，正踌躇着不知如何开口，顾长庆便被大侄女拉进门去。

这一拉，就拉到了肖园跟前。

虽在一个城市生活，顶着一片星辰与日光，但顾长庆已与肖园睽违多年。

也曾设想过再见的情形，但不知会是在这种情况下。

两相对视，不知该从哪说起，还是顾长庆先憨憨地开口："那个，我来看看你，你的腰没事吧？"

虽然很感动，但顾长庆数十年不变的憨劲还是让肖园微微发恼，她便没好气地说："要没事，我躺这里干吗？碰瓷吗？"

顾长庆被她这么一抢白，只觉有些臊得慌，忙说："我不是这个意思，我就是关……来看看，我有没有什么可以帮忙的。"

"那倒用不着，韧带而已。"肖园淡淡地说，语气里似有些不以为然。

"腰部韧带，可不是小事！"顾长庆语气骤然转疾，"你不记得了？你以前就伤过脚部韧带，差点不能跳舞了。"

肖园愣了一下，神情有一点飘忽："你还记得这个？二十多年了。"

"当然记得。你当时都快吓哭了，担心你的跳舞生涯就那样结束了。幸好……"

"幸好，"肖园抢话道，"幸好你找到了妙手回春的医生，我这脚……嗬，说起来，还是要谢谢你。"

是啊，怎么不谢呢？怎能不谢呢？虽说夫妻本为一体，照顾受伤的妻子也是应尽之义，但顾长庆对肖园无微不至的关怀，非寻常人可比。

念及此，肖园不禁叹了口气：命运就那么喜欢捉弄有情人，原本他们应是同病相怜，结果却落得个劳燕分飞。

一双妙目里，瞬间蓄了泪。婆娑泪光里，眼前那人的身影变得模糊，记忆里的光影却愈发清晰，让人着迷。

“说什么谢，这不是应该的嘛。你这腰……”顾长庆期期艾艾的，“如果需要人照顾，我……要不，我就多往这儿跑跑。”

肖园垂下眼眸，没有应声。

顾小喜却马上反应过来：“需要，需要，特别需要。二叔，我和妈这几天都很忙，还有好多事情要处理，所以，这里就交给您啦！对吧，妈？”

李聪拧眉看着顾小喜几秒钟，才从鼻里“嗯”了一声。

“那我们先走啦！肖阿姨没有胃口，刚才吃了点水果，现在您帮她冲点玫瑰藕粉吧。”

说罢，顾小喜挽着李聪就往门外走，边走边用乞怜的目光向着老妈，似乎是在恳请她别碍着人家交流情感。

李聪也不再多话，终是叹了一声，一步三回头地出了门。

2

有关文创园的舆情是一波接一波。尽管造谣的网友已经在网上发布了道歉信，但没过几天，网上又出现流言，说文创园有很大的管理问题。

一是在采购方面有猫腻；二是其所聘的民盛物业管理有限公司被曝出黑料。这黑料与文创园本无关系，但同样会影响文创园的形象。

此时，非遗文创园正在进行C轮融资。虚虚实实的所谓“爆料”，无疑挫伤了投资者的信心，一时之间，很多原本摩拳擦掌想来分一杯羹的投资者，都保持观望态度。

顾小欢及时展开应急公关，晒出采购清单，同时申请立案调查。没想到，查来查去，竟查到了一家外地的文旅公司。

这个文旅公司在两年前注资了刺桐的一个文化街区。他们本想在文旅行业大展拳脚，但没想到升级之后仍然反响平平，客源被非遗文创园抢去了很多。

具体查证到人头上，才知道是一个叫田思敏的运营经理，买了大量水军。

关于这个人，顾小欢也曾听妹妹提过，所以在掌握证据之后马上告诉了她。

正值阳春三月，风光大好，顾小喜的心情却糟透了。她怎么也想不到，田思敏竟然做出这种事。

自从互加微信之后，顾小喜就与田思敏保持着较为密切的联系。

过年之前，偶见田思敏的朋友圈里发了几张刺桐风景照，顾小喜便问田思敏是否已回国。

她便支支吾吾地说，她还在新加坡。过了一时，那几张照片就不见了。应该是发朋友圈时忘了屏蔽顾小喜吧？

当时，顾小喜没多想，只认为她是因为沐川，所以才不想和他们见面，免生尴尬。

如今想来，她是因为做贼心虚，才怕见到顾小喜吧？沐川还说出了一个看法：很可能田思敏一直都在国内，谎称在国外而已，隐藏ID并不是一件难事。

院里榕树下，垂须随风轻轻摇晃。

沐川把新烹的茶递给顾小喜，宽慰道："你还是想一想，要不要追究她的责任吧。"

一场朋友，数载友情，顾小喜实在不想把事情做绝，何况她在与田思敏对质时，田思敏急得直掉眼泪，希望顾小喜给她一个改错的机会。

听得沐川说的话，顾小喜就有点发恼，斜睨他一眼："你闭嘴，都是你惹的事。"

沐川噎住了，这都什么啊！

想了想，才明白顾小喜的逻辑：因为爱而不得，所以田思敏才要报复他们。

问过顾小喜，得到确凿答案，沐川不禁扶额："你还是'图样图森破'（太年轻、太天真的音译）啊！像她那样的人，怎么可能因为一点小小的嫉妒心就跑出来使坏啊！"

沐川喝茶润喉，连连摇头。

"她就是这么说的，说她一直都喜欢你，所以想不开。"顾小喜说，"还给我开了一份清单。"

"什么清单？"沐川再喝了一口茶。

"追求过你的女生的清单。"

噗……

沐川差点把茶水喷出来，哭笑不得："还有这种事？来我看看，看看都有谁！"

"沐川！"顾小喜惊愕了，"你没有羞耻感的吗？"

"别人喜欢我，我为什么要觉得羞耻？"他昂起头，一副傲娇样。

顾小喜无语了，骂了一声"不要脸"，直接把名单转发给他。

打开文档瞅了瞅，沐川傻眼了，好家伙，好几桌麻将都凑够了，有那么多？

"有几个名字，我都没听说过。"沐川为自己分辩，"她给这个名单是想说什么？说明她一直暗中观察，一直都在嫉妒，一直都因为嫉妒，在酝酿报复计划？"

顾小喜看他难以置信的表情，更是来气："你怎么知道？不过，我想问你，名单上最后一个人，是什么情况？”

沐川仔细一看，霎时变了脸色。

3

最后一个名字是，冉丹。

沐川看看顾小喜，耸耸肩，听她问：“你不解释一下吗？”

“我觉得，你歪楼了，老婆。”沐川说，“我们不是在讨论要不要追责的吗？她搞这一出，就是想混淆你的认知。”

“这不是重点。”

“这当然是重点。”

“行，那我告诉你，这名单上有些人我确实不知道，也许是我没放在心上。我就说说丹姐。我大学时，周末会去做敬老院志愿者，那时候认识了丹姐。”

“嗯。”

“她很敬业，对老人们很有耐心。我们平时聊得很开心，也互相加过聊天方式。后来，我毕业那天，她突然对我表白，说怕以后再看不到我，所以她想说出藏在心里的话。丹姐和别人不一样，我不忍心直接拒绝她，就告诉她我不接受姐弟恋。后来，我们联系就很少了。人贵自觉嘛。”

说这话的时候，沐川眼神坦荡，直视顾小喜的眼，看得她心里一动。

揉揉她的头，他认真地说：“你别误会，那只是借口。你记得的吧，我们在表演节目之后，我还趁着醉意跟你表白呢！我可一直都想着你呢，只要是喜欢的人，年龄有什么关系！再说，男生大多没女生活得长，女大男小不是刚好？”

“真的？”顾小喜拧拧他脸皮。

“真的，”沐川在她耳边呢喃，语气半是认真，半是魅惑，“我一直为你守身如玉呢，你还不知道?”

“那是因为，你没遇到对的人。”

“嗯，也可以这么说。”沐川蹭蹭她脸，“不知道为什么，我一直觉得我应该再等一等。”

“所以，你等到我了。”

“是啊，好在我没有将就，我喜欢的女孩，一直是那个专注认真、力大如牛的人。”

“滚!”顾小喜推他一把，佯作生气。

二人笑闹够了，沐川才说:“说回正题吧，老婆。我认真跟你说，嫉妒心什么的，最多就是催化剂。实际上，她就是为了打击对手，才出这种昏招的。”

顾小喜也深以为然:“那你说，该怎么办?”

“人情归于人情，商业归于商业。”沐川说，“你管的是运营策划，其他的事都与你无关。”

4

总经理办公室，顾小欢黑着脸，坐在茶桌面前，一言不发。

周舟烹茶之余，见他心情不善，就和声安慰:“先听听小喜的意思吧。对了，我爸说——”

“谢谢你爸的好意，但我们正要办婚礼，此时他高调地参与融资，会不会引起不好的社会舆论?”

“我没明白你的意思。”

“你听我说，你爸肯在这个时候追加投资，可以表明他对文创园的信心，这肯定是一件好事。但问题是，我们马上就要结婚了。你觉得，外界会怎么说?”

周舟沉默不语。

“他们会说，这个岳父是故意来帮女婿的，可见文创园肯定有问题。亲爱的，我不想你和你爸被扯到舆论旋涡里。”

“那有什么解决方法?”周舟轻轻皱眉，“如果小喜心软……”

正说时，电话响起。

顾小欢接起电话，一脸肃色，半分钟后，他才重重地点头：“好。我知道了。小喜，谢谢你。”

挂掉电话，周舟问：“小喜怎么说?”

“她说她考虑清楚了，让我走法律程序，她不会徇私。”

那一头，顾小喜看着田思敏的头像，深叹了口气，删除了联系人。

沐川说得没错，商业的归于商业。一个人做错事，就必须受到相应的处罚。

虽然，还是很惋惜，同寝两年的好朋友，竟然为了自己的利益，展开不正当的竞争。

以前，曾听说过一个故事。

两只老鹰举行飞行比赛，两只风筝也举行飞行比赛。两只老鹰想的是，我要飞得比你高；而两只风筝想的却是，我不能让你比我飞得高。

到最后，两只老鹰虽然必有一胜一负，但它们飞得都很高。而两只风筝的线却纠缠在一起，谁也飞不高。

所谓恶性竞争，莫过于此。

两败俱伤，绝不可取。

5

2022年春，谭清清、周舟先后举行了盛大的婚礼，嫁给了如意郎君。

在参加顾小欢、周舟的婚礼时，沐川也以顾家人的身份，跑前跑后地招待来宾。

事后，坐在婚房沙发上，沐川小声地开顾小喜的玩笑："可把我累坏了，赶紧给我一个红包吧！"

顾小喜似笑非笑："你是自家人，帮忙不是应该的吗？还要什么红包？"

"你怎么这样！"沐川翻了个白眼，"哼！不开心！"

"不知是谁说过，除了周舟姐，还有别的人，也会成为顾家人。"

沐川怔了怔。

没记错的话，这话他确实说过。

那是在他在除夕夜表白时所说，除了这句，他还说，他想以顾家人的身份，和她一起折金元宝。

想起这事，沐川眼珠子一转，计上心头："成吧，我是顾家人了。那我们什么时候也把事儿给办了？"

"长幼有序。"顾小喜神秘一笑，"懂不？"

"What？"看着红彤彤的婚房布置，沐川蒙了，"你哥已经结婚了，该轮到咱们了吧？"

"这不还有我叔吗？"

"哈？"沐川反应过来，"你是说，肖阿姨愿意和他复婚？"

顾长庆一直单身，也没再找过其他对象，自从肖园受伤住院后，始终都对她殷勤备至。

所以说，顾长庆复婚的心思，谁都看得出来。只是，肖园的心思如何，就不好说了。

顾小喜点点头："我看，有戏。肖阿姨对我叔还是有感情的。要是还不行，我可以再撮……"

沐川马上掩住她的嘴："小姑奶奶，你就别管这事了。你叔，肖阿姨，都是年过半百的人了，什么事看不穿啊。要你多事！"

"我不同意你的观点。有时候，大人矫情起来，也不比年轻人差。有时候，就差着一把火，锅就能烧开了。那我手里既然有柴，不得把柴加上去？"

沐川还没来得及回答，身后便有苍浊的声音传来："你们在说什么？要加什么柴，添什么火？"

是顾安仁的声音。

顾小喜忙把爷爷扶到身边坐下，附耳说了一通话，听得老爷子开怀大笑。

"好，好！还是小喜懂事啊，他们都不管你二叔的。"

"我爸、我妈是怕尴尬，我是小孩子，不怕尴尬的。就算没做好，叔也不好责骂我。"

本以为爷爷会再夸她一嘴，未想听得"小孩子"一词，顾安仁立刻板着脸："你多大了？还小孩子！你哥都结婚了！你就——"

顾安仁朝沐川挑了挑眉，沐川当即会意，激动地握住顾安仁的手："谢谢安公！谢谢安公！"

"喏，这事就这么说定了，"顾安仁瞟着顾小喜，"不准说不！这个家，有我老老顾在一天，就得听我的！"

"老老顾？"顾小喜笑起来，"您这是什么自称？"

"你爸自称老顾，那我不得再加个老字，区分一下？"顾安仁露出顽童一般的笑颜，"等到你们有孩子的时候，我还得再加一辈，叫老老老顾！"

沐川再次会意，顶顶顾小喜的胳膊："小喜同志！革命尚未成功，你我还需努力！"

顾小喜连连点头，面带微笑，看得顾安仁更加开怀，他却不知，顾小喜正悄悄拧着沐川的手腕，疼得他龇了一下牙。

见他明明很痛，却又不敢吱声，顾小喜方才得意地松手。一霎时，笑得更开心了。

报复的机会说来就来。

等到顾安仁走到阳台，去和顾小欢夫妻讲话之时，沐川蓦地把顾小喜箍在怀里，使劲儿在她脖子上呵气。

呵得她痒不可耐，又不敢呵斥。

万未想到，就在此时，李聪从旁经过，轻轻咳嗽一声。二人倏然间分开，像是触电一般。

剧烈的反应，闹得李聪反而有些不好意思，尽管她经常教育女儿，在外要庄重一点，不能随意打闹。

犹豫了一下，她找了个话题："小沐，我问你个事。"

"您说，快坐，坐。"沐川忙招呼她，"我给您削个苹果。"

他之所以敢大胆地调戏顾小喜，乃是因为爷孙们在阳台上，而四位亲家都在厨房洗菜，哪知道，李聪会突然冒出来。

"不吃了，今天吃太多了，酒席挺好的。"李聪笑道，"我想帮人打听一下，那天你说的职工疗休养基地，是怎么回事?"

6

李聪所说的，正是沐川眼下打算去推进的一件事。

原来，在打造非遗文创园之时，政府提出在园区内辟出一块商务办公用地，以利于发挥经济效益，增大投资回报率。

然而，令人意外的是，商务办公楼空置率极高。虽只开张半年，沐川已经发现这个问题并做了调研工作。

原来，老城区是刺桐市里文保古迹最多的城区。政府对其保护力度也很大，尽量保留着原来的历史风貌。

如此一来，老城区的经济发展也较为受限。亦因此故，老城区并不是商务办公的首选，更何况，非遗文创园还在三公巷尾，交通远不如其他几个区来得便利。

思及此，沐川结合当前的政策，便开始准备资料，打算将“文化休闲+创意空间+商务办公”三分的格局，改为“文化休闲+创意空间+职工疗休养基地”的格局。

沐川见李聪对此感兴趣，便详细地介绍起来：“‘职工疗休养基地’是一个比较新的概念。据我所知，为了提高城镇职工的幸福指数，政府打算对一些文旅景点进行授牌，让它们兼职市县职工疗休养的任务。合乎条件的文旅景点，可以自行申报评选，一旦成为候选单位，验收通过，就能获得这种资质。”

“哦，有哪些评选条件呢?”

沐川从手机里翻出文件，指着其中一页：“看这儿……”

红头文件里，几行文字特别醒目：环境优美、交通便利、设施齐全，具备休闲、观光、养生、康体等服务功能，具有职工疗休养接待能力，能够为职工疗休养提供优质优惠服务的疗休养院、宾馆、酒店和休闲农庄、乡村旅游经营接待单位等机构。

李聪点点头：“原来是这样，怪不得，那个‘观沧海’海滨市集暂时停业，多半是在做升级保养呢。估计也是在为评选做准备。”

“应该是。”沐川笑，“要说起来，我们的竞争对手，还真不少。”

“能评上吗?”

沐川自信满满，笑道：“我们园区打造的职工疗休养基地有独一无二的特色。我们的法宝，不是自然风光，而是人文与嗨购。”

“嗨购？就是买得很快乐的意思吗？”李聪不太明白。

“人文”自然是靠非遗文化来体现的，这个好懂，而“嗨购”又从何说起？

沐川解释道：“这么理解也可以，但凡‘嗨购’，必然是快乐的。其实，‘嗨购’本来是一种电商模式。它能让消费者和商家既能从消费行为中互惠互利，又能把彼此之间的消费行为和平台的未来进行绑定。”

“沐川，”顾小喜忽然插言，“你可以稍微说得浅显一点，形象一点。”

没看错的话，老妈没怎么听懂。当了半辈子老师，但此时此刻，她像极了一个求知欲旺盛的孩子。

沐川点点头：“简单说，这种模式，不只关注当前的叙事，还为下文埋了伏笔。我这么说，您能懂吗？”

这个比喻一出，李聪顿时就明白了，笑道：“我想起来了，我现在买书，都爱在网店买，一是因为方便，二就是因为返券。”

“对，电商会进行适当让利，为了用出这些券，大多数消费者还会关注这个平台，再一次购物。从长远看来，电商平台是赚钱的，因为留住了客源。”沐川慢慢地捋思路，“现在，我想把这种‘嗨购’模式引入到非遗文创园里来。当然，返券只是一种形式，像嗨值、嗨呗这样的概念，都可以引入园区。”

“嗨值是……”李聪一瞬不瞬地看着沐川。

“我是这么想的，注册为非遗文创园的用户，只要消费就可以送嗨值。我们可以利用嗨值每天空投嗨呗的商业模式，来为非遗手艺人引流、去库存！”

“这样的话，引流、锁客、复购，就被串联成了一体。”顾小喜做出小结。

“这种商业模式听起来确实很不错。”李聪的好奇心彻底被勾起来了，“不过，这和职工疗休养有什么关系？”

“阿姨，您想想看，假如您过来旅游，对很多非遗文化都有兴趣，想购买一些物件，但一两天时间又看不完、买不全，会不会想多停留一段时间？”

“会吧？”李聪也不确定。

自家就在三公巷，要高兴的话，每天都可以来文创园逛一圈，所以她很难完全代入职工、游客的角色。

“举个例子。比如说，我想订制一幅永春纸织画，需要一长段时间。一想到这么麻烦，很可能就打消购买念头了。反之，如果园区里提供了不错的住宿条件，我一定愿意住在这里，近距离欣赏制作过程。同时，消费者只要住在这里，就必然会产生新的消费行为。”

李聪忖了忖：“也对。其实不只是欣赏，也许我还想动手参与制作呢。这种体验，在其他地方很难获得。”

沐川说：“对啊，这很有意思。唔，我一直在想，非遗文创园的卖点，也很有可能是缺点。因为，很多人都有选择困难症。一个园区逛下来，两百多个非遗项目，跟年夜饭似的摆在跟前，很可能都不知道从哪里下筷了！”

“有道理，如果有一个舒服的住处，对非遗文化感兴趣的客人就可以多留几天。”李聪完全听明白了，微笑颔首，“你们年轻人脑子就是活泛。”

沐川也谦虚起来：“汲取别人的成功经验，是投资人的必修课。”

“像你这样肯钻研的男孩子真不多。”李聪笑睨着顾小喜，“你可得珍惜眼前人啊！”

顾小喜连连点头，心里却想：我哥一结婚，现在我就成了关注对象了。我是真的要结婚了吗？

正想得出神，但听沐川拊掌大笑："刚才阿姨说的话提醒了我！小喜，我们可以把嗨购的方案再优化一下！"

7

顾家老小回到二吾民宿时，巷里的夜灯都亮了很久了。

新郎新娘已经在他们的新家住下。新家空间宽敞，装修一新。顾小欢的房间突然就空了出来，连常翻的书用惯的物件，都拿走了。

虽然也能经常看到儿子，但顾长顺依然觉得有些落寞。再看看女儿和未来女婿亲亲热热，语笑嫣然，顾长顺心里更有一种说不出的滋味。

小喜结婚后，应该也会搬出去吧？到时候，岂不是更冷清了……

李聪见顾长顺闷闷不乐，便把他拦在榕树下，问他因由。

顾长顺也毫不掩饰，重重地叹了一声，说："过不了多久，院子里会越来越空。"

李聪愣了一下，什么时候开始，这大老粗爷们儿，心思变得如此敏感细腻？

忖了忖，她才出语安慰："儿女们都成婚才好呢！含饴弄孙，多好啊！你就不会换个角度想？"

此话有理，顾长顺听得脸色一霁："对啊！我怎么没想到这一点！还是家后思路开阔！"

二人说笑着进了客厅，沐川才从榕树后不远处探出头，若有所思地走开。

回到卧室，沐川打开电脑，排除杂念先修改材料。

为了实现让职工释放压力、调养身心的初衷，大部分的职工疗休养基地，都会安置在依山傍水、风景绝佳之处。所以，非遗文创园在这个赛道上并不占优势。

但沐川认为，不穿鞋的地方，也有可能卖出鞋。所以，他才考虑用“嗨购”方案来增加亮点。

只不过，这种方案还有进一步优化提升的空间，否则很难打动评审小组。

深思熟虑后，沐川开始打字。

非遗文创园的“嗨购”方案，不只为了拉动消费，同时也着力于带给职工（或一般消费者）更好的非遗文化沉浸感。在旅游休闲的时候，职工可以深度参与非遗产品的制作，体验一种特别的手工乐趣………

修改完申报材料，窗外夜色如墨，星月相伴。

一看手机，刚刚十点半，沐川便打着哈欠，在朋友圈发了一张晚安图。

本来想戳戳顾小喜的微信，但见对面窗户闭着，缝隙里并无光亮透出，沐川只能在心里对她说晚安。

正打算关窗睡觉，未想那边窗户轻轻推开，小夜灯昏黄的光温柔地亮起，顾小喜穿着睡衣，正笑盈盈地望着他。

这条丝质睡衣是顾小喜过生日时沐川送她的，但他还没见她穿过。

乍然一看，睡衣很薄很软，勾勒出她窈窕身形，被那昏黄的灯光笼着衬着，更是令人浮想联翩。

霎时，心里一股热流冲进脑仁里，再多看一眼，只觉自己满心满眼都是灼热的欲念。

迫不及待地，沐川拿起手机发语音：你这是在勾引我，女人。

顾小喜回复：我什么都没说，什么都没做！

语气里，带着笑，糯叽叽，又带着几分不那么张扬的媚意。

引得沐川深吸一口气，继续发语音：我不管，你要负责。

顾小喜的语音还是在笑：怎么负责？

沐川憋住气，最后一次发语音：当然是要拼个盘！

说罢，摁灭手机，转出了门，心急火燎，又蹑手蹑脚地走到顾小喜门口。

可是，门居然关着。

啊！可恶！

沐川心说：还搞什么欲擒故纵，一定是跟陈爽学的！

8

月华如水，流泻一地。

“开门。”手指甲在门上挠了挠，沐川轻声说。

顾小喜在门里轻声应：“我要睡觉了。明天见。”

“外面冷，快点。”

“今天不冷啊。”

“你对我不好，我心冷。”沐川半是撒娇半是抱怨，“再说了，我还穿着睡衣，阿嚏——”

话音一落，门开了，顾小喜急忙拉他往里走。没承想，却被他“反客为主”，一把搂在怀里，退到门后。

与此同时，门也被一条大长腿踢过去，堪堪合上，力道不轻不重。

还有一半力道，在他搂她的手劲上。顾小喜还没做出大的反应，他已喘吁吁地凑近：“你怎么这么讨厌！还要不要我睡了？”

借着小夜灯，顾小喜见他还穿着参加婚礼穿的衬衣，只是脱了西装外套而已。

她便用手指挠挠他胸前的口袋：“你才讨厌！骗我说你只穿了睡衣！”

“衬衣和睡衣有什么区别？”他眉头一蹙。

“嗯……”顾小喜答不出来。

“不过，”沐川捉住她的手，往第二颗纽扣按上去，“我觉得，穿与不穿还是有区别的……”

“哎呀，”顾小喜脸颊烫起来，拧起眉，“你怎么这么讨厌！还要不要我睡了？”

说罢，她愣了下，忍不住笑出声。

这话不是沐川刚说过的吗？又被他带节奏了！

“睡觉？睡什么觉？太浪费这大好月色了。”沐川在她脸上吧唧一口，“如此良夜，自然要吟诗一首。”

“好吧，好吧。”顾小喜哭笑不得，这家伙名堂还挺多。

“苏东坡坡哥有首诗，是这样的，‘花有清香月有阴。歌管楼台声细细，秋千院落夜沉沉’。你看，这诗怎么样？”

又吧唧一口。

“怎么只有三句？”

“你说呢？漏了哪一句？”沐川哑声道，声音极低，但又透着诱人的气息。

“近水楼台先得月？”顾小喜打定主意要逗他，秒变学渣。

“顾！小！喜！”沐川一字一顿。

“干吗？”

“你连一首七言绝句都背不下来，仔细明天我跟咱妈说，让她打你板子！”

“嘁！你羞不羞，什么‘咱妈’？那是我妈！”

“我不管，咱妈先前说了，让你要珍惜你眼前这个肯钻研的帅小伙儿。”

顾小喜扑哧一笑，抽出手来刮他脸皮：“不害臊！你这人……啊！你！”

一言未毕，身体已被他打横抱起，摇摇又晃晃。顾小喜发出惊慌而甜腻的惊叹。

“小点声！你想让别人听见啊？”

“沐川……”顾小喜心跳如擂鼓，咚咚作声。

在节奏紊乱的呼吸声中，他的脚步也有些虚浮，像是喝醉一般。

等他躺在她身畔，他眸中的醉意更深，胸口也烫得吓人。

对视良久，方才倾身过去，把同样滚烫的吻，烙在她眉心、脸颊、香腮。

“小喜，我……爱你……”呢喃细语，似醉似醒，沉湎在她柔软的拥抱间。

“沐川……”她低吟一声，指尖也滚烫起来。

似是得到某种旨意，他不自禁弓起背，呼吸全没了章法……

急于星火，而又循序渐进……

有诗云：春宵一刻值千金，花有清香月有阴。歌管楼台声细细，秋千院落夜沉沉。

第十九章 烧香呷茶，挂画插花

1

“火热7月，暑期正式启幕。职工疗休养基地授牌仪式已在今天上午举行。此次获得审批的文旅单位一共有五个，它们分别是‘观沧海’海滨市集、‘寻常·非遗文化创意园’……”

坐在门卫亭，胡大爷带着英子一边刷小视频，一边吃四果汤。

当听到好消息时，胡大爷也按捺不住心情，连声称好。

老人家退休以后，就在三公巷里守着三公祠，一年又一年。这两年，三公巷的游客比之前十年加起来还多，毫无疑问，都是沾了文创园的光。

而这职工疗休养基地获批之后，非遗文创园的热度再度蹿高，届时，三公文化也能跟着红火起来。

英子听不太明白，便问：“安公，疗休养是什么意思？”

“就是让职工来这里度假，放松放松心情。然后呢，用更饱满的精神状态迎接工作。政府为了这个惠民工程，花了很多力气。当然啦，年龄大点的老职工，也可以在这些地方养养病。”

英子大略懂了，便问：“那我什么时候可以做职工呢？”

胡大爷摸摸她的小脑袋，笑呵呵地问：“英子这就不想上学，想上班当职工啦？”

“嗯！上班多好呀，上班还可以疗休养！”英子噘起嘴，“可我们就惨了，暑假还有作业呢！”

胡大爷被她这小模样逗乐了：“乖孙儿，做职工的门槛可高了，你要是不好好读书、做作业，以后怎么走上工作岗位呢？”

英子想了想，便说：“好吧，那我现在好好学习，好好做作业，以后要当职工。”

“嗯，不错！好孩子！”

正说时，三公祠外传来滑轮声，英子好奇地跑出门口，见到一位老人，正拖着旅行箱往前缓行。

胡大爷随后出门，见这人似乎步履蹒跚，腿脚不便，便好心地问他要去哪儿。

老人顿了步，用手指指前方，笑道：“我想去非遗文创园。”

“爷爷，您是想去疗休养吗？”英子心里装着这事，出口就问。

老人怔了怔，便笑：“是啊，想住一段时间！”

“那我陪您去吧！我给您带路！”

英子热情地说，转又捎上祈求的语气，看着她安公：“安公，我一会儿再回来做作业！”

胡大爷知道她喜欢凑热闹，便问：“那你知道疗养基地在哪儿吗？”

“知道！就是以前的商务办公楼，我昨天还听小欢叔叔说了！”

“那好，你去吧，把人带到小欢叔叔那儿去，不许偷懒贪玩！”

“好！那这样……安公您守着三公祠，我守着老爷爷！”

望着英子、老人的背影，胡大爷心里美滋滋的：这是不是疗休养基地的第一个客人？

这一头，英子细心地发现，老人虽然没有拄拐，但腿脚有些僵硬，走路缓慢，便也跟着放缓了脚步。

一老一小，边走边聊，不觉间，已经来到非遗文创园门口。

首先映入老人眼帘的，便是一个可爱萌趣的欢喜妹雕像，这是文创园着力打造的IP。

据他所知，这个IP运营得很好，已经涵盖了玩偶、帆布包、徽章、钥匙扣、表情包、图书等十余个品类。

再一看，又觉得，那戴着簪花围、俏皮可爱的形象，和它的创始人很相像，看着都让人心里欢喜。

或许，这是因为“爱屋及乌”？

2

从民政局走出来，沐川拉着顾小喜的手，一路上不肯撒手，笑得无遮无拦。

引得顾小喜取笑他一顿，说他嘴巴都咧到了耳后根。

两人准备吃一顿四川火锅以示庆祝。稍候片刻，菜品满满当当地放了一桌，顾小喜忙拿出手机。

沐川本以为她是要拍照，未料她又把手机放在桌上，说：“还是拿你的电话，跟妈打视频电话吧？”

“为什么？”沐川愣住，“你的我的不一样吗？”

“当然不一样。”

“这不一直都是拿你手机打的吗？”

顾小喜白了他一眼，从包里拿出两本结婚证，又向他伸出手要手机：“当然不一样。我知道你不好意思，但你俩总得有一个人先给对方台阶下吧？”

沐川沉默了，嘴巴闭得死紧。

这话还得从沐川和沐峰在冰凌啤酒厂会面那次说起。争执中，沐川突然得知，苏岚是用钱买来了自由，不仅跟沐峰吵了架，回头还在视频电话里跟苏岚怄了气。

本来，苏岚在刺桐待了半年，和沐川的关系已经十分亲密，但她想不到，自己没走多久，儿子就为那事跟她闹脾气。

苏岚也不免有几分生气。

当初，她之所以要给沐峰投资，除为自由之故，亦为一场夫妻情缘。她若生活艰难，倒也罢了。既然她过得还不错，她便不忍沐峰日子难挨。

再想得坏一点，倘若沐峰真的破产，迟早还是要找沐川来帮他。到时候，父子俩的隔阂只怕会更深。

苏岚最不想看到沐川难过。可是，她的苦衷，沐川完全不能领会。她怎能不气不急？

急红了眼，苏岚便发了狠话："你别再给我打电话了，我没你这么不懂事的儿子！"

沐川也发了狠话："不打就不打！"

话是这么说，可时间一久，沐川也会思念苏岚，苏岚也会挂念沐川。于是，他们很默契地用顾小喜的手机来通联。

比如说，某一天，苏岚打电话给顾小喜，问她最近好不好，以及沐川有没有欺负她……

又比如，又是某一天，沐川"怂恿"顾小喜打电话给苏岚，问她最近在哪儿旅游，温度是冷还是暖，创作有没有瓶颈……

一开始，顾小喜只是觉得好气又好笑。日子一久，也难免有些发愁，总想着哪一天要让母子俩好好说一回话。

此时此刻，沐川嘴巴紧闭，拧巴得要死，顾小喜便问他："刚刚在民政局，你还说以后都唯妻是从，怎么这就反悔了？"

沐川叹了口气："她都说了，不让我打电话给她，万一我打过去，惹她不开心怎么办？"

"怎么会？不会的，打吧！"

顾小喜捉住沐川的手，用他食指解锁手机。

他却捏住手机，连连摇头："算了，一会儿，你打电话，我拿结婚证给她看，总行了吧？"

说着，揉揉她脑袋，想混过去。

顾小喜气鼓鼓地盯住他。

两人大眼瞪着大眼，相持不下，过了一会儿，顾小喜另起话题："沐学霸，我问你个问题。"

"嗯？说！"沐川把鸭掌、蹄花、豆腐这种耐煮的菜慢慢下进火锅里，"我听着呢。"

"你前几天还在看《古文观止》，对吧？我问你，第一篇文章叫什么？"

"嗯，《郑伯克段于鄢》。怎么了？"

"讲什么内容的？说来听听。"

沐川疑惑地看着她："你不知道？"

顾小喜似笑非笑："我这不是考你吗？你连这都记不住，仔细我告诉咱妈，让她打你板子。"

沐川把空菜盘放好，拿着公筷在红油锅里划了几下，脸上一副"我不上你当"的表情，坚决不被顾小喜带节奏。

顾小喜没辙，只能自己说下去："如果我没记错的话，最后一段说的是：庄公把他的母后武姜安置在城颍，还发誓说不到黄泉不再见面。结果没多久，庄公就后悔了。当时有个叫颍考叔的官吏，就帮庄公想了个办法，让他挖地道，挖出泉水后，和他的母后从地道中相见。这就不算违背誓言了。"

沐川唇角动了动："我就知道你想说这个。"

“对啊，我就想说这个。可是，你把我看穿了有什么用？你把你自己看透了吗？你们的矛盾能比庄公和武姜大吗？”

沐川唇角又动了动：“不能。”

顾小喜便指了指他手机：“上次和妈吵架，本来就是你的错，你一个大男人……”

看了看红油锅，顾小喜笑道：“你要是意识不到你的错，那你就不是男子汉大丈夫，是——”

“嗯？”沐川抬眸。

顾小喜瞟着锅里沸腾的白豆腐：“是男子汉大豆腐。”

扑哧……

沐川绷了半天的冷脸，至此破功。

3

很久了，这是第一次主动拨打视频电话。响了十秒钟，没人接。

再拨过去，还是没人接。

沐川便丧气地放了手机：“她还是不原谅我。”

顾小喜忙说：“手机应该不在身边吧？那我们先烫几根毛肚，吃完再打？”

夹起几根毛肚，浸在红油汤里涮了几涮，顾小喜才把毛肚送到他碗里：“尝尝嘛。”

沐川听话地吃了，毛肚很爽脆，麻辣味也十足，他却有些魂不守舍，偷偷往手机上觑了好几眼。

这点小动作，尽数落进顾小喜的眼底，她却只作未见，一边烫毛肚一边说：“我突然想起，还有苔菜没点，我记得这个也很好……”

“吃”字尚未说出口，她便被骤响的视频电话声和沐川的强烈反应给惊到了。他居然马上接起来了！

叫你拧巴，叫你装矜持！

其实，何止顾小喜被惊到了，沐川也被自己不可遏制的情绪骇了一跳。

只是，视频里的两个人都愣了愣，不知道该说什么好。

苏岚身上披着浴袍，身后则是一片汪洋。这一看就是从海里爬出来的。

到底还是苏岚先说话：“不好意思哈，刚刚在游泳，没接到电话。”

“没事的，那个，那个……妈……”沐川有点犯结巴，“我有一个好事要跟您说——那个，您冷不冷？要不您换下衣服吧？等会儿我再打给您！”

说罢，匆忙按了电话，猛灌了一口凉茶，又顺了顺额发——刚刚好像出汗了。

顾小喜语带讥诮：“老公，您这是战术性喝水、战术性撩发吗？”

沐川眉头一拧，想起一桩事。

那年，趁着拍戏候场的机会，他往她跟前贴了贴，说她撩头发的样子真好看，如果不是“战术性撩发”就更好了。

那时，她可能还不这懂意思，一脸茫然无措。时至今日，她竟然拿这话来取笑他。

沐川心思一转，也开她的玩笑：“我可不需要讲什么战术，我只需要实战精神。”

说时，还眨眨眼，挑挑眉。

不提防他突然调戏她，顾小喜脸倏地红了：“大白天的，不害臊。”

“没人。”沐川脸不红，心不跳，自己烫起毛肚来。

转眼间，毛肚烫了个一干二净，沐川正用纸巾擦嘴，视频电话再次打来。

这一次，他接得很从容。

“妈，我在呢。”叫得那么自然。

顾小喜抿唇一笑，心说，那事总算翻篇了。

她也凑到镜头前，甜甜地喊了一声妈。

苏岚微微一怔，便反应过来：“你们……结婚了?”

顾小喜忙扬起两本鲜红的结婚证：“对，刚领了证。妈!”

苏岚笑得合不拢嘴，连声称好。

沐川也被这情绪感染，咧嘴说：“是真的，如假包换！您，您现在在哪儿呢?”

“苏……苏梅岛……”苏岚哽咽着，忽而背过身去偷抹眼泪，“哎，真是，不知道该说什么好!”

百感交集到了嘴边，沐川却作戏谑之语：“你看，我妈多高兴，这都怪你，不早点嫁给我!”

顾小喜只得顺着他：“对，对，都是我的错……”

苏岚忙转身正对屏幕，笑道：“哪有！哪有！我一直头疼这倔猴子呢！现在，终于有人肯收他了。我这是求之不得！对了，什么时候办婚礼啊?”

“我们想在中秋节办。妈，要不您早点回来？我们好给您订衣服!”沐川赶紧应道。

“好！我新书也快收尾了，”苏岚答得很爽快，“写完我就回，大概也就一周。”

“妈，”顾小喜脆生生地又喊了一声，“我有事跟您说。”

苏岚马上竖起耳朵：“你说，好孩子。”

“我安公写的回忆录已经下厂印刷了。今天中午编辑才跟他说了这个消息。谢谢您帮他介绍的编辑。”

写写删删，修改多次，十多万字的回忆录《吾妻如晤》终于定稿。照顾安仁的原意，只是想写出回忆录来，印几册书留作纪念。未想，苏岚看到初稿后，觉得这本书很有出版价值，便说自己可以介绍编辑给他。

事实证明，苏岚确实有眼光，编辑拿到书稿后赞不绝口，对其评价：文笔极质朴，情感却极真挚，从青葱红颜，到白发满头，他们纠缠了一辈子，也爱了一辈子。在这纠缠与爱的岁月里，刺桐的一砖一瓦、一草一木都有了生命。

这么一点评，一本专属于私人的回忆录，就被拔高成了体现刺桐文化、改革变迁的传记作品。

顾安仁有些受宠若惊，犹不敢信，苏岚便一再肯定作品的现实价值，请他务必配合出版编辑，对作品进行润色。

寒来暑往，终于，顾安仁的《吾妻如晤》，就快出版上市了。

听到传记最新的进度，苏岚也很高兴：“不用谢，都是自己人。你安公也是我的长辈！”

趁她心情好，沐川忙又诚恳地说：“妈！其实我还有句话想跟您说，上次是我不好，小喜已经批评我了。”

听了这话，苏岚只轻轻一笑：“我当是什么事呢！母子俩哪有隔夜仇。妈早就不生气了。”

沐川眼底的泪意霎时涌了上来。

“哪有隔夜仇”，说得多好！母子间的隔阂，就这么轻而易举地消融了，好似，太阳总能化去冰雪。

带着好心情，沐川、顾小喜吃完了二人火锅，携手回了三公巷。

此时，沐川想不到，顾小欢正在院里徘徊，不知见着沐川后该从何说起。

4

无论如何，还是要开口。

打了招呼后，顾小欢斟酌了一下措辞，才说："小沐，跟你说个好事。职工疗休养基地已经入驻第一位游客了。"

沐川一怔："这么快？看来宣传效果不错。"

这是自然，今天才刚挂牌，就有游客来入驻，不知是谁这么给力。

顾小欢嘿嘿笑了一声："可不是嘛！说明这游客一直都很关注文创园。我想呢，对于第一位客人，我们很有必要好好招待一下，让他感受到春天般的温暖。"

"对！有必要，很有必要。可以给他升级成VIP！"

顾小欢连连点头："有道理，有道理。明天我们一起去办。早点睡吧！"

沐川看着顾小喜，笑意如春："那我们先回去休息，明天再和哥哥一起去。"

听到"哥哥"一称，顾小欢猛地想起，今天是沐川和妹妹领结婚证的好日子，便又踌躇起来，支吾道："哦哦，好，好……"

这么好的日子，可别给人家添堵啊！

顾小喜见哥哥欲言又止，便直接开问："哥，你是不是有什么话要说？"

沐川也盯住顾小欢，缓缓开口："没事，有话就说。我没关系的。"

顾小欢从一开始，就一直对他说话，所以，沐川不难看出，让顾小欢难以启齿的原因，不在于顾小喜。

“这个人你认识，”顾小欢干笑着掩饰尴尬，“我没有在当时征求你的意见。因为是第一个游客嘛……”

虽没说出那人的名字，但对面两人一听就明白，这世上唯一让沐川不想面对的人，也只有那个叫沐峰的人了。

沐川大脑仿佛宕机，几秒后才恢复运行，勉强笑道：“没关系的，我们打开门做生意，谁的生意都要做的。”

顾小欢忙附和道：“对对，我也是这么想的。”

“再说了，沐峰他有钱，财神爷谁不喜欢呢？”沐川轻声嗤笑，扭身就往楼上走，去的正是顾小喜的房间。

领了结婚证，自然名正言顺住一块儿了。

见状，顾小喜便说：“沐川，你先回屋，我还有事跟我哥说。”

“嗯。”沐川闷哼一声，上了楼梯。

顾小喜这才压低声音，向顾小欢问细节。顾小欢捋着思绪，从英子把沐峰领过来，一直说到自己准备怎么待客。

顾小喜思忖片刻，才应道：“看样子，沐川他爸爸一直关注着文创园，现在住过来，是想制造机会和沐川见面说和。”

“嗯，我看也是。”顾小欢说，“对了，我听沐老先生的意思，沐川虽然没给他融资，但让赵兴提供了一份详细的产业升级方案。沐老先生照做之后，厂里效益好了很多，已经找其他公司融资成功了。我猜，这也是沐川的手笔吧？”

“应该是，不过他没跟我说过。”顾小喜苦笑道，“他连跟他妈相处都很拧巴，更不用说他爸。”

是啊，沐川小时候被爸妈吵到神经衰弱，主要的责任还在于沐峰。

再之后，不知为何，沐峰又不及时告知老人家的死讯，沐川如何不引为一生憾事！

可是，他真的不关心他爸吗？

桩桩件件，旁观者清，顾小欢叹道："他其实是关心他爸的，这么拧下去也不是办法。你看着办吧，你们都是夫妻了！"

5

周五一早，沐川、顾小喜便去机场接机，把苏岚接回别墅。

快到新人结婚的日子，别墅里也添置了很多喜庆的用品。苏岚被这红灿灿的光映照得满心欢喜，说了一大篇话。

下午定制好礼服，三人又来到非遗文创园里，委托金苍绣艺人在团扇上绣制鸳鸯纹样，这才来到顾小喜的办公室休息。

一开始，沐川便提过，他俩准备办宋制婚礼，因此礼服也遵循着"红男绿女"的原则，和却扇之礼。

苏岚对孩子们的想法很认同，一生一次的结婚典礼，无论如何都该依着他们的心意来。

此时此刻，结婚典礼已在紧锣密鼓地筹备，而文创园的工作也不耽误。趁着苏岚过来，顾小喜便把新的创意企划案拿给婆婆看了看，想听听她的意见。

大约在8月上旬，非遗文创园将举办主题为"刺桐四雅：烧香呷茶，挂画插花"的文化雅集。这八个字，让苏岚觉得有些眼熟，看了一会儿企划案，才想起这构想从何而来。

原来，顾小喜在选择宋制婚礼之后，就深入钻研起了宋代文化生活史。某一日，她被"宋人四件雅事"的内容吸引，霎时便有了灵感，想要做一期文化雅集。

原本，"宋人四件雅事"指的是"烧香点茶，挂画插花"，但考虑到时下已不流行点茶，顾小喜便把这个"点"字改成了

“呷”字。

改得恰到好处，闽南人喝茶，说的就是“呷茶”。

苏岚看完企划案后，赞不绝口，笑道：“小喜的主意实在是太妙了。在刺桐的非遗名录里，有永春香，有安溪铁观音，有永春纸织画，也有蟳埔簪花围。你这文化雅集，不仅能一次性推广四种非遗文化，还能把它们集中于一个雅文化主题下。真是太妙了！”

得了婆婆一顿夸，顾小喜也很高兴：“我还担心我的这个想法不够好呢。您这么一说，我就有信心了。”

“好，真的是好。”苏岚笑道，“我可不随便夸人的，哪怕你是我儿媳妇。”

闻言，沐川也乐了，把胳膊攀在苏岚肩上，咧嘴笑道：“您看，您儿子眼光不错吧，找着这么有艺术细胞的媳妇。”

“是啊，是啊。”苏岚就势拉住他手，又把顾小喜的手拖过来，叠在一处，“你看，你俩志趣相投，多好啊，以后结婚了，要彼此珍惜，不能吵架，经营好小家庭，知道吗?”

沐川、顾小喜忙乖顺地点头：“妈，您放心。”

长辈总是这样，自己吃过的亏、踩过的坑，总担心孩子们重蹈覆辙。

顾小喜心中一动，无意间瞥到办公室外。他们忘了关门，一旁又是两扇落地窗，难免会被路过的行人窥见。这原本也没关系，可是路过的那个人停在窗外不动，直勾勾地盯住他们仨。

那人是沐峰。

沐川显然也看到了沐峰，他只作未觉，苏岚却只愣了一秒，便反应过来：“哎，沐峰？你怎么……你进来！”

沐峰迟疑了一下，才酸着鼻子，蹒跚着往里走。

走进门前，还习惯性地在门上敲了敲。

6

沐川脸色一沉，下一秒，低头看起了手机。

曾听人说，手机是社恐的救星。他自然不是社恐，但此时此刻，他确定手机是他的救星。

沐峰偷觑了儿子一眼，不打算讨人嫌。住进疗休养基地也有一段时间了，沐川可从没与他打过照面，很显然是在躲避他。

苏岚也适时与他攀谈起来，问他近况如何。顾小喜已走到茶几前，煮起好茶来。闽南人的待客之道，总仰赖于茶。

只不过，她不知该怎么称呼沐峰，只能笑道："您请坐，我去煮点茶。"

沐川却没吱声，也闷闷地跟着顾小喜坐在茶几边，一时看看手机，一时又瞅瞅她在新买的茶台上烹茶的模样。

苏岚没有带沐峰坐沙发，他俩在办公桌前坐定，闲聊间很快便没了那份局促感。聊了一阵，说到啤酒厂的运营，沐峰别有深意地看了儿子一眼。

"虽然瑞华资本没投资，但他们实实在在地帮了我。我老沐是懂得感恩的人。帮我的人，无论亲疏老幼，我都心怀感激。"

耳朵里钻进这句话，沐川拨弄手机的手势缓了缓。

感恩吗？感激吗？

他轻轻一笑，心里是热的，笑意却是冰冷的。

当年，他不疼惜自己的女人，不在意自己的儿子；后来，他连个孝子都不愿意做，他还懂感恩，懂感激？

沐川又轻轻冷笑一声。

但听沐峰动情地说："阿岚，我也谢谢你。你也帮了我。那笔钱……我向你道歉，我不应该那样逼迫你。现在厂里的危机已经过去了，如果你想撤资的话……”

苏岚却笑吟吟地打断他的话：“危机过去了，那就是在赢利了？”

“嗯。你看，我都有心思出来疗休养了。”沐峰笑起来。

苏岚也笑：“既如此，我还撤资干吗呀？我跟钱过不去吗？”

沐峰定定地看她一眼，良久才叹着气道了一声谢。苏岚也不谦虚，应了这一声谢，又笑说他们虽然已经离婚，但还是孩子爸妈，也是相交相知的朋友。

沐川始终保持沉默，沉默着听父母亲呷茶聊天，沉默地想起他喧嚣的童年，也沉默地想，他的安公在阖眼时，来不及和最亲的孙儿通电话，会有怎样的遗憾……

直到父母结束谈话，沐峰晃着身子，步履蹒跚地出了门。

沐川抬首瞄了几眼，不觉间心里揪紧，鼻头发酸。

不知为何，以前看过的一句小品台词，倏然就跃出了脑海：人不要总想着自己没有什么，要想想自己有什么。

他有什么？

沐川看看顾小喜，又看看苏岚，心说，我有妻母呢。

心里还在拧着一股劲，苏岚却已和他谈起了心：“小川，我们不想强迫你任何事。你不想认他，我也由得你。只是，你莫要做让你后悔的事。有些时候，放过别人，也是放过你自己。”

沐川怔了怔，淡淡应了一声，道：“再说吧。”

正说时，顾小喜的手机响了。

见是婚庆公司打来的，顾小喜便按了免提。

“您好，”对方礼貌地问，“我是可可婚庆公司的。我想确认一下，你们定制的礼服，一共是五套吗？”

顾小喜踌躇了一下：“是的，五套。”

“哦，好的，我怕员工搞错了。”对方笑起来，“我以为是少写了一套。”

“呃，没错，是五套。”顾小喜尬笑道。

正要挂电话，沐川却蓦地开口：“可以再多订一套老年的男装吗?”

多了笔生意，对方自然喜出望外。约好测量尺寸的时间后，顾小喜才对负责人说了拜拜。

苏岚、顾小喜对视一眼，又齐齐地看着沐川，不知该说什么好。

沐川却盯住顾小喜，说：“办婚礼的时候，我们这边要少一个人，会给你招闲话。这不代表我原谅他了。”

顾小喜心说，这台阶确实不错。却看破不说破，笑道：“好，都依你。”

苏岚也很默契地一笑：“你忙工作吧，不是说有个投资项目还在谈吗？你也没时间。明天我和小喜带你爸走一趟便是。”

7

刚进入7月的时候，刺桐市文旅局就已经忙碌起来，各方宣传工作都紧锣密鼓地展开着。

走在大街小巷，随处可见“刺桐申遗成功一周年”的条幅和广告。江浙的、云贵川的、山东山西的……各种口音的人群，川流不息，都沉浸在文化旅游的氛围里。

刺桐市的各大景点，都铆足了劲招揽游客。在这里面，最吸引人的莫过于“海丝景点专线”和“‘梦幻刺桐，清凉一夏’主题月”。

前者，由二十二处世遗景点构成，配有专门的讲解员和便利的直达车，满足了游客们慕名而来，一窥世遗风采的心愿。

后者，则由本市“文创联盟”里的老大“刺桐音乐文化创意园”牵头，与“寻常·非遗文化创意园”等几家文创园，联合打造名为“梦幻刺桐，清凉一夏”的主题活动月。其下各设分会场，每一个文创园都有自己的独立主题。

活动月从7月下旬开始启动，持续到8月下旬，凭借“梦幻刺桐，清凉一夏”的套票，游客们可以在所有文创园享受八折优惠。

因为刺桐音乐文化创意园的名气最大，很多游客将此作为“文创园旅游”的第一站，饶有兴致地参加了“音你而来，悦动全城”的活动。每个晚上，园中新添置的音乐亭都很抢手，酒酣耳热之际，自诩“麦霸型”的游客无不想在此高声放歌，现场制作一张属于自己的CD。

更有趣的是，音乐亭的系统里有PK功能，可以随机抽取几位游客进行PK，评分最高的游客还能享受文创园的特别优惠。

看着文创园里熙来攘往的游客，孟洋不免有几分得意，拉着花小蝶的手，笑说，音乐文创园这个行业老大的地位始终无法被动摇。

花小蝶却不这么认为，8月上旬起，音乐文创园的客流量出现下滑。根据数据统计，很多游客都涌向了非遗文创园。

听了花小蝶的分析，孟洋有些不服气，倒是花小蝶豁然一笑：“大家都是文创阵营的，不用太在意那本生意经。联盟存在的意义，就是要互相扶持。再说了，非遗文创园的创意的确很棒。”

此言非虚。来刺桐旅游的游客，绝大部分是冲着世遗和远近闻名的音乐文创园来的，但他们对于刺桐的街巷文化、非遗文化、侨乡文化，知之甚少。

然而，当游客们来到这片热土，穿梭在处处有掌故的深巷中，很难不被丰富多彩的非遗文化吸引，很难不被“乡音不改”

的华侨故事感动。

而非遗文化门类众多，他们又将通过怎样的方式，能在最短的时间内将此“一网打尽”呢?

自然是去“寻常·非遗文化创意园”。

别的不说，光是“刺桐四雅：烧香呷茶，挂画插花”的活动，已能赚足一波热度。

每一天，文创园会在不同时段分别播放高甲戏、梨园戏、南音，在非遗音乐的浸染下，游客们已是陶陶然，醺醺然。

更何况，永春香醇厚沁心，铁观音清新回甘，纸织画朦胧如烟，簪花围俏丽可人……

而这也只是开始，品了香、呷了茶、赏了画、簪了花的游客们，还在行走之中惊喜地发现，在文创园里，还有很多令人心动的非遗项目，一条可爱的玻璃廊桥，三面画风独特的墙绘作品……

这哪是一日一夜能逛得完的文创园?

很自然地，游客们纷纷将目光投向了职工疗休养基地。

这一切，都在非遗文创园管理者的预判中，在旅游旺季，他们特意留出了一些房间。

当然，房间并不够用，于是距离非遗文创园两三公里内的民宿，连带着都成了当月爆款，被抢订一空。

站在三楼临窗之处，沐峰可以看见攒动的人群、流光溢彩的灯火，聆听到韵味独具的南音，甚至还能闻到安溪铁观音的清香……

他也呷着茶，就着一块鸳鸯饼，美滋滋地回味下午接到的电话。

电话里，他的儿子说，爸，定做的衣服做好了，我们明天带你去试一试。

尾声　自己选的老公，只能宠着呗！

三年后，元月。

“寻常·非遗文化创意园”门口，游客悠闲自在地往里走。大门口所悬的“国家AAAA级旅游景区”“第二批职工疗休养基地”“刺桐市2025年度十大旅游景区”等金字牌匾，格外引人瞩目。

走进文创园里，一眼便能看见欢喜妹雕像边的一道亮丽风景。

只见十二位身穿汉服的美丽姑娘，一颦一笑都极富古典美的仪态，正在配合摄影师拍摄宣传片。

姑娘们的装扮很特别，从最左一位开始，头上簪戴的，手里拿的，分别是梅花、杏花、梨花、牡丹、石榴、莲花、海棠、桂花、菊花、芙蓉花，山茶花，水仙花……

当然，时令还在元月，除了梅花之外，其他花卉均为绢花。

游客们纷纷被这道美丽的风景吸引过来，驻足欣赏。有一直关注非遗文创园公号、微博、抖音号的游客，一眼便能看出，这些姑娘是非遗文创园招募过来的“十二花神”。

原来，中国古人认为，百花各有其主，各有司花之神。到后来，在历代墨客文人的吟赏玩味之下，每月盛开的鲜花，都对应着一位花神，这便逐渐有了“十二花神”之说。

因着以花喻美人的传统，其中一个版本最是受人欢迎：一月梅花花神江采萍，二月杏花花神谢道韫，三月梨花花神虢国夫人，四月牡丹花神杨贵妃，五月石榴花神潘夫人，六月莲花花神西施，七月秋海棠花神秦若兰，八月桂花花神张丽华，九月菊花花神贾佩兰，十月芙蓉花神花蕊夫人，十一月山茶花花神袁宝儿，十二月水仙花神甄夫人。

去年秋，顾小喜一边带着蹒跚学步的女儿，一边做“十二花神荐非遗”的创意策划案。

到了年底时，非遗文创园正式启动“十二花神荐非遗”的活动，开始向全社会招募“花神”。

经过三轮选拔，“十二花神”在春节期间出炉，在本年度里，她们将会甄选一些非遗项目，在非遗文创园里做直播推广。

这些年，带货经济火爆出圈，每每创下极高的销售业绩，备受瞩目。非遗文创园，自然也不得不重视“线上+线下”的运营模式。

摄影师身后，顾小喜抱着女儿桐桐，正饶有兴味地看“十二花神”拍摄宣传视频。

忽然间，桐桐指着“十二花神”，口里咿咿呀呀，似乎说了“花花”二字。顾小喜以为自己听错了，笑着让她再说一次，闺女只咯咯地笑，却不肯再说。

正在此时，一双温暖的手，攀上顾小喜和桐桐的胳膊，声音略有几分磁沉。

“哎呀，桐桐刚刚说话了啊，快说给爸爸听一听。”

大概是岁月砥砺，也许是工作忙碌，比起几年前来，沐川的声音不再如少年般清朗，而多了几分成熟的味道。

用李聪的话来说，到底是做爸爸的人了，成熟稳重一些才好。

其实，李聪有所不知，人前人后，沐川的确不如以往跳脱，但他在妻女跟前，仍然跟以往一样，爱说爱笑爱闹。

突然看见爸爸，桐桐喜笑颜开，伸长了手臂非得要沐川抱她不可。沐川也把她搂进怀里，揉着她的小脑袋，对她循循善诱，说了一通花神姐姐好漂亮的话。

顾小喜听得直翻白眼："桐桐才多大啊，你非得要她张口说话？还有……"

她似笑非笑："花神姐姐漂亮，是什么意思？"

"字面意思啊。"沐川扑哧一笑，"不然能是什么意思？"

顿了顿，他眨眨眼："漂亮就是漂亮，你总不会吃干醋吧？"

"也没听你夸我。"顾小喜撇撇嘴。这几天，她刚跟陈爽学了一种低马尾的扎法，还扎着好看的发带。谁知道，沐川刚下班回来，没急着夸她，却夸起别人来了。

她这么一说，沐川才注意到她的低马尾和豆绿色的发带。

他忙认真打量了一下，由衷地说："这马尾不错，可以达到头包脸的效果。好看！唔，你这米白色的风衣和豆绿色发带也很搭呢！"

见顾小喜唇角微微扬起，沐川才知她并未生气，刚刚不过随口一说，这才开起她的玩笑："嗐，你啊你，有点易安居士的味道了。"

"哈？"

"有一天呢，易安居士买了鲜花回来，觉得那花可漂亮了。不知怎么的，她就担心花太美，迷了老公的眼，然后就问了一道送命题。你记得吧？"

闻言，顾小喜哭笑不得。

沐川说的是那首《减字木兰花》。词曰：卖花担上，买得一枝春欲放。泪染轻匀，犹带彤霞晓露痕。怕郎猜道，奴面不如花面好。云鬓斜簪，徒要教郎比并看。

顾小喜不禁嗔道："你这就过分了，千娇百媚的花神和鬓边的花能一样吗？"

"在我看来，还真是一样的。花花好看，花神也好看，但老婆才是最好的。"

听了这话，桐桐似懂非懂地戳戳顾小喜的脸，含糊不清地发出一串"啊"韵的音。

听得两人齐齐一怔，又听她说了几遍，才听懂她说的是"花花，妈妈"。

沐川笑起来："桐桐是说，妈妈像花一样美吗？"

桐桐点点头，又戳戳顾小喜的脸："花花，妈妈。"

说笑间，华灯初上，"十二花神"的拍摄已经结束了，姑娘们都踱步去"古早味廊道"吃晚饭。

考虑到花神形象，她们都走得很慢，无不风姿绰约、楚楚动人，唯有牡丹花神，提着裙子跑得飞快，生怕赶不上饭点。

这位姑娘，也与其他身材苗条、气质清雅的姑娘不同，本就珠圆玉润的身形，银盘一般的粉颊，更被鬓上的牡丹花和金步摇衬得益发雍容华贵，丰姿绝艳。

见这情形，不禁令人暗赞一句，人与花相映生辉。

"我对这个姑娘印象很深，"顾小喜说，"她来参选的那天，是和她男友一起来的。"

"哦，我也想起来了，她这段时间就住在基地里，来的时候还拖着一口大大的行李箱。嘿，她男友力气还没她大，都提不起那箱子。"

言及此，沐川突然笑起来。

顾小喜愣住了，瞟他的目光中分明写着几个字：你笑什么？

“我想起，我们初见的样子。那一天，你很特别，上一秒还安安静静，下一秒，却像个女汉子……”

是吧？那一天，她专注地为新生同学登记，并未注意那只被女生们暗许芳心的“孔雀”。而“孔雀”却只注意到了她，那么恬静的笑容，那么惊人的力气，竟然会是同一个人……

自此以后，目光所及，都是她的影踪。

“沐川，”顾小喜故意拉长了脸，“你皮痒痒了，是吧？”

“你要是打我，我就藏起来，你打不着。”沐川哈哈一笑，抱着女儿径直跑到“欢喜妹”雕像边，调皮地眨眨眼。

桐桐觉出有趣，也有样学样，冲着妈妈猛眨眼睛。

看得顾小喜啼笑皆非，连声叹息。

怎么办呢？自己选的老公，只能宠着呗！

番外1 可不可以给我一个机会？

有没有一种地方，因遍植桃花而动人心魄，亦因桃花被水汽氤氲，而激发画家的创作灵感，形成独特的艺术门类？

曾仕明知道，至少永春纸织画是这样的。

从市区出发，开车不到一个半小时，便能来到永春县，可他要迈出这一步，却花了很长的时间。

时间，足够让人看清楚，想清楚，什么是念念不忘，什么是无可取代。

在即将到达永春之时，曾仕明看到路边站牌上写着“古之桃源欢迎您”七字，不禁想起，永春曾有旧名，曰“桃源”。

每当春风吹醒桃花，水岸边那一片片嫣红，便被笼在薄雾之中，半隐半现。

雾中观花，朦胧不明，一如轻纱遮面的美人。世上之画，大多胜在纤毫毕现的美态，而刻意追求朦胧之美的画作，实在是少之又少。

照着导航，曾仕明很快寻到一处水岸，找地方停好车。做好心理建设之后，他才鼓起勇气，走进附近一条老巷，来到名为“永春徐氏纸织画”的作坊门口。

打眼望去，一个小徒弟正专心致志地裁切细长的纸丝，那刀极为锋利，画作在小徒弟娴熟的操作下，很快被切成宽仅两毫米、头尾接续不断的细长纸丝。

曾仕明知道，这是在制作纸织画的经线。切好之后，手艺人还要用宣纸，切出一样宽窄的纸丝，来制作纬线。

这些功夫极细致，不容一丝闪失，曾仕明生怕打扰到那位学徒，只能放低呼吸，站在门口等待。

目光也在作坊里细细打量。

现在他所在的是外间，帷幕之后，不知还有几许深几重屋。

一幅潇洒的行书落入眼帘。上书：何物离披最可人，纸间经纬别有因。阿谁巧作维摩手，就里挥毫称绝伦。远山一角都人妙，烘云托月景偏。

字体很是熟悉，看得曾仕明心中一跳。再一看落款，果然是出自谭清清之手。

曾仕明正心旌摇曳，身后突然被人一拍，惊得他打了个哆嗦。

回头一看，竟是徐泽老师。

曾仕明正要招呼他，但又想起学徒还在裁切纸丝，便微笑着对徐泽点头，压低声线："徐老师。"

"我记得你，你是曾总吧？你是来找清清的？"

曾仕明点点头，心里无端揪紧。

徐泽也看出他惴惴不安的情绪，只呵呵一笑："挺好的，跟我进来吧。"

往里走，徐泽、曾仕明从学徒身边擦过，可他从头到尾就没抬眼看他们，只一心一意忙碌手头的活计。

曾仕明不免微微一讶，他和徐泽老师说话、走路，竟然完全没影响到他。

这学徒，大概也就十二三岁的样子。

走进院中，视野开阔许多。二人走到天井边，曾仕明才缓缓开口："那个学徒学了几年啦？手法很娴熟。"

"不久，才一年。"

"现在的小孩可真厉害，学习能力、动手能力都那么强！"

正说时，谭清清抱着一卷宣纸从小院另一头走过来。见着曾仕明，她先是怔了怔，再唤了一声师父，便沿着先前的轨迹，退回到自己房间。

曾仕明直勾勾地看着她蓦然出现又折回，心里说不出什么滋味。

他却不知，谭清清龟缩在自己房里，心跳加速，最终忍不住偷偷掀开窗帘一角，往曾仕明那边打量。

只见徐泽、曾仕明在轻声交谈，一个微笑中带着鼓励，一个则是苦笑中含着期盼。

猜也能猜得出，曾仕明所来为何。只是，再续前缘，还有可能吗？

晚饭时分，徐泽愣是把曾仕明、谭清清和学徒拉到一桌吃饭。四人吃饭，总比两两相对要好得多，不至于太尴尬。

谈笑间，说起纸织画，曾仕明不由得称赞起小学徒悟性高、定力好。这孩子却很谦虚，笑道："其实，我知道师父和曾叔叔在说话，只不过不敢忘记师父的教导，我才不敢吱声。"

几人都笑了起来。

这孩子是如此真诚，颇有几分古贤磨砺"慎独"之心的意思，将来必有大成。

晚饭之后，气氛愈发松弛。

曾仕明主动提出要和谭清清面谈一番。谭清清犹豫了一下，才缓缓应下。

明月高升，院里天井边，二人呷着茶，先是有一句没一句地闲聊，说起他们认识的每一个人，绝口不提两人分手的事。

直到，茶味已经淡薄，谭清清打算添茶之时，曾仕明才猛然捂住她的手，轻声问："清清，你可不可以给我一个机会？"

早知他会说这话，从下午起，谭清清就挑拣了无数次拒绝的言辞，可真当他说出这话时，不知为何她竟然想点头说"可以"。

但她能这么说吗？

平心而论，曾仕明是一个很好的男朋友和结婚对象，他俩之间也没有实质矛盾，但可惜的是，他没有一早遇到她，以至于他和她之间，还隔着一个正处在青春期的小女孩。

那个后妈，不当也罢。

谭清清始终很清醒，她爱他，但她更爱她自己。

所以，她定了定心，摇摇头："一艘船，不能一次又一次停泊在不适合它的海岸。"

"不，不是这样的。也许，这海岸之前不适合你，但现在不一样了。"曾仕明急急开口，"小染她，她同意了。"

"呵——"

谭清清冷笑一声。

他怔了怔，立时明白她在介意什么，一段需要女儿盖章同意的婚姻，算怎么回事？

曾仕明便坦率地说："我这里有小染给你写的一封信，不过，你可能不想看，那就不看吧。你……清清，你能不能不要误解我？"

"那你说。"良久，谭清清开口。

目光灼灼，比明月耀眼许多。

"就像上次说的那样，我不同意分手。我只是想把家里的事情处理好，才能给你一个交代，让你能没有后顾之忧地和我在一起。但孩子的心意，不是那么容易改变，所以我才等了这么久。直到……”

直到有一天，曾小染过生日，邀请她的同学和画友来家中做客。

画友们已经有很久没见面了。“清生活”画室停办之后，谭清清马上退了学费，消失在同学们的视线之中。

几乎没有人知道这是为什么，除了曾小染。切了蛋糕，吃完生日宴，画友们翻到曾小染的习作，不无感慨惋惜之意。

多好的老师啊，竟然不教画了。

曾小染的眼中也闪出一丝不忍和内疚。那之后，曾仕明什么都没说，但他发现，曾小染有时会对着她的习作和妈妈的旧照片发呆。

终于，就在上周末，曾小染做完作业后，突然问曾仕明：“爸，你还喜欢谭老师吗？”

曾仕明毫不犹豫点头。

曾小染便递给他一封信，有些别扭地说：“那你把这封信给她吧。比起别人，我更愿意她来当我的妈妈。可是，她还愿意原谅我吗？”

为了这个答案，曾仕明终于驱车来到永春县。

此时此刻，曾仕明凝视谭清清的眼，与她炽热的目光相对：“其实，没有小染的信，我也会来找你。只是，我真的很想得到她的祝福。我不想看到你被青春期的孩子再伤害一次。”

谭清清转开目光，沉思一瞬，蓦地笑了。收敛笑意，她才幽幽地开口：“我怎么知道你是不是有诚意呢？就像你说的那样，我不能再承受一次伤害。或许，小染不会再伤害我，那么你呢？”

“我也不会。”

谭清清摇摇头：“难说，我们都先再想一想吧。”

月下的聊天，终止于这一句。没有想象中的人月两婵娟。

隔日，谭清清专注于她的画作，没怎么理睬曾仕明。徐泽见他郁郁寡欢，最终忍不住拉起了红线。

眼前，小学徒学了一年，已经能上手制作纸织画，那么曾仕明又能不能挑战在短时间内学会这门手艺，以此来表现诚意呢？

曾仕明连连点头：“我有诚意！我答应！纸织画有经有纬，犹如织布，这是独一无二的画种。我愿意！”

“好！那我们就拭目以待！”

徐泽拊掌大笑。

曾仕明眼神笃定，谭清清抿唇微笑。徐泽也在心里对自己说：这下好啦，看样子，我老徐还能再收一个徒弟喽！

番外2

饭在锅里，娃在床上

丁零——丁零——

大清早，被闹钟吵醒，蔚蓝还有点懵懵怔怔，恍惚间，摸到被贴在手机上的便利贴，立马睁大了眼。

定睛一看，那上面写的是，“亲爱的，饭在锅里，娃在床上。请注意接送”。

蔚蓝哭笑不得，唯有欣然接纳。

身边快到三岁的儿子还睡得很香，长长的睫毛、软乎乎的脸蛋，让人忍不住想轻抚。

但蔚蓝忍住了，生怕自己的情不自禁，打扰了儿子的清梦。

两岁半，正是读幼儿园的时候。前阵子，陈爽坚持要把儿子塞进幼儿园，说什么也要出去上班。

这不，今早她就准时上班了。同时，她也一如既往地做好了饭，免得蔚蓝早起忙碌。

一开始，蔚蓝不太明白陈爽的想法。犹记得他们刚刚交往的时候，陈爽对他吐槽过不知多少次，说她不想当“牛马”，和形形色色的顾客打交道。

印象最深的是，她说有一个老爷子，每天一个想法，每天都说要照他的意思来，结果闹得她变更好几次方案，负责出材料的同事也被整得“无语凝噎”。

彼时，蔚蓝便对陈爽说，来当他的经纪人吧。但陈爽不愿意，说她学室内设计那么多年，沉没成本太大，应该保持“顾客虐我千百遍，我待顾客如初恋”的心态，好好干下去。

后来，陈爽怀了孩子，他们很快发了官宣，牵手走入婚姻殿堂，筑起了爱的小巢。

蔚蓝也在征得陈爽同意之后，正式向曾仕明请辞。这么一来，陈爽成了一名全职妈妈。

当然，她同时也是一位星嫂，一位被很多人都羡慕的星嫂。

用业内人士的话来说，蔚蓝出道很早，但很难得地保持初心，除音乐之外诸事不在意，不闹绯闻，不搞炒作，也不随波逐流。

更难得的是，蔚蓝在这两年也开起了一家名为“音为你”的音乐公司，扶持起了乐坛新人，但他从来就不摆架子，并无一丝倨傲之气。

嫁给这样的人，在一般人的眼中，陈爽自然是有福气的。

可是，当襁褓中的儿子一天天长大，陈爽看看自己逐渐走样的身材，荒疏得能长出青苔的专业技能，慢慢陷入了沉默之中。

终于，趁着自己过生日，她故意把愿望说给蔚蓝听。

“新的一岁，我希望我能上班，能挣很多很多钱。”

这话一说，说的人和听的人都沉默了。沉默了好一时，蔚蓝才闷闷地问：“真的想上班?”

她说：“嗯。”

“可是孩子才一岁半，现在只能辛苦你了。”

蔚蓝并非大男子主义，可他要创作，要演出，要参加很多圈内活动，还要关注公司的运作，培养签约的新人，确实没有太多的时间照顾孩子。

闻言，陈爽也叹了口气：“那就等到他上幼儿园，我就去上班，好不好？”

“幼儿园吗……”

“嗯，要是再晚几年，我和社会就完全脱节了，我会讨厌这样的自己。”

陈爽说得很认真，蔚蓝听得也很认真。最终，蔚蓝点了点头：“如果你真的想上班，到时候就去试试吧，我会尽量多接送仔仔。”

听得陈爽欢呼雀跃：“老公真好！”

然后，她哼着曲儿，欢天喜地地给儿子换尿布去了。

那样快活的声音，“如蒙大赦”，分明是一个久居深宅、受到羁绊的人发出的。蔚蓝他能听懂。

到如今，陈爽果然说到做到，蔚蓝也必须言而有信。

再看了儿子一眼，算了算唤醒时间，蔚蓝起身来到厨房。

便利贴很贴心地贴在灶台前，上面写着给儿子热饭时的注意事项。

等到自己吃完饭，蔚蓝才唤醒儿子，之后便是穿衣、洗漱、热饭、出门，一整套流程下来，倒也算忙而不乱。

司机一边开车，一边看蔚蓝接电话。等他通话结束，司机才说：“蔚先生，您忙的话，我帮您送仔仔去幼儿园就行。”

蔚蓝却笑道：“没事，今天不算忙。”

话音刚落，又一个电话打进来。

是两年前签约的歌手小盟。

蔚蓝还记得，小盟是凭借空灵的嗓音进入他的视野的。这位以“野生音乐家”自称的年轻歌者，虽然生得文弱清瘦，但气息很充沛，声线也很有辨识度。

而他最有特色之处，则在于“反串”，只要有需要，他能无缝切换为“女声”，唱出极细极高的清音。

在以往，有这种本领的歌手屈指可数。

就在蔚蓝打算签约小盟之时，别的音乐公司也向他投来了橄榄枝，并开出了高价，做出要与蔚蓝争抢新人的架势。

见此情形，蔚蓝不想强争，只把自己新写的一首闽南语歌曲发给小盟，希望他能为他演唱。

正是应了“惺惺相惜”一语，小盟拿到《古早味的小巷》的词曲后，瞬间便为之倾倒，之后更婉拒了别的公司，投身到蔚蓝的“音为你”公司旗下。

凭借一曲烟火气中不乏仙气的歌曲，小盟的知名度与日俱进，蔚蓝也为自己“伯乐相马”的本领而意得志满。

电话那头，小盟说，他最近看上了一首外国民谣，想对此进行填词改编，需要征求蔚蓝的意见。

意见，自然是要问的。要改编歌曲，必须要取得授权，有时候会花费不菲。

蔚蓝想了想，没有立刻答应他，只说让他先在公司等候，等到他送了孩子，再与他面谈。

目送儿子进了幼儿园，蔚蓝才重新坐回车中，往他投注最多精力的公司驶去。

那里，有他的梦想与未来。

番外3 你和我的CP感

饶玉一直觉得，CP感是很玄乎的东西。

刚走上演艺之路，第一个合作的男演员，是阮季秋，第二个也是他。

第三个、四个“亲爱的”系列短剧，因为档期的原因，他们都没有出演。谁知道，粉丝们却一直盼着他们三搭。

有道是“听人劝，吃饱饭”，任瑞华知道粉丝们喜欢看饶玉和阮季秋搭戏，便跟康捷保荐饶玉，希望他能给饶玉一个机会。为此，瑞华资本愿意投资这个项目。

刚好，此时康捷还有一个名为《风与竹》的武打电影，而阮季秋正是康捷已经定下的男主。

康捷很看重阮季秋这个新秀。

因为彼此熟悉，用着顺手是一方面，更为重要的是，阮季秋从小就刻苦训练舞蹈，从外形上看盘靓条顺，仪态端正，做出武打动作来，也如行云流水一般。

听到任瑞华的请求，康捷犹豫了一时才表示同意。紧接着，康捷联系庄庄，向饶玉发出邀请，希望她能出演女一号。

庄庄立刻表示，会努力调整出档期，但同时也将康捷的另一句话告知饶玉：只允许难度特别大的武打镜头使用武替，其他地方都必须自己上场。

换言之，饶玉若有意接下这个项目，必须先跟武打老师恶补武戏。

说这话的时候，庄庄有些为难，她也知道饶玉娇生惯养，除了感情之外几乎没吃过苦，这之前，她差点拒拍《亲爱的化妆师》，就是这个原因。

但没承想，听了庄庄转述的话，饶玉只问了一下是否能排开档期，便一口答应下来。

对此，康捷、庄庄都有些惊讶，饶玉却笑说，自己想好好锻炼一番，做一个敢于尝试的女演员。

甚至于，她还用某位新人演员的经历来激励自己："那时，她完全没有学过舞蹈，可是因为剧情需要，就跟着老师认真学习。到了拍摄那天，她穿上水袖跳起水墨舞，在场的每个人都看呆了。我相信，我也能在零基础的情况下，学习武打动作。"

那时，饶玉对打戏兴趣很大，每天都练习到很晚，表现出超乎寻常的耐力。庄庄看她这么敢拼，心里却格外担心。

因为，就在饶玉决定出演的那段时间，她先是发现了男友孟洋劈腿，再是经历了网络谣言，跟着又怀疑任瑞华是她的生父。

经历了这么多，她竟然还能坚持每天上课，一拳一拳地打沙包，一跤一跤地跌地上……

换作是别人，多半以为饶玉天生坚强，或是因为已经签约，不得不拍完这部戏。

可只有庄庄才知道，饶玉是在发泄，每天累到极致，就不会被太多的烦心事搅扰了。

为此，庄庄不止一次劝说过她，可饶玉只笑说无碍。看她每天都把自己的体力掏空，庄庄只能揪着心陪她。

还好，这中间只发过一次烧，倒没出过别的岔子。

《风与竹》的场景，主要取景地为四川宜宾蜀南竹海。

等到剧组的构架搭好、资金到位之后，康捷拉着整个团队赶往蜀南竹海。

因为是三搭，阮季秋、饶玉很自然地坐在一起，方便讨论剧情，人前人后也不避嫌。

有的时候，他们还和武术指导老师在现场“切磋武艺”，探讨怎么能够让动作更轻盈、顺畅一些。

饶玉不会舞蹈，更不会武打，这是阮季秋早就知道的。可是，这一次饶玉的表现，还真让他体会到了，什么叫作“士别三日当刮目相看”。

因为，饶玉的反差太大了。

这之前，在阮季秋眼里，漂亮的饶玉是一个很有灵气的演员，但这种灵气是有条件的，如果导演点拨不多，她就未必悟得到。

然而，现在她不仅能轻松拿下打戏，轻易不用武替，而且还能对剧本中逻辑不够自洽的地方提出质疑，自己也为女主角设计了一些合情合理的小动作。

这样的进步，令康捷、阮季秋等人都倍觉惊喜。尤其是阮季秋，他和饶玉的对手戏最多，她丝丝入扣的演技，必然也能带动他对演技的琢磨。

就在这种互相成就的氛围中，电影不到三个月就拍完了，比预期少了十来天。

杀青之后，阮季秋、饶玉戴着墨镜，在宜宾城里逛街散心，一路从燃面、筠连水粉，吃到李庄白肉、葡萄井凉糕，还喝了一点五粮液。

望着饶玉酡红的醉颜，阮季秋好容易才抑制住了吻她的心思，最终打电话让庄庄来接她。

那天晚上，阮季秋想了很久，想她吊着威亚在竹林里拍打戏的飒爽风姿，想她在设计小动作的较真的眼神，也想她在演戏时，印在他唇上的那个吻。

好像有草莓的味道。这大概是因为，她喜欢吃草莓味的木糖醇。

之前两次搭档，他俩虽有吻戏，但因为饶玉介意，一直是采取借位的手段。而这次，饶玉主动提出，该怎么拍就怎么拍。

这一晚，那叫一个辗转反侧。

阮季秋很肯定，现在他突然对她来了电。但他不急着追求她，一个刚和男友分手不到半年的女生，怎么可能很快地接纳一段新的感情呢？

更何况，他们还是公众人物，不知被多少双眼睛盯着，做任何决定都需要深思熟虑。

只要，他能一直和饶玉保持联系，怒刷存在感，总有机会追求到她。

拍摄结束后，进入后期制作流程。工作之余，阮季秋一直与饶玉有来有往，微博也互关互赞。

到了电影上线之前，阮季秋终于有机会和饶玉开始“营业”。一时之间，满满的CP感溢出屏幕，甜到了每个CP粉的心上。

阮季秋也趁热打铁，私下里向饶玉表达了爱意。所谓“水到渠成”往往便是如此，男未婚女未嫁，谁对谁有感觉，对方怎会一无所知？

于是，饶玉一丝犹豫也无，就接受了阮季秋的表白。

至于说，什么时候能把地下恋情公之于众，二人都心照不宣。

不用急，也不能急。

总有一天，他们的关系，不会只是屏幕上的一对CP。

番外4　从三公祠，到古早味廊道

三公巷里，旅人匆匆。

“从三公祠出来，往前走两百多米，就是我们要去的‘寻常·非遗文化创意园’了。”站在队伍中间，李聪说，“现在，它已经是国家AAAA级旅游景点了。”

她和顾长顺都穿着定制的红色T恤，领着一个华侨旅行团，在三公巷里穿行。

T恤背面写着“街巷文化大使”几个字，这无疑是对夫妻俩身份的肯定。

这个华侨旅行团一共十来人，几乎都两鬓斑白，但又精神矍铄。平日里，他们和吴昌平老人都有往来。

如今，刺桐文化输出海外，成为中国的一张耀眼名片，他们也每每生出探亲访友的念头。

乡音无改，华侨们刚踏上祖辈们生活过的地方，就已是双目潸然。

他们先是来到二吾民宿，和吴昌平吃了一顿团圆饭，再是兴味盎然地说要逛一逛老巷子、文创园。

顾长顺、李聪便很自然地做起了导游，为他们设计了“三公巷——文创园”一日游的行程。

一边走，一边讲，顾长顺也用讲故事的章法，向华侨们说起“寻常小味”的废置厂房，变身为非遗文创园的故事。

说着说着，他还笑道：“你们一定在想，那个顽固不化、阻止文创园修建的老头到底是谁?”

等到激发起大家的好奇心后，顾长顺才笑道：“这个老头啊，远在天边近在眼前。”

经他解释，大家都笑起来。

吴昌平也笑道：“老顾这人，虽然思想顽固，但有一点是好的，他听我老吴的劝啊!”

这话说得一位华侨生了兴趣，便问：“老吴啊，你这几年投资文创园，收益也很可观吧?”

吴昌平笑了笑：“哈哈，我老吴的眼光自然是不错的。老孙，你是不是羡慕啦?”

被唤作老孙的老华侨忙应道：“那是自然咯！赶紧的，给咱们引荐引荐!”

一行人聊得兴起，眼见就要走到文创园门口，老孙突然想起一事：“要不，我们先逛逛糖厂，再来逛文创园?”

有人不解：“为什么?”

老孙便说：“那还用说，糖厂生产的，可是正宗的闽派甜食，我馋了呗!”

正在大家纷纷附和之时，顾长顺马上介绍道：“老乡们，不用急。糖厂和文创园是连通的，中间有一条‘古早味廊道’。我们可以先去古早味廊道品尝闽派甜食，日期都是最新鲜的哟!”

“古早味廊道？这是什么?”华侨们表示好奇。

“古早味”他们是懂的，联系糖厂的背景，这说的应该是

“古早味甜品”。

在闽南，人们用“古早味”一词来形容古旧的味道。古早味食品的做法比较单纯，以手工料理食物为主，料好实在。

“‘古早味廊道’是我们特意打造的一条美食小径。在小径上，我们的销售部有专人在售卖‘寻常小味’所有的特色甜品。”顾长顺解释道。

“这可以说是‘现做现卖’，真正的新鲜出炉！”李聪也乐呵呵地补充一句。

原来，时移事易，沐川见到沐峰身体不适，多年郁积的怨气也逐渐消散了。就在沐峰为当年之事向沐川道歉之后，父子俩终于重归于好。

沐峰在文创园里住了好些时日，直到参加了沐川的婚礼，才回他的啤酒厂。

在此之前，沐峰向正在研发闽派甜食快餐的顾小欢提出了一个建议：让游客们参与到制作过程中，以DIY体验作为卖点。

这个建议被大家采纳，操作起来却有难度。总不能让顾客们直接到生产车间去吧？

于是，沐川、顾小喜便在文创园与糖厂之间，辟出了一条小径，作为“古早味廊道”。

在这廊道之上，既有售卖的古早味闽派甜食，也有几个“古早味DIY体验室”。

想到这儿，李聪说：“说来也巧，今天，‘寻常小味’的厂长顾小欢正在‘DIY体验室’里值班呢。”

吴昌平马上介绍道：“小顾厂长是老顾的公子。要不，咱去看看？看小顾厂长现场制作闽派甜食！”

一言既出，四下呼应。

顾长顺、李聪相视而笑，牵住彼此的手。

曾几何时，他们以为糖厂会没落，这份家业也保不住。

可他们是那么幸运，遇到了一个投资眼光精准的“伯乐”。

而更幸运的是，他还成了他们女儿的一生之伴。